ÉRIC ZEMMOUR

Le Dandy rouge

Roman

Plon

ISBN : 2-259-19058-8

À mon père.

« Ce n'est pas dans les vainqueurs, à mon gré, qu'il faut voir la belle ambition, mais dans les vaincus. »

Cardinal de Retz.

Prologue

Je ne suis pas un écrivain. Pas un philosophe ni un révolutionnaire. Je ne suis pas un poète. Pas un intellectuel, comme on dit désormais à Paris. Je ne suis pas Kautsky. Pas Bernstein, Karl Liebknecht, ni Rosa Luxemburg. Je ne suis pas non plus un tribun comme August Bebel, même si je trône à la tribune, à côté des chefs du parti, même si je découvre les discours quelques heures avant qu'ils ne soient prononcés, discute un mot ou un souvenir historique, corrige une phrase ou un concept révolutionnaire. Je ne suis rien. Un complet sombre parmi des complets sombres. Une tonsure parmi des tonsures. Un militant parmi des militants. Un ouvrier parmi des ouvriers, grandi dans le parti au bénéfice de l'âge et de la médiocrité qui n'inquiète pas. On m'écoute car on sait que ce ne sera pas long. On me lit car on s'attend à un texte de synthèse. Ce soir, c'était mon dernier congrès. C'est August qui m'a demandé de conclure. Un vieil homme pour une vieille histoire déjà. D'abord je n'osai effleurer cette estrade qu'il venait de martyriser de son corps d'homme rude ; je n'osai lancer mes mots fatigués et banals dans le tourbillon où sa voix tempétueuse avait emporté les esprits. Je ne suis pas un tribun. Souvent, je l'avoue, j'en ai rêvé : je rugis et des milliers de poitrines s'exclament à l'unisson ; je murmure et des milliers de souffles se retiennent, des milliers d'oreilles se dressent. Mais je ne suis pas un tribun. Pas un intellectuel, ni un philosophe, ni un poète. Pas un écrivain. Rien qu'un ouvrier, un militant, une tonsure, un complet sombre. Rien. Bien sûr, avec le temps, j'ai appris. J'ai conquis, peu à peu, d'autres mots ; mais ils se sentent toujours, dans mes phrases, comme en terre étrangère, occupée. Parfois, mes anciens mots, ceux de mon enfance au Moabit, dans les faubourgs de Berlin, reprennent le dessus. Alors, je pense à mon père, l'ébéniste, et aux copeaux de bois qui lui tailladaient les mains ; je revois ma mère, la lingère, et les draps lourds qu'elle tirait péniblement de la Spree. Leurs mots me reviennent, retrouvent leur ancienne demeure, reprennent leurs aises ; et le rouge me monte aux joues. Je pense à mon père, à ma mère, l'ébéniste et la lingère, aux copeaux de bois et aux draps lourds : je les hais. Je les hais et je les aime. J'ai honte de ma haine. Je songe alors à ma vie de militant au parti, et à son sage enseignement. La culture ouvrière vaut bien celle des bourgeois ; elle lui est même supérieure car elle n'a pas été pervertie par des influences étrangères, latines et décadentes (trois mots pour dire français)... Le parti est là pour la défendre avec ardeur, comme il défend les intérêts et la dignité des ouvriers...Le parti est la mère des ouvriers... Il est le premier parti d'Allemagne. Il possède des syndicats, des journaux, des bibliothèques, des maisons d'édition, des immeubles, des caisses d'épargne, des assurances, des banques. Oui, comme les Rothschild ! le parti est grand, riche et puissant.

Quand les Français nous rendent une rare visite, ils se forcent au dédain ; ils contraignent leurs yeux prêts à s'écarquiller ; ils closent leurs bouches au bord de l'admiration. Ils sont gentils, les Français. Leur Jaurès est un grand esprit, mais comme souvent les esprits trop grands, il est, en politique, un enfant naïf et déraisonnable. Ainsi, pour empêcher la guerre entre nos deux pays, n'a-t-il pas proposé que nos deux mouvements appellent à la grève générale ! La grève générale. Et pourquoi pas des barricades, une Révolution ! Ces Français sont d'incorrigibles romantiques. Le parti n'a plus besoin de ces moyens archaïques pour imposer la volonté des travailleurs. Avec ses 110 députés élus lors des dernières élections de 1912, il empêchera aisément l'aigle allemand de sortir ses griffes. De toutes les manières, il ne pourrait faire autrement. Nos ouvriers ne sont pas français. Jadis, nous avons essayé de leur inculquer l'esprit de révolte, de rébellion démocratique. Nous autres Allemands apprenons tout. Avec méthode et persévérance. On nous a enseigné contre Napoléon le patriotisme. À partir de 1848, nous avons commencé d'acquérir les premiers rudiments de la liberté ; mais nos maîtres bourgeois n'ont pas su achever l'apprentissage. Alors, nous avons découvert auprès d'un autre, plus déterminé et meilleur pédagogue, l'esprit militaire de discipline, l'aristocratique mentalité de caste, le mépris de la liberté et de l'égalité. L'Allemagne démocratique dont nous avions rêvé est encore dans les limbes ; et je crains que le parti ne parvienne à l'accoucher sans mettre la vie de la mère en danger.

Je ne pouvais cependant avouer ce qui me tourmentait. Je n'aurais pas été suivi, pas compris. Alors, comme les bourgeois de 1848, je fus pusillanime et lâche. Je lançai d'un air canaille : « Ah, si Jaurès pouvait de même passer une muselière au coq français ! » Et la muselière clouant le bec du vaniteux coq français amusa beaucoup les délégués, qui se tapaient les cuisses de joie : « Ah, ces Berlinois, toujours caustiques ! »

Pourtant, je ne voulais pas prononcer le moindre discours. À quoi bon ! Trois mots balbutiés, arrachés au néant ; qui y retournent aussitôt. Mais lorsque j'ai dit le parti, l'Allemagne, le socialisme, le pouvoir demain, dans les urnes de 1916, je fus acclamé. Non, je ne suis pas un tribun ; rien qu'un vieux, avec ses tours. De même, lorsque j'ai entonné les premières notes de notre « Marseillaise des travailleurs », je n'ignorais pas que nos délégués se lèveraient, et hurleraient à pleins poumons notre cher et vieil hymne. Je ne résiste pas au plaisir de vous chanter sa dernière strophe :

Nous ne comptons pas nos ennemis
Pas plus que les dangers
Car nous suivons le fier chemin
Que nous a montré Lassalle !

Debout, raidis dans un impeccable garde-à-vous, tous chantaient et se regardaient chanter, l'œil pétillant de joie et de malice. À la tribune, August Bebel enflait sa grosse voix et ses joues rondes rosissaient de plaisir. Karl Liebknecht forçait une voix flûtée et Rosa Luxemburg, enfin sortie de sa virile réserve, reprenait à gorge déployée notre ancien chant de gloire. Bernstein et Kautsky sifflaient aussi entre leurs dents serrées. L'enthousiasme des militants devait les exaspérer, mais ils n'en laissaient rien paraître. Derrière eux, derrière nous tous, deux immenses portraits, exactement de mêmes dimensions — nous avions vérifié avec soin avant l'ouverture du Congrès —, semblaient approuver. La barbe claire et la boucle sombre, Karl et Ferdinand nous couvaient de leurs regards fraternellement unis. Pour combien de temps encore ?

Lorsque Engels était encore vivant, il n'avait eu de cesse qu'on ait éliminé toute trace, dans nos statuts comme dans les références « scientifiques » de notre parti, des travaux de Ferdinand Lassalle. August Bebel avait alors tonné que le parti de Gotha était d'abord celui de Lassalle, et non de Marx. Kautsky lui-même s'était dressé sur ses ergots : « Le point de vue de Marx sur Lassalle n'est pas le point de vue de la social-démocratie allemande. Comment pourrions-nous oublier l'homme dont les écrits ont instruit notre première connaissance et inspiration en tant que socialiste ? » Engels n'avait jamais renoncé ; et ses héritiers, depuis lors, salissent consciencieusement la mémoire de Ferdinand Lassalle. Comme si abaisser Lassalle eût grandi Marx. Comme si le culte de Marx ne pût croître et embellir que sur les décombres de celui de Lassalle. Oui, il y a bien culte. Il y a eu et il y aura. Les mouvements ouvriers sont composés d'êtres humains qui ont besoin d'aimer, d'admirer, de se sacrifier. Les amis d'Engels sont prêts à toutes les ignominies pour éliminer Lassalle de la mémoire des hommes ; et les combats pour la mémoire ne sont pas les moins féroces. Délation, occultation, falsification, dissimulation. Tout est bon pour salir, avilir, détruire.

Lassalle doit disparaître de la mémoire des ouvriers pour que règne, solitaire et vénéré astre solaire, le roi Marx, comme jamais il ne le fut de son vivant. Lassalle est donc un tyran qui rêvait du suffrage universel ; un plagiaire qui n'énonçait que de ridicules théories économiques ; un agent de Bismarck aimant trop la France ; un agitateur révolutionnaire trop respectueux du juridisme de la démocratie bourgeoise ; un Juif aux amitiés antisémites ; un dépravé menant une vie de rentier… Ils osent tout et n'importe quoi. Et Bernstein d'assener avec un bel aplomb :

« La vérité avant tout. La démocratie socialiste n'a pas de légendes et n'a que faire d'en avoir. Elle ne fait pas des saints, et les précurseurs, elle les considère comme des hommes. »

Ils sont les plus intelligents, les plus brillants, les plus fourbes. Ils vaincront. Et je n'y pourrai rien, moi qui ne suis rien. Lassalle sera dénigré, oublié. Il était seul de taille à les affronter. Il avait la science et l'éloquence ; mais aussi l'orgueil et la volonté. Sa mort est cependant la preuve ultime de la supériorité de ses adversaires. On a toujours tort de mourir. De mourir trop tôt. Il n'avait pas le droit de me laisser désarmé face à cette meute qui déchiquette sa mémoire à belles dents. C'est pourquoi j'ai décidé d'écrire l'histoire de Ferdinand Lassalle. Tout, je veux tout écrire. Ce que j'ai vu et su. Ce qui a été pensé, dit, écrit. Sans mensonge ni complaisance.

Chaque matin, je m'installerai à ma table de travail, dans mon coquet appartement de retraité du socialisme que j'habite, depuis quelques années, dans le Moabit, le quartier de mon enfance. On disait autrefois que ce faubourg de Berlin tenait son nom de la terre de Moab, dont il est question dans la Bible. Aujourd'hui, on assure, avec une présomption scientifique, qu'il serait une déformation du français « terre maudite », cri d'effroi des protestants chassés par Louis XIV, découvrant cette terre fauve, sablonneuse, entourée de pins. Longtemps, j'ai rêvé que coulait dans mes veines le sang de quelque noble huguenot ; mais je dus me résoudre à la médiocre réalité : aucune des femmes de ma lignée n'avait fauté. Rienacker, le nom de mon père, est aussi le mien ; et Franz, un prénom des plus banals en Germanie. Désormais, cette terre n'est plus maudite. Grâce au parti. Les coopératives ouvrières ont construit des bâtisses de quatre étages, de pierre et brique mêlées, aux appartements vastes, spacieux, et hygiéniques. Sur mon balcon, j'entends les piaillements des enfants jouant dans le préau ; je vois pousser les rhododendrons ; et je peux apercevoir les sapins de la Jugendfreide qui bordent les eaux calmes du lac de la Plozentsee.

C'est ici que moi, Franz Rienacker, rien, tonsure parmi les complets sombres, j'écrirai la vie de Ferdinand Lassalle, sans présupposés idéologiques ni pieux mensonges révolutionnaires ou arrière-pensées claniques. Je n'écrirai ni pour la gloire, ni pour la postérité — d'autres que moi ont déjà réservé les rares places octroyées à notre siècle —, ni même pour défendre sa mémoire maltraitée par les affabulations des cuistres marxistes. La lutte est vaine, le combat perdu d'avance. J'écrirai pour lui faire honte. Honte d'être mort tandis que je suis encore vivant, d'avoir disparu avant le barbu vaniteux et l'infâme de Manchester. Pour que la ration de honte soit pleine, j'écrirai en français. Dieu sait qu'il aimait le français ! Il en caressait chaque mot comme la jambe soyeuse d'une jolie femme ; il en humait la moindre syllabe comme un grand vin de Bourgogne ; il exaltait avec une fièvre toute germanique cette « clarté française » qu'on envie tant de ce côté-ci du Rhin. Il aimait à lire le français ; et l'écrire plus encore. Il trébuchait mais ne se décourageait pas. Il écrivait « j'aura » ou « mésentendu » ; mais il s'obstinait. Il usait les pages de son dictionnaire ; et la patience de son ami Hans von Bülow :

— Comment traduire « chemins de ronde », Hans ? Ce sont des chemins qui conduisent autour de la circonférence de Paris ?

La langue française le corsetait, ridiculisait son accent germano-polonais quand il parlait ; et, quand il écrivait, elle endiguait douloureusement son besoin irrépressible de s'épancher et de se répandre. Chaque erreur était le prétexte à d'incessantes contestations. Bülow et lui étaient devenus comme ces Français qui n'aiment rien tant que se reprendre grossièrement les uns les autres ; et les étrangers plus encore. Lassalle avait fait siennes ces détestables habitudes lorsqu'il m'en enseigna les premiers rudiments ; il me corrigeait avec une joie mauvaise, comme si le génie de cette langue était dans l'incessante reprise fielleuse et querelleuse.

J'écrirai donc ce récit en français pour lui montrer que vivre aussi vieux que moi n'a pas que des désagréments, puisqu'on a ainsi le temps d'améliorer sa connaissance de cette fichue langue. Et puis, Nietzsche dit je ne sais plus où que « l'allemand n'est pas doué pour le presto » : la vie de Ferdinand Lassalle fut prestissimo !

J'écrirai en français tout simplement pour lui dire que je l'aime. Et que j'ai hâte de le retrouver.

CHAPITRE I

L'homme aux bottes rouges

C'était la première fois qu'on m'appelait Monsieur. Je n'avais pas encore vingt ans et j'accompagnais mon père dans une grande salle froide aux murs gris et aux fenêtres sombres, où avaient coutume de se réunir les ouvriers de l'industrie mécanique, à la porte d'Orianenbourg, dans un faubourg de Berlin. Mon père, qui était ébéniste, avait cependant promis à son ami Walter de l'accompagner à l'« Association ». Mon père était de ces hommes admirables qui tiennent toujours leurs promesses ; et en ma double qualité de fils et d'apprenti, j'avais été aimablement invité à... « me montrer un homme de parole ». Joyeux dimanche ! Dehors, le soleil semblait rire de moi de tous ses rayons. Cette nuit, un fort vent d'est avait soufflé et, au matin, les lourds nuages gris accumulés pendant l'hiver avaient enfin plié bagage. C'était, je m'en souviens, le premier dimanche d'avril. Ce matin-là, mes amis ont dû m'attendre longtemps. Ils sont quinze, et bientôt plus de vingt. Gunther, Lothar, Wolfgang, Rita, Sylvia, ils attellent lentement l'antique char à bancs qui a déjà convoyé leurs pères et leurs grands-pères. Ils m'attendent encore un moment et puis se décident à partir. Ils fouettent pour le plaisir les flancs décharnés des haridelles qui connaissaient d'instinct le chemin de la Weider.

Un long moment, Greta conserve avec une obstination revêche ma place vide à côté d'elle ; et puis elle se lasse, un autre s'approche et elle ne le repousse pas, elle ferme les yeux et laisse — privilège que je me croyais ingénument réservé —

une main avide caresser sa cuisse chaude. Les uns contre les autres, ils se serrent, se frottent, et chantent à tue-tête : « Prussien je suis ! » L'eau de la Havel, calme et claire, ne s'étonne pas de recevoir les corps de ces jeunes barbares hurlant leur joie de n'être plus, pour quelques heures, attachés à leur établi. Par-delà les barrières qui les séparent, ils éclaboussent les filles qui refusent de les rejoindre parce que « cela ne se fait pas ». Ils jouent au cerceau et mangent du pain au cumin. Les garçons boivent des litres de bière blanche et rotent en riant ; les filles se racontent des histoires d'amour au pied des cerisiers en fleur. Ça sent le chou, le navet et la poitrine fumée. Ici aussi. Mais il n'y avait pas Greta, pas l'eau de la Havel qu'on jetait à pleines mains sur les filles, pas de cerceaux. L'objet obscur de la « conférence » était inscrit en lettres grasses sur les murs sales : « De la liaison particulière de l'idée de la classe ouvrière avec la période historique actuelle... »

Et puis, il m'a appelé Monsieur... C'était la première fois qu'un monsieur m'appelait Monsieur. Il était installé en équilibre précaire sur une estrade improvisée faite de trois planches de bois mal équarries. Je l'ai observé pour la première fois et j'ai eu l'impression que son œil bleu protégé par un sourcil épais et sombre ne regardait que moi ; et que ce « Messieurs », « Herren ! », qu'il avait respectueusement lancé à toute l'assemblée, ne s'adressait qu'à moi. Il portait un pantalon gris rentré dans des bottes de cuir rouge, une redingote noire et une cravate blanche rehaussée en son milieu d'un petit diamant. Sa chemise était en soie, ses longues mains fines et noueuses étaient couvertes de bagues dorées, et au sol gisait une paire de gants beurre frais. Quand il avait traversé la foule des blouses grises et des pantalons de coutil bleu, quelques brocards avaient fusé sur « la fille à soldats aux bagues dorées » ; mais lorsqu'il avait dit « Messieurs », les insolents s'étaient tus. Quand il parlait, on oubliait tout, on était transporté dans un autre monde. Sa voix était chaude, caressante. Dans sa bouche, l'allemand ressemblait à de l'italien. Ses mains s'animaient et son corps tout entier dansait. Ses cheveux étaient noirs et drus, soigneusement plaqués ; son teint mat était celui d'un moricaud ; son nez était long et fort. Cet homme, dont je n'avais pas même retenu le nom inscrit sur les affiches de l'Association, était une sérénade, et nous étions tous telle Juliette charmée sur son balcon véronais.

Puis, insensiblement, le tendre velours se fit tunique rêche ; le conteur, prédicateur. Les mots étaient hachés, frappés, enfoncés. Le regard velouté du séducteur devint plus froid, métallique, le long nez s'effila encore et dévoila trois poils noirs qui s'échinaient à composer une moustache montée en épingle sur une lèvre mince et sèche, surveillant une lippe épaisse. Alors, l'acteur endossa un nouveau rôle. Sa voix s'éclaircit, ses mains se posèrent en avant du corps sur une table imaginaire, le pouce et le majeur arrondis en arc de cercle ; son regard semblait nous harponner pour faire rendre à nos intelligences avilies une marque de compréhension, un signe, une étincelle. Il parla pendant des heures ; c'était comme s'il ne devait jamais s'arrêter. Je ne sais plus très bien ce qu'il a dit. De vagues mots tournoyaient dans mon cerveau embrumé. Je n'avais pas tout retenu ni tout compris. Son discours ne ressemblait à rien de ce que j'avais déjà entendu. Il n'y avait point de plaisanteries ni de récits édifiants ; de patrons voleurs ni de chambres où l'on s'entassait à dix ou douze ; de grabats qu'on installait sous un escalier ni la fumée noire des hauts fourneaux d'usines qui faisaient tousser les enfants. Tout cela existait, n'avait pas disparu par enchantement, mais « il » n'était pas venu pour cela. « Il » était venu parler de science. Et j'avoue que nous étions assez flattés qu'un monsieur si bien mis discutât « science » avec des gens comme nous.

Un mot avait cependant retenu mon attention : suffrage universel. Je n'en ai pas tout d'abord saisi le sens. J'ai tiré sur la manche de mon père, comme un enfant capricieux ; mais il s'est vigoureusement empressé de libérer sa manche de veste ; mon père tenait à conserver de respectueuses distances avec ses enfants. Sur le ton bourru qui lui était coutumier, il m'expliqua ensuite qu'avec le suffrage universel la voix d'un ouvrier vaudrait celle d'un bourgeois. Quand il eut achevé sa leçon de science politique, je le contemplais, les yeux écarquillés, étincelants d'intelligence comme ceux d'une carpe dans un aquarium qui regarde tomber de petits bouts de pain. Je n'avais de ma vie entendu pareille incongruité. J'avais dû mal comprendre, mais je n'osais empoigner de nouveau la manche de sa veste. Non, mon père avait mal entendu ; ou trop bu. Ma mère disait que la compagnie de Walter ne lui valait rien ; elle avait une fois de plus raison. Mon sentiment d'incrédulité s'intensifia lorsque mon père me souffla que les ouvriers avaient déjà bénéficié du suffrage universel. C'était il y a longtemps, en 1848 ; mais cela n'avait pas duré. Une erreur sans doute. On avait pris les Allemands pour des Français.

Ces interrogations, si nouvelles pour moi, me bouleversaient. Le cerceau, le pain au cumin, et même la cuisse chaude de Greta étaient loin. J'avais pris l'habitude, récente mais résolue, de contredire et rejeter tout ce qui portait le sceau paternel ; il faut dire que l'apprentissage dans son établi aurait vidé des citernes d'obéissance filiale. Cependant, je demeurais intrigué. Mon imagination vagabondait. Un jour, la voix d'un ouvrier comme celle d'un bourgeois... La casquette autant que le haut-de-forme... Non, ce n'était pas sérieux. Il ne me restait qu'à lui demander. À Lui. Son discours n'était pas achevé que ma résolution s'étiolait comme la flamme d'une bougie qui s'éteint, lentement. Soudain, sa voix enfla, son bras se dressa, tout son corps fut pris de transes, puis se figea ; la voix tonnante devint murmure, la cascade, cours d'eau :

« Avez-vous jamais, messieurs, contemplé le lever de l'aurore du sommet d'une haute montagne ? Une bande pourprée teint de rouge l'extrême horizon et annonce la nouvelle lumière ; les nuées s'élèvent, s'assemblent et cachent pour un instant les rayons de l'aurore ; mais il n'est pas de pouvoir sur terre qui puisse empêcher l'essor lent et majestueux du soleil qui, une heure plus tard, visible par tout l'univers, brillera au firmament, plein d'éclat et de chaleur. Et une heure dans le tableau que la nature nous donne chaque jour représente une ou deux dizaines d'années dans le spectacle plus imposant encore que nous offre une aurore historique... »

Je tremblais mais n'osais détourner le regard, de crainte de paraître ridicule. Le silence qui recueillit les derniers mots de l'orateur à la chemise en soie et aux bagues dorées, me rassura. Les applaudissements qui suivirent, abondants, interminables, étaient emplis de respect, de fascination même. Je surpris des visages rudes, épais, à la peau précocement parcheminée, effacer à la hâte, de leurs gros doigts gourds, une larme timide. On ne leur avait jamais parlé ainsi. Avec de simples mots, cet homme en équilibre instable sur trois planches de bois mal équarries leur avait donné une dignité qu'ils n'avaient osé espérer dans leurs rêves d'après beuverie, comme s'il les avait couverts d'une redingote grise et d'un chapeau haut de forme.

Je ne prétendais alors plus du tout l'interroger ; ni lui dire trois mots anodins, l'approcher même ; faire courir mon ombre insolente près de la sienne, sur le même mur sanctifié. Mon père en avait malheureusement décidé autrement. Il voulait voir « le conférencier » ; il aimait emprunter des mots au bourgeois, qui ravissaient ma mère. Il n'avait pas encore renoncé à l'idée archaïque que j'étais un autre lui-même, une dépendance, une terre d'Empire ; il me poussa donc avec vigueur devant lui.

Mon père n'était pas seul à avoir eu cette idée. Mon père avait rarement des idées originales. L'immense salle de l'Orianenbourg avait été comme aspirée par une puissante machine qui aurait emporté et déversé la foule autour de l'homme soudain englouti dont on ne voyait plus, de loin, que l'éclat du diamant sur sa cravate blanche. À la suite de Walter, mon père se fraya un chemin à grands coups d'épaule rudement assenés ; ma mère avait raison, la compagnie de ce Walter ne lui valait rien. Walter ne manquait cependant pas d'efficacité ; déjà, nous étions dans le saint des saints... L'homme parle, continue inlassablement d'expliquer ; ses mains, ses doigts, ses yeux, tout s'exprime avec vivacité. À côté de lui se tient, raide et arrogante, une vieille femme aux cheveux jaunes et aux joues rouges, qui crache la fumée âcre d'un énorme cigare au visage des ouvriers s'approchant trop près de leur nouvelle idole. Mais ses adorateurs n'en ont cure. Ils le touchent, le pressent, le bousculent. Ils lui tendent une main timide dont il s'empare avec vigueur ; mais il ne dissimule guère son désagrément lorsqu'il découvre qu'elle est moite. Ils lui offrent un franc sourire un peu gêné qu'il leur rend sans apprêt. Ils quêtent seulement un peu de compréhension, d'amour ; et il plante son regard fier dans leurs yeux qui ne connaissent que l'humilité. Il leur inocule un peu de son orgueil immense et les abandonne avec le dédain de l'aigle qui relâche un mouton trop aisément tombé entre ses serres. Il appuie avec désinvolture ses mains sur une longue et fine canne en bois d'ébène. Il leur sourit sans les voir, leur parle sans les écouter, les salue sans les toucher ; mais il est simplement là et cela leur suffit. Ils lui donnent du « docteur Lassalle » à pleines brassées, pour se conformer à l'habitude allemande, mais aussi parce que la présence d'un « docteur » au milieu d'eux les soigne d'un mal qu'ils croyaient incurable : l'humiliation. Ils bafouillent une question, la reprennent sans fin, ne comprennent pas toute la réponse, mais cela importe peu.

J'ai longtemps espéré que le suffrage universel serait abordé par d'autres, mais le sujet ne semble passionner que moi. J'ai décidément dû mal comprendre. À trois, quatre reprises, je roule mes pauvres mots dans mon cerveau échauffé ; tout mon corps se tend, je serre les poings soigneusement cachés derrière le dos, et tel un écolier au tableau noir pressé d'en finir, je me précipite, lançant mes phrases dans le plus grand désordre :

— Docteur Lassalle, excusez-moi. Je voudrais vous parler du suffrage universel. J'ai peur de ne pas avoir tout compris. Vous ne voulez pas dire qu'une voix d'ouvrier comptera autant qu'une voix de bourgeois, n'est-ce pas ?

Il me sourit mécaniquement. Il se penche vers moi sans me voir. Il me confie, sur le ton de la conférence, que je dois garder confiance, qu'un jour viendra, plus proche qu'on ne croit, où les ouvriers et les bourgeois, unis au sein d'une même nation réconciliée… Ce sera l'aurore. Il caresse longuement mes cheveux blonds. Il me demande mon nom mais n'entend pas « Franz Rienacker », que je siffle entre mes dents serrées par l'émotion. Il demeure ainsi un long moment silencieux, une main posée sur ma tête, comme s'il me bénissait, une autre s'appuyant sur sa canne en bois d'ébène, comme s'il cherchait une inspiration qui tardait à venir : « Le 24 février 1848, mon petit, l'aurore d'une nouvelle période historique s'est levée… » Sa voix est douce et chaude ; mes joues rosissent de plaisir et de fierté.

« Ce jour-là en effet, une Révolution éclata en France dans ce pays, théâtre de violentes luttes intestines au cours desquelles

les victoires et les défaites de la liberté sont les victoires et les défaites de toute l'humanité. Cette Révolution appela un ouvrier au gouvernement provisoire… »

Je reconnus alors un morceau du discours qu'il venait d'achever et qu'il me resservait tout uniment. Sur le même ton. Avec la même conviction. La même inclination de la tête, le même mouvement du pouce et de l'index arrondis. Mon visage s'empourpra, de colère et de honte. Je me repris rapidement. Dans l'effervescence, personne ne s'était aperçu de rien. Sauf lui. Il se pencha alors vers moi. Pour la première fois, son regard me regardait, son sourire me souriait. C'était un rictus d'enfant désarmé, pris la main dans le pot de confiture. Puis, il se redressa brusquement. Ses traits se creusèrent, se durcirent, sa mince lèvre supérieure frémit : l'enfant était devenu vieux. Il se retourna vers un petit homme sans âge à la calvitie avancée que nul n'avait jusque-là remarqué, et sortit avec ostentation de son gilet une montre à remontoir — l'objet était alors récent et fort à la mode, et la plupart des ouvriers n'avaient jamais vu que les traditionnelles montres à clefs… portées par les bourgeois.

— Lothar, je crois qu'il est temps que nous partions. Il se fait tard. Nos amis doivent être pressés de rentrer. Les dames de ces messieurs doivent s'impatienter.

Il rit d'un rire forcé et tous les ouvriers firent le chœur. Il précipita le pas vers la sortie. La fumée du gros cigare de la vieille femme aux cheveux jaunes et aux joues rouges lui ouvrait un étroit chemin. Quand il se perdait, et tournait en rond, il s'esclaffait : « Ma brave comtesse où êtes-vous, je ne vous vois plus ? » Et elle lui répliquait, sur le même ton primesautier : « Je suis là, mon enfant. Pas loin de vous. Je vous conduis sur la seule voie possible. Je suis en quelque sorte votre explorateur. »

Ils arrivèrent enfin à une lourde porte en bois vermoulu dont on s'empressa d'ouvrir les deux battants. Une jeune femme blonde au teint pâle et aux grands yeux verts empreints de mélancolie l'attendait sagement. Il jeta un œil surpris en sa direction comme s'il découvrait sa présence, ou s'en souvenait subitement. Il esquissa un sourire las qu'il contint à ma vue :

— Dis donc, petit Berlinois, quel est ton nom déjà ?

— Rienacker, docteur Lassalle. Franz Rienacker.

— Franz, mon petit, viens chez moi demain. On sera plus tranquille pour parler du suffrage universel et de l'Allemagne de l'avenir. De ton Allemagne...

Je demeurais interdit. Son visage exprimait une douceur, une tendresse inconnues. Il pria l'homme qu'il appelait Lothar de me remettre une carte de visite sur laquelle était inscrit, en hautes et fières lettres :

« Ferdinand Lassalle. Docteur en droit. Membre de l'Académie de philosophie. Berlin, 13, rue de Bellevue. »

Il me tourna le dos sans mot dire. Un fiacre l'attendait. Il plaisanta un instant avec le cocher dans une langue qui m'était étrangère. Il s'installa entre les deux femmes qui lui firent place en minaudant. Il esquissa un geste ultime de la main vers ses derniers admirateurs. La jeune femme blonde au teint si pâle avait posé une tête dolente sur son épaule. D'une main, il caressait ses longs cheveux clairs qu'elle avait dénoués ; et de l'autre, tenait un énorme cigare que lui avait allumé la vieille femme aux cheveux jaunes. Assis seul sur la banquette d'en face, son lorgnon tremblant toujours prêt à rouler sur son nez camus, Lothar annotait une feuille de papier qu'il rangea méticuleusement dans une large pochette de cuir noir. Le cocher, encore un brin hilare, fouetta les deux chevaux bruns qui, mécontents, tirèrent sur leur mors, firent deux pas de côté, puis, cravachés de nouveau, prirent leur ample pas habituel. Le fiacre s'éloigna. On n'entendit que le roulement sourd et régulier des sabots sur le sable, et on ne vit bientôt plus que le crâne chauve et luisant de Lothar penché sur sa large pochette de cuir noir.

Je connaissais chacune des fleurs blanches qui ornaient fièrement les marronniers de la rue de Bellevue. Depuis des heures, je les admirais, planté devant une imposante maison à quatre colonnes de pierres, au fronton de laquelle était peint un signe que je ne connaissais pas : XIII. Au milieu de la porte de bois, il y avait un heurtoir en fer forgé que je parais des plus maléfiques intentions. Dans mon enfance, le pasteur m'avait raconté que le grand prêtre des Hébreux ne pouvait entrer, vêtu de son bel habit de lin blanc, dans le saint des saints du temple de Jérusalem, s'il ne s'était au préalable purifié de tous ses péchés, sous peine de mourir instantanément. Depuis des heures, je me purifiais à grande eau, mais je n'osais pas encore revêtir le noble et pur habit de lin blanc... Dès le lendemain matin de la « conférence », sans rien dire à mon père, j'avais traversé hâtivement les marais de la Jungfernheide qui étalaient leurs herbes sauvages jusqu'au pont de Moabit sur la Spree. Alors, il y avait encore des cabanons de bois et des lapins là où trônent aujourd'hui des immeubles de pierre et des hauts fourneaux. Je franchis le pont de Moabit et rentrai dans le jardin du Tiergarten avec des timidités de fille. J'avançais en baissant les yeux. Je n'osais rien regarder, ni les façades élégantes, ni les balcons chargés de géraniums rouges et blancs, ni les sages jeunes filles allant toujours par deux, sous leur ombrelle de soie rose bordée de losanges mauves dentelés de jaune, qui flânaient à l'ombre des tilleuls de l'avenue Unter den Linden, ni les messieurs à redingote et chapeau haut de forme qui hélaient un fiacre d'un bras péremptoire, ni le sable gris qui s'envolait sous le pas des chevaux. Je ne voyais ni n'osais rien voir, comme si un écran de lumière protégeait l'élégant centre de la cité de mon regard avilissant. Je longeais les murs, craignant que l'on me dénonce et me renvoie dans mes faubourgs pouilleux. Quand je demandais mon chemin, j'avais le sentiment de parler une langue étrangère.

La rue de Bellevue était une artère pimpante et propre. Je m'approchais du numéro 13 avec la prudence d'un chat qui craint l'eau. Je me tournais et me retournais, nerveux. Un long moment, je cherchai en vain. Quand je compris enfin que le XIII était le 13, et que je vis les marronniers, les colonnes, le heurtoir en fer forgé sur la porte de bois, mon pouls s'accéléra et mes jambes se nouèrent. Je m'immobilisai. Je suis resté ainsi des heures, incapable de bouger, de frapper à la porte ni de m'enfuir. C'est le froid qui me donna le courage dont j'avais jusque-là manqué. Il était quatre heures de l'après-midi et le soleil se couchait lentement, laissant de longues traces rougeâtres au-dessus des marronniers. Un froid hivernal encore emplissait peu à peu Berlin. Dans la rue, les lampadaires se voilaient d'une lumière blanchâtre. Devant chaque maison, une torche éclairait l'entrée. Le froid me mordillait les mains. Je me décidai. Je frappai d'un coup timide le heurtoir contre la porte. J'osai un geste plus vigoureux. La porte s'ouvrit sur un homme en habit sombre qui me parut gigantesque. J'eus un mouvement de recul. Je parvins toutefois à marmotter trois bouts de phrases que le géant, obligeamment penché vers moi, me fit répéter :

— Monsieur n'est pas ici. Monsieur est à côté. Chez Madame la comtesse. Monsieur dîne tous les soirs chez Madame la comtesse. Si vous ne voulez pas attendre toute la soirée, allez donc frapper à côté. Au revoir, Monsieur.

Et la porte se referma dans un grand bruit sec.

J'avais toutefois eu le temps de pencher la tête vers l'entrée, au risque de me tordre le cou, et d'y découvrir mille trésors dont je ne soupçonnais alors pas l'existence : plafond haut aux moulures dorées ; grandes fenêtres à petits croisillons ; tentures de velours rouge ; bibliothèque de bois sombre emplie de livres richement reliés ; tapis épais aux couleurs écarlates ; divan bas couvert de broderies orientales ; et même une longue pipe aux larges embouchures ambrées — et des vases dont je n'ai jamais bien su s'ils étaient chinois ou japonais. Je songeais qu'un homme vivant au milieu de pareils raffinements ne pourrait comprendre, et conduire moins encore, l'armée dépenaillée et avinée de gueux qui s'effondraient, la journée de labeur enfin achevée, sur un méchant grabat au milieu de six enfants débraillés et d'une grosse femme sale et suante au regard si las, alors qu'elle n'a pas encore trente ans. Et puis, je revis le visage fier, les yeux étincelants de bonheur simple des mécaniciens de l'Orianenbourg qui, la veille, avaient acclamé l'homme aux bottes rouges et aux bagues dorées — comme s'ils n'étaient pas mécontents d'intéresser, et de lier à leur sort, ce dandy dont la peau délicate ne connaissait que le contact de la soie et dont les mains soignées de fille reposaient mollement sur le pommeau en vermeil d'une canne en bois d'ébène. Je ne savais que penser, mais c'est le moment que choisit le géant au ton rogue, aussi strict que sa livrée, pour me frotter avec rudesse la porte contre le nez. Distrait par la hauteur inaccoutumée de mes réflexions, j'avais relâché ma surveillance.

La douleur et l'orgueil malmené ravivèrent quelque peu l'entrain du Franz Rienacker qui chassait le lapin dans les landes herbeuses du Moabit et volait des baisers aux amies effarouchées et ravies de Greta. Je me précipitai vers la maison voisine, et frappai la porte de bois à grands coups répétés du heurtoir de fer délicatement ouvragé. Un jumeau du premier laquais m'ouvrit aimablement, comprit aussitôt ce que j'ânonnais, et me pria d'entrer sans façon. Je pénétrai dans l'appartement derrière lui, mes pas dans les siens, mes yeux rivés sur les pans de sa liquette aux gros carreaux gris, comme si je passais à gué un fleuve fangeux infesté de crocodiles. Soudain, il interrompit sa marche tranquille. Il se redressa, et je me cognai contre son dos immobile. Je passai avec précaution la tête au-dessus de son épaule roide, et compris que même un domestique expérimenté pouvait s'interroger sur la conduite à tenir. Dans la pièce où mon aimable guide s'apprêtait à poser ses pas confiants, il y avait, comme aurait dit le premier serviteur aux manières raides et ampoulées, « Madame la comtesse et Monsieur ». Monsieur était vêtu d'une ample robe de chambre de soie mauve. Monsieur s'agitait, s'échauffait ; Monsieur hurlait :

— Une Américaine ! Une Américaine ! Comment s'appelle-t-elle, déjà ? Ah oui ! Mouton ! Mouton ! As-tu vu nom plus ridicule ? As-tu vu mésalliance plus éclatante, un Hatzfeldt qui épouse un mouton ? Un petit mouton de dix-sept ans qui n'est jamais sorti de ses montagnes rocheuses avec un des plus grands noms d'Allemagne ? Tu vas tolérer ça, toi ? Je ne peux pas y croire !

— Tu raisonnes comme le vieux Arnim ou la grand-mère Reischoffen ! Mais mon enfant, ces raisonnements sont dépassés, et ces grands noms ne valent plus rien. Aujourd'hui, un mariage n'est plus la réunion de deux lignages qui s'allient mais deux cœurs qui se rencontrent et s'aiment. Il n'y a plus que les bourgeois pour arranger encore leurs mariages. Voyons, Ferdinand, mon enfant, ce que tu es philistin pour un Rouge !

J'entendais bien Madame la comtesse, mais je ne la voyais pas en dépit d'un cou douloureusement tordu.

— Vois-tu, ma bonne maman, je crois à la vérité que si j'étais né prince, je serais du parti aristocratique. Je suis né fils de marchand, je ne peux qu'être démocrate. Mais lorsqu'on a la chance de porter un nom tel que Hatzfeldt, on se doit…

— Allons, allons, mon enfant, foin de leçons. Vous pourriez tenir le raisonnement inverse avec la même passion. Sois franc : c'est ta haine de Paul qui te fait parler ainsi.

— Mais je ne le hais point ! C'est lui qui me hait ! Depuis sa plus tendre enfance, ton fils me hait. Il voit en moi un rival, et un rival qui vous prend le cœur de la seule femme qu'on aime jamais, on le tue !

— Tu te trompes. Ou plutôt, tu veux te tromper. Cet enfant t'a aimé. D'un amour pur, absolu. Il admirait chacun de tes gestes, il buvait chacun des mots qui sortaient de ta bouche. Tu étais tout pour lui. C'est toi qui n'as pas su conserver cet amour absolu d'enfant. C'est ainsi avec toi. Tu veux qu'on t'aime mais tu désespères les gens qui t'aiment vraiment.

— Ma chère maman, ne te leurre pas sur l'amour de ton fils. C'est vrai, ton fils m'a singé. Mais guère plus. Car pour devenir comme moi, il faut travailler, beaucoup travailler. Sais-tu le surnom qu'on donne à ton noble fils dans les salons berlinois où il aime à briller ? Paul le paresseux ! Et moi, j'ajouterai Paul le dispendieux. Je suppose que dans sa lettre t'annonçant ses brillantes épousailles, il te demande également de l'argent. Il ne faut pas perdre les bonnes habitudes. Ce cher Paul n'a même pas été capable de dégotter une riche héritière ! Ce n'est pourtant pas ce qui manque là-bas ! À défaut de savoir penser, ils savent au moins « making money » !

— Mon cher enfant, la haine t'aveugle. Paul est un Hatzfeldt. Il lui faut tenir son rang. Même aux Amériques !

— Surtout quand la rente française tombe à 63. Mais le sait-il ce cher Paul que la rente française est tombée à 63 ? Mais Paul s'en moque de la rente française, Paul a un rang à tenir ! Un rang qu'il s'empresse d'oublier lorsqu'il s'agit d'épouser un petit mouton de dix-sept ans ! Paul se croit un séducteur, un Casanova alors que les femmes n'en veulent qu'à son argent, en réalité ton argent, mais elles ne le savent pas. Que veux-tu, Monsieur Paul lit chaque matin le carnet mondain dans le *Kreuzzeitung* et il se prend aussitôt pour Metternich attirant Bonaparte dans ses filets. Tu te souviens, ma bonne maman, quand il était étudiant, Monsieur Paul était parvenu à rentrer chez les « Vandales »... Il s'est tout de suite imaginé Dieu sait quel héros des guerres de Frédéric.

Alors, aujourd'hui, parce qu'il est allé chez Schmidt acheter quelques roses à sa bonniche américaine et lui a écrit sur sa carte trois vers de mirliton, il est au moins Lord Byron !

— Il me semble absurde d'admettre que le bonheur est nécessairement exclu des couches supérieures de la société.

— Ah, Schiller ! Ma bonne maman est en difficulté, heureusement Schiller vient à sa rescousse. Et quand Paul t'aura mangé toute la rente française, tu citeras qui donc ? Goethe ? Le prince des poètes dans le final tragique de *Werther* ?

— Je t'en prie, mon enfant, cesse donc de t'en prendre à un petit qui, après tout, n'a fait une fois de plus que suivre ton pernicieux exemple.

— Un cœur pur peut tout oser !

— Mon petit enfant, je t'en prie, ne le prends pas ainsi avec moi ! Tu dois dépenser trois ou quatre fois plus que Paul ! Tes chemises en soie, tes diamants, tes vases chinois. Sais-tu que ton appartement coûte 500 thalers par mois ? Et par pudeur féminine, je ne dirai rien de tes maîtresses...

— Ce ne sont pas des bonniches américaines...

— Crois-tu vraiment que Lina Duncker vaille beaucoup mieux ?

— Tout de même ! Son mari édite le *Volkzeitung*, un des plus prestigieux journaux de Berlin ! Et accessoirement mes livres, dois-je te le rappeler ? C'est en tout cas un homme d'une autre qualité que ce rustaud, Rostow, tiens c'est pas mal ça en français, ce rustaud Rostow, cela amusera Hans... Ce sergent-chef de Garibaldi qui depuis se prend pour un général de Bonaparte sur le pont d'Arcole !

— D'abord, il était commandant, pas sergent-chef ! Non pas commandant, colonel... oui, c'est cela, colonel-brigadier... non, brigadier-colonel ! Et puis que m'importe son grade ! Cet homme est entré dans ma vie au moment où tu n'y étais plus. Ou si peu. Tu ne me touchais plus comme si j'avais la syphilis tertiaire. Tu collectionnais les maîtresses comme les chemises en soie. Et tu me reproches aujourd'hui encore d'avoir cherché la paix du cœur et des sens dans les bras d'un brave homme, oh bien sûr, pas un grand esprit, mais un homme qui m'aime et me reste tendrement fidèle.

— Mais moi aussi, ma bonne maman, je t'aime. Moi aussi je te suis resté tendrement fidèle tout au long de ces années.

Tu es mon ego, tu es un autre moi-même. Je t'aime comme une maman, une deuxième maman bien sûr, mais que j'aurais choisie. Tu fais partie de moi, tu fais partie de mes peines et de mes craintes, de mes angoisses et de mes triomphes. Et au fil des années, je t'ai aimée de plus en plus. Mais à dire vrai, plus je t'ai aimée moins je t'ai désirée. Comme s'il y avait des vases communicants dans mon âme malade…

Je demeurais ébahi. Comme un enfant que l'on mène pour la première fois au théâtre, je découvrais tout avec émerveillement : l'éclat des décors, le jeu des acteurs, l'élégance de la langue. J'absorbais avec délectation la moindre réplique ; je ne voulais rien perdre ni rien manquer ; et pestais en silence contre ce poteau en livrée grise qui me forçait à d'éreintantes contorsions.

— Laisse donc cela, mon enfant. Moi aussi, je t'aime plus que tout. Je te revois encore lors de notre première rencontre, tu t'en souviens, dis ? Tu étais un taurillon, assoiffé de gloire ; j'étais déjà une vieille femme de quarante ans. Je t'ai raconté ma triste histoire, tu as séché mes larmes, et tu m'as dit : « Je vous défendrai. »

— Tu ne pouvais t'arrêter de pleurer. Tu m'as dit : « Je suis une femme seule, ma famille ne me soutiendra pas par peur du scandale, et mon mari est entouré des défenseurs les plus retors de toute l'Allemagne. »

— Tu t'es penché vers moi, je te revois, Dieu que tu étais beau, avec ton profil de pâtre grec. Tu m'as dit : « Ne pleurez plus, Madame la comtesse. En Rhénanie, c'est le droit français qui s'applique. J'apprendrai le droit français et je les vaincrai. »

— « Les questions générales, Messieurs, ont toujours retenu mon attention. J'aurais peut-être hésité à sacrifier toute mon activité, à interrompre ma carrière pendant des années uniquement pour améliorer le sort d'une seule personne, quoi que ce soit déchirant pour un homme de cœur de voir périr un autre homme, qu'il juge bon et noble, de le voir sans défense, réduit à merci en pleine civilisation ! Mais dans cette affaire, je vis incarner des principes de portée générale. Je me dis que la comtesse était victime de sa classe. Je me dis que seul un prince orgueilleux et millionnaire pouvait se permettre des forfaits pareils, pouvant sans risque aucun porter atteinte aux fondements moraux de la société. Je me dis enfin qu'il y a bien des injustices dans toutes les couches de la société, mais si cette femme avait eu la chance d'appartenir à une famille de bourgeois, d'artisans, de paysans, depuis longtemps il se serait trouvé quelque frère, quelque parent, quelque ami pour mettre un terme à ses tourments, pour étendre une main protectrice sur cet être abandonné à lui-même. Je me dis que ce flot d'injustice révoltante qui n'a pu être endigué pendant vingt ans ne pouvait prendre sa source que dans les classes les plus élevées de la société où, à peu d'exceptions près, le cœur est gelé par la glace du rang, où le sentiment meurt par l'habitude de l'arbitraire, où l'appel aux droits inviolables de l'homme ne trouve pas d'écho !... »

— Tu te souviens encore du moindre mot de ta plaidoirie Après tout ce temps...

— Oui, du moindre mot !

— Mon enfant prodige...

— Et tu te souviens des insultes qu'échangeait alors la presse à notre sujet. « Mort au Juif rouge et à sa catin ! » « La liberté vaincra ! »

— Mon prince des poètes...

— Et te rappelles-tu, ma bonne maman, quand Heine a refusé d'écrire un article en ma faveur parce que la maîtresse de ton mari, tu sais, la baronne de Meyendorff, était la meilleure amie de cette autre espionne russe... Tu sais bien, voyons... La princesse... La princesse de Lieven, c'est cela, qui était la maîtresse de Guizot... Et Guizot donnait une pension à Heine... Ah, ce cher Heine, il y a si longtemps, un noble et généreux ami comme il n'y en a plus...

— Et les petites femmes de Paris dont il te gavait, généreux et noble ami...

— Tu es vraiment...

Au moment où il s'apprêtait à lancer en riant un coussin brodé sur la comtesse, Ferdinand Lassalle s'aperçut qu'il avait un public attentif. Il posa le coussin sur le fauteuil, ébaucha un sourire gêné ; et esquissa un geste timide qui ressemblait à une invite.

— Alors, jeune homme. Est-ce bien digne d'un noble fils d'ouvrier d'écouter aux portes comme un vulgaire domestique ?

À mon tour, je devins rouge de confusion. Il éclata d'un rire bruyant d'enfant joyeux du bon tour qu'il vient de jouer.

— Allons, remets-toi, mon petit Franz. C'est bien ton prénom, n'est-ce pas Franz ? Quel est ton nom déjà ?

— Rienacker, Franz Rienacker, docteur Lassalle.

Je déglutis avec peine ; mais il fit mine de ne pas s'apercevoir de mon trouble. Puis, ils m'oublièrent. La comtesse Sophie ouvrit les journaux, qu'elle froissait et refermait avec une colère mal contenue. Enfin, un sourire fondit la glace de son visage plâtré :

— Écoute donc, mon enfant, ce qu'écrit le *Kreuzzeitung* de la conférence d'hier soir : « Le discours d'un Juif révolutionnaire dont on a beaucoup parlé et qui, avec un instinct exact, a frappé juste et ne nous a pas encore dit tout ce qu'il sait ni tout ce qu'il pense. »

Elle lui agita le journal sous le nez, son gros doigt boudiné posé sur l'article qui les intéressait. Après l'avoir parcouru à la hâte, il le jeta au sol :

— Le *Kreuzzeitung* faisant mon éloge ! Rien ne m'aura été épargné. Ils ont dû baiser la croix qui est sur tous leurs coussins en signe d'expiation !

Il riait mais son rire était gras, forcé, amer :

— Tu ne me lis que le *Kreuzzeitung*, ma bonne Sophie ? Pas de *Nationalzeitung*, pas de *Volkzeitung* aujourd'hui ? La grande presse libérale est silencieuse. La grande presse libérale nous boude et nous méprise. C'est donc cela qui te gêne, ma brave comtesse. Laisse donc ces écrivassiers...

Il prit une feuille de papier et une plume qu'il trempa vivement dans un énorme encrier, trônant sur une table basse :

— Qui, avec un instinct supérieur, non exact — oui c'est cela exact — un instinct exact — dites-moi ma chère Sophie, comment a-t-il fini déjà ? — « ne nous a pas encore dit ni tout ce qu'il sait ni tout ce qu'il pense » — oui c'est cela. La formule se mémorise aisément, ce qui prouve qu'elle est bien balancée. Et assez juste d'ailleurs...

— Quand les journalistes ont le droit d'écrire ce qu'ils veulent, ils ne manquent pas de talent...

— Ils devraient être les instituteurs de la Nation, mais ils se contentent d'être les esclaves de ce nouveau Dieu qui a remplacé tous les autres, l'opinion ! Mais laissons là ces maudits journalistes. Dis-moi, mon petit, quel âge as-tu ?

Il s'était retourné vers moi d'un brusque mouvement de rotation de son grand corps. Son regard scrutateur semblait me disséquer, m'ôter viscères et volonté.

— Vingt ans... enfin dix-neuf et demi, docteur Lassalle.

— Et à dix-neuf ans et demi, évidemment, tu ne sais ni lire ni écrire ?

Le rouge de nouveau aux joues, je répondis péniblement :

— Si, docteur Lassalle. Enfin, un peu.

— C'est exactement ce qu'il me faut. J'avais justement besoin d'un secrétaire pour préparer mes prochaines conférences. Allez, ne fais pas cette tête-là, tu ne seras pas le premier ouvrier à qui j'aurai appris à lire.

Je tremblais d'émotion. Respirais mal. Ne contenant plus ma joie, je me ruais vers lui et baisais sa main goulûment. Surpris, il me repoussa, et se dégagea avec vivacité ; ses yeux flamboyaient de colère :

— Tu n'es pas un domestique et je ne suis pas ton maître ! Franz, demain ta voix vaudra celle d'un bourgeois. Tu seras un homme libre dans une Nation libre. Alors, quitte donc à jamais ces manières d'Allemand servile !

Il sortit de la pièce, sans plus un regard pour moi.

CHAPITRE II

Alphonsine

— Non, Hans. Non, non et non. Je n'ai pas employé le mot Konstitution au hasard ou par erreur. L'allemand « Verfassung » ne contient que le seul sens juridique. Avec le mot français, j'approchais la physiologie des corps. Comprends-moi bien, Hans : j'avais pour objectif unique de révéler qu'une Constitution n'est pas seulement un corpus de règles de droit. Une Constitution, c'est tout et n'importe quoi, c'est des canons, des usines, des banques, l'armée avec ou sans la Garde nationale, le peuple armé ou désarmé, le suffrage universel ou restreint. C'est pourquoi il me fallait un mot concret : Konstitution. Et pas Verfassung.

Rappelle-toi, Hans : je dois convaincre des ouvriers analphabètes qui suivent Schulze et sa camarilla bourgeoise du parti progressiste parce que son petit ventre rond les rassure. Il faut donc que je leur envoie des messages simples : la Constitution, ce n'est pas une question de droit abstraite, réservée à des spécialistes. C'est votre affaire, vous devez vous en occuper ! Les progressistes, eux, font tout le contraire. Ils craignent le peuple. Alors, ils lui mentent. Ils lui font croire que le pouvoir prussien est une monarchie à l'anglaise ! Or, crois-moi, Hans, on peut bien tromper des individus, des masses jamais. Il faut dire la vérité au peuple pour le réveiller. Il faut dire ce qui est : le pouvoir prussien est absolu. Dire ce qui est, Hans, c'était la force de Bonaparte…

Lorsque Ferdinand Lassalle était heureux, il se transformait en un fleuve de mots en crue qui culbutait les digues et inondait les cultures. Et Ferdinand Lassalle avait de quoi se réjouir. Sa conférence sur « l'essence d'une Constitution » avait connu un surprenant succès. Le public, un mélange rare d'ouvriers des fabriques et d'artisans, de membres de la Société philosophique de Berlin et de dignes chaperons en mal d'instruction, l'avait d'abord boudé ou persiflé. Puis sa belle voix grave de baryton, ses postures altières, et la limpidité de sa démonstration avaient éteint une à une les dernières flammèches de contestation, avant de rallumer un flamboyant brasier d'acclamations. Les chefs du parti progressiste venus lui porter la contradiction furent désarçonnés. L'un d'entre eux, ravageant le buffet de ses larges mains ridées, ressassait :

« Que non ascendet, que non ascendet[1] ! »

Les autres choisirent le silence obstiné ou la fuite sans gloire ; et les ouvriers, qui ont le culte du courage viril, jugèrent durement le lâche refus de Schulze, le leader parlementaire des progressistes, de contredire Lassalle à la tribune.

La soirée s'annonçait belle et douce ; mais je ne me doutais point qu'elle le serait tant. Le fiacre d'Hans von Bülow nous attendait à la sortie de la conférence. Ferdinand embrassa copieusement son ami. C'était un petit homme au front dégarni, au nez proéminent et au regard craintif, affublé d'une barbichette coupée en pointe à la manière de Napoléon III, et de vêtements trop grands, d'une redingote trop longue, de pantalons trop amples qui couvraient ses chaussures, comme si les tailleurs avaient refusé de couper dans un gabarit aussi réduit. Son petit corps en mouvement était un arc tendu toujours prêt à se rompre ; il était nerveux et irritable ; ombrageux et fragile ; tyrannique et friable. Il s'était enfoui dans les bras puissants de Ferdinand, puis il en avait émergé, l'œil pétillant. À l'époque, je n'avais pas encore appris à distinguer chez Hans ce qui relevait de la joie sincère et de la distance sarcastique :

1. La devise de Fouquet : « Jusqu'où ne montera-t-il pas ? »

— Ce soir, c'est la fête. On passe prendre Cosima et on court chez les Varnaghen. Ils donnent une réception en ton honneur, Ferdinand. Comme au bon vieux temps !

Cosima von Bülow ne nous fit pas attendre. Sans un mot, cette femme grande et mince, vêtue d'une longue robe noire, sobrement égayée de manches et d'un col blancs, s'engouffra dans la voiture, et se rencogna au fond du fiacre. Je pus l'observer tout à loisir. Elle avait un vaste front intelligent que ne venait pas encombrer une chevelure châtain clair, contenue en arrière. Ses traits étaient fins et aristocratiques ; son visage comme apuré. Elle n'était pas belle : son nez était trop grand, sa bouche trop petite, son teint trop mat, ses joues trop hautes. Elle n'était pas belle, non ; mais dès que je la vis, je pensai à Greta. C'était idiot ; elle ne ressemblait en rien à Greta. Mais justement. En contemplant celle que je n'appelais pas encore Cosima, je me dis qu'il n'y avait pas de Cosima von Bülow dans le Moabit ; qu'il n'y avait pour les Franz que des Greta. Et elle était belle pourtant, ma Greta, et sa cuisse était chaude... Lorsque Cosima souriait de son tendre et frais sourire, elle redevenait humaine ; mais elle ne souriait pas souvent. Lorsqu'elle vous fixait de son regard d'un bleu profond, vous vous sentiez mis à nu ; mais heureusement, elle ne vous regardait pas souvent. Elle était sombre et silencieuse, grave et hautaine. Dès qu'elle pénétra dans le fiacre, l'exaltation puérile des deux amis retomba. Elle s'abandonna aussitôt dans les bras de Ferdinand, ignorant avec raideur son mari Hans, dont le visage blêmit.

Ils s'étaient querellés et elle ne le dissimulait pas. J'appris vite ce soir-là que leurs disputes étaient fréquentes. « C'est le sérieux de la vie conjugale », se moquait Ferdinand, avec le mépris rigolard du célibataire. Enfin, nous arrivâmes chez les Varnaghen d'Ense, au 36 de la rue Mauer, une petite impasse tranquille qui donnait dans les jardins du Tiergarten.

Hans ne nous avait pas menti. Tout le monde attendait Ferdinand avec impatience. Dès son arrivée, une mêlée bruyante et chaleureuse se forma qui, à plusieurs reprises, fit vaciller sur leur socle les innombrables statues grecques alignées dans le long et étroit corridor d'entrée. Un géant au large sourire engageant s'en extirpa le premier et secoua avec vigueur — comme si son avance sur les autres lui donnait des droits — les deux mains de Ferdinand enveloppées dans ses énormes battoirs de plantigrade :

— Ah, mon cher Ferdinand, comme j'étais heureux cet après-midi ! Votre démonstration était admirable ! Les progressistes en ont eu le souffle coupé. Pas un qui ait osé vous répliquer.

— Cher Förster, je vous remercie. Venant de vous, le compliment me touche encore plus. Je vais vous faire un aveu, mais ne le répétez pas trop : j'essaie d'appliquer à la politique la rigueur toute scientifique dont vous faites preuve dans votre travail d'historien. Mais il ne faut pas le dire car si Schulze s'en apercevait, il s'efforcerait de m'imiter, l'animal. Et ce ne serait pas bien difficile. Il suffirait de vous lire !

— Cher ami, je crains malheureusement pour moi que votre immense talent dépasse de loin le sérieux de mes modestes travaux. C'est certainement ce que tous nos amis pensent d'ailleurs. Vous aurez besoin d'un sabre de uhlan pour vous frayer un passage !

— J'ai votre canne, ami ! Votre si admirable canne. Je ne vous dirai jamais assez combien votre cadeau m'a fait plaisir ! Comme il m'a touché. C'était le cadeau d'un véritable ami. Et cela devient rare aujourd'hui, même en pays allemand !

— Ne me remerciez pas, cher Ferdinand, quand je l'ai vue reléguée dans un coin d'une boutique d'antiquités à Londres, j'ai tout de suite pensé à vous. La beauté et l'élégance du bois, et puis cette Bastille sur le pommeau en vermeil. Quand l'antiquaire m'a révélé qu'elle était celle de « l'Incorruptible » lui-même, je me suis empressé de l'acheter, en me disant que l'histoire retiendrait que cette canne avait appartenu à deux hommes : Robespierre et Lassalle !

— Vous êtes un vil flatteur, ami Förster. Mais je crains de devoir interrompre notre agréable conversation. Nos amis nous réclament à grand cris !

— Vous réclament, Ferdinand. Le Minotaure exige sa jeune vierge quotidienne ! Sacrifiez, cher ami, sacrifiez !

Ferdinand se précipita alors vers une jeune femme aux boucles d'un blond vénitien et au corps menu. Il lutina ses doigts délicats, le regard planté dans ses seins offerts sous un corsage de dentelle.

— Il n'y avait donc point de femmes à votre conférence, docteur Lassalle ? Je veux dire... de femmes. Prenez garde, docteur Lassalle, mon mari nous surveille et il vous demandera raison d'un seul clin d'œil...

La blonde gracile pouffa de rire, tordant son petit nez qu'elle avait retroussé et mutin, et cligna de ses grands yeux moqueurs.

— Ah, ma chère Lina, justement, je le cherche, votre mari. Il paraît qu'une fois de plus mon dernier livre enrichit les éditions Duncker. Tenez, je suis sûr que votre Harpagon de mari vous a offert ce magnifique bracelet avec les droits qu'il a oublié de me verser. Permettez au moins que je profite du fruit de mon travail.

Et il frotta son nez sur le bras nu de la rieuse bien au-delà du brillant objet :

— Votre nez, mon ami, est une bien tendre épée qui rompt d'un coup toutes les défenses de ma pudeur...

— De votre pruderie, Lina. Vos défenses sont celles farouches de la pruderie. Tout Berlin le sait. Mais je vois votre cher mari qui vient. Je reprendrai le siège plus tard. Nous avons toute la nuit devant nous... Ah, cher Franz, cher ami, le seul éditeur digne de ce nom à Berlin, comment vont nos ventes ?

— Mal. Fort mal. Votre ouvrage juridique ne se vend pas. Nous sommes bien loin des chiffres atteints par votre Héraclite. Je vous l'ai dit : arrêtez tout pendant qu'il est encore temps. La politique ne vous va point. Elle ne nous apportera que des ennuis. Alors que la science et la philosophie...

— Ah, cher Franz, vous vous souvenez d'Héraclite l'obscur. Un véritable triomphe. Tous les étudiants et tous leurs professeurs de philosophie accouraient vers moi comme les hérauts du roi Assuérus devant Mardoche et proclamaient : C'est l'homme qui a écrit Héraclite ! J'étais reçu en grande pompe à la Société philosophique de Berlin. Michelet me donnait l'accolade et tous applaudissaient avec chaleur leur nouveau collègue ! Ah, mon petit Franz... Au fait, on ne le voit plus guère, l'excellent Karl Ludwig Michelet. Mon engagement socialiste déplairait-il à la « Colonie » ? Les huguenots sont donc comme les Juifs, vendus aux progressistes ! Ils ne comprennent donc pas qu'il ne faut rien espérer de ces lâches ?

Mais il n'attendit pas la réponse à ses questions, et planta le petit homme au corps débile d'adolescent qui portait un incongru visage ridé de vieillard. Ferdinand se cogna à un dénommé Weitling et lui glissa deux mots sur le dernier concert donné par Franz Liszt ; il serra sur sa poitrine un autre qu'il appela « mon petit Mackart », et lui cria alors qu'il s'éloignait déjà : « Prenez le premier train pour Paris, mon petit Mackart, ils sauront reconnaître votre talent, eux ! » Il étreignit d'un geste tendre de jolies femmes au rire niais dont il découvrait d'un baiser la nuque blanche et nue ; et il échangea des bourrades amicales avec des hommes dont il ne savait pas le nom. On l'entourait, le congratulait, l'interrogeait ; et lorsqu'il parvint enfin à s'asseoir, l'infernale ronde ne se relâcha point. On lui demandait la fin d'une citation, ou son début, une date de l'histoire allemande, une précision sur la prise des Tuileries, le résultat des prochaines élections ou le nom de la jeune femme qui avait succédé à Elisa Radziwill dans le cœur tourmenté du roi. Il était au centre de tous et de tout ; et je compris qu'il ne pouvait tolérer qu'il en fût autrement.

La maison des Varnaghen d'Ense était pour lui un lieu de pèlerinage. Il en connaissait chaque recoin, chacune des pièces — meubles de bois clair ou sombre ; le Titien du bas ou le Rembrandt à l'étage ; et la moindre parcelle du somptueux tableau mural à trois volets peint par Fragonard.

— La Du Barry l'a refusé au dernier moment. La pauvrette le jugeait trop libertin, n'est-ce pas touchant ? susurrait Rachel Varnaghen d'Ense à tous ses visiteurs, cois d'admiration.

Ferdinand Lassalle avait « débuté » au 36 de la rue Mauer, chez Rachel Varnaghen d'Ense. Il avait vingt ans. L'année 1845 finissait sous le vent gelé venu des steppes. Ferdinand tremblait, mais il ignorait si c'était de froid ou de peur. Il débarquait de sa Silésie natale, après un court crochet par Paris. Dans ses doigts fébriles, il tenait une lettre qu'une horde de uhlans avinés ne lui aurait pas arrachée : Henri Heine lui avait écrit quelques mots d'introduction flatteurs dont Ferdinand demeurerait à jamais faraud. Le grand poète s'était entiché de lui ; il l'avait appelé « Mirabeau » ou « le jeune lion » auprès duquel « l'antilope » Heine aimait à paître. À Berlin, le jeune lion était en mission. Il devait rencontrer le prince Punker-Muskau afin que celui-ci décide son cousin, banquier de Hambourg, à regonfler la plate bourse du poète. Ferdinand séduisit le Prince qui persuada le banquier. Il conquit le réputé professeur Boeckh ; et l'illustre Alexandre von Humboldt qui, depuis la mort de Goethe, régnait sur la « Prominenz[1] ». Il enchanta son ami Varnaghen d'Ense et sa femme Rachel, qui tenait salon, et y affichait les idées les plus avancées, comme elle aurait arboré une nouvelle robe excentrique, afin d'ajouter encore à son charme.

Lorsque Ferdinand fit ses débuts dans son salon, Rachel était déjà devenue une femme hantée par ses souvenirs. Elle avait l'œil toujours vif et curieux, même si les mouvements de son corps s'étaient alourdis. Un soir, elle raconta à Ferdinand le temps béni de son « grenier ». C'était il y a longtemps, Ferdinand n'était pas encore né ; un peu avant la bataille d'Iéna. Dans son « grenier », y venaient un prince Hohenzollern, Louis Ferdinand, un banquier juif, Abraham Mendelssohn, ou encore Friedrich Schlegel, un écrivain romantique. Alors, les chrétiens découvraient que les Juifs n'étaient pas des singes à pieds fourchus, mais des êtres humains tout simplement ; et tous de s'extasier devant cette extraordinaire découverte. Puis Bonaparte vint. Il donna aux Juifs des droits politiques, les mêmes qu'aux chrétiens. Les aristocrates, les grands bourgeois, les écrivains romantiques, les esprits les plus élevés ne virent plus dans les Juifs des exemples d'humanité, mais des rivaux. La haine du Juif fut portée en boutonnière patriotique. On écrivit des pamphlets sur le « grenier » ; et on en fit lecture dans les réunions nationalistes. Alors, son salon « sombra comme un navire porteur des plus sublimes plaisirs de la vie ». En l'évoquant pour lui, trente ans après, Rachel pleurait encore. Bien sûr, après le départ des troupes françaises, elle avait recommencé ; mais ce n'était plus comme avant. Pourtant, elle fit semblant ; Rachel faisait semblant avec un rare bonheur. Son salon était demeuré le plus brillant de Berlin ; son hôtesse s'affichait

1. Le Tout-Berlin.

résolument progressiste ; et les jeunes gens ambitieux comme Lassalle rêvaient toujours de s'y faire remarquer.

Un soir, la conversation roula sur la Révolution française. Ferdinand se contint, bien qu'il fût à son affaire ; mais lorsque Alexandre von Humboldt, de sa voix grave et digne de patriarche chenu, assena une ânerie, il ne put s'empêcher de le corriger avec verdeur. Silence gêné et surpris. Reprend-on Goethe ? Humboldt insiste ; Ferdinand s'obstine. Humboldt s'offusque et se fâche ; Ferdinand s'emporte. Ferdinand est un « insolent » qui ne franchira plus le 36 de la rue Mauer : le jugement unanime de la « société » est vite tombé ; et sitôt oublié. Seule la jeune nièce de Rachel, Ludmilla, prie en secret pour le retour dans le grenier de sa tante de ce séduisant jeune homme au cheveu frisé et au regard enfiévré. Rentré chez lui, le vieux Humboldt est pris d'un doute. Habitude de savant. Il ouvre son exemplaire de l'*Histoire de la Révolution française* de Michelet, qu'il lit en français. Il pose son lorgnon sur son nez granuleux. Il compulse, découvre, se souvient. Aussitôt, il s'installe à son bureau, trempe sa belle plume d'oie dans un grand encrier de verre ; et de sa main désormais incertaine de vieillard il écrit une lettre d'excuses à Rachel Varnaghen d'Ense. La Fontaine en aurait peut-être troussé une fable : le jeune fat et le sage vieillard. Lassalle retourna chaque soir au 36 de la rue Mauer. Ludmilla n'avait pas prié en vain.

Elle est encore là ce soir, Ludmilla. Bien sûr, elle a vingt ans de plus ; mais Lassalle me fait cruellement remarquer que les jeunes femmes laides vieillissent mieux que les belles : elles ont moins à perdre, les plateaux de la balance penchent moins désormais en leur défaveur ; leurs armes sont plus efficaces ; on loue la douceur de leur âme, la délicatesse de leur esprit.

Ludmilla n'était pourtant plus l'enfant boutonneuse qui aimait en secret son jeune insolent. Tous vantaient son intelligence, sa grande culture, le charme de sa conversation. Elle avait repris le flambeau familial, et la distinguée « Prominenz » berlinoise courait à son salon. Elle rêvait de devenir la Récamier ; elle était déjà Ludmilla d'Assing. Ce soir, je la voyais pour la première fois de ma vie et la trouvais presque belle. Elle était vêtue fort simplement d'une longue robe jaune paille qui dissimulait sa gorge avec soin, ne laissant nus que ses bras fort maigres. Son visage tout en long et chevalin, sa peau grêlée, son gros nez bourbonien, on oubliait tout lorsqu'on était happé par ses petits yeux noirs, vifs et facétieux, qui semblaient sans cesse sourire d'une si déplorable apparence. Mais Ferdinand ne tolérait pas qu'une femme pût être laide. Il jugeait que c'était une grossièreté, une preuve de mauvais goût, une marque d'indifférence et de mépris à son égard, surtout lorsque le grossier repoussoir s'obstinait, depuis vingt ans, à lui faire une cour vaine et ridicule — « pour elle », disait-il d'un air détaché ; pour lui, pensait-il, excédé.

— Mon cher Ferdinand, votre habit vous va à ravir. Et votre cravate de soie s'accorde délicieusement à vos bottes rouges d'officier français. Brummel était un enfant, à côté de vous.

— Ma chère Ludmilla, vous me volez mes répliques. C'est moi qui devrais complimenter votre simple et admirable élégance.

— C'est vrai, mon adoré, mais vous avez oublié votre texte. Alors, au nom de notre vieille amitié, je me dévoue.

Le rire saccadé de Ludmilla n'était guère discret. Il agaçait beaucoup Ferdinand car il avertissait tous leurs amis qu'elle avait repris ses sempiternels travaux d'approche.

— Ma chère amie, comprenez-moi bien. Nous sommes au siècle des apparences. Notre époque imbécile pense que l'habit fait le moine. Il est idiot pour un homme qui veut vivre parmi les hommes de ne pas tenir compte des préjugés de sa génération, ne croyez-vous pas ?

— Mais vous, Ferdinand, vous n'en avez pas besoin. Les lumières de votre esprit, les profondeurs de votre savoir suffisent à asseoir votre réputation et… à séduire les jolies femmes.

— Ah, naïve et bonne Ludmilla ! Je vais vous faire un aveu. On croit généralement que l'intelligence et la culture sont tout, l'apparence, rien. On se trompe. Être le plus bel homme de son temps, voilà pour moi la vraie gloire ! Sur mon tombeau, vous ferez graver : « Il était le plus bel homme de son temps ! » Dites, vous le ferez, Ludmilla ?

— Vous êtes un enfant, Ferdinand. Mais n'est-ce pas la marque des génies que de rester toute leur vie des enfants, vaniteux et égoïstes, qui se fient à leur intuition, à leur bon sens, au sentiment, à tout ce qu'on peut dire en français dans ces cas-là. Avec des mots allemands, on aurait dit qu'ils se fient à leur inspiration.

Un instant, Ferdinand hésita entre la répulsion que lui inspirait la laideur, et le goût que sa vanité portait à toute flatterie. Comme souvent, il trancha en faveur de sa vanité. Il poursuivit donc sur le ton de l'aimable badinage :

— Ma chère Ludmilla, vous m'aviez caché que vous parliez si bien le français. Si, si, je l'ignorais. Si vous saviez comme j'ai du mal avec cette langue. Mais les jolies femmes la savent d'instinct car elle a été conçue pour elles...

Le visage ingrat de Ludmilla rosit et son frémissement innocent la rendit émouvante sinon belle. Elle n'ignorait point que Ferdinand se moquait d'elle mais gardait le secret espoir que ses mérites finiraient par lui apparaître. Elle ne désespérait pas d'un mariage de raison, qu'elle préférait appeler d'intelligence. Après tout, il vieillissait aussi et n'avait toujours pas élu d'épouse dans son abondant cheptel. Quant à Ferdinand, je découvrais qu'il ne savait pas résister à une femme qui montrait un désir de lui aussi ostensible. Alors, son dégoût esthétique et son manque d'attirance ne parvenaient qu'à vaincre lentement son avide besoin de plaire.

— Mon cher Ferdinand, vous pourrez être fier de moi, je crois. Je sors un journal. Un journal socialiste, un hebdomadaire, à Leipzig. Il défendra les idées qui nous sont chères, il sera le porte-voix du peuple dont la parole est confisquée par les philistins comme Bernstein.

— Ma chère Ludmilla, cela me paraît une excellente idée. Il y a des années que moi-même j'essaie de creuser une brèche dans le monopole de la presse bourgeoise. Mais cela demande des moyens importants...

— Vous n'ignorez pas que ma fortune personnelle n'est pas négligeable. Mon oncle et ma tante m'aideront. Il est temps pour eux de mettre leurs idées en accord avec leurs actions. J'ai songé que c'était là un usage utile de cette fortune que mes ancêtres ont accumulée en exploitant le labeur du peuple. Et puis, je n'ai pas d'enfant, moins encore de mari...

À ces mots, le regard de Ludmilla d'Assing se fit langoureux ; ou plutôt s'essaya à une langueur humide ; et Ferdinand, glacé, se souvint qu'au petit jeu de la séduction il faut parfois payer de sa personne.

Ludmilla se reprit rapidement ; elle n'avait pas l'habitude de ces armes de femme qui étaient, chez elle, aussi incongrues qu'un fusil entre les mains d'un pasteur.

— J'ai songé que vous accepteriez d'en être le rédacteur en chef. Si j'ai bien compris votre stratégie dans cette campagne électorale, vous voulez entamer l'influence des progressistes auprès des ouvriers. L'objectif est louable mais vous ne parviendrez à rien uniquement avec vos conférences. Avec un journal en revanche, vous combattrez Schulze et les autres à armes égales. Je ne suis qu'une femme ignare en politique mais...

— Mais vous avez eu comme toujours la bonne idée. Votre analyse est pertinente de bout en bout. Et pourtant, je ne pourrais accepter. Je ne pourrais diriger un journal, côtoyer des journalistes chaque jour. Vous savez, ma chère Ludmilla, je crois qu'il y a deux catégories de gens que je déteste le plus au monde, ce sont les journalistes et les Juifs. Et que suis-je, sinon l'un et l'autre ?

Soudain, la voix de Ferdinand devint moins claironnante, plus rauque. Ludmilla comprit qu'il ne jouait plus. Ou qu'il jouait un autre jeu.

— Alors, soyez au moins mon éditorialiste. Vous ne vous occuperez de rien ni de personne. Vous m'apporterez vos articles quand vous voudrez. Vous aurez la place que vous voudrez. Sur le thème que vous aurez choisi. Je suis sûre que vous supplanterez les plus grands journalistes.

— Mais je ne veux pas finir en journaliste ! prostituer ma plume, mon talent. Car c'est bien une prostitution que de recevoir de l'argent pour des travaux de l'esprit.

— Mais qui vous parle donc d'argent, Ferdinand ! Il y a bien d'autres manières de récompenser un homme qu'on apprécie et dont on admire le vigoureux... talent.

— Je croyais vous avoir dit que je ne me prostituerai pas !

Ludmilla eut un mouvement de recul sous la rudesse du coup. Ferdinand s'en aperçut et eut l'air de le regretter. Pour moi qui observais la scène, à trois pas, c'était un sentiment bien naturel de compassion. Je compris plus tard que Ferdinand ne supportait pas qu'on se détournât de lui ; ce qui l'obligeait parfois à d'étonnantes contorsions.

— Je vais vous faire une confidence, ma chère Ludmilla. Nous nous connaissons depuis vingt ans désormais. J'ai toujours eu un tendre sentiment pour vous. Mais je suis ainsi fait que je n'ai guère envie des femmes que j'aime de trop. Ne vous moquez pas et gardez-moi bien le secret car les femmes que je mets dans mon lit sont persuadées qu'elles partagent ma couche parce que je les aime.

— Je croyais que le mariage était la réconciliation de l'amour et du désir, nota Ludmilla, rassérénée par le tour nouveau que prenait la conversation.

— Ma chère et adorable Ludmilla ! Comme en dépit de votre immense intelligence vous restez une femme naïve ! Le mariage, c'est exactement le contraire de ce que vous décrivez. Le mariage assassine le désir au coin du bois de la routine et tue l'amour dans le poison des incessantes querelles de promiscuité. Car le désir a besoin de mystère et l'amour d'éloignement et d'absence. Croyez-moi, ma chère Ludmilla, les amours civilisées dans le mariage, au bout de quelques mois, et peut-être dès le second jour, ne sont souvent que brutalité pure, accouplement d'occasion, provoqué par la chair domestique, sans aucune illusion ni d'esprit ni de cœur, effet trop ordinaire chez la masse du peuple où les époux affadis, bourrus, et se querellant pendant le jour, se réconcilient forcément au chevet parce qu'ils n'ont pas de quoi acheter deux lits et que le contact, le brut aiguillon des sens, triomphe un instant de la satiété conjugale. Si c'est de l'amour, c'est du plus matériel et du plus trivial...

— Quels sont les moyens de subsistance pour les femmes privées de fortune ? La quenouille ou bien leurs charmes quand elles en ont. Oui, la prostitution plus ou moins forcée, voilà leur unique ressource que la philosophie leur conteste encore, voilà le sort abject auquel les réduit cette civilisation, cet esclavage conjugal qu'elles n'ont même pas songé à attaquer... Fourier, *De la condition des femmes.* Mon cher

Ferdinand, je vous en prie, ne vous dissimulez pas derrière votre science que l'on sait immense. Ne me donnez pas l'opinion de Charles Fourier sur le mariage et ne me faites pas l'injure de croire que je l'ignore. L'opinion de Ferdinand Lassalle, en revanche... Vous étiez bien parti et puis...

Je n'avais jamais entendu femme aussi instruite. J'avoue également que le sens de leur querelle m'avait parfois échappé. L'art des duellistes était trop délicat, leurs lames trop fines, leurs assauts trop savants. Des mots, des noms, des phrases entières parfois m'étaient étrangers ; et puis, ce goût détestable pour les citations en français. Alors, je cessais d'écouter et me contentais d'observer les jeux de physionomie des deux combattants. À ce moment-là, le sombre visage de Ludmilla d'Assing rayonnait tandis que les traits de Ferdinand Lassalle s'étaient figés dans une hideuse expression, mélange d'humiliation et de fureur. Je connaissais déjà assez le docteur Lassalle pour deviner que la suite serait cruelle.

— Ma chère Ludmilla, vous n'ignorez pas que j'ai pris soin de ne jamais promettre le mariage aux femmes qui sont tombées dans mes bras. Sauf une jeune fille, mais il y a si longtemps... Car je ressemble un peu à un prince charmant et qu'il faut, comme dans cet opéra de Mozart, passer par l'eau et le feu pour m'épouser. Mais enfin, je vieillis et avec l'âge la raison me vient. Je crois que je serais donc prêt à épouser une femme très riche, disons 4 ou 5 millions de thalers de rente. Ce serait une simple association. J'en aurais après ses millions, pas après sa personne. À partir d'une telle fortune, l'argent devient réellement puissance. Il me permettrait alors de poursuivre mes buts scientifiques, artistiques, et politiques bien sûr.

Ludmilla crut alors naïvement en sa chance et abusa de nouveau des minauderies. L'amour étouffe l'intelligence la plus fine. J'avais envie de la prévenir, mais la joie mauvaise de Lassalle m'ôta mes médiocres réserves de courage :

— Mais avec vous, adorable Ludmilla, l'association froide et je dirais capitaliste n'est pas de mise. Vous êtes une Allemande, comment dirais-je ? Si allemande... Pleine de rêves et de passion... Vous êtes Hélène de Troie, Werther. Vous n'êtes pas vraiment Diane de Poitiers ou la Pompadour.

Croyez-moi, chère Ludmilla, il faut des siècles de libertinage pour savoir d'instinct jouer, sans se blesser, avec son cœur et… son cul.

— Ferdinand, je vous en prie, veuillez cesser de débaucher cette enfant !

— Ma bonne Sophie, laissez donc. Votre cher Ferdinand est un modèle de bonne éducation. Jusqu'à en être indélicat.

— Vous voulez dire, ma chère Ludmilla, que ma présence est intempestive…

La comtesse Sophie von Hatzfeldt ne s'éloignait jamais beaucoup de Ferdinand. Elle le gardait toujours à portée de remontrance. Elle craignait sans cesse l'impair, l'indélicatesse ; surtout s'ils étaient entre amis. Elle voyait ce que les autres ne voyaient pas ; devinait ce qu'ils ne devinaient pas. Elle était sans cesse sur le qui-vive, et vivait dans la terreur constante que les autres ne s'aperçoivent des maladresses et inélégances qu'elle avait décelées, ses colères rustiques ou les hésitations de son verbe ; jusqu'à ses pensées vulgaires même.

Elle avait toujours cru en lui. Dès leur première rencontre, il y a près de vingt ans. Sans une hésitation. Comme une révélation. Elle n'a jamais pu me dire pourquoi. Son regard d'aigle, son fier profil d'« empereur romain », comme disaient ses amies ; ses mains fines et longues de patricien peut-être aussi ; et puis ses discours interminables, époustouflants, cette cascade de mots, de concepts qui mêlait alors Heine, Borne, Hegel et Fichte, dans un lyrisme échevelé… Elle avait toujours su qu'il était plus intelligent qu'elle ; mais la comtesse Sophie von Hatzfeldt avait derrière elle des siècles de luxe et de raffinement qui donnent l'assurance de ne jamais se sentir déplacé ou incongru, de ne jamais douter de sa science, même si elle est superficielle ou illusoire, de savoir à tout moment dire ce qu'il faut dire, penser ce qu'il faut penser, être ce qu'il faut être.

C'était à la veille de la révolution de 1848. Ferdinand ressemblait alors à un jeune poulain qui n'a pas connu la selle : son pas était hésitant, son galop fougueux mais malhabile. Il était un animal rebelle, rétif aux moindres sangles ou harnais. Il avait le regard insolent, la parole facile et arrogante. Toujours sur la défensive, toujours prêt à mordre, il voyait de l'ironie sous la moquerie, du mépris sous l'ironie. Ses yeux d'un bleu si pur s'emplissaient de haine, son grand corps nerveux se nouait, l'invective fusait ; et les poings aussitôt se serraient.

Il s'était composé un savant personnage fait de ses peurs et de ses rejets. Il haïssait son teint de moricaud ; et posait au dandy. Il se jugeait inculte ; et tapissait son propos le plus anodin d'un chapelet de citations sorties du dictionnaire Buchmann. Il craignait sans cesse que le yiddish de son enfance ne vînt abîmer le digne allemand qu'il composait artistement en bouquet ; et se sentait obligé d'y ajouter une pédantesque renoncule de français ou d'anglais. La comtesse Sophie avait mis des années à le discipliner, l'affiner, le domestiquer. Le civiliser. Elle avait coupé les herbes folles et jeté les bouquets trop étudiés. Elle avait été la Normandie de son Normand ; la fille violée par la soldatesque qui fait du barbare un érudit. Sans cesse elle le surveillait, le reprenait, le corrigeait ; puis elle le pansait et le rassurait. Sa famille, ses amis se moquaient d'elle et de lui. À leurs yeux, il n'était qu'un « youpin ». Mais sa noble famille et ses distingués amis n'avaient rien osé contre son féroce mari — son propre cousin, Edmond von Hatzfeldt, qu'elle avait épousé, en confiance, alors qu'elle n'avait pas quinze ans — et qui l'avait, depuis le premier jour, trompée, battue, et gardée prisonnière dans son froid château de Hambourg, lui arrachant ses enfants et dilapidant sa dot avec de belles aventurières. Lui avait osé. Il s'était plongé dans le Code Napoléon. Il avait discuté, contesté, plaidé. Il avait circonvenu les journalistes et soudoyé les témoins. Avec ses fidèles amis, Mendelssohn et Oppeinheim, ils avaient même volé une cassette emplie de documents, dans la chambre de la comtesse Meyendorf. La maîtresse d'Hatzfeldt. Dans l'ombre, il avait salement négocié avec le baron et ses avocats. Donnant, donnant, crapulerie contre crapulerie. Le baron qui le traitait avec mépris de « youpin » avait cédé. Payé. Rendu sa liberté à la comtesse. Elle avait conservé de cette époque, désormais si lointaine, une nostalgie qui ne tenait pas uniquement à ses dernières années de femme jeune encore, et si violemment désirée. Non, c'était autre chose. À quarante ans passés, elle avait eu la chance exceptionnelle d'élever un dernier enfant terriblement doué, bien plus encore que Paul, son préféré.

Sous des allures libres et détachées, il lui appartenait tout entier. Les gens croyaient qu'il lui devait une reconnaissance éternelle, qu'elle lui avait donné une chance unique de ne plus être le rejeton du grossiste en soie de Breslau. Elle savait bien, elle, qu'il aurait trouvé une autre cause, un autre procès, une autre comtesse, pour se rendre célèbre. Elle était simplement heureuse d'avoir été choisie par lui ; et lui savait gré d'avoir accepté d'être son fils bien après qu'il n'eut plus été son amant. Bien sûr, depuis lors, le temps avait passé. Elle l'appelait toujours mon enfant et elle était à jamais sa maman ; mais ce n'était plus tout à fait comme avant.

Il avait peu à peu pris confiance en lui. Il avait connu d'autres femmes, beaucoup d'autres femmes. Le petit garçon était devenu homme, ou du moins le croyait-il. Mais elle savait qu'il ne le serait jamais vraiment. Et au fond, elle en était soulagée.

— Ferdinand, mon enfant, je voulais te dire...

Perdue dans sa rêveuse nostalgie, la comtesse avait relâché sa surveillance. Ferdinand avait disparu ; et Sophie s'aperçut bientôt que Lina Duncker s'était elle aussi évaporée. Son visage momifié laissa filer un sourire las. Elle sortit d'on ne sait où un cigare de deux pieds de long qu'elle entreprit d'allumer. Sous la flamme, on voyait craqueler les différentes couches de son fard épais. Rougeoiements et premiers ronds de chapeau. La comtesse chercha un siège, mais n'en trouva pas. Pourtant, dans chaque encadrement de fenêtre, sur le moindre bout de tapis, jonchant cette immense pièce blanche où aimaient à recevoir les Varnaghen d'Ense, il y avait, innombrables et accueillants, une méridienne ici, là un voltaire, des fauteuils, des canapés ou des poufs. Mais il n'y avait pas une seule place vide. Vautrées langoureusement, ou recroquevillées sur elles-mêmes, les genoux à hauteur de leur menton, de belles jeunes femmes, le sein tendu sous un voile transparent qui prenait soin de ne rien cacher, se frottaient sans pudeur à des garçons qui avaient enfoui leurs visages sous les amples robes de tulle des filles au rire perlé. Partout où la comtesse portait son regard, on se caressait et s'embrassait à pleine bouche. On buvait le champagne au goulot, et une étrange fumée s'échappait des lèvres entrouvertes de serpents dorés.

La comtesse se dit qu'elle était une vieille femme désormais : il y a dix ans à peine, cinq ans même, on ne l'aurait pas oubliée... Elle renonça à chercher Ferdinand et son cigare s'éteignit de nouveau.

Pendant ce temps-là, je m'étais adossé contre une des nombreuses tentures rouges frangées d'or qui encadraient chaque fenêtre. J'avais les jambes serrées, le visage défait, les yeux exorbités. Je ne savais que faire, que penser. Qu'admirer. Les cuisses des femmes s'entrouvraient, les mains des hommes s'enhardissaient ; et leurs cols rigides gisaient au sol, depuis longtemps arrachés. On perdait toute raideur et, me semblait-il, toute dignité. Les austères historiens de l'Antiquité gréco-romaine avaient jeté bas leur redingote, les officiers leur épée et leur monocle, les actrices leur aigrette de perles fausses. Pétrifié, agrippé aux pans des tentures écarlates — dans lesquelles j'aurais aimé me couvrir et me dissimuler tout entier —, je découvrais que les cuisses de Greta n'étaient pas si chaudes et que Walter — et ses joyeuses beuveries entre camarades de l'usine à l'estaminet où il traînait parfois mon père, le dimanche après-midi, au grand dam de maman qui le dénonçait alors comme un suppôt de Satan — était un enfant de chœur, maman une ignorante ou une stratège avertie ; et papa, un saint ou un imbécile. Des signes auraient pourtant dû m'alerter. Ludmilla avait couché sa vieille tante dans l'aile opposée de la maison. Cosima avait salué Ferdinand, affalé dans une bergère, les deux pieds encore bottés frottant les élégants accoudoirs. Elle était plus raide et hautaine que jamais. Son regard couvait d'un mépris silencieux tout ce qui allait se passer. Derrière elle, la suivant comme un toutou en laisse, Hans von Bülow faisait aussi ses adieux ; mais « le brave chien à sa Cosima » traînait la patte et jetait alentour des yeux implorants. Elle lui lança d'une voix sèche :

— Tu peux rester si cela te dit, Hans.

Le petit homme émit dans sa barbe deux marmonnements gênés ; et quitta la grande pièce d'un pas lent.

— Ferdinand, vous qui connaissez le Code Napoléon, est-ce que chez les Français aussi la femme doit suivre partout le mari ?

— Absolument. Mais Cosima n'est pas vraiment une épouse comme les autres.

— La cigogne ne faisait pas tant d'histoires avant. Je me souviens d'une nuit...

— Oui, mais c'était avant. Désormais, la cigogne est amoureuse...

— De son mari ?

Cette remarque provoqua l'hilarité du petit groupe allongé aux pieds de Ferdinand. Un jeune homme se leva, torse nu, et entonna à tue-tête un air que je ne connaissais pas et que j'eus la surprise d'entendre, quelques mois plus tard, à l'Opéra de Berlin, où l'on donnait le *Tannhäuser* de Wagner.

— Allons, allons, Messieurs, je ne tolérerai pas qu'on se moque de mon ami Hans. Je crois le connaître depuis longtemps et je peux vous dire qu'il n'a jamais été amoureux d'elle et que Cosima n'a jamais été amoureuse de lui.

— Alors, pourquoi se sont-ils mariés ?

— Ah, voilà bien une question de fille ! Le père de Cosima, Herr Franz Liszt, voulait absolument la marier. Il avait des remords, le brave homme. Cosima n'était-elle pas une fille naturelle, même si sa mère était la comtesse d'Agoult alias l'écrivain Daniel Stern ? Or, le petit Hans était l'élève préféré de papa Franz, le meilleur interprète de ses œuvres, la baguette la plus douée. Hans ne sait pas dire non aux gens qu'il vénère ; et Cosima est une fille obéissante.

— Bülow n'était rien à l'époque. En devenant le gendre de Liszt, sa carrière de chef d'orchestre était faite.

— Mon cher, vous êtes un imbécile : on peut dire que mon ami Hans a davantage épousé un beau-père qu'une femme, mais n'y voyez point de vils calculs. Il était déjà le meilleur chef d'orchestre de son temps, reconnu comme tel par le grand Franz Liszt, bien avant son mariage ; de même, est-il aujourd'hui considéré comme le seul interprète de son œuvre par le génial Richard Wagner...

— Bien avant son cocuage !

Sur ces mots, et comme si le départ de l'altière et dédaigneuse Cosima les avait tous affranchis, on passa de bras en bras, sous les cris et les rires, une jeune femme à moitié nue. Chacun, fille ou garçon, glissa sur son corps offert une main insistante ou une langue sinueuse. On lui fit boire du champagne qui nappa de mousse épaisse ses seins blancs. On déchira le tendre tissu de sa jupe rose et on dévoila dans un immense hourra ses jambes qui s'agitaient mollement, consentantes. Et le grand costaud au torse nu la hissa sur ses épaules comme une simple botte de foin et monta ainsi chargé un petit escalier, enroulé autour d'une rampe en fer coulé, comme on les aimait alors à Berlin, d'une propreté impeccable et presque outrée. D'autres couples les suivirent.

Soudain un jeune homme, le cheveu long et noir, simplement vêtu d'une écharpe de laine rouge, se précipita sur le piano immaculé qui trônait face à l'escalier. Il s'assit sans façon sur le tabouret, releva d'un geste affecté son foulard ; et effleura les touches blanches et noires d'une main que l'on devinait experte. Aussitôt deux jeunes femmes nues, uniquement couvertes d'un chapeau à fleurs, se trémoussèrent auprès de lui. Et puis d'autres, garçons et filles, s'approchèrent en riant. On criait Chopin ! Schumann ! Liszt ! Le pianiste nu à l'écharpe rouge savait tout jouer. On commandait, il s'exécutait, sans une ombre d'hésitation, à la grande joie de son public de plus en plus nombreux. Pour le remercier, une blonde lui offrit ses épaisses lèvres peinturlurées pour un baiser goulu. Les autres filles agglutinées autour du pianiste poussèrent des cris aigus, pendant que les mains des hommes s'empressaient sous leurs jupes — ou ce qui en restait. Déjà, l'interprète si doué entamait un autre air qui provoquait hurlements de joie et tressautements de plaisir. Dans son dos, on échangeait des sourires complices, on improvisait des refrains grivois ; les croupes des femmes s'arrondissaient, leurs reins se creusaient et les souffles s'approchaient, rauques.

Mon cœur battait la chamade. Je transpirais à grosses gouttes. Les jambes toujours serrées, j'accrochais mes mains moites aux franges dorées. Je n'osais regarder ; et ne pouvais détacher mon regard. J'avais envie d'abandonner les tentures écarlates dans lesquelles j'avais noblement drapé ma pudeur et ma honte. Je brûlais de les rejoindre, de me mêler à eux, de me vautrer dans ce magma indistinct de corps, cris, coups, caresses, sourires, sifflements, sueurs, suaves satins et halètements. Je voulais être toutes ces mains, ces bouches, ces culs, mais je demeurais immobile, tétanisé. Soudain, je sursautai. Des doigts avaient effleuré mon bras. Effilés, nacrés, alourdis de brillants, aux ongles incarnats, avec soin faits. Des doigts de femme. Non, de dame.

— Voyons, jeune homme, gardez votre calme. Vous me paraissez bien tendu pour... les circonstances. Mais je ne vous connais pas, je ne connais pas ces doux et soyeux cheveux blonds, ce grand nez... disons, intéressant, ce torse... d'homme fait, et puis ses belles et vastes mains de paysan, sans oublier ces jambes fines, mais ne me paraissant pas moins solides. Pourtant, je croyais... connaître, oui, je veux dire, au sens où l'entendait notre créateur, tous les jeunes gens habituellement invités chez cette vieille Edna... Dis-moi, comment t'appelles-tu ?

La voix était onctueuse mais déterminée ; habituée à commander et être obéie. La tête basse, je contemplais les plis du velours autour de ma cuisse.

— Rienacker. Franz Rienacker. Je suis... le secrétaire du docteur Lassalle.

— Secrétaire du docteur Lassalle ! Mais ce petit Juif ne doute de rien ! Décidément aujourd'hui tout le monde veut sortir de sa classe et aspire à un état plus élevé que ne l'avait visiblement voulu la Providence. Croyez-moi, mon cher Franz, je prononce calmement un grand mot.

Je restai pétrifié. Le ton de sa voix était solennel, mais les yeux plissaient de malice. Enfin, un énorme éclat de rire mit un terme à mes interrogations :

— Ah, jeune homme, Iphigénie et ce brave Schiller n'ont apparemment plus de secrets pour vous. Mais je fais confiance à Ferdinand. Il a toujours été un grand pédagogue. La preuve, il a persuadé cette brave Sophie qu'elle était une brillante hégélienne ! Allons, ne me regardez donc pas avec ces yeux ronds.

Je me présente : Marie Thérèse Amélie Mathilde, princesse de Punker-Muskau. Mais appelez-moi Alphonsine ! Non, ne vous inquiétez pas, je ne crois pas un mot de ce que je viens de vous dire... Évidemment, je ne peux vous cacher que j'aimerais pouvoir y croire encore... Mais que voulez-vous, le plaisir de brocarder les valeurs de ma classe afin de ne pas lui être identifiée est le plus fort. Je sais bien, allez, ce que vous me rétorquerez : c'est là une illusion courante et ridicule chez les membres des classes en déclin qui seront de toutes les manières balayés comme ceux qui se seront accrochés à leurs privilèges et principes désuets... C'est ce que vous vous apprêtiez à me dire, n'est-ce pas ? Je le savais. C'est ainsi, je suis née trop tard dans un monde qui ne m'enchante guère. Alors, je fais comme si j'étais encore là-bas... Tenez, je vais vous faire une confidence : je ne me couche jamais avant minuit et je n'apparais pas dans mon salon avant midi. Ma grand-mère vivait ainsi à « Sans Souci »... Et la petite-fille a décidé que les soupers fins n'auraient pas de fin. Ah, ma grand-mère aurait aimé... Voltaire et Frédéric aussi... Eh bien, je vois à votre air hagard que Ferdinand n'a pas encore commencé les leçons de français. Ne vous inquiétez pas, ça viendra. Tout vient à qui sait attendre, disent les Français. Vous savez qu'on parlait français à Potsdam tout de même ! Frédéric disait toujours : « Je ne parle allemand qu'à mes chevaux. » Ah, cher Franz, vous permettez que je vous appelle Franz, n'est-ce pas, il y a une telle différence d'âge entre nous. « Sans Souci », c'étaient mes Contes d'Andersen. Ma grand-mère me racontait la vie là-bas pour m'endormir... Mais je vous ennuie... Vous me trouvez ridicule, n'est-ce pas ?

J'étais abasourdi. Une inconnue me caressait le bras et tout à trac me livrait sa vie, ce qu'elle avait de plus précieux : son enfance. Une femme dont le visage m'était inconnu. Lentement, je levai la tête et découvris une chevelure blonde, aux savantes frisures, qui encadrait un visage en ovale presque parfait sur lequel tout, front, cils, yeux, nez, lèvres, jusqu'à la mouche à la commissure, unique tache sombre sur son teint d'albâtre, était délicatement ouvragé. Un bibelot. Rare, tourné à l'ancienne main, mais dont la patine de l'âge rehaussait encore la beauté. Son regard ondoyant me caressa :

— Quel âge as-tu, mon petit Franz ? Et puis, non. Surtout, ne me le dis pas. Ma vieille morale allemande pourrait me jouer de tristes tours. Il n'est pas temps de jouer les bigotes. Je ne suis pas encore assez vieille, n'est-ce pas ? N'est-ce pas Franz que je ne suis pas si vieille ? Quand je n'attirerai plus les petits Franz, je ne dis pas. Le repentir a été fait pour cela. Se consoler de ne plus inspirer le désir. « C'est ainsi, je vous le dis, qu'il y aura plus de joie dans le ciel pour un seul pécheur qui se repent que pour 99 justes qui n'ont pas besoin de repentir. » Ah ! ce sale youpin de Lassalle ne t'enseigne pas non plus les Évangiles évidemment ! Mon cher Franz, tu crois qu'il y aura une grande joie au ciel lorsque je me repentirai ?

Ses longues mains effilées m'effleurèrent. Ses doigts habiles avaient abandonné mon visage pour s'attarder sur les boutons dorés de la chemise en soie blanche que la comtesse Sophie m'avait achetée pour l'occasion. Elle la dégrafa tranquillement et frotta d'une main joueuse les rares poils qui parsemaient ma maigre poitrine, sans jamais se départir d'un sourire en coin, mi-attendri, mi-égrillard. Je la contemplai dans un irréprochable garde-à-vous, une immobilité de balourd, une passivité de pièce sur un échiquier attendant que la main du joueur la déplace. Mes joues étaient en feu, mes yeux chaviraient, tous mes membres tremblaient ; mon cœur cognait contre ma poitrine comme s'il avait voulu s'échapper ; et j'avais le ventre noué. Je dus me rendre à cette honteuse évidence : j'avais peur ; mais elle fit mine de ne s'apercevoir de rien, et poursuivit son ouvrage. Avec des gestes alanguis, elle délaça son corsage ; et je ne pus retenir un oh ! lorsque je découvris ses seins. Ils étaient mats et lourds ; et tombaient, chacun de leur côté, comme s'ils en avaient assez de leur voisinage forcé. Elle les jaugea d'un air navré :

— Ah, si tu les avais connus il y a vingt ans…

J'avais envie de lui murmurer que je les préférais ainsi, qu'ils m'impressionnaient moins, qu'ils étaient plus beaux peut-être encore, plus émouvants, qu'on avait envie de les aider à se redresser d'un baiser, d'une caresse, d'un souffle ; mais je n'osai. D'ailleurs, je n'osais rien, ni dire un mot ni ébaucher un geste. Alors, elle prit ma main qu'elle accrocha à l'un de ses seins ; puis, elle prit mon sexe entre ses doigts et le titilla lentement. Dès lors, je ne maîtrisai plus rien, mon cerveau ne servait à rien ; ma main tripotait le téton de la princesse ; et mon membre ne tarda pas à dégorger un liquide poisseux entre ses doigts pâles.

Mon visage s'empourpra de confusion et de honte. Son sourire se fit plus tendre encore, et d'une voix douce, elle me dit :

— Viens, mon petit Franz. Dans une chambre là-haut, on sera mieux.

Je rougis de plus belle. J'avais oublié un instant que je n'avais même pas pris la précaution de me cacher. Je jetais un regard affolé derrière ce corps à quoi s'était réduit, pendant une poignée de secondes, le monde entier, persuadé que des centaines de paires d'yeux étaient braquées sur ma ridicule et obscène nudité. Elle me prit de nouveau par la main, que je lui abandonnai sans résistance. Nous traversâmes la grande pièce blanche, passâmes près du piano désormais abandonné et montâmes une à une les marches du petit escalier qui grimpait abruptement. Elle me conduisait comme un enfant capricieux que sa maman mène au lit, et cela me ravissait. J'en profitais pour examiner sa croupe, honte et délice mêlés. Elle avait la hanche ronde, la fesse abondante, la cuisse rustique. Dans toutes les chambres qu'elle ouvrait d'un geste décidé, on entendait le grognement des couples enlacés. Je crus même reconnaître le dos du docteur Lassalle ; mais je chassais aussitôt de mon esprit cette vision sacrilège. Enfin, nous découvrîmes un endroit isolé. C'était un placard à balais où il ne manquait que les balais. Il n'y avait ni meubles ni lit ; rien qu'un petit vasistas entrouvert où s'engouffrait un vent frais. La Princesse sembla ne rien remarquer. Elle m'allongea à même le sol et sa bouche remplaça ses doigts avec bonheur. Je pensais alors à Greta et me dis bêtement qu'une princesse sait se servir de sa bouche là où une paysanne ne songe qu'à mettre ses doigts malhabiles. Cette fois, j'eus le temps de la pénétrer ; elle eut plutôt le temps de m'introduire en elle. Elle était assise sur moi telles les statues hiératiques que j'avais découvertes chez Ferdinand. Elle s'activait avec douceur et ne s'enfuit pas dans un grand cri de terreur, lorsque je défaillis, le regard noyé de plaisir. Avant de m'assoupir, épuisé mais fier, je me dis qu'il y avait plus de différences que je n'avais imaginées entre une paysanne et une princesse. Dans mes rêves sans peur de cette nuit-là, je fus prince charmant, paysan loqueteux qu'un seul baiser de princesse avait fait roi.

Je fus réveillé par des hurlements. Je me redressai la mine chafouine, les gestes gourds. Lorsque je découvris que la

Princesse avait disparu, je tentai de retourner au pays de mes songes ; mais les rires, les cris, les chants, qui montaient assourdis d'en bas, contraignirent le prince charmant à revêtir les tristes habits du secrétaire du docteur Lassalle. Quelques heures plus tôt pourtant, ces vêtements neufs, que m'avait choisis avec soin la comtesse, m'avaient transporté de joie et d'orgueil. J'ajustai mon col dur, défroissai ma chemise en soie, mais je n'osai déserter mon antre tant que je n'avais pas retrouvé ma veste. Je descendis lentement l'escalier étroit et entrai sans faire de bruit dans la grande pièce blanche. Inutiles précautions. Personne ne remarqua mon arrivée. Je les observai un long moment, espérant sans me l'avouer retrouver la Princesse. Ils étaient vautrés sur les canapés aux pieds droits ou assis sur les tapis persans, leurs jambes croisées sous eux. Ils n'avaient pas pris soin de se rhabiller : les femmes s'affichaient en jupons à froufrous, et les hommes se démenaient, le torse et les pieds nus. Seul Ferdinand, le pied droit posé sur un pouf de couleur rose, était emmitouflé dans une épaisse couverture de laine écossaise. Son visage était blême, ses traits tirés. Il se massait lentement le ventre et chaque mouvement de son pied lui arrachait de silencieux cris de douleur. Il tressaillait au moindre souffle de vent et ajustait la couverture sur ses épaules dans un geste mécanique et inutile. Il ne faisait pas froid pourtant. À travers les hautes fenêtres d'opaline et les sombres tentures, un chaud soleil printanier parvenait à réchauffer la pièce de ses généreux rayons ; mais à l'intérieur, le dernier carré des noctambules était bien décidé à ne pas se rendre sans combat. Souvent, depuis ce jour lointain, il m'arrive de fredonner cet air qu'ils reprenaient joyeusement :

Deux grenadiers s'en revenaient en France
Qui avaient été faits prisonniers en Russie
Et lorsqu'ils arrivèrent dans le quartier allemand
Ils laissèrent tomber la bête…

Et les innombrables voix éraillées par l'alcool et la nuit sans sommeil reprenaient dans un désordre indescriptible :

Deux grenadiers s'en revenaient en France…

Ils riaient, ils fumaient. Un mâle à la voix plus vigoureuse entonna « Les cloches de Spire » ; et tous chantèrent et tous tambourinèrent sur tout ce qu'ils trouvaient, et tous rugirent un formidable Babadoum lorsque survint le refrain de la « Cloche ». On murmura alors un vieux lied de Schubert. Les hommes entrechoquèrent leurs verres dans un grand rire empli de mélancolie et le fard coula sur les joues des filles en pleurs. Une jeune femme au corps gracile et au regard d'ange avait posé sa tête sur le ventre de Ferdinand. Elle avait emprisonné ses cheveux rebelles dans un filet, et une longue mèche blonde pendait sagement sur son épaule nue. Elle avait le teint mat et de grands yeux noirs, un long nez et des lèvres minces et sèches. Elle avait revêtu une simple robe à collerette qui ne dissimulait rien de ses petits seins fièrement dressés au-dessus de son ventre plat et de ses jambes courtes, solidement plantées au sol. C'était Lina Duncker. Je la trouvais trop maigre, mais elle n'avait pas honte de son corps de garçonnet. À ses pieds gisait alanguie une jeune femme au cheveu de jais et à la peau laiteuse, que Lina caressait d'une main négligente, comme un convive goûte aux plats sans faim. C'était une de ces sculpturales beautés qui faisaient l'ordinaire des soirées chez les Varnaghen d'Ense. Indispensable ordinaire. Elles se disaient actrices ; et pour copier Paris, on les disait demi-vierges ; mais elles n'étaient plus vierges depuis longtemps, et peu de gens se souvenaient précisément du dernier rôle qu'elles avaient tenu sur les planches…

— Vous êtes vraiment de bien curieux socialistes !

Des débauchés plus débauchés que… Tiens, je suis sûre qu'à la cour du roi on y… on s'y amuse moins…

La voix de l'actrice était haut perchée et un rien ridicule ; mais elle avait eu le courage de prononcer les mots qui n'osaient franchir la barrière de mes lèvres. Il y avait toutefois un je-ne-sais-quoi de gênant ; peut-être le contraste entre son superbe corps nu et son propos de vieille bigote ratatinée. Ses remontrances moralisatrices furent bien sûr moquées et huées, mais Lassalle interrompit la bronca d'un geste du bras :

— Vous avez tout à fait raison, Hilda.

Enveloppé dans son plaid écossais qui ne laissait voir que son teint sombre et ses cheveux frisés, Ferdinand ressemblait à un chef indien.

— Notre vénéré souverain n'a pas les talents de son ancêtre Frédéric, appelé à juste titre par ses maîtresses reconnaissantes et ce jaloux de Voltaire — Frédéric le Grand. Il est vrai que cette chère Augusta n'a pas la bouche de la Du Barry. Enfin, qui sait ? Notre digne et auguste souveraine dissimule peut-être sous sa chasuble noire des trésors cachés...

— Mon cher Ferdinand, vous avez tort de vous moquer de cette charmante personne. Elle exprime l'opinion du peuple. Et le peuple c'est votre public. Qui ne supportera pas longtemps vos bacchanales dignes... de Néron.

Personne n'avait vu entrer Lothar Bücher. Avec son uniforme de « chargé des écritures » dans une société d'assurances, redingote grise, chapeau haut de forme et chemise blanche à col raide, il était aussi incongru qu'une souris dans un aquarium ; mais il n'en semblait pas gêné outre mesure.

— Il ne manquait plus que toi. Que fais-tu donc ici ? Le digne et respectueux employé de l'Agence de presse Wolff se relâcherait-il ?

— Il est sept heures. Et je commence mon office à huit. J'ai pensé que tu pourrais lire le texte que j'ai écrit pour ton prochain discours. Mais je vois que j'ai mal... choisi mon moment.

— Ah, Lothar, ton sérieux allemand m'ennuie. Tu es bien comme les ouvriers prussiens : sobres et sans désirs. Ils croient que c'est une vertu. Mais c'est une tare. Un péché. Il faut désirer, il faut vouloir plus. Il faut exiger. Nous sommes là pour le leur apprendre, Lothar. Nous leur apprenons bien la Révolution française ou l'influence de la hausse du prix du coton sur leur emploi. Alors, ils doivent aussi savoir que la nouvelle société exigera de nouvelles relations entre hommes et femmes. Au fur et à mesure que les ouvriers s'éloigneront du mode de production capitaliste pour le socialisme, inexorablement, par les mêmes lois de l'Histoire, ils devront s'émanciper de cette morale chrétienne qui a eu bien sûr son utilité, jadis, pour civiliser des tribus de sauvages nomades. Que diable, Lothar, relis Fourier. La communauté des femmes, Lothar, c'est cela le socialisme ! Le socialisme exigera l'amour libre comme le nouveau-né réclame le sein de sa mère. Dans les cris de douleur et de joie !

— Ah, cher Ferdinand. Quand je vous entends ainsi trouver la réplique qu'il faut quand il faut, je pense à ce vieux Humboldt. Vous vous souvenez comment il vous avait surnommé ?

— Das Wunderkind !

— Oui. L'enfant prodige. Mais depuis vous avez vieilli, Ferdinand. Vous avez trente-sept ans désormais. Une grande carrière d'homme d'État s'ouvre devant vous. Nous en avons parlé vingt fois depuis mon retour de Londres. La situation politique est unique. Elle vous donne une chance exceptionnelle. Mais, pour cela, il faudra devenir… responsable. Pour les philistins, comme vous dites, les socialistes sont déjà des voleurs. Ils ne peuvent pas aussi être des débauchés. Pensez-y, cher Ferdinand. Pensez-y.

— Cher et sage Lothar ! Te souviens-tu de Fourier ? Te souviens-tu de la vie de Fourier ? Non. Je vais te rafraîchir la mémoire, comme disent les Français. Silence, vous autres, oncle Ferdinand raconte une histoire à petit Lothar… Fourier était un petit commis voyageur en étoffes. Le « sergent de la boutique », comme il s'était surnommé lui-même. Et tous les jours, à midi, le petit commis en étoffes Charles Fourier restait à son modeste domicile lyonnais. Il y était tous les jours à midi précis, car c'est l'heure à laquelle il avait lui-même donné rendez-vous aux capitalistes pour qu'ils viennent prendre connaissance de son admirable système de bonheur universel qu'il avait mis des années à mettre au point. Et tous les jours, à midi, il rentrait chez lui ; et tous les jours, il les attendait. Patiemment. Bien sûr, jamais un capitaliste n'est venu au rendez-vous. Et Charles Fourier, le grand Charles Fourier, qui avait l'esprit d'un géant, mais le caractère d'un commis, attendait encore quand la mort vint à son rendez-vous. À midi précis… Alors, mon cher Lothar, ne compte pas sur moi pour mener la vie de Fourier. La vie est trop courte. Le temps me presse, Lothar. Tu l'as dit toi-même, j'ai trente-sept ans. Et je me sens parfois épuisé comme un vieillard de cent vingt ans. Alors, je continue à faire mienne la devise de Saint-Simon : « Mener pendant le cours de l'âge la vie la plus originale et la plus active possible. » Tu as compris, Lothar.

Ou tes longues vacances à Londres t'ont fait perdre ton français ?

Lothar, vaincu, s'était assis sur une chaise que lui avait offerte la ravissante actrice. Il tenait à la main son haut-de-forme et épongeait son front chauve et luisant. Il ressemblait à un bourgeois dans sa loge au théâtre avant le lever du rideau. Le spectacle ne tarda pas, d'ailleurs. À deux pas de lui, des jeunes gens s'apostrophaient en termes vifs. On se battait à coups de couleurs, de nuances, de pastels, de talent, de génie. Soudain, un grand garçon dégingandé, au cheveu raide qui tombait sur ses épaules nues et caverneuses, s'arracha du groupe, et couvrit le brouhaha d'un grand cri :

— Donnez-moi un morceau de toile. Donnez-moi ça tout de suite. Je vais vous les retrouver, moi, les couleurs de la Bella.

On lui apporta la toile réclamée, qu'il s'empressa de badigeonner de vigoureux coups de pinceau.

Lothar sourit discrètement, s'épongea le front, et détourna les yeux des jeunes gens trop bruyants.

— Mon cher Ferdinand, croyez-moi. Vous devez vous corriger. Souvenez-vous des années 50. Les ouvriers vous avaient déjà refusé l'entrée de la Ligue des Communistes, alors même que vous étiez recommandé par Marx lui-même, uniquement à cause de vos relations avec la comtesse.

— Cela n'a rien à voir. Tu sais très bien que cette petite crapule de Bürgers réglait des comptes personnels.

— Peu importe, Ferdinand. Bürgers a pu vous rejeter parce que les ouvriers étaient d'accord avec lui. Vous n'étiez qu'un voleur de cassette, un Lovelace, un... On n'y peut rien, Ferdinand. La vieille morale allemande a encore de nombreux adeptes au sein de la classe ouvrière. Tenez, demandez donc au petit Franz. Vous verrez ce qu'il vous répondra.

— Voilà une très bonne idée, Lothar. On va lui demander tout de suite. Franz, tu approches, s'il te plaît...

— Comment, vous avez emmené Franz ici ? Dans ce... Mais enfin, Ferdinand, c'est encore un enfant... La police pourrait... Nous ne sommes pas... à Paris, Ferdinand.

Lothar était effaré et essuyait encore un front sans sueur. Je le maudissais, mais dus m'approcher à pas comptés. Le regard scrutateur de Ferdinand ne me laissait aucun doute ; je devais répondre à la question avec franchise, car tout mensonge serait découvert, et condamné.

Je me lançai, d'une voix hésitante :

— Docteur Lassalle, il faut bien dire que… Oh, je ne connais pas bien tous les ouvriers… Mais ma mère… Même mon père… Après tout, à part l'estaminet avec Walter… La morale allemande, vous savez…

— Dis-moi, mon petit Franz, tu pensais à la morale allemande et à Madame ta mère quand Alphonsine te suçait la queue ?

Je hoquetai de surprise et de honte. Lina Duncker suffoqua de rire avant d'esquisser vers moi un geste de compassion, que je repoussai violemment. Je ne sais ce qui me prit alors. Une colère furieuse, cataclysmique, m'emporta tout entier. Je tremblai. Fulminai. Éructai :

— Vous n'avez pas le droit, docteur Lassalle. Vous n'avez pas le droit de salir ainsi Alphonsine et notre histoire d'amour. Vous n'avez pas le droit. Dans l'amour, tous les gestes, même les plus sales, sont beaux, tendres et purs. Oui, docteur Lassalle, j'aime la Princesse et je crois pouvoir dire que je suis aimé d'elle.

Un éclat de rire énorme mit un terme à mon délire. Le regard de Ferdinand lançait de furieux éclairs. De rage, il laissa choir sa couverture écossaise au sol et releva sans ménagement la tête de Lina Duncker. Il sauta sur moi comme un tigre. Il n'avait plus mal au pied ni froid ; oubliés son ventre, son dos, ses souffrances innombrables. Il était déjà sur moi, me tirant par le col de la chemise de sa main rude et sèche, comme un garnement qu'on s'apprête à corriger.

— Viens avec moi, mon petit Franz. Mais viens donc, je te dis. J'ai une autre leçon de morale pour toi !

On monta l'escalier quatre à quatre sous les quolibets. Ferdinand ouvrait les chambres, les unes après les autres, d'un grand coup de pied dans la porte. Une des pièces n'était éclairée que par deux chandeliers à la lumière vacillante. La semi-obscurité ne m'empêcha cependant pas de reconnaître la Princesse. Ou plutôt le cul de la Princesse. Je l'avais aussitôt repéré. Cinquante ans ont passé depuis, et je crois que les rotondités charnues de la Princesse me hanteront jusqu'à ma mort. Je constatais ensuite que le cul d'Alphonsine, princesse de Punker-Muskau, était encore plus désirable lorsqu'il remuait en cadence. Et Dieu que la cadence était bonne ! J'entendis alors murmurer les mêmes mots d'encouragement et de satisfaction que je m'étais cru ingénument réservés. Je découvrais un spectacle atterrant : les mêmes caresses de la main, des doigts, au même endroit sur le sein, les mêmes mordillements des oreilles, les mêmes agaceries, les mêmes gloussements, les mêmes supplications...

Je voulais m'enfuir mais la main roide de Ferdinand me traîna jusqu'au corps laiteux de la Princesse. Sans précautions excessives, il interrompit les amants et embrassa le front d'Alphonsine, qui l'accueillit d'un petit couinement. Je m'obligeais à ne pas croiser son regard.

— Ma chère Alphonsine, je crois que notre petit Franz est amoureux de vous. Et qu'il ne peut se passer de votre corps de déesse. Sans vous, ma chère Princesse, je crois bien qu'il connaîtrait le sort de cette chère Emilia Galotti !

Dans un rire sardonique, il me projeta dans les bras de la Princesse qui s'empressa d'engloutir goulûment mon sexe dans sa bouche. Déjà, son cul reprenait la cadence un instant perdue. La bonne cadence, Princesse ! Comme à Sans Souci, Princesse ! Comme à Sans Souci.

Lorsque je retournai dans la grande pièce blanche, les jeunes gens hirsutes criaillaient encore. Ils poussèrent un formidable hourra lorsque Ludmilla leur apporta une toile qu'elle avait décrochée du mur d'une des chambres, au fond de la maison.

— Ce n'est qu'une copie du tableau de Titien, bien sûr. Mais je pense que l'on pourra tout de même juger...

Une rousse aux yeux bleus ne tarda pas à s'écrier :

— C'est Mackart ! C'est Mackart qui a gagné ! Regardez les couleurs de la Bella et les siennes. Les mêmes. Exactement les mêmes !

Le grand jeune homme dégingandé exultait. Ses yeux sombres riaient de joie et de fierté ; et les miens versaient des larmes, que je m'empressais de sécher d'un geste rageur, triste et désespéré.

CHAPITRE III

Le chevalier de Friedland

Aussitôt qu'il apparut, une vieille femme aux cheveux gris se précipita sur lui, et le serra dans ses bras trop courts jusqu'à l'étouffer, déversant en vrac un tombereau de mots susurrés et psalmodiés, que je ne comprenais pas. Les embrassades durèrent longtemps et Ferdinand ne s'y déroba point. Il avait manifestement plaisir à ces retrouvailles et le montrait sans pudeur ni impatience ; ce qui ne manqua pas de me troubler, moi qui ne frottais virilement les joues de mon père qu'une fois dans l'année, le soir de Noël. Les pieds de la vieille femme, petite et malingre, aérienne à force de légèreté, avaient quitté le sol, et son corps, aux os de verre toujours prêts à casser, semblait flotter dans le vide ; mais la vieille dame n'affichait nulle crainte et demeura ainsi pendue un long moment aux bras de son fils. Puis, elle dut non sans déplaisir poser ses pieds à terre. C'était le tour du père pour les serrements sur le cœur, les embrassades, le baragouin. Enfoui sous la haute stature de son fils, je découvris un homme trapu, au visage avenant d'honnête homme, les yeux vifs et intelligents, surmontés de sourcils épais et de cheveux gris et fournis. Leurs vêtements étaient fripés et simples, mais de bonne qualité. Ils avaient attendu depuis six heures du matin, assis dans l'entrée, sur le divan dont ils avaient précautionneusement ôté les broderies orientales ; et il était près de midi. Ferdinand agonit d'injures le raide et silencieux domestique avant que le père ne lui explique qu'ils avaient obstinément refusé les invitations de celui-ci à s'installer dans le salon. Ferdinand n'eut pas le temps de les questionner sur les raisons de leur visite que sa mère l'interrompit afin de lui demander, d'un ton fiévreux, des nouvelles de sa santé. Il sourit, d'un sourire mi-excédé, mi-attendri, et expédia un couplet convenu sur les bienfaits des cures. La mère fit mine de s'en contenter, n'ignorant pas qu'elle pourrait y revenir, à un moment plus opportun. Et puis, les yeux posés sur ses chaussures, le regard d'un enfant habile à ne pas se faire prendre, elle lâcha, dans un allemand que j'avais décidément du mal à saisir :

— Il y a ton père aussi. Il est pas très bien en ce moment.

À ces mots, les petites jambes du père firent aussitôt des moulinets de rage. D'une voix forte et autoritaire, il couvrit la plainte de sa femme d'un rude propos qui me parut presque compréhensible.

— Je n'ai rien. Absolument rien. Tu sais bien, mon fils, que ton père est un roc. Je vivrai cent vingt ans comme Abraham notre père. Que Dieu le bénisse !

— Haïm, je t'en prie, ne mens pas à notre fils.

La colère paternelle grandit encore mais en vain. Son corps râblé donnait le change, mais ses yeux bleus délavés, son visage terreux, ses cernes profondément creusés et sa bouche lasse valaient autant de preuves, d'aveux silencieux. Il continua de se défendre avec véhémence, mais Ferdinand ne l'écoutait plus. Il contemplait avec un sourire compatissant, mâtiné d'un brin d'exaspération, le spectacle, saugrenu pour moi — et sans doute trop bien connu par lui —, de ses parents qui s'agitaient avec frénésie devant lui, parlaient vite, très vite, haut, très haut et dévoraient les mots, les phrases, dans une folle sarabande. Je devinais mal le sens de leurs propos car ils mêlaient à leur allemand un sabir bizarre que je pris d'abord pour du polonais, mais qui n'en était pas. C'était comme un fleuve très ancien qui charrie encore des herbes folles ou de grosses et lourdes pierres, traces ultimes d'un passé lointain qui s'estompe. Le regard mauvais et la main impatiente, le docteur Lassalle les reprenait ; sans se lasser, il élaguait, jetait les bois morts, les algues fangeuses et les moraines. C'est ainsi que je découvris que le docteur Lassalle n'aimait guère entendre le yiddish de son enfance. La mère afficha une mine contrite ; elle mordillait ses lèvres minces et desséchées ; et elle susurra d'une voix plaintive :

— Excuse-moi, mon fils. Mais comme je suis à moitié sourde, je n'entends pas très bien tout ce que tu me dis.

Parfois, le père se rebellait. Il rejetait avec hardiesse le mors et le harnais que son fils lui imposait ; il gambadait dans la plaine vaste et grandiose du libre Yiddishland d'autrefois ; et il débitait quelques phrases en rafale, comme un hennissement trop longtemps retenu. Et puis, face au sourire méprisant de son fils, il s'apaisait ; sa voix était soudain lasse et mélancolique ; son allemand, classique et impeccable.

— De toutes les manières, tu n'es plus vraiment un Juif ! Tu es un renégat ! Un goy ! Quand tu as modifié ton nom, j'aurais déjà dû deviner et te l'interdire…

— Tu n'aurais rien pu m'interdire du tout. Je te l'ai expliqué au moins cent fois, mais avec toi, il faut sans arrêt rabâcher. Lassalle était le nom d'un révolutionnaire français de 93. Un ami de Robespierre et de Saint-Just. Quand j'ai découvert ce nom lors de mon premier voyage à Paris en 46, j'y ai vu comme un présage. Un nom aussi beau, aussi français et si proche de notre Lasal que je détestais tant. Après tout, c'est toi qui as commencé. Tu t'appelais Haïm Wolfssohn, non ?

La querelle avait débuté avec brusquerie, sans préalables ni ménagements. C'était une antique querelle qui ne dormait que d'un œil et qui, en dépit des sanglants combats sans cesse recommencés, jamais ne se vidait.

— C'est vrai. J'ai cru en effet, quand on a quitté le ghetto de Laslau pour s'installer à Breslau, que, pour commencer une nouvelle vie, il nous fallait prendre un nom un peu moins juif pour se faire accepter par les Allemands et les Polonais de la ville. J'ai commis une erreur, car quel que soit ton nom, pour eux tu restes un Juif. Mais je n'ai pas renié ma religion. Je continue à manger « Kocher[1] » à la maison. Ta mère n'est pas une de ces traînées de goy et mes enfants sont juifs. Toi, tu n'as été capable que de faire un enfant à cette goy au nom anglais, comment s'appelait-elle, déjà ? Marc-Avenue ou…

1. Nourriture autorisée par la religion juive.

— Denis-Street, Agnès Denis-Street. Et elle n'était pas anglaise. Tout ce qu'il y a de plus allemande. Son frère…

— Denis-Street, c'est bien cela. Je reste persuadé que ce n'est pas tant son visage ou ses yeux qui t'ont attiré vers elle que son nom aux consonances britanniques. Mais Dieu tout-puissant t'a envoyé un signe. Il a voulu te faire comprendre que tes unions avec les goys au nom anglais n'étaient pas viables et la petite Fernande est morte. Paix à son âme ! Et toi-même, tu as bien reçu le message, puisque tu n'as jamais épousé ta goy au nom anglais. D'ailleurs tu n'as épousé personne. Tu as trente-sept ans depuis le 25 avril dernier, tu deviens vieux, mon fils. Aujourd'hui tu as encore tes cheveux mais demain tu te dégarniras. Alors, il sera trop tard. Tu ne nous auras pas donné, à ta mère et à moi, un petit-fils. Quand je songe à cette petite que tu as refusée, tu sais bien, voyons, la petite sœur de ton camarade Oppeinheim, une petite si belle, si douce, d'une si bonne famille, qui avait tout pour elle, et qui…

— Et qui m'aurait préparé une belle table fleurie pour Shabbat ?

— Et alors ? Qu'est-ce qu'il y a de mal ? Mon fils, tu as lu tous les livres mais tu ne connais rien de la vie.

— Tu n'aimais pas la jolie table que je préparais chaque Shabbat quand tu rentrais de l'école, mon petit Ferdinand ?

C'était la première apparition de la mère sur le champ de bataille. Elle se tenait recroquevillée dans son fauteuil trop large ; elle avait posé à plat ses petites mains sur ses cuisses serrées, l'une contre l'autre ; et n'osait croiser le regard de son mari ni de son fils. Je constatais cependant que la colère de Ferdinand était retombée aussitôt. Ses mots ne venaient plus aisément ; il cherchait à se justifier. Il n'était plus un aigle hautain et rogue, mais un fils respectueux et embarrassé. Il avait appris à combattre le despotisme volubile de son père, mais n'avait jamais su — ou voulu savoir — se dépêtrer des rets trop lâches de sa mère. C'était de la belle ouvrage que j'observais, médusé, moi qui n'avais connu que la tyrannie routinière de ma mère, et la stupide docilité de mon père. Elle jouait de sa faiblesse avec une rare habileté, comptant ses interventions et ses effets, ne les usant pas dans de sottes querelles, se servant du fils pour se protéger des assauts du père, et le défendant à son tour contre l'arbitraire paternel. Mais le vieux Haïm ne tarda point à pousser son cri de ralliement ; et tout harnachés d'armures, de casques et d'estocs, les deux hommes s'estourbirent dans un joyeux vacarme. Le père était heureux de se poser à nouveau comme le seul adversaire digne de son fils ; Ferdinand ne l'était pas moins de se battre sans mauvaise conscience. Il ne courait pas de grands risques, le père tenait à leurs face-à-face. C'était pour lui la seule échappatoire au dialogue depuis longtemps impossible avec une femme à moitié sourde et une fille idiote, mariée de surcroît. Haïm Wolfssohn était comme ces vieux pays auxquels l'hostilité des jeunes nations montantes prouve qu'ils sont encore des puissances ; et il ne voulait pas tomber au rebut de l'Histoire. Son fils acceptait le combat par habitude et tendresse filiale, car c'eût été une marque d'irrespect que de le refuser. Bien sûr, au fur et à mesure des années, des livres et des connaissances, la rixe rituelle lui pesait davantage. Il avait bien souvent eu envie de détourner la tête avec mépris et de se murer dans un silence orgueilleux, mais il ne pouvait se décider à cette suprême cruauté. Alors, chaque fois que son père exigeait, commandait, condamnait, l'enfant qu'il était demeuré reprenait les armes sans joie. Il arrivait cependant que la tendresse et le respect filiaux fussent poussés très loin.

Tant que ses parents demeurèrent chez lui, Ferdinand ne sortit plus. Il rompit même le rituel du dîner chez la comtesse. C'était elle qui se déplaçait et les saluait avec la plus grande affection. Chaque fois, le père l'accueillait d'un joyeux :

— Tiens, voilà ma meilleure cliente !

Et il me contait avec truculence comment il avait entretenu, sur ses « fonds secrets », Ferdinand et Sophie tout au long de leur interminable bataille juridique contre le comte Hatzfeldt ; jusqu'à ce que sa femme — que sa surdité pourtant protégeait — lâche d'un ton las :

— Haïm, voyons, tu ennuies Madame la comtesse avec tes radotages !

À table, nos repas n'étaient plus les mêmes. Ferdinand avait sorti de son vaisselier en hêtre massif des assiettes qu'il réservait à ses parents. Il ne mangeait plus de porc ni même ces huîtres qu'il aimait tant, et exigeait de la cuisinière qu'elle ne mélangeât plus la viande et le beurre. Il se pliait de bonne grâce aux prescriptions religieuses, mais ne pouvait s'empêcher d'aiguillonner son père :

— Crois-tu vraiment que ne pas manger « Tarouf[1] » fasse de toi un bon Juif ? Mon pauvre papa, tu mélanges religion et régime alimentaire, qui était sans doute adapté au mode de vie dans le désert, mais qui...

— Aujourd'hui encore, la nourriture « kocher » est plus saine. Sais-tu que nos sages nous ont expliqué que les aliments influaient sur le comportement, sur l'intelligence et que la science moderne...

— Goethe mangeait strictement « kocher », papa ? Et Hegel aussi ? Nous ne sommes plus il y a cinq mille ans et nous ne vivons plus sous des tentes dans le Sinaï. Nous vivons en Europe. Nous devons nous aussi connaître le temps des « Lumières ». C'était déjà le message de Mendelssohn[2]. Et toi-même, si je me souviens bien, tu allais plutôt à la synagogue « moderne », à Breslau. Si nous ne bougeons pas, nous resterons pour toujours ce que nous sommes aujourd'hui, un peuple décadent, certes héritier d'un glorieux passé, mais devenu servile et pleutre, un peuple d'esclaves !

La mère observait les deux gladiateurs avec le ravissement des matrones attendant le premier sang. Elle avait jadis ployé sous la férule tyrannique de son mari en espérant — sans jamais se l'avouer sans doute — que son fils, qu'elle avait depuis l'enfance surnommé avec emphase le « nouveau Mendelssohn », la vengerait ; et elle pouvait se réjouir : sa prédiction s'était accomplie ; mais elle n'était pas moins enchantée de constater que son vieux et cher Haïm — qu'elle avait tant admiré lorsqu'il chantait de sa belle voix rauque, le samedi matin, sous les voûtes de la grande synagogue de Breslau — avait encore l'esprit assez délié pour résister à l'intelligence de son fils.

Toute la journée, Ferdinand demeurait vêtu d'une simple mais élégante robe de chambre de soie mauve. Il se levait à quatre heures du matin ; à onze heures du soir, il n'était pas

---

1. Nourriture impure.
2. Philosophe allemand du XVIIIe siècle, réformateur du judaïsme.

couché. Les yeux emplis d'admiration, la mère me confia de sa voix douce et traînante que son fils n'avait jamais beaucoup dormi et se levait déjà à l'aube quand il étudiait Hegel à l'Université :

— Comment, vous ne connaissez pas Hegel, jeune homme ? Mon fils ne vous l'a pas encore enseigné ?

Et elle plissa ses petits yeux coquins et elle me caressa les cheveux de sa minuscule main ridée et elle crachota un rire à moitié étouffé. Le docteur Lassalle recevait beaucoup. Des bourgeois en redingote et des ouvriers en casquette. Lothar Bücher et Ludwig Löwe. Hans von Bülow avec Cosima ; et sans Cosima. Lina Duncker. Franz Duncker. La comtesse. Le commandant Rustow. Herweg. Des jolies femmes et des vieillards chenus. Des amis et des recommandations. Il accueillait son monde avec une politesse affectée. Il prenait avec chacun le temps d'échanger quelques mots, de donner un avis, un conseil même parfois. Et je remarquai que les ouvriers ne partaient jamais sans un petit mot, un petit livre, un petit paquet de thalers. Après le dîner, à six heures, Lothar Bücher réapparaissait. La mère ne laissait à personne le soin de servir le cognac et les cigares que Ferdinand avait choisis avec la plus grande méticulosité, de ses doigts fins qu'il avait pris soin d'essuyer l'un après l'autre. Et puis, la mère « s'oubliait ». La mère écoutait, admirait. Elle ne saisissait pas tout ce que disaient les deux hommes — parfois, elle ne comprenait même rien du tout — mais elle absorbait, émerveillée, chacun des mots de son fils. Sans doute n'était-elle pas mécontente de ne pas tout entendre : l'obscur nimbait la pensée de mystère, ajoutait à l'extraordinaire, prouvait, s'il en était besoin, l'éblouissant génie de son fils.

Ce n'était pourtant pas faute, pour celui-ci, d'éclaircir, de débroussailler sans cesse.

Un matin, alors que la maisonnée était encore endormie, j'entendis tonner la grosse et forte voix de Ferdinand. Le docteur Lassalle n'a jamais su murmurer qu'à une salle hostile. Je m'approchai ; et découvris un spectacle étonnant : Ferdinand, assis devant la grande table en bois massif de la cuisine, un bol de café fumant entre les doigts ; et la mère, debout, ceinte d'un tablier à carreaux, qui récurait d'une main distraite une lourde casserole en cuivre. Et Ferdinand parlait, parlait, parlait...

— Le vieux Hegel, maman, avait coutume de dire qu'avant que ne survienne une innovation qualitative immédiate, l'ancienne situation qualitative se ressaisit en reprenant en soi et en dépassant les différences et les particularités qu'elle a instituées aussi longtemps qu'elle pouvait vivre dans son essence pure, originelle et générale, dans sa totalité simple. Ainsi, avant que ne survienne l'athéisme, l'esprit religieux, présent de façon immédiate dans l'essence générale des diverses religions, se ressaisit dans la pure vacuité du déisme. Et la loi se confirme bel et bien avec Napoléon. Au cours de leur dernier combat, qui les mènera à la mort, le régime bourgeois et le profit privé se ressaisissent dans la généralité pure commune à toutes les factions, dans le despotisme militaire et le régime de la violence : Napoléon !

— Alors, tu n'aimes plus Napoléon ! Quand tu étais petit, tu l'admirais énormément. Je me souviens, je t'avais acheté un petit soldat de plomb avec le chapeau. Tu le montrais fièrement à tous les domestiques et à ta sœur, et tu courais dans les couloirs en criant : « Laissez passer l'Empereur des Français ! »

— Mais maman, voyons, ce n'est pas le même. Le Napoléon d'aujourd'hui, c'est le neveu de l'autre. Ce maraud n'est que l'essence vide et générale de la réaction moribonde, alors que son oncle, auquel il se compare constamment, a eu, lui, une mission éminemment révolutionnaire : il a consolidé la propriété foncière acquise par les paysans et par ceux qui avaient acheté des terres grâce à la Révolution ; il a été le premier à donner à la bourgeoisie, en maîtrisant la tempête révolutionnaire, la possibilité de faire usage de la liberté de production acquise également pendant la Révolution ; et, grâce à la libre concurrence, il a détruit la féodalité sur tout le continent et établi à sa place, directement ou non, la société bourgeoise. Ainsi, c'est lui qui a fait la coupure réelle et consolidé les idées révolutionnaires de 1789...

Et pourtant, je crois, moi, contrairement à Marx, que malgré ses défauts, malgré ses tares, le neveu a aussi objectivement un rôle révolutionnaire. Comprends-moi bien, maman. Pour la première fois depuis mars 1848, il incarnait la restauration d'un pouvoir populaire, même si ce n'était que la forme la moins pure, la moins véridique, la plus repoussante. Mais l'oligarchie de la classe possédante, les gens « honnêtes », les philistins, étaient à jamais écartés. Il représente donc, tout en le voilant, le début de la Révolution de masse, de la Révolution des intérêts de possession. S'il avait utilisé le pouvoir d'État pour satisfaire les intérêts matériels des classes non possédantes aux dépens des classes possédantes, son rôle d'arbitre aurait encore accru la fureur de la bourgeoisie à son égard. Il connaît fort bien cette nécessité car il a les yeux fixés dessus, comme sur le point fatal de sa chute. On ne peut pas plus introduire de réforme à l'intérieur du concept de la propriété privée ni à l'intérieur du système de production dominant, que le pape n'en peut introduire dans l'essence de la religion catholique. Mais s'il pouvait, ce qui est pourtant impossible, changer les rapports de propriété, nous serions transportés en plein socialisme, car alors son cocon despotique se déchirerait très vite. C'est pourquoi je dis à Marx : « Les choses avancent, encore un peu de patience. » Mais lui me répond que je défends Bonaparte parce que je m'apprête à faire des concessions à l'État prussien, aux féodaux et à l'Église. L'innocent ! Il croit qu'on peut faire de la politique sans se salir les mains !

La mère n'était point intimidée par le déluge verbal qui s'était abattu sur elle. Elle remplit le large bol de son fils d'une nouvelle rasade de café brûlant. Son visage chiffonné s'illuminait du bonheur simple d'être la mère d'un fils qui, tel un Dieu antique, déclenchait des orages de mots savants, et lançait des éclairs de phrases merveilleusement énigmatiques.

Elle ne s'en lassait cependant jamais ; et ce matin-là, elle n'eut aucun mal à faire instruire le procès de Napoléon III, qui s'acheva par une condamnation sans appel de Karl Marx et Friedrich Engels. Les voies du Seigneur sont impénétrables.

— Pour ces messieurs, je ne suis qu'une poche, large et toujours ouverte, dans laquelle ils puisent quand les fonds leur manquent. Je ne suis bon qu'à ça, et puis aussi accessoirement à leur trouver un éditeur en Allemagne ou à leur fournir des informations secrètes directement venues de la Cour de Berlin, que me sert généreusement le frère de cette demoiselle Denis-Street que papa aime tant — informations de « première main » que Monsieur Marx s'empressera de glisser, avec des airs entendus, dans les articles de ses journaux américains qui lui permettent de nourrir, médiocrement d'ailleurs, Madame la baronne de Wetsphalen et ses charmantes filles !

Mais quand je viens à Londres rendre visite au glorieux maître, Monsieur Engels ne daigne même pas faire le chemin de Manchester pour me serrer la main. Voyons, il est bien connu que les routes sont très mauvaises en Angleterre, elles rappellent d'ailleurs étonnamment celles de l'Empire ottoman ! Et puis, il n'y a pas de train entre Manchester et Londres ! Mais enfin, il faut comprendre, le digne et laborieux Monsieur Engels est très occupé : il n'a pas fini de baiser la petite Lilly qu'il doit lutiner la propre sœur de Lilly, Mademoiselle Lizzy. Et c'est moi, le Lovelace, le séducteur corrompu qu'on montre du doigt aux ouvriers, c'est moi « l'homme entretenu », comme dit Marx, parce que la comtesse me verse une rente que je juge pourtant avoir bien méritée, alors que Karl Marx, le puritain, engrosse la bonne, et que son compère en prédication, Engels, vit avec deux sœurs comme deux hétaïres dans un harem, dont il n'a évidemment épousé aucune ! Et lorsque j'en ai assez de jouer les banquiers sans intérêt, quand mes fonds ne me permettent plus la même générosité, quand j'ose réclamer une garantie écrite du grand industriel de Manchester — qu'exigent pourtant de moi mes propres banquiers — je deviens aussitôt ce chien de Juif. Marx prend des poses outrées : « Il te faut un écrit, pédant ? » Oui, le pédant, le vaniteux, Héraclite l'obscur, le docteur Ephraïm, le petit Isaac, le Juif maure — je connais tous ces surnoms dont ils m'affublent entre eux, les braves amis ! — ne répond plus.

Il n'avait pas pu résister. Il m'avait fait promettre, pourtant. Notre visite à Londres devait rester secrète. Comme notre virée à Zurich, cet antre des révolutionnaires de toute l'Europe. Ou notre rencontre avec Garibaldi, le légendaire chef des patriotes italiens. Nos discussions, nos alliances, nos complots, rien ne devait transpirer. La police prussienne veillait. Elle furetait, ouvrait les courriers, écoutait aux portes, payait des indicateurs, notait, recoupait, alertait, refoulait, expulsait. Inutile d'inquiéter un père de santé fragile ou de mettre en danger une mère bavarde. La cure à Ems était la seule activité officielle. La goutte n'était pas encore maladie interdite en Allemagne. Mais il avait été trop humilié. Lorsque son orgueil était meurtri, son incoercible vanité aurait dit Engels, il ne se contrôlait plus. Il ne parvenait pas à contenir sa fureur. Friedrich Engels n'avait pas daigné se déplacer, faire la route de Manchester à Londres, pour le voir, lui qui n'avait pas hésité à traverser la mer pour retrouver ses « chers camarades » en exil. Bien sûr, Engels lui avait envoyé un mot d'invitation à Manchester. Mais Lassalle n'était pas dupe de l'échappatoire.

Tout avait pourtant bien commencé. Nous avions débarqué les bras chargés de cadeaux, un manteau pour Madame Marx, et des mantilles pour les filles. Toute la journée, même pour ses occupations les plus domestiques, la maîtresse de maison garda son manteau sur le dos. Chaque fois qu'elle croisait une de ses filles, elle lui demandait, un sourire radieux aux lèvres : comment me trouves-tu ? Jusqu'à ce qu'une des demoiselles, la petite Eleanor ,excédée, s'exclamât :

— Just like a peacock[1] !

Jenny Marx aimait beaucoup Lassalle. Elle goûtait fort son « impulsiveness ». Quelle ne fut pas ma surprise de découvrir dans le « parlour », comme elle disait, une photographie de Ferdinand Lassalle. Quand son mari la taquinait, elle n'hésitait pas à lui répondre qu'elle aimait ce visage « portant les stigmates d'une grande et profonde souffrance », devant un Ferdinand qui bichait sans pudeur. Elle le félicitait de suivre au moins une fois par an, pendant les grosses chaleurs à Berlin qu'il « ne supportait pas », une cure en Suisse : « Ainsi, vous demeurerez longtemps en dehors de la classe honnie des grosses bedaines », lui lançait-elle d'une voix caressante. Marx maugréait que la goutte était « une maladie comme il faut », alors que, lui, avec son foie, « il était beaucoup moins distingué ». Mais il ne semblait pas jaloux des mignardises et compliments à profusion qu'échangeaient sa femme et Ferdinand. Il est vrai que, comme lui, j'eus l'impression que Ferdinand faisait assaut de séduction auprès de la mère afin d'obtenir la main de la fille aînée. Il avait parfois les manières rustiques d'un directeur d'usine qui épouse la fille du patron

1. « Juste comme un paon ! »

pour hériter de l'entreprise familiale. J'appris plus tard que Jenny était une grande dame, née baronne de Wetsphalen, une princesse irlandaise, une quasi-fille de roi. Cela ne se voyait pas. Elle s'excusait sans cesse de son « intérieur si petit, à la bohème », et tentait de se faire pardonner l'absence à table de « chevreuil mayonnaise et bombe glacée ». La modestie de l'habitation du grand Karl Marx m'avait troublé. Lassalle m'avait présenté Marx comme son maître spirituel, son père en révolution, celui qui, par son génie, l'avait converti à vingt ans au communisme, et qui avait parrainé, après 1848, son entrée dans le mouvement ouvrier. Habitué au luxe dont s'entourait le « fils », je m'attendais naïvement à découvrir le « père » fastueusement logé dans un château. Lui et sa famille occupaient une misérable masure dont n'aurait pas voulu ma mère, dans le Moabit. Marx était obsédé par ses soucis d'argent. Il nous parlait sans cesse de ses dettes innombrables, des 6 £ versées au boucher en acompte, des impatiences du marchand de thé, de l'épicier, des traites réglées au marchand de piano, et des 10 £ de scolarité par mois, car il « faisait tout pour éviter aux enfants des humiliations inutiles » ; et ces misérables du Wiener Presse qui lui payaient ses contributions avec plusieurs mois de retard ! « Crois-tu par hasard que le moment soit actuellement venu de m'adresser par exemple à l'*Evening Post*, le journal abolitionniste de New York, pour lui faire mes offres de services ? » demandait-il avec une humilité inquiète à Lassalle.

— Les Américains n'ont pas d'idées, lui répondait grossièrement celui-ci.

La délicatesse n'avait jamais été la qualité cardinale de Ferdinand ; et la comtesse n'était pas avec nous pour le gourmander. Lassalle était descendu dans un luxueux hôtel, que lui avait recommandé un de ses amis snobs de Berlin, au 19 Brompton Crescent. Mais il ne cessait de se plaindre de la vie chère à Londres. Il évoquait avec une ostentation larmoyante la perte récente de 500 thalers dans une spéculation hasardeuse, devant des gens qui comptaient et recomptaient sans cesse les 2 £ mises de côté pour régler la note de gaz. Il exigeait d'être conduit à l'Abbaye de Westminster, de visiter le château de Windsor, d'assister à une séance au Parlement.

Il voulait aller au théâtre, à l'opéra ; découvrir les techniques industrielles les plus récentes dévoilées en cette année 1862 à l'Exposition universelle ; mais il se plaignit que Londres n'était décidément pas Paris, qu'on s'y ennuyait ferme. Lorsque la nuit tombait, que les filles montaient se coucher, que Jenny s'éclipsait avec discrétion, Lassalle ne laissait pas dormir un Marx harassé. Il parlait, parlait sans cesse, sans se rendre compte que le grand Karl Marx n'avait pas forcément envers lui l'admiration d'un Franz Rienacker ou l'amicale patience d'un Lothar Bücher. Il lui décrivit par le menu « l'espèce d'agitation politico-pratique » qu'il avait débutée. Le succès de ses conférences, l'enthousiasme des ouvriers, l'intérêt des bourgeois et le respect des gens d'esprit, la fureur des leaders progressistes. Il le contraignit à lire le texte de sa dernière conférence sur « l'État ouvrier » qu'il lui avait apporté. Marx fit mine de le trouver passionnant, même s'il ne put s'empêcher de laisser deviner qu'il n'y voyait là qu'une méchante vulgarisation de son fameux *Manifeste communiste.* Marx ne voulait pas froisser son envahissant interlocuteur. Je crois qu'il l'aimait bien malgré tout. Je décelai une lueur de tendresse dans son regard quand il observait à la dérobée le spectacle baroque qu'offrait jour et nuit Ferdinand. Il lui tapotait parfois l'épaule, paternel : « Mon cher ami, je n'oublie jamais que tu es de la vieille souche, l'ennemi de nos ennemis », comme s'il voulait rassurer un Ferdinand qui réclamait sans cesse des preuves d'affection ; comme si Marx lui-même voulait se rappeler les raisons inaltérables de sa patience, lorsque le comportement de Lassalle lui devenait par trop insupportable. Mais le vernis de sa bonne éducation se fendilla quand Lassalle le pressa de s'associer à lui, de prendre la tête, à ses côtés, de sa « petite agitation politico-pratique ». Sur un ton soudain amer, Marx lui répliqua qu'il serait plus efficace sur place, à Berlin ; mais qu'il avait besoin pour cela de récupérer sa nationalité prussienne, ôtée par les autorités depuis son renvoi en exil après 1848, cette nationalité prussienne que Ferdinand lui avait justement promise l'an dernier. « Tu avais, paraît-il, le préfet de Berlin in the pocket ! »

Lassalle fit semblant de ne pas entendre. Il l'appâta en lui proposant de relancer un journal avec lui et Engels. Lassalle lui fit miroiter les 300 000 thalers que la comtesse y consacrerait, et les fonds que Ludmilla d'Assing était elle aussi prête à jeter dans l'aventure. Je sentis Marx fort tenté. Il n'avait jamais pris le deuil de son cher et vieux *Neue Rheinische Zeitung* qui avait fait les beaux jours de la révolution de 1848. Il conseilla de choisir un mode de parution hebdomadaire. Lassalle acquiesça sans barguigner. Mais, au dernier moment, Marx se rétracta. Il prétexta une « divergence politique de fond ». Il reprocha à Lassalle son action en faveur du « suffrage universel ». Il lui rappela les conséquences désastreuses de son introduction dans le « bas Empire » — c'est ainsi qu'il surnommait avec mépris la France de Napoléon III. Toute une nuit, il compara les situations anglaise, française et allemande, la soumission des paysans à leurs junkers, la puissance renforcée de tous ces réactionnaires et cléricaux, l'émergence d'un État prussien, légitimé par les urnes, et les concessions qu'il devrait faire, lui Lassalle, leader d'un parti ouvrier, pour obtenir une parcelle de pouvoir, à la monarchie prussienne. Je souffrais mille maux d'entendre pareil discours. Je crevais d'envie d'hurler au grand Karl Marx qu'il ne connaissait pas les ouvriers allemands, et leur soif éperdue de reconnaissance, de respect, avant même que de pain. Mais je n'osais prononcer le moindre mot ; et fus fort déçu de la réplique d'un Lassalle qui m'avait habitué à moins de sobriété : « Il faut bien offrir à l'esprit des ouvriers quelque chose de tangible et de pratique. » Comme si Lassalle était écrasé par l'aura et la puissance intellectuelle de Marx. Comme s'il ne croyait pas au fond à « sa grande idée ». Comme s'il avait définitivement renoncé à obtenir le soutien de Marx et d'Engels qu'il était venu pourtant chercher. Comme s'il craignait la concurrence de son ancien maître, auprès de ses ouailles allemandes…

— Chère Madame Lassalle. Il y a, me semble-t-il, une différence essentielle entre votre fils et le docteur Marx. Votre fils est un homme politique. Un authentique, croyez-moi, je commence à le connaître et je me trompe rarement. Il va à la rencontre des ouvriers, de ses électeurs. Il parle avec eux, il leur tape dans le dos, il boit des litres de bière en leur compagnie. Il sait qui ils sont, ce qu'ils attendent, ce qu'ils réclament. Le docteur Marx est un pur théoricien, de grand talent et d'une profonde intelligence sans aucun doute, mais qui, je l'ai bien vu à Londres, ne sort de sa masure que pour passer ses jours à la bibliothèque. A-t-il jamais mis les pieds dans un atelier, une usine, à Berlin, à Cologne, à Londres ou Manchester ? Non. A-t-il jamais approché le dos d'un ouvrier allemand ou anglais ? Non. Le docteur Marx ne les connaît pas et ne veut pas les connaître. Il écrit pour d'autres théoriciens, à Londres, Paris, New York ou Vienne, enfermés comme lui dans leurs travaux, et pour la postérité. Il écrit librement dans un pays libre, le pays le plus libre du monde. Votre fils, chère petite madame, et c'est tout à son honneur, parle et écrit dans un pays qui subit encore un régime autoritaire, une censure omniprésente et pointilleuse, qui examine chacun de ses mots et lui en demande compte, pour des ouvriers qui ne comprennent pas tout ce qu'il dit ou écrit, et attendent de son action des améliorations immédiates de leur triste condition.

Lothar Bücher épongea son front humide avec un épais mouchoir à carreaux, reposant un bref instant sa voix doucereuse. Il avait été du voyage de Londres, et avait vite compris que Marx et Engels n'accepteraient jamais de cautionner un mouvement politique qu'ils ne dirigeraient pas seuls. Qu'ils se méfiaient de Lassalle, de son « manque de tact », comme disait Marx, de cette « manie de parvenir, de barbouiller de pommade et de cosmétique le Juif crasseux de Breslau », comme ajoutait, plus virulent, Engels. Je tardais à comprendre la fureur antijuive d'Engels. Je croyais ce sentiment médiocre réservé aux pouilleux du Moabit comme les amis de mon père, qui confondaient tous les Juifs avec le banquier Bleichröder, l'ami des fameux Rothschild. Mon incompréhension grandit lorsque j'appris que Marx lui-même était un Juif converti au protestantisme, la religion de Jenny. Celle-ci, d'ailleurs, l'avait surnommé avec une tendresse ironique : « le maure ». Ce bon mot de Jenny Marx amusa beaucoup Haïm Wollfsohn Lasal, lorsque je le lui rapportai.

Lothar Bücher avait compris que Marx et Engels se refusaient d'endosser les « bêtises » de Lassalle ; et qu'ils craignaient par-dessus tout que ce dernier ne les supplantât dans le cœur des ouvriers. Lothar était entré dans la conversation, comme il était entré chez Ferdinand quelques minutes plus tôt, sans façons. Ferdinand qui s'agaçait, depuis l'enfance sans doute, qu'un autre que lui ne retînt l'attention maternelle, reprit aussitôt la parole.

— Et quels ouvriers, maman, les ouvriers allemands ! Pas les Anglais éduqués, pas les Parisiens qui font la Révolution tous les vingt ans. Les ouvriers allemands ! Des ouvriers à qui il ne faut surtout pas parler de communisme ou même de socialisme : ils s'enfuiraient en courant chez Schulze. Des ouvriers qui n'apprécient pas les envolées lyriques, les rêves, les emportements idéologiques. Ou plutôt, qui veulent bien rêver mais ne font pas la part du rêve et exigent qu'on applique très exactement ce qu'on annonce. Fichte l'avait dit bien avant moi : « Les Allemands ont ceci de particulier qu'ils prennent au sérieux tout ce qui est dit ; tout est pris au sens strict des mots. » Je ne tenais pas en place. Le mépris dans lequel le docteur Lassalle tenait la classe ouvrière me révoltait. J'étais prêt à me jeter sur ses phrases hautaines, comme un roquet sur les mollets charnus d'un roide junker, mais je n'osais m'élancer. La crainte de dire une sottise, la révérence native de celui qui sait ligotaient ma fureur. Heureusement, Lothar Bücher l'interrompit :

— On peut faire de grandes choses avec les ouvriers allemands. Ils sont sérieux, travailleurs, disciplinés. Ils feront de remarquables militants d'un grand parti ouvrier.

— Oui, Lothar, ils ont toutes les qualités, par rapport aux ouvriers valaques ou moldaves. Mais en comparaison des Anglais ou des Français, ce sont des valets. Ah, si j'avais des ouvriers français entre les mains, je ferais de grandes choses.

Les deux hommes, emportés dans leur sempiternelle controverse sur les mérites des ouvriers allemands, oublièrent la mère de Ferdinand. Qui s'éclipsa bientôt sans bruit. Pendant de longues heures encore, ils discutèrent. De Schulze, de Guillaume Ier et de son chancelier Manteuffel. De l'arrogance des aristocrates bornés. De la pusillanimité des bourgeois. De la médiocrité du *Volkzeitung* et de l'incroyable partialité du *Nationalzeitung*. De la presse, des journalistes, de leur pouvoir, de leur inculture, de leur vanité, de leur lâcheté, de leur mauvaise foi, de leur susceptibilité, de leur nullité, de leur hypocrisie, de leur aveuglement, de leur aplomb, de leur cynisme, de leur naïveté, de leur prétention, de leur suffisance, de leur grossièreté, de leur vacuité, de leur judaïté, de leur arrogance, de leur influence, de leur importance, de leur règne, de leur... C'est au cours de ces interminables conversations nocturnes que Lothar Bücher avait convaincu Ferdinand de la nécessité pour les ouvriers et les socialistes de rompre avec les bourgeois progressistes ; et pour le docteur Lassalle, de prendre la tête de ce mouvement. Dans tous les sens du mot. Ferdinand était cependant un nostalgique de l'antique alliance qui avait permis la glorieuse victoire du « tiers état » en 1789. Alors, inlassable abeille qui aurait appris les vertus de la fidélité, Lothar revint butiner les mêmes fleurs, sucer le même miel, conter les mêmes anecdotes, tirer les mêmes constats, édicter les mêmes « lois ». Et de nouveau, il rappela comment, jeune député au Parlement de Francfort en 1849, il avait vu les gros bourgeois rhénans s'égosiller de grands mots et de grandes phrases, de liberté et d'égalité, puis s'enfuir en poussant des cris horrifiés dès qu'on leur demanda d'interdire le travail des enfants de moins de huit ans ! « Le bourgeois allemand est ainsi fait, conclut-il sentencieusement, que ses idéaux s'effacent toujours devant ses intérêts. »

Pendant des heures, rien d'autre n'effleura leurs esprits, n'anima leurs sens. Ils se moquaient du temps qu'il faisait, du ciel bleu qui soudain s'obscurcit, des nuages lourds et menaçants, de l'orage qui gronde, du vent qui souffle et tourbillonne, emporte le sable jaune, couche les ramures des tilleuls et s'engouffre dans les ombrelles des femmes qui les retiennent, arc-boutées sur leurs deux mains étroitement serrées. Ferdinand était drapé dans son immuable robe de chambre de soie mauve. Lothar n'avait pas pris la peine de remettre son manteau gris et usé au domestique, et il y blottissait son petit corps rond. Sans me lasser, je suivais avec avidité les moindres inflexions de leurs respirations. Moi non plus, je ne savais plus s'il faisait froid ou chaud, si la pluie battait les flancs des chevaux ou si le vent mutin surprenait les jolies femmes sous leurs jupes. Je n'en avais cure. Plus rien n'existait que le roi, Manteuffel, le Parlement, les élections, la victoire promise aux progressistes, leurs hésitations, leurs peurs, les négociations de couloirs, les éclats, les ruptures, les raccommodages, le budget en attente, et les besoins d'argent du pouvoir, pressants, de plus en plus pressants.

Parfois, Ferdinand s'interrompait. Il me hélait et, surpris, s'apercevait de ma présence silencieuse, à côté de lui. Il me dictait une lettre, et puis une autre, à un ouvrier de Düsseldorf, à la comtesse. Il lisait d'un ton sec et rapide, sans redites, même pour les échanges économiques ou philosophiques qui me jetaient dans les affres des langues étrangères. Il arpentait la pièce de son grand pas nerveux. Il fouettait l'air de ses bras, redressait son menton, les cordes de sa voix s'affermissaient, ondoyaient. Lentement Ferdinand muait et l'orateur apparaissait. La lettre s'achevait. Salutations interminables, alambiquées à la mode germanique, ou un frugal et révolutionnaire « Salut et Fraternité ». Le rythme de son pas, de ses bras en tourniquet, ses mouvements de menton et l'éclat de sa voix, tout se ralentissait, s'alanguissait : Ferdinand Lassalle redevenait lui-même. Un autre lui-même. Au matin, on ne prit pas le temps de déjeuner. À trois reprises pourtant, la mère nous avait invités à passer à table, mais chaque fois, Lassalle avait repoussé son offre. Lothar n'osait avouer que son ventre rondelet, qu'il dissimulait sous son manteau, avait des habitudes moins austères, et on oublia de me demander mon avis. À la quatrième tentative infructueuse, la mère nous abandonna dans un grand concert de lamentations égrenées sur un rythme syncopé, les mains couvrant sa tête et implorant le ciel, paumes largement ouvertes, regards fiévreux, bouche tordue de douleur et d'inquiétude pour ce fils qui s'épuisait au travail.

Vers midi, un grand jeune homme fort bien tourné fit une brusque apparition. Il avait le cheveu lissé, le nez busqué et décidé, l'œil fouineur et conquérant, le cerne des affaires, la lippe épaisse, sensuelle et cupide. Il portait beau, une courte veste claire, un impeccable pantalon blanc, des bottines jaunes. Une énorme montre en or pendait de son gousset ; et des bagues brillant de mille feux meurtrissaient chacun de ses doigts boudinés. C'était Ferdinand, « chevalier de Friedland », qui avait marié la fille de Haïm, il y a près de dix ans. Alors, il s'appelait Friedländer. Les deux Ferdinand se goûtaient fort. Lassalle, sollicité par son père, avait donné son aval au mariage de sa sœur ; et Friedländer l'avait emmené à Paris, présenté à Heine, et aux putains de la rue de Rivoli. C'est lui aussi qui, le premier, avait eu l'idée d'abréger son nom, afin de le parer d'une distinction parisienne. Depuis cette époque, il aimait à glisser quelques expressions françaises dans le propos le plus anodin ; mais son français sonnait comme de l'allemand ; et son allemand comme du yiddish ; et son yiddish, comme des grossièretés. Il vivait d'affaires obscures et de spéculations intrépides. Aujourd'hui, il achetait du « chemin de fer en Prusse-Orientale ». Il avait de l'argent et de l'entregent, et croyait avoir de l'allure. Il parlait haut et fort, et voulait en imposer. Les brillants sur ses doigts scintillaient, mais ils ne pouvaient dissimuler entièrement ses larges mains rustaudes. Il s'aspergeait de coûteux parfums français, mais il sentait encore l'arrière-boutique de tissus paternelle. Il était difficile d'ignorer la présence de Ferdinand Friedland. Il gesticulait, vociférait, tapait sur l'épaule de son beau-frère, postillonnait au nez de Lothar, et me piétinait les pieds sans même s'en apercevoir. C'était un cyclone, au souffle puissant et dévastateur, ne s'apaisant qu'après avoir tout saccagé. Il était venu manger et le fit savoir avec force plaintes et incantations. Il avait très faim et exigea que Ferdinand et Lothar se mettent à table avec lui. Il faut dire que Lothar, à jeun depuis la veille, ne se fit guère prier. Et la mère me servit une double ration, que j'avalai sans prendre le temps de remercier la brave femme. Entre deux boulettes de viande pâteuse que nous avait préparées la mère, et qu'il mastiqua toutes gencives dehors, Friedland reluquait la jolie petite bonne qui passait prestement entre les convives. D'une voix mielleuse, il lui dit : « Quel est donc votre prénom ? » Elle bredouilla : « Lisa, monsieur » ; et il s'exclama : « Lisa, comme c'est charmant. On ne vous a jamais dit que votre prénom était charmant, mademoiselle Lisa ? » Il sourit largement. Fit des œillades. Se permit un compliment égrillard sur la délicate dentelle qui parvenait à grand-peine à contenir ses « trésors ». Et il prit comme un premier succès le rouge de confusion qui monta aussitôt aux joues de la fillette.

Puis il se leva, dans un brusque mouvement de chaise qui raya d'une trace de craie le parquet de bois. D'une démarche assurée, il se dirigea vers le salon. Il se pencha vers le buffet au ventre ballonné richement doré. Il ouvrit un tiroir, et un autre, en extirpa d'un air entendu trois épais cigares et, pendant qu'il mordillait de ses dents expertes dans celui qu'il s'était réservé, offrit les deux autres, sans un mot ni un regard, à Ferdinand et Lothar. Lassalle blêmit de rage ; mais Friedland, qui n'avait rien vu, s'affala lourdement sur le délicat sofa en bois de rose, dont les pieds avaient le galbe raffiné d'une jambe de femme, que Ludmilla d'Assing avait jadis offert à Ferdinand.

— Allons, mon cher beau-père, viens boire un cognac avec nous. Notre petite Lisa va nous servir ça. N'est-ce pas, Lisa ? Voyons, beau-père, viens donc. Ne te laisse pas impressionner par les querelles théologiques de ces deux sinistres corbeaux. Ton enfant est toujours ton enfant et il aime autant jouer aux soldats de plomb. Simplement quand il était petit, il avait l'intelligence de savoir que les soldats étaient en plomb et qu'on ne change pas le monde avec. Eh bien, petite belle-mère, viens, toi aussi. Je sais bien que le fauteuil sur lequel j'ai mis mes grosses fesses de « yid » sale et mal élevé à connu Versailles, au temps de Louis XV... Peut-être que la Pompadour y a fait une gâterie, comme disent les Français, à son bien-aimé ? Peut-être y a-t-il des taches ? Mais que diable, petite belle-mère, un sofa est un sofa, et il doit d'abord servir à poser ses fesses dessus. Alors je t'en prie, ne regarde pas l'air courroucé de ton fils qui croit qu'il a le talent de Voltaire parce qu'il pose son cul sur un siège de l'époque de Voltaire. Toujours les soldats de plomb ! Je t'attends, maman !

La mère hésita un long moment, qui dut lui paraître interminable. Elle jeta vers son mari un regard par en dessous, quémandant une attitude à adopter ; et elle lança le même œil implorant à son fils. Puis, affrontant terrorisée un monde sans instructions, elle esquissa trois petits pas timides, et déposa un humble quart de fesse sur le bord soyeux du sofa.

Friedland exultait :

— Tu vois, petite mère. Le divan de la Pompadour ne t'a pas mordue ! Pour te remercier de ton courage, je vais te donner des nouvelles de ta fille bien-aimée : elle va bien. Elle est heureuse. Notre mariage est un bonheur de chaque jour. Elle t'embrasse très fort.

— Ta bonne a soixante-dix ans ?

La bouillonnante rage en fusion de Lassalle s'était enfin pétrifiée en mépris glacé ; mais le chevalier de Friedland résistait bien aux soudains coups de froid. Il alluma lentement son énorme cigare et contempla les premiers ronds de fumée qui se dissipaient sur le bois clair du sofa :

— Chère petite mère, je ne t'ai jamais montré le délicieux petit mot que Ferdinand, en frère attentionné, avait écrit à sa sœur lorsque celle-ci, dans un moment d'égarement, comme disent les Français, avait voulu me quitter, pour une bagatelle, tu t'en souviens, petite mère, une petite garce que j'ai renvoyée aussitôt. Bien sûr, je ne l'ai pas sur moi, mais je crois pouvoir le réciter au mot près. C'était tellement admirable. Ton fils écrivait : « Je ne me souviens pas avoir connu un homme strictement fidèle à sa femme, mais j'ai connu un grand nombre de mariages heureux. Une femme sensible ne fait pas attention aux écarts de son mari tant qu'il prend soin de les lui cacher et la respecte. Je peux comprendre qu'une femme soit malheureuse d'une liaison constante mais une petite chose misérable comme celle-ci... » Et voilà, quel talent n'est-ce pas que celui de ton fils, petite mère ? Ah, cher beau-frère, admirable et si cher à mon cœur, la dialectique hégélienne te sert donc toujours de bonne à tout faire ?

— Ne parle pas de ce que tu ne connais pas, beau-frère. Je pense évidemment à Hegel, pas aux bonnes.

À son tour, Lassalle alluma son cigare et le suçota avec une intense délectation.

— Ah, mon cher beau-frère, tu ne m'aimes pas beaucoup et pourtant je t'aime toujours autant moi ! Tu te souviens, dis, quand on était à Paris tous les deux. Qu'on passait nos nuits dans les billards et les bordels. À l'époque, tu connaissais toutes les filles de la rue de Rivoli par leur prénom ! Il est vrai qu'alors tu n'étais pas encore l'auteur distingué d'ouvrages philosophiques, juridiques et économiques et que sais-je encore ? Tu n'étais pas encore le chevalier rouge des fabriques ! Tu achetais avec moi des actions et tu les revendais au prix fort et tu n'appelais pas cela spéculation, Ferdinand ! Tu te perds, Ferdinand. Reviens avec moi. Tu n'arriveras à rien en politique. Les Rouges ne prendront jamais le pouvoir. Reviens, Ferdinand, j'ai du chemin de fer de Prusse-Orientale qui va faire mal. Tout le monde à Berlin en est fou. Même Bleichröder m'a contacté. Tu te rends compte, Ferdinand, Bleichröder. Et qui dit Bleichröder dit qui ? Les Rothschild, bien sûr. Voyons, mon petit Ferdinand, je ne peux croire que tu te désintéresses du sort des grands capitalistes. Ton père l'a bien compris, lui ! Ah, il ne connaît pas Hegel, il connaît mieux la vie, Ferdinand ! Ton père sait quand une affaire est bonne. Et il est rentré dans la Compagnie du gaz de Prague avec moi ! Encore une bonne affaire signée chevalier de Friedland ! N'est-ce pas, petit père ? Dis-lui, petit père, qu'il a tort, ton fils unique, le nouveau Mendelssohn, comme dit maman, de m'avoir abandonné. Allez, dis-lui donc !

La mère mit silencieusement en garde son mari. On ne prête pas la main à un étranger — fût-il le mari de sa fille — contre le fils vénéré. Mais Haïm Wolfssohn avait une conception de la famille moins étriquée ; et il s'appuya sans vergogne sur le verbe alerte de son gendre, pour régler avec son fils quelque querelle sortie d'un sac qui semblait sans fond.

— Je te l'ai toujours dit, mon fils. La politique, ce n'est pas un métier pour nous les Juifs. Avocat ou médecin, ça c'est un métier. Aujourd'hui, avec tes capacités, tu aurais une magnifique clientèle et tu gagnerais très bien ta vie...

— Et quelle politique, cher beau-père. Quelle politique ! Si encore il était chez les progressistes, il pourrait être député et il aurait des informations boursières. Et puis, il défendrait les intérêts des nôtres, des artisans comme toi, petit père, ou des businessmen comme moi ou Singer ou Ludwig Löwe. Au lieu de cela, il prend la défense de ces ouvriers pouilleux qui n'attendent qu'une occasion pour piller les boutiques des Juifs. Ta sœur m'a raconté que dans le journal que tu tenais à quinze ans, tu voulais prendre les armes pour libérer le peuple juif de l'esclavage et mourir s'il le fallait dans la bataille. Tu as bien changé, Ferdinand. Aujourd'hui, tu défends les ennemis de ta race et tu te perds toi-même.

— Je te ferai remarquer que ce journal était censé rester secret. Mais ma sœur est comme toi : elle n'a aucun sens moral. Qui se ressemble s'assemble, disent les Français. Vous êtes à l'image de la bourgeoisie dans laquelle vous rêvez de vous faire une petite place, oh une toute petite, pas un large fauteuil, un pouf, des miettes au grand banquet vous iront. Comme elle, vous n'avez aucune morale. Fichte a raison. Les classes supérieures sont immorales et incapables de se régénérer. Seul le peuple a gardé ses vertus morales primitives. Pour l'instant, il est ignorant, mais je l'éduquerai et un jour il s'apercevra qu'il est exploité par des escrocs comme toi. Il se révoltera et sonnera la fin. Ta fin. Aujourd'hui, tu peux encore te moquer de moi, chevalier de Friedland. Je suis tel Fichte après Iéna. Je parle dans des salles à moitié vides, devant des ouvriers en haillons qui ne comprennent pas tout ce que je leur dis. Et dans la salle rôdent les espions du pouvoir et les provocateurs du parti progressiste. Dehors, les armées étrangères d'occupation patrouillent. Souvent, le roulement des tambours couvre ma voix. À tout moment, je peux être arrêté. On censure mes textes. L'Empire français était plus tolérant : Fichte a toujours été considéré comme un philosophe donnant des leçons sur les moyens d'améliorer l'Éducation ! Il a même pu finir son cycle de cours à l'Académie de Berlin. Mais peu importe. Mes leçons sont distribuées sous le manteau, comme l'étaient les siennes. Elles susciteront la même exaltation dans le peuple. Elles le réveilleront de sa léthargie et le pousseront à la révolte contre l'oppresseur. Et après chaque leçon distribuée, je prépare la suivante, méditant fiévreusement dans Tacite les discours d'Arminius aux vieux Germains…

Lassalle ne suçait plus son cigare. Il s'était levé d'un bond. La voix soudain enflée, il pointait un doigt accusateur, haranguant une foule d'ombres innombrables. Il avait l'œil brillant, extatique. Il voguait dans un ailleurs où nous n'avions plus de place, où plus personne n'existait, où il n'était plus lui, ou ce que nous croyions être lui, où il était Johann Gottlieb Fichte… Puis, le silence. L'apaisement. Il se rassit, ralluma son cigare qui s'était éteint, tira une longue bouffée. Il contempla son beau-frère d'un sourire méprisant :

— Quant au sort du peuple juif dont j'ignorais que tu t'étais fait soudain le héraut, je n'ai pas renoncé à le libérer. Mais c'est la méthode qui a changé. Je crois qu'il sera libéré quand chacun des individus sera libre. Les Juifs doivent sortir des ghettos et devenir des citoyens libres d'un peuple libre !

L'oracle avait parlé. La nuit était lentement tombée. Les domestiques allumaient les lampes à gaz. Ferdinand avoua, dans un sourire las et gêné de montrer une faiblesse, qu'il avait froid. De son petit pas traînant, la mère se précipita aussitôt, une couverture à la main, qu'elle posa sur les épaules de son fils. L'oracle avait parlé et s'apprêtait à nous abandonner, ne pouvant imaginer que le dernier mot ne lui fût point laissé. Mais le chevalier de Friedland n'avait pas la fibre révérencieuse. Il se précipita au-devant de Ferdinand, hurlant pour raviver une querelle qui s'étiolait, comme on cravache un cheval qui se désunit :

— Tu es complètement fou, mon pauvre Ferdinand. Tu es devenu « mechegge[1] » ! Absolument « mechegge » ! Je vais te dire pourquoi tu me hais tant. Je vais te le dire, moi, parce que je suis celui qui te connaît le mieux. Tu me hais parce que je suis toi, toi il y a vingt ans, sans tes livres, sans Hegel, sans la comtesse. Je suis un Lassalle qui n'aurait mis que dix couches de pommade. Tu en as mis vingt, trente, cent. Tu n'as pas simplement des couches de fard sur le visage, tu en as même sur l'esprit et l'âme. Et quand tu me vois, tu te rappelles ce que tu étais, ce que tu es toujours, mon petit Ferdinand, et tu en as honte, cela te dégoûte. Mais ne te leurre pas, mon petit Ferdinand, pour les goys, nous sommes dans le même sac. Nous sommes tous les deux des Juifs polonais grossiers, vantards, parvenus. Et au fond, c'est cela qui te désespère le plus.

Ferdinand resta stupéfait tel Louis XIV contredit devant la Cour assemblée. Son œil bleu allumait des fagots sur le bûcher de Friedland. Toutefois, il ne souffla mot, remonta la couverture sur ses épaules dans un geste machinal et se retira dans sa chambre. Lothar Bücher salua la mère, le père et sortit. Dans la maisonnée régnaient enfin le silence et le calme. Seul s'agitait encore le chevalier de Friedland. Ce soir, il avait un dîner avec l'assemblée des actionnaires de la Compagnie du gaz de Prague. Le père y était convié. Pendant que le vieux Haïm enfilait son frac usé en se contorsionnant, il recevait les ultimes instructions du chevalier de Friedland.

Le fiacre chancelait sous le poids des volumineuses malles de la mère Rosalie. Inquiet pour sa voiture, le cocher laissa échapper deux jurons, et eut la surprise d'entendre le père le rassurer dans la même langue.

1. Fou en yiddish.

Les parents de Ferdinand, provisoirement rassérénés sur la santé de leur fils, étaient prêts au départ. Dans le fiacre, il n'y avait que quatre places et les paquets, ficelés à la diable par la mère Rosalie, en occupaient déjà deux. Je dus donc m'asseoir à côté du postillon. Entre nous, la conversation était impossible : il ne parlait pas allemand et je n'entendais rien à son dialecte silésien ; mais trompé par le vieux Haïm, le cocher me déversa une pelletée de phrases auxquelles je ne pus rien rétorquer. La déception, l'irritation et puis le mépris se lirent successivement sur son visage. Il ne pipa mot jusqu'à la gare.

Une nuit douce et claire tombait sur Berlin. C'était une des dernières nuits d'été, quand la touffeur irrespirable de l'air est enfin dissipée par un léger vent frais d'automne qui, timidement, s'approche. Le disque rouge du soleil descendait lentement, comme s'il eût voulu ne pas se coucher, ne pas laisser sa place à la lune et, pour une fois, changer les règles immuables, édictées de toute éternité. Les chevaux avaient le pas lourd, et le fouet qui leur irritait le museau n'y changeait rien. Quand on longea le Kurfürstendam, on entendit les grillons striduler. L'ombre des vergers semblait protéger les modestes bicoques en bois qui étaient alors nombreuses. La gare n'était pas très éloignée du centre-ville, mais la route était longue et pénible aux deux chevaux efflanqués que le cocher, confiné dans un silence hautain, rudoyait sans pitié. Dans mon dos, je reconnus le rire joyeux et puéril du docteur Lassalle, et me dis que ce rire-là n'était pas si fréquent. Le père, encouragé par l'allégresse de son fils, déclamait son récit avec force trémolos, accent et tournures yiddish que Ferdinand ne prenait plus la peine de blâmer.

— Je ne savais pas quoi dire ni quoi faire, mon fils, tu sais. J'étais dans le meilleur monde. Le chevalier n'avait pas menti, les actionnaires, ce n'était que Monsieur « de » et aigles rouges. Et je me sentais petit, tout petit « Yid ». Mais le chevalier, avant de partir, m'avait donné des consignes très strictes : je n'étais pas un Juif. J'étais un goy pur porc. Oui, je sais ce que tu vas me dire, mon fils, que le chevalier il dit une chose et il fait une autre. Et tu auras raison, mais le chevalier est le mari à ta sœur et je ne veux pas que ta sœur ait des ennuis à cause de son père. Mais quand j'ai vu les jolies demoiselles si gentilles avec leur robe en mousseline et leurs décolletés si profonds qu'on leur devinait la naissance de leurs seins, d'abord je me suis dit que je comprenais mon fils qui n'aimait aller au lit qu'avec des goys et ensuite que je ne pouvais pas mentir à ces jolies demoiselles si gentilles. Alors, mon fils, tu vas certainement dire que ton père est un « mechegge », mais je me suis levé et je leur ai demandé si je pouvais leur dire quelque chose de très important. Ils m'ont dit oui. Alors, j'ai respiré profondément, je n'ai pas regardé le chevalier qui me faisait les gros yeux et je me suis lancé, comme on dit chez nous, avec l'aide de Dieu : « Mon nom est Haïm Wolfssohn. Je suis devenu Heyman Lassal quand je suis arrivé à Breslau il y a longtemps maintenant. Je suis juif. Ma fille est juive, mon gendre aussi. C'est mon devoir de vous le dire. C'est un honneur pour moi de dîner au milieu d'une telle compagnie mais je ne voulais pas obtenir cet honneur par fraude. » Quand j'ai terminé, mon fils crois-moi, je n'étais pas fier. Je me disais que je n'étais qu'un « mechegge » de pauvre Juif et qu'ils allaient me jeter dehors un coup de pied dans le derrière. Eh bien, tu peux penser que ton père est un pauvre hère qui a abusé de la vodka mais non seulement ils ne m'ont pas jeté dehors avec un coup de pied au derrière, mais ils m'ont applaudi. Comme je te le dis, mon fils. Ton père a été applaudi comme un acteur à Pourim. Et j'ai même remarqué que les jolies demoiselles au décolleté profond applaudissaient ton père avec le plus d'entrain. Pendant le repas, avant chaque nouveau plat, elles me demandaient si je pouvais en manger car elles avaient entendu dire que la loi juive imposait des règles très strictes en ce qui concerne la nourriture.

Ferdinand riait aux éclats et se tapait les cuisses de joie.

— Jamais Friedland ne te le pardonnera ! Jamais ! Ta carrière de capitaliste est compromise, mon pauvre papa !

Il riait encore lorsque le fiacre passa devant un immense panneau, « Attention aux pickpockets », annonçant l'entrée de la gare. Le train en partance pour Breslau était déjà là. Ferdinand y installa ses parents avec un rare soin. Il embrassa longuement sa mère, empoigna son père, emprisonnant sa tête contre sa poitrine.

— Prends bien soin de ta santé, papa.

Le père ne pouvait dissimuler sa mine lasse et ses traits tirés, mais il redressa fièrement la tête :

— C'est toi, mon fils, qui me dis de prendre soin de ma santé. À moi ton père ! Décidément, mon fils, tu ne connaîtras jamais les règles du respect filial. Mais enfin, je te pardonne. Après tout, si ton père ne te pardonne pas, Dieu le fera-t-il ? Prends soin de ton âme, mon fils !

Un coup de sifflet strident retentit sur le quai. La lourde locomotive s'ébranla dans un grand concert de machineries. La fumée s'envola dans le ciel et, autour de nous, les gens couraient dans tous les sens, agitant tristement des mouchoirs minuscules. Longtemps après que le train se fut éloigné, Lassalle demeura adossé à un poteau de fer, immobile, comme pétrifié ; une larme coulait doucement le long de sa joue.

CHAPITRE IV

Le renard doré

On s'habitue à tout. Ce qui était extraordinaire devient vite ordinaire, banal, routinier. Chaque soir, Lassalle avait un raout — comme il aimait à le dire —, chaque soir, je l'accompagnais ; et du haut de mes vingt ans innocents et prétentieux, je ne m'en étonnais pas. Rien ne m'étonnait plus. Ni les redingotes mauves, ni les cravates rouges dont on m'affublait, ni les bottes de cuir jaune dans lesquelles je m'enfonçais ; ni les cheveux ocre, roux, paille, de la comtesse et ses yeux bleus peinturlurés ; ni les actrices à moitié nues, ni les banquiers gras et suants, le nez dans leurs seins ; ni les uhlans, un verre de cognac à la main, la vareuse aux couleurs chatoyantes et aux boutons dorés largement ouverte, leur chapska de fourrure jetée au sol. Je me souviens qu'un soir, un jeune homme au regard insolent se planta devant la princesse Punker-Muskau. Il avait le pas chancelant et la langue déliée. Il agrippa le bras de la princesse avec la désinvolture d'un intime. Marie Thérèse Amélie Mathilde le snoba. Elle força sur ses yeux candides avant de lui donner un dos méprisant, dans un pivotement de pied où se concentraient des siècles d'aristocratique dédain. Mais le jeune homme ne se démonta pas.

— Mon Dieu, répondit-il sur le même ton de chatteries, il est tout à fait naturel que Madame la Princesse ne me reconnaisse pas. Elle ne m'a jamais vu que déshabillé !

On rit beaucoup. Je ris de bon cœur aussi ; j'étais sur la voie de la guérison. La princesse rougit un peu, juste ce qu'il fallait, plongea le nez dans ses mains exquises et, dans un sourire timide et complice à la fois, reconnut sa défaite. Ses amies ne l'accablèrent point. Aucune n'était bien chaste ; la « morale allemande » n'était alors plus qu'un souvenir ; les troupes de Brandebourg n'avaient pas totalement vaincu la Révolution de 1848. Le ton était ainsi donné, comme souvent, égrillard. Une jeune femme aux cheveux d'un blond vénitien qui tombaient en boucles sur ses joues roses entreprit de décrire les mœurs farouches de Saint-Pétersbourg où elle avait passé trois années, comme dame de compagnie, à la cour du tsar Nicolas. En ces froides contrées, commença-t-elle suavement, comme si elle lisait un conte d'Andersen, le service des dames d'honneur est de recevoir, dans les fentes profondes de leurs amples vêtements, les doigts gourds de l'Empereur qui s'en revient, recru de fatigue et de froid, d'une chasse ou d'une course de traîneaux. On rit de nouveau aux éclats ; et les langues se nouaient, et se dénouaient les corsets. Là aussi, je m'habituais. Les chars à bancs, les cuisses chaudes de Greta, les baisers volés à l'ombre d'un peuplier de l'île d'Amour, tout cela me paraissait désormais bien innocent. La princesse Punker-Muskau elle-même parvenait moins à m'émouvoir. Sa croupe de jument, ses lourdes mamelles laiteuses que je tétais avidement, ses doigts et sa bouche savants ne me fouaillaient plus le ventre. Je ne m'en détachais pas, non, mais elle était devenue moins mystérieuse. Et puis, elle avait une fille, son exact opposé : un petit corps léger aux formes elliptiques, des bras graciles, des yeux de biche apeurée. Elle avait quinze ans. Elle était timide sans en jouer, battait des cils délicieusement, et entrouvrait à peine ses lèvres minces, découvrant comme comble de l'indécence de petites dents très blanches. Sa mère l'éduquait avec rudesse. Elle se moquait sans cesse de ses longs silences gênés dont elle gratifiait tout compliment, et de ses jambes modestement serrées l'une contre l'autre. Parfois, lorsque nous étions entre amis — c'est-à-dire une trentaine de personnes —, elle découvrait le corsage de sa fille et susurrait, en français, comme on ajoute une épice à un plat déjà relevé :

— Regardez comme la gorge de la petite est belle. Pas grosse mais ferme et délicate !

Le rouge montait aussitôt aux joues de l'enfant, et des pleurs aussi. J'étais bouleversé, mais je ne savais si c'était par le spectacle de ses pommes mignonnes ou de son doux visage inondé de larmes ; et, lorsque plus tard dans la nuit, j'empoignais, sans peur ni honte désormais, les grosses poires flasques de la Princesse, s'agitaient devant mes yeux illuminés les délicats bourgeons de sa fille.

J'étais devenu, en peu de temps et sans grands efforts, un libertin avide. Je prenais part à tout, goûtais et aimais tout. Vers deux ou trois heures du matin, harassés mais étourdis de plaisir, nous nous serrions, dans un joyeux fracas de chaises, autour d'un guéridon de bois. Main dans la main, nous convoquions les esprits. Et une nuit, alors qu'une lune ronde éclairait nos faces blafardes, Ferdinand convainquit Robespierre qu'il avait fait couler trop de sang innocent.

Ce soir-là, nous étions invités chez l'avocat berlinois Hiermenzel. Lassalle le trouvait « minable », mais ne détestait pas, à l'occasion, caresser les boucles d'or qui ornaient le large front viril de Madame l'avocate. Ferdinand était d'humeur enjouée. Objet de tous les regards, mais faisant mine de ne se confier qu'à son hôtesse, il décrivait l'insolite rencontre avec sa première maîtresse parisienne, à vingt ans à peine.

— J'avais été ébloui quand je l'avais vue marcher de ce pas rapide et déterminé qu'ont les jolies femmes là-bas. Je l'avais suivie jusqu'à son hôtel. Mais je n'osais l'aborder. Et puis, pris d'une impulsion soudaine, je glisse ma carte à son valet. On me fait attendre dans son boudoir. Quelques minutes après, miracle, la belle inconnue rentre dans le boudoir. Elle est en peignoir, ne me regarde même pas, ne me dit même pas un mot de civilité et… me tend son pied droit. Ô adorable pied, je crois que c'est le souvenir que j'emporterai dans ma tombe. Inutile de vous décrire mon étonnement. Mais j'étais jeune alors et rien ne me désarçonnait. Je rassemblai mon pauvre français et lui dis : « Charmé, Madame, de cette manière de faire connaissance. C'est plus joli et surtout plus intime que d'embrasser la main. » Et je lui embrasse le pied. Qu'elle retire bien sûr avec effroi. Elle hurle. Elle appelle au secours. Elle me chasse. La colère et la peur la rendent plus enchanteresse encore. Je le lui dis galamment. Elle s'apaise. Je me présente. Elle rougit. Elle est décidément adorable. Et elle m'explique qu'il y a eu erreur, qu'elle avait réclamé à l'hôtel un pédicure, qu'il y a eu confusion de cartes. Elle est désolée. Je ris. Elle rit aussi. Elle s'apprivoise. Le rouge au front la rend si belle que je ne peux m'empêcher d'y déposer un chaste baiser. Et ma foi, je pus constater à ma grande surprise que la colère et le désir de me chasser l'avaient abandonnée.

On se gaussa de nouveau à se tordre. Et ceux qui, nombreux, connaissaient l'anecdote que Ferdinand ne se lassait pas de conter n'étaient pas les moins enthousiastes. Lassalle rayonnait. Une voix de femme lui demanda son opinion sur le nouveau Chancelier. Il balaya la question d'un grand geste dédaigneux de la main :

— Bismarck n'est qu'un vieux junker réactionnaire. C'est un baroque Kreuzzeintung man, conclut-il avec un accent anglais épouvantable, où s'étaient glissées des intonations yiddish qu'il avait, pour une fois, oublié de tenir sous clef.

— Permettez, je ne suis pas de votre avis. Le Chancelier Président est un grand homme qui réalisera l'unité de l'Allemagne !

Ferdinand se retourna avec brusquerie, comme sous l'effet d'un coup d'épée dans les reins. Ses traits se figèrent, ses yeux bleus se strièrent de noir, et tout son corps se raidit, prêt au combat. Mais il se détendit aussitôt. Son regard se fit humide et tendre, un large sourire vint éclairer sa face crispée. Je découvris à mon tour que l'agresseur portait une simple robe de soie blanche et arborait, dans ses épaisses boucles blondes, des épis scintillants. Tout était rond en elle, ses épaules nues, ses bras sagement serrés contre son corps, son visage d'où pointait un petit nez en trompette. Elle avait une taille élancée mais robuste, un port altier mais des mains minuscules qu'elle tenait humblement croisées devant elle. Elle était à la fois paon et sanglier, grande dame et timide écolière.

Ferdinand vit tout cela et tout cela lui plut.

— Le premier mot que m'adresse cette petite est une bravade. Mais qui êtes-vous, belle insolente ? Non, ne me le dites pas, je le devine aisément. Vous êtes Brunehilde. Vous êtes Elizabeth de Thuringe. Vous êtes Louise de Prusse. Vous êtes le renard doré que m'a tant vanté le baron Korf, notre ami commun, n'est-ce pas ? Je sais, vous êtes Hélène !

— Et vous, vous êtes…

Le regard de la jeune femme avait perdu la moindre trace de morgue ; il était suspendu à celui de l'aigle. Elle était séduite, conquise, asservie.

— Vous êtes...

— Docteur Ferdinand Lassalle, pour vous servir, ma walkyrie aux cheveux d'or.

Il avait claqué les talons à la manière d'un uhlan.

Elle rit de lui avec allégresse.

— Un vrai Prussien. On m'avait dit pourtant que vous veniez de Silésie...

Autour d'eux, le vide s'était fait. Un vide organisé, prémédité. Comme leur rencontre.

Tout avait débuté quelques semaines plus tôt, chez Madame Bonsieri, le « vieux papillon aux boucles blanches », comme on disait alors méchamment à Berlin, qui tenait un de ces salons où l'on s'échine à transformer la Sparte du Nord en Athènes parisienne. Le baron Korf l'avait découverte, et ébloui par la délicate beauté d'Hélène, il lui avait lancé :

— Il faut absolument que vous rencontriez Lassalle !

Il l'avait revue et le lui avait répété. Il en avait parlé à d'autres amis de Ferdinand qui l'avaient approuvé. Tous, ils trouvaient qu'elle lui ressemblait étonnamment. Förster exposa l'apologue grec selon lequel, au commencement du monde, les hommes, scellés deux à deux, homme à femme, mais aussi parfois homme à homme ou femme à femme, furent désunis en châtiment du péché originel. Depuis, la vie des humains n'est qu'une quête, souvent vaine, de leur antique acolyte. On goûta fort l'érudition du grand historien. On s'extasia : « N'est-ce pas charmant, comme on dit en français », en appuyant sur l'ultime syllabe, à la manière allemande. On s'empressa de les réunir ; et le baron Korf, d'allécher Lassalle :

— Je t'ai trouvé une femme, lui dit-il d'un air gourmet, mais c'est un renard !

La Hiermenzel offrit de s'entremettre. Elle avait découvert ce plaisir, qui ne vient paraît-il qu'avec l'âge, de glisser elle-même sa nouvelle proie dans la gueule toujours ouverte de l'ancien amant. Ce soir-là, elle avait tenu à préparer de ses mains la jeune vierge à sacrifier. Elle la para, la décora, la farda. Elle accentua l'échancrure de sa robe, parsema de colifichets ses cheveux d'or ; mais si elle n'avait pas vingt ans, la jeune Hélène avait du caractère et l'habitude des hommages.

— Je ne suis pas un arbre de Noël, bougonna-t-elle.

Elle savait depuis longtemps ce qui retient le regard des hommes. Elle rejeta tous les atours, couvrit sa gorge, et ne conserva que l'épi scintillant qui s'enfonçait dans ses boucles soyeuses. Lorsqu'il arriva dans un tumulte tourbillonnant, et que sa voix grave couvrit celle des autres, elle refusa de suivre le doigt pointé de son entremetteuse. Elle voulait le découvrir seule, le reconnaître. L'élire. Depuis des jours et des nuits, elle ne pensait qu'à lui. Le baron Korf lui avait dit, avec des trémolos dans la voix :

— C'est un seigneur. Le plus grand esprit de son époque. Un savant et un révolutionnaire qui rejette la morale étriquée des philistins.

Alexandre von Humboldt, un vieil ami de ses parents, lui avait relaté de sa voix chevrotante comment Henri Heine s'était mis, « antilope » fourbue, sous la garde de ce « jeune lion ». Elle en était tout étourdie. Elle avait interrogé sa grand-mère sur ce docteur Lassalle, dont tout le monde lui chantait les louanges ; mais la vieille dame avait alors arrangé son chignon et dit d'un air pincé :

— Mon enfant, ce Lassalle est un voleur. Un Juif rouge qui veut prendre aux riches pour donner aux pauvres. Il n'est pas une relation convenable.

Elle avait alors songé que le Christ ne disait pas autre chose. Elle avait lu tous ses livres en secret. Elle avait rêvé de lui chaque nuit ; et plus d'une fois, elle s'était éveillée brusquement, le souffle court, les jambes flageolantes, l'estomac noué. Enfin, elle le vit. Il était petit, avait les jambes torses, le front large, les yeux noirs, le regard huileux, les sourcils broussailleux, le cheveu noir et gras. Son nez en crochet retombait sur des lèvres épaisses. « Il ressemble à un Juif, se dit-elle, rien de plus normal. » Elle n'osa l'approcher à cause de l'inévitable odeur d'ail. À côté de lui, il y avait un grand homme élégant à la peau mate, aux belles boucles sombres, avec un regard bleu d'aigle. Un « Empereur romain », chavirait-elle déjà. Et son César parlait, parlait encore, parlait si bien. Elle s'était discrètement glissée derrière son dos. Elle pourrait ainsi l'admirer, se dit-elle, sans être découverte. Son verbe incandescent la pénétrait, l'emportait, et la secouait de bonheur. Il lui faisait l'amour sans la connaître, sans la voir même, avec sa voix uniquement. Elle était ravie en grâce, comme disent les Évangiles ; et à cette pensée sacrilège, le visage fané de son impérieuse grand-mère apparut devant ses yeux, comme un ultime avertissement. Mais il y avait cette voix ensorcelante, qui faiblissait parfois mais jamais ne se brisait. Elle essaya, pour se désensorceler, d'attirer son attention. Elle avait l'habitude des joutes amoureuses. Elle n'ignorait point que rien ne ravit tant ces grands esprits que la contradiction ceinte dans une virginale robe blanche. Alors, quand Bismarck fut lâchement assassiné au coin d'une médiocre boutade, elle se dit qu'elle ne retrouverait pas de sitôt pareille occasion. Elle rassembla tout son courage et les trop rares morceaux de phrases qu'elle avait grappillés lors du dernier dîner à la table paternelle. C'est quand il se retourna vers elle, la face figée de colère froide encore, qu'elle comprit que Lassalle, le grand homme de Korf, le jeune lion de Humboldt et de Heine, le fantôme de ses nuits, c'était lui, et pas l'autre, le petit Juif. Elle se dit alors que sa maman avait jadis été juive. Et ceci la rassura.

Longtemps, ils se contemplèrent. Notre hôtesse gloussa qu'il ne resterait bientôt plus rien de cette petite « tant Ferdinand la buvait des yeux ». Autour d'eux, on les ignorait avec une délicate discrétion ; et on n'observait qu'eux. On échangeait des œillades complices et des coups de coude ; on se repassait leur naissante idylle comme un porte-bonheur, fier d'avoir vu si juste.

Tout le reste de la soirée, sa main ne lâcha pas sa main, ses yeux ne regardèrent que ses yeux. Ils paraissaient soudés, comme aspirés l'un vers l'autre. La fête fut fort joyeuse. On soupa, dans le jardin de l'avocat, sur de petites tables accolées. C'était le printemps, un vieil orme retrouvait une nouvelle jeunesse, un vent frais et primesautier taquinait les branchages des marronniers en fleur. À la fin du repas, on descendit en une bande bruyante et rieuse à la cave. Hiermenzel nous offrit son meilleur vin ; et à chaque nouvelle bouteille qu'il ouvrait d'un geste large et ostentatoire, il cria fièrement son nom et son année : « Nuit Saint-Georges 1852 ; Gevrey-Chambertin 1854... » On goûta goulûment ; on n'en avait jamais assez ; on jouait le délicat, le connaisseur, singeait le Français ; on s'esclaffait joyeusement, chantait des lieder de Schubert : « Bach Lein lass dein rauschein sein », et puis, un air des *Noces de Figaro ;* Bülow battait la mesure avec une branche morte ramassée dans le jardin ; Ferdinand forçait sur sa voix éraillée ; la princesse Punker-Muskau avait enfin reconnu son insolent, il faut dire qu'il était nu désormais ; et je découvrais qu'une bouteille de vin français pouvait remplacer une princesse hambourgeoise.

Il était quatre heures du matin. Nous remontions péniblement l'escalier. Je tenais le bras de Mademoiselle Arson, le chaperon anglais d'Hélène, qui titubait. Et la main de Ferdinand n'avait pas quitté la main d'Hélène, et le regard d'Hélène n'avait pas lâché le regard de Ferdinand. Il l'enveloppa dans une fourrure et la porta dans ses bras, jusqu'au perron.

Il lui dit :

— Viens, je te ramène chez toi.

L'esprit embrumé par les vapeurs d'alcool et du désir entremêlés, elle releva qu'il la tutoyait pour la première fois. Je fus chargé de ramener Mademoiselle Arson. Elle portait son chapeau à fleurs de travers et avait négligé de ganter ses longs doigts maigres. Elle n'avait plus guère cette austère sobriété qu'on attend d'un chaperon britannique. Elle accepta mon bras pour se hisser dans le fiacre que les Hiermenzel nous avait commandé. Elle se rencogna au fond de la berline, sans se soucier davantage de la vertu d'Hélène qui avait préféré rentrer à pied, au bras de son prince charmant. Dans un ultime sursaut de pudibonderie — ou de conscience professionnelle — elle s'écria cependant :

— Il ne faut pas les perdre de vue. Sa grand-mère me l'a...

Elle hoqueta, exhalant une haleine chargée, et me sourit tristement :

— Je vous en prie. Dites-le au...

Elle s'effondra, petite poupée de chiffon, sa tête contre mon épaule, les fleurs de son large chapeau me caressant le nez.

Hélène et Ferdinand marchaient devant nous d'un pas alerte, enlacés tendrement. La nuit était claire et se préparait à plier bagage. La lune, comme un dernier devoir, illuminait les colonnes de la porte de Brandebourg. Les rues étaient désertes encore. On croisa les premiers hippomobiles convoyant les ouvriers en sabot et blouse de coutil bleu ; mais Ferdinand ne les remarqua pas, lui le théoricien socialiste, le prophète révolutionnaire, le chef bientôt illustre du premier parti ouvrier allemand.

Je l'avoue, son attitude dédaigneuse me déplut. Je transformais alors tout en question et humiliation personnelles. J'ignorais encore qu'ils vivaient le plus doux moment de leur amour, celui qui ne revient jamais et que l'on regrette longtemps après que l'ultime sentiment a disparu. Alors, les futurs amants ne voient et n'entendent qu'eux-mêmes. Ils se découvrent, se goûtent, se parlent seulement d'eux, sacrifiant leur respectif passé comme une première offrande.

Ils marchèrent dans les rues de Berlin. Sans échanger un mot, ils évitèrent la rue Kurfürsten et empruntèrent la rue Lutzow. Le soleil y pointa un instant son gros nez rougeaud mais ils l'ignorèrent. Sur la place de Magdebourg, les forains déballaient leurs toiles. Ils continuèrent leur chemin, se repaissant d'eux-mêmes. Ils traversèrent le jardin zoologique mais n'entendirent pas le babouin caqueter comme une vieille fille édentée. Hélène parla de son père. Elle lui décrivit, d'une voix fière et admirative, Monsieur de Dooninges, professeur d'histoire à l'Université de Berlin, et ministre plénipotentiaire du roi de Bavière ; ses hautes missions à Saint-Pétersbourg, à Turin, à Genève ; ses ancêtres vikings, sa vigueur et ses colères, sa violence parfois et sa douceur de père qui lui lisait des contes. Elle lui dit sa mère aussi. Si belle, si désirable et si courtisée ; bonne et indulgente, jusqu'à l'indifférence. Elle lui conta son enfance heureuse, sans contrainte ni morale, sans papa ni maman non plus, la bonne Thérèse seulement. Elle lui raconta, avec un brin de suffisance, que son petit compagnon de jeux d'alors, qui partageait ses bonbons avec elle, était devenu Louis II de Bavière. Elle lui affirma qu'Andersen, oui insista-t-elle en riant, celui des Contes, dînait chaque soir à la table familiale, et l'avait surnommée « mon petit lutin ». Elle lui avoua que ses parents brocardaient volontiers une gouvernante qui se rendait trop souvent à l'église. Enhardie, elle lui confessa son premier bal à douze ans, et cet Italien de quarante, grand gaillard à la main velue et vicieuse, la barbe noire et fournie, le cheveu long suintant l'huile rance, qu'on lui offrit comme fiancé pour le seul plaisir de « belle-maman », comme il avait surnommé Madame Dooninges, se frottant langoureusement sur les genoux cagneux de ce prince de Sardaigne ; et puis, ses premiers jeux érotiques en compagnie de ses cousins ; et sa découverte de l'amour. Elle égrena, aboyeur du Palais de ses souvenirs, Cavour à la table de son père, la princesse Ratazzi, espionne à la cour de Napoléon, le comte Hohelberg, l'ambassadeur russe, dont on disait : « Il a les trois plus belles choses de Berlin, les plus beaux chiens, les plus beaux chevaux et la plus belle femme, tous également sages, tous également maltraités par lui. » Et puis, l'œil humide, et la main tremblante, comme si c'était hier, elle exhuma pour lui cet inoubliable bal donné pour la victoire de l'Italie, au cours duquel elle dansa avec la princesse Eugénie, le nez dans ses seins, que sa robe profondément décolletée offrait au monde entier. Elle lui dit tout cela, non pour le heurter ou le décourager, mais parce que la franchise était la seule règle morale qu'on lui eût enseignée. Il fut pour une fois peu disert. Il croyait inutile de se raconter. Ses livres étaient dans la bibliothèque de toute personne bien née ; son activisme révolutionnaire, dans les esprits de tout Allemand libéral ; et ses innombrables bonnes fortunes nourrissaient depuis des années la rumeur berlinoise.

Alors, il parla de Bismarck. De Bismarck ! Il avait à cœur de faire oublier sa boutade facile ; et devint soudain l'historien érudit du Chancelier de fer. Je n'avais connu jusque-là qu'un Lassalle docte et supérieur, et non l'amoureux transi au morne silence. Mon ridicule orgueil de jeune coq retrouva avec plaisir, et reconnaissance, son héros. Il avait tout vu, tout lu, tout gravé dans sa mémoire. Il conta à son tour une jeunesse oubliée, celle d'Otto Furs von Bismarck-Schonhausen révolté contre son milieu de junkers bornés, qui refuse un poste dans l'administration prussienne, rompt avec sa famille, et tombe amoureux de la femme de son meilleur ami. Mais lorsque celle-ci meurt, il y voit un signe de Dieu. Il revient à la religion, à ses terres, à son milieu. Jamais il n'est revenu à sa mère. Il troque une haine contre une autre, comme s'il avait besoin de détester pour vivre. Désormais, il vomit le monde moderne qui s'édifie, celui de la machine et de l'argent, de la liberté et de l'égalité, des démocrates et des Juifs, tout un pour lui. Lors de la Révolution de 1848, il combat les libéraux qui désirent faire l'Allemagne contre la Prusse ; se déchaîne contre l'Assemblée de Francfort-sur-le-Main ; reste fidèle au roi Frédéric Guillaume IV, abandonné de tous, dont il deviendra plus tard l'ambassadeur à

Saint-Pétersbourg, puis à Paris. Où il devint amoureux d'une certaine Katharina Orlov, épouse de son homologue russe. Mais ceci est une autre histoire, chère Hélène...

Il avait l'habitude de séduire avec son intelligence vive, son excellente mémoire, son verbe haletant et envoûtant. Il ne se lassait pas de découvrir dans la prunelle des femmes cette lueur de dévote admiration — illuminant le regard que tendait Hélène vers lui, comme celui de sa maman dans sa cuisine ou la comtesse dans son salon — qu'il avait depuis toujours confondue avec celle de l'amour. C'est pourquoi peut-être lui vint cette idée saugrenue :

— Épouse-moi. Oui, Hélène, épouse-moi. Je sais tout ce que tu vas me dire. Je sais que nous nous connaissons à peine mais je sens que je connais tout de toi. Je sens que nous sommes notre réciproque destin et que nous ne pourrons nous y soustraire.

Elle suffoqua. L'attaque avait été trop vive et surprenante, mais elle n'esquiva point :

— C'est vrai. Depuis que je t'ai vu, je sais que plus rien ne sera comme avant. Comme si tu exerçais sur ma volonté un pouvoir étrange, démoniaque.

— Ah, mon petit renard doré, tu as exactement trouvé les mots. Moi-même, je me sens emporté, mû par une volonté diabolique, vers des rives où j'avais juré ne jamais aborder, celles du mariage. Tu ne l'ignores point, j'ai eu de nombreuses aventures. Mais jamais je n'ai voulu me marier. J'évitais soigneusement la compagnie des jeunes filles. Une seule fois, je parlais d'amour à une jeune fille et je m'en repens encore. Je m'en suis depuis tenu strictement à la compagnie des femmes mariées. Je les ai beaucoup aimées et je crois que j'étais leur enfant gâté. Tu sais, les femmes, quand elles aiment, elles ont la manie de poser des questions. Toutes finissaient par me poser la rituelle question : « Et si j'avais été libre, m'aurais-tu épousée ? » Et à toutes, avec ma franchise ordinaire, je répondais que même dans le cas où elle serait libre, je ne l'épouserais pas. Et malgré cela, et peut-être pour cela, on m'a bien aimé ! Je voulais prendre mais ne pas me donner ! Mais je ne sais pourquoi, ange ou démon, tu es la seule que j'aime d'un amour assez tendre pour me donner à elle, la seule pour laquelle je ferai ce sacrifice énorme du mariage. Tu es la seule que je prendrais comme femme et que je ne prendrais même que comme telle. Tu pourrais me dire toi-même de te prendre autrement, je ne le ferais pas. Tu vois, mon petit renard doré, c'est parce que je te vénère autant que je t'aime, c'est peut-être parce que je t'aime à force de te vénérer.

Elle tressaillit. Il s'enquit de sa santé. Elle répondit une banalité : « Le vent de Berlin est trop frais au printemps. » Elle se serra contre lui. Cette déclaration inattendue l'avait étourdie. Elle était tout à la fois flattée et inquiète. Ils s'avouaient qu'ils s'aimaient ; mais elle sentait qu'ils n'auraient pas dû, même si elle ne savait pas pourquoi. Il n'abusait pas de la situation et cette respectueuse attitude aurait dû la toucher ; mais elle ne désirait rien tant qu'être culbutée sur l'herbe grasse du jardin zoologique, troussée et enfoncée par le hussard qu'il avait la réputation d'être, ses hurlements de frayeur et de plaisir se mêlant aux cris stridents des babouins en rut. Il lui sacrifiait sa liberté, mais elle imaginait le refus courroucé de ce mariage par ses ombrageux parents. Elle se tut un long moment. Elle se frotta à lui, le caressa avec une savante gaucherie. Elle n'était pas sûre d'avoir un jour l'époux ; elle voulait au moins posséder l'amant. Maintenant. Il s'en détacha péniblement :

— Il n'y a qu'un seul obstacle entre nous. Je suis juif. Oh pas vraiment et si peu que je ne dois pas l'être plus que toi. Je crois même pouvoir dire que j'ai fini par détester ce vieux peuple décadent et couard. Mais c'est ainsi, mon père et ma mère sont juifs. Je ne voulais pas te le cacher. Exigeras-tu que je me convertisse ?

Le fier savant qu'elle avait tant admiré, jouant avec Bismarck et Hegel, évoquant la révolte des paysans de 1524 comme s'il y avait pris part, n'était soudain qu'un enfant pris en faute. Devant tant d'innocence, Hélène ne put s'empêcher de rire :

— J'ai moi-même trop peu de religion pour te demander une chose pareille. Je préfère des dieux par dizaines à un Dieu unique.

À sa grande surprise, Ferdinand ne put contenir son soulagement. Elle poursuivit d'un même ton goguenard :

— Ne le répète pas mais je crois que je suis une païenne. J'aurais dû vivre au temps béni de la Grèce antique. Les dieux innombrables, complices des passions et des faiblesses humaines, qu'ils éprouvent eux-mêmes, me rassurent bien davantage. Je veux bien me persuader de la perfection de Notre Seigneur Jésus-Christ, mais son sacrifice me terrifie. Le sacrifice des autres m'a toujours donné mauvaise conscience car je m'en sens parfaitement incapable. Je crois bien que je suis très mauvaise chrétienne.

Ce marivaudage théologique lui convenait tout à fait.

— Je suis très heureux, je l'avoue, que tu n'exiges pas ma conversion. Je ne saurais te la refuser mais elle me diminuerait aux yeux de bien des gens, ce qui me serait souverainement désagréable. Mais dis-moi, ton goût pour la pluralité des dieux s'étend-il aussi au domaine de l'amour ?

Elle ne cilla point. C'était elle désormais qui ne pouvait cacher son trouble. Le bout de son nez rosit, mais elle fit front avec courage :

— Jusqu'à présent, il en a été ainsi. Je leur ai toujours trouvé trop de défauts ou trop de lacunes. Et depuis ma première passion pour un officier de la marine russe, j'ai invariablement souhaité pouvoir fondre deux ou trois hommes en un seul type parfait. De là, ma tendance persistante au partage. Ainsi, depuis quelques mois, je suis fiancée à un jeune aristocrate valaque qui a pour nom Yanco de Racowitza. C'est un tzigane au teint sombre. Un musicien de grand talent. Il est fou amoureux de moi. Il veut m'épouser. J'aime quand il me déclare sa flamme à genoux ou quand il me joue de son violon ou quand nous parlons français ensemble. Il est fou, il est jeune, il est exalté, il est beau. Mais je sens bien au fond de moi qu'il n'a pas tout ce que je cherche chez un homme. Peut-être suis-je trop exigeante. Ou peut-être les hommes n'ont pas tout ce qu'ils devraient avoir.

— Bon ! s'exclama Ferdinand, j'espère que cette fois l'unique te suffira. Je n'ignore rien d'ailleurs de tout ce qu'on a raconté sur les principes... Comment dirais-je... élastiques et polythéistes de mon petit renard doré. Mais peu m'importe. Moi non plus je n'ai pas été un saint jusqu'à présent et je ne suis pas de ces philistins qui exigent de leur femme plus qu'ils ne lui apportent. C'est à partir de maintenant qu'il est convenu que nous ferons peau neuve. Rousseau disait :

« Chez les peuples qui ont des mœurs, les filles sont faciles et les femmes sévères. »

Elle sourit de reconnaissance. Même dans son milieu où la rigide morale luthérienne n'était plus que masque et colifichet, aucun de ses amants n'avait montré pareille grandeur d'âme. Dans un élan de gratitude, elle voulut lui avouer tout à trac ses frasques et ses « crimes ». Il contint vivement sa fringale d'aveux :

— Non, non, au nom du Ciel, point d'exhumation pompéienne ! Laissons cela à ceux qui se préoccupent plus du passé qu'ils ne s'intéressent au présent et à l'avenir. Notre passé est révolu à jamais. Nous n'aurons plus rien à démêler avec lui. C'est dans l'avenir que nous voulons nous appartenir et vivre fermement l'un pour l'autre.

Il avait toutefois un passé lui aussi, un passé aux cheveux jaunes et aux joues plâtrées, aux lèvres charnues suçotant un épais cigare malodorant. Il devint emprunté, sinueux, les mots ne lui venaient pas aisément. Sa voix, volontiers tonitruante, se mit à chuchoter. Elle jugea charitable d'abréger ses souffrances.

— Alors, tu n'exiges pas que je renonce à elle ?

— À Dieu ne plaise. Au contraire, je me réjouis d'avance de faire sa connaissance. Mais je ne pense pas qu'il soit indispensable qu'elle vive complètement avec nous, dit-elle dans un sourire.

La charité, chez elle, ne se départait jamais d'une aristocratique ironie, qu'elle avait acquise auprès des amis de sa mère.

— Non certes, je ne le pense pas non plus, mon petit renard doré. D'autant plus que nous n'avons en réalité jamais demeuré sous le même toit. Jamais.

Elle surprit une rougeur sur son front. Elle aimait les hommes qui rougissent encore.

— Écoute bien ce que je vais te dire. Il ne saurait être question de jalousie à propos de cette brave comtesse par le seul fait qu'elle est depuis nombre d'années la confidente de toutes mes affaires de cœur.

Elle se dit qu'il lui déplairait fort qu'un de ses anciens amants l'appelât un jour « cette brave Hélène ». Mais il ne la regardait plus. Il avait retrouvé ses aises et son intarissable verve :

— Ce qui me lie envers la comtesse plus que tout le reste, c'est qu'elle a placé toute sa confiance en moi, une confiance éternelle en quelque sorte, qui est au-dessus des questions du passé, du présent et de l'avenir. Elle représente mon propre passé. Elle est comme un monument commémoratif, comme une histoire, comme une image immarcescible de ma jeunesse. Il me semble que je demeurerai relativement jeune tant qu'elle sera mienne.

— Et elle, m'acceptera-t-elle ?

— Je pense en toute sincérité que la comtesse s'opposera d'abord à mon mariage avec une jeune fille distinguée et placée sur un même niveau intellectuel que nous. Cela est humain, féminin, naturel même. Mais quand elle te connaîtra, elle t'adorera et tu la payeras de la même affection parce qu'elle est ma seconde mère.

Ils étaient rendus. Ils avaient marché plus d'une heure et n'étaient pas fatigués. Le soleil rasant du matin enflamma le nez effilé d'Hélène. Il mit ses mains dans les siennes et les porta à ses lèvres.

— C'est drôle, tu as des doigts d'enfant. Tu sais que c'est bête d'avoir de si petits doigts… Je crois que je me dois de présenter mes hommages à ta grand-mère. Elle doit être réveillée. À son âge, on dort peu.

— C'est tout à fait inutile. En tout cas prématuré.

Elle avait retiré ses doigts de leur tendre gaine avec précipitation. Ils tremblaient. Elle répéta dans un grand désordre :

— Non… Pas tout de suite… Inutile… Prématuré… Tout à fait prématuré…

Elle gardait les yeux baissés, n'osant croiser son regard. Devant elle, il y avait le visage de sa grand-mère, si doux, si tendre, et qui soudain blêmit, se flétrit, les yeux injectés de fureur, les lèvres pincées, le cheveu dressé, telle une vieille sorcière d'Andersen :

— On le connaît bien, ton youpin rouge ! Demande à ton père. Demande-lui à ton père. Il a bien connu tous ces gens. Il était l'ami du comte Hatzfeldt, lorsque sa putain s'affichait avec son youpin d'amant !

C'était la première fois qu'elle avait entendu dans la bouche de sa distinguée grand-mère — qui lui avait enseigné, enfant, à tenir ses lèvres continûment entrouvertes, afin de ressembler à une aristocrate anglaise — les mots de « youpin » et de « putain » ; et elle ne savait pas quelle était l'éructation la plus grossière.

Elle dissimula ses mains tremblantes derrière son dos. Ferdinand s'émut de son allure d'enfant sage qui cherche les premiers mots de sa leçon, et n'eut pas le cœur d'insister. Il déposa sur son front un chaste baiser, prit ses mains avec tendresse et les mouilla de ses larmes. Il marmonna :

— Tu es bonne comme une enfant. Mais tu es aussi sans volonté, comme une enfant. Ah, si je pouvais verser dans ces veines bleues une goutte seulement de ma volonté de géant, de mon énergie de titan !

De nouveau, elle s'abandonna sans pudeur. Elle se frotta, le caressa sans façons, le suppliant d'une voix sucrée :

— Ne me laisse pas rentrer comme cela, mon aigle. Garde-moi auprès de toi. Emmène-moi loin. J'ai peur qu'on fasse une bêtise. J'ai peur qu'on ne se voie plus.

Il s'abîma dans un silence gêné. Ses avances le laissaient de glace. Il desserra son étreinte avec un sourire contrit, et s'éloigna de quelques pas.

— Je reviendrai demain. Je saluerai ta grand-mère. Et tu me présenteras à ton père et à ta mère. Je leur demanderai ta main. Et ils me l'accorderont, tu verras. Tout se fera dans les règles. Et je t'emmènerai en Égypte ou en Italie. Oui, si tu veux, mon renard doré, tu seras ma femme. Veux-tu être ma femme ?

— Oui, je le veux.

Elle écrasa un sanglot.

— Mais ne reviens pas demain. Pas tout de suite. Non, pas tout de suite. Laisse-moi le temps de les préparer. Mon père est un Viking tu sais, et un Viking, c'est fort et violent…

Il n'était plus temps de parlementer. Lassalle s'inclina.

— Dieu veuille que nous ne regrettions jamais le temps que nous allons perdre.

Elle faillit lui crier qu'il était injuste, qu'elle pouvait lui renvoyer les mêmes mots. Un instant, elle eut envie de se précipiter dans ses bras ; mais elle se souvint de sa froideur forcée lorsqu'elle le cajolait avec effronterie, de son sourire contrit, de ses bras qui se détachaient d'elle. Elle n'avait jamais rencontré d'homme, ou de femme, qui ait refusé son petit corps avide de plaisir. Elle ne comprenait ni n'admirait ce genre d'héroïsme. Elle était interdite et humiliée. Dès lors, pas un mot ne fut plus prononcé. Il fit un geste discret de la main et monta à reculons dans la voiture d'où j'avais péniblement expulsé le lourd chaperon aviné qui marmottait des bribes de mots anglais incompréhensibles.

Il s'enferma un long moment dans un mutisme songeur que je n'osais briser. Je posais ma tête contre les parois capitonnées de jaune de notre fiacre. Je fermais les yeux, mais ne pouvais m'endormir. Le pas lourd et pesant des chevaux, les soubresauts de la route empierrée, les cris du cocher qui voulait lui aussi en finir, me tenaient éveillé. Lassalle esquissa un sourire encore timide :

— Rousseau raconte dans les *Confessions* comment Madame de Warens et lui descendaient de leur chaise lorsque la route grimpait de trop, pour reposer les porteurs. Je crains que nous ne devions faire de même avec ces deux canassons. Ah, ces Silésiens, pas un sou de gaspillé ! À Breslau, ils s'entendaient bien avec les Juifs...

Son sourire se figea en une moue mélancolique. Un silence pesant régna de nouveau, seulement distrait par le brimbalement de notre voiture sur les pierres inégales. Ferdinand frissonna. Je couvris ses jambes d'un plaid à carreaux rouges et noirs que m'avait donné la comtesse avant de quitter la maison des Hiermenzel. Puis, brusquement, il me confia :

— Je crois que je vais me marier, mon petit Franz. Oui, tu as bien entendu. Me marier. Cette petite est, je crois, tout à fait ce qu'il me faut. Comme dit ce brave Schiller, elle vient tard, mais elle vient. Je sais tout ce que tu penses, mon petit Franz. Je sais même tout ce que tu ne penses pas. Mais que veux-tu, je me fais vieux. Quarante ans bientôt. Je ne vais plus tarder à passer de l'autre côté de la montagne. Il est temps que je fasse une fin. Et cette Hélène convient parfaitement. Elle a un joli minois. Un petit corps rond. Du tempérament. Un nom. Oui, un nom...

Il parlait vite, sans reprendre souffle. Il enchaîna :

— Oh, je sais bien que son père n'est pas un Arnim ou un La Rochefoucauld. Mais ma foi, il faudra bien me contenter d'un Dooninges. Après tout, je ne suis qu'un petit Juif polonais. La fille a l'air de craindre son vieux philistin de père mais je saurai bien le séduire. Comme tout ceux que j'approche, n'est-ce pas, mon petit Franz ? As-tu déjà vu qui que ce soit, homme ou femme, enfant ou vieillard, résister à ma séduction ? Les Anciens avaient raison, le charme, c'est quelque chose qui vient des Dieux. Je sais bien ce que tu vas me dire, mon petit Franz : « On peut à la rigueur entrer dans une famille ducale, mais pas dans une famille bourgeoise. » Eh bien, nous ferons mentir le dicton. Ce ne sera pas la première fois, mon petit Franz ! ne dors pas Franz quand je te parle ! Regarde le ciel, regarde Franz ! Regarde le pont, les champs tout autour. Les paysans sont déjà au travail et tu voudrais dormir. À ton âge, je ne dormais pas. J'étudiais Hegel ! Tu me rappelleras d'aller demain chez Schmidt, dans la rue Friedrich. Je lui enverrai des fleurs. Peut-être aurais-je le droit à un peu de bonheur individuel moi aussi ? Un rien qui me remplit le cœur.

Il retomba alors dans un silence rêveur. On n'entendait que le pas des chevaux sur la route cahoteuse et le claquement sec du fouet de l'impitoyable cocher sur leurs maigres flancs. Ferdinand pencha la tête à la fenêtre de la voiture pour mieux suivre le petit pas empressé d'une jeune femme, qui tenait fermement son ombrelle fermée à la main. Je ne pus contenir un sourire moqueur et complice. Qu'il figea dans les glaces d'un regard las. Il me dit d'une voix rauque : « Ah, mon petit Franz » et j'eus honte de ma complicité imbécile de buveur de bière. Il me parla alors fort librement, d'une voix douce et soyeuse. Il m'avoua qu'il avait toujours désiré les femmes. Toutes les femmes. Quelque chose en lui le poussait à les observer et les aborder. Toutes. Celles qui lui plaisaient beaucoup comme celles qui l'attiraient moins. Il ne savait pas pourquoi. C'était plus fort que lui, que sa volonté, sa raison. Comme si un être impérieux et mystérieux le lui ordonnait. Il s'approchait d'elles et sentait qu'il devait trouver un moyen de capter leur regard. Il réussissait souvent. Il les désirait et les séduisait, peut-être, de tant désirer les séduire. Alors, elles s'abandonnaient, mais lui ne parvenait jamais à s'abandonner entièrement. Il les découvrait sous leur fatras de chiffon et de soie, de lacets patiemment dénoués. Comment leur avouer sa déception ? Comment leur avouer qu'il les préférait avant ? Qu'il avait l'impression qu'elles n'étaient pas celles qu'il avait imaginées ? Elles n'étaient plus qu'elles-mêmes, et cela ne valait jamais ce qu'il avait inventé. Il songeait à ces danseuses diaphanes dans leur costume de cygne blanc qui révélaient de près, dans les bruissantes coulisses où le conduisait Hans, des jambes torses, des traits émaciés, une peau grêlée. Mais il ne disait rien. Il s'ébattait, s'étourdissait et recommençait. Il avait besoin d'une nouvelle illusion, même si elle était suivie d'une déception nouvelle. Il se devait d'entreprendre, et de séduire, comme pour se prouver qu'il en était capable encore, qu'il n'était pas si vieux. Elles lui écrivaient des lettres enflammées qu'il conservait avec soin dans un tiroir secret. Il en relisait parfois quelques-unes. Il avait besoin de savoir qu'on l'avait aimé. Mais lui, savait-il aimer ? Souvent, il s'était interrogé. Il lui semblait pourtant, en raclant le fond de sa mémoire, qu'il avait jadis aimé. Ou cru aimer, ce qui est après tout la même chose. Ou peut-être avait-il confondu désir inassouvi et amour passionné. Mais c'était si loin. Il était jeune. Il avait fui. Et voilà qu'aujourd'hui il s'entichait de cette enfant qui lui ressemblait tant ; comme s'il ne pouvait aimer que lui-même. J'osai lui demander pourquoi il s'était arraché aux bras accueillants et au sourire tentateur de cette fausse ingénue. Il sourit. C'était, me dit-il, comme s'il eût voulu retarder l'inévitable moment de la déception ; comme s'il eût voulu se permettre d'aimer un peu. Il avait peur d'aimer pourtant. Il portait malheur à tous ceux qu'il approchait. Il m'évoqua son ami Arnold Mendelssohn, le voleur de la fameuse cassette de la baronne Meyendorff, qui, dans sa fuite éperdue pour échapper à la police prussienne, se retrouva médecin des armées du Grand Turc, et mourut pendant la guerre de Crimée ; et puis, sa petite fille Fernande, disparue trop tôt pour qu'il ait eu le temps de s'y attacher ; et puis d'autres dont je n'avais jamais entendu prononcer le nom. Je me récriai, mi-sincère, mi-complaisant, à la manière de la comtesse. J'apprenais vite. Trop vite. Mais il s'y laissa prendre. Et il commençait d'éclairer le mystère de ses amours avortées avec la sœur d'Oppeinheim, l'autre « triumvir » de sa jeunesse, lorsque les deux rossinantes, de leur pas claudicant, pénétrèrent enfin dans la rue de Bellevue. Arraché brusquement d'un songe, Ferdinand interrompit ses confidences. Sans attendre que le cocher descende lui ouvrir la porte, il bondit hors du fiacre. Il entra chez lui au pas de charge, réveilla sans ménagement son domestique qui gisait dans un fauteuil de l'entrée. Toute la nuit, celui-ci avait attendu... D'épuisement, s'était endormi... Un courrier important... Urgent... Mais il ne savait pas où le... Monsieur n'avait pas dit où il... Il y avait deux lettres.

Ferdinand s'empara vivement des papiers que lui tendit son serviteur, d'un geste gourd encore. La première lettre était fort longue. Elle venait de Leipzig. Elle était signée du docteur Otto Dammer. Il était un ami de Ludwig Löwe, le fondateur de la première fabrique allemande de machines à coudre, un habitué des soupers de la rue de Bellevue. Ferdinand connaissait mal ce Dammer. Il savait seulement qu'il s'était enrichi dans l'édition de journaux illustrés, qui s'étaient répandus, ces dernières années, chez les ouvriers. Ferdinand me pria de lire son courrier à haute voix. Au fur et à mesure que j'avançais dans ma lecture, le sombre visage du docteur Lassalle s'éclairait d'une jubilation intense. Le style épistolaire du docteur Dammer était celui d'un bonhomme rondouillard, un rien pontifiant, mais attentif à la misère de l'autre, un bourgeois dont la fortune récente n'avait pas encore gâté la vue et le jugement. Il lui décrivait une situation « catastrophique et grosse de promesses ». La guerre de Sécession ruinait l'industrie textile allemande. Ferdinand ne put retenir un trait d'ironie :

— Et elle met Marx à la rue. Le pauvre génie n'a plus les revues d'outre-Atlantique pour lui commander ces articles qui font manger madame la baronne de Wetsphalen !

Lassalle avait parfois la rancune mesquine.

Je poursuivais ma lecture sans relever. Les fabriques fermaient ; ou se vidaient ; ou baissaient des salaires déjà ridicules. Dans leurs casernements de mauvais bois, sur leur plancher de terre, s'entassaient les familles ouvrières. Les enfants en haillons, les femmes étiques, la promiscuité, la saleté, l'air putride, les épidémies, tout recommençait, comme si le capitalisme n'était qu'illusion et cycle, illusion d'enrichissement, de progrès, et cycle sans cesse recommencé, quand tout s'effondre après que tout est monté si haut. Otto Dammer en était convaincu, nous étions revenus en 1844, à la veille de la révolte des tisserands de Silésie. Les enfants n'en peuvent plus, les femmes n'en peuvent plus, les hommes n'en peuvent plus. « Nos ouvriers n'ont pas la tête révolutionnaire mais la situation est révolutionnaire », écrivait le Docteur. Il y a plusieurs semaines, un comité d'ouvriers de Leipzig avait appelé dans la presse à la tenue d'un meeting exclusivement ouvrier à Berlin. Leur adresse était noble : « Travailleurs, frères allemands », leurs exigences, modestes. Ils ne réclamaient que la création de sociétés bénévoles de retraite ou l'organisation d'une Exposition universelle à Berlin. « L'Expo de Londres a beaucoup impressionné nos amis ouvriers », notait, goguenard, le docteur Dammer. Cette circonspection ouvrière n'apaisait point les craintes libérales. Dans leur journal le plus prestigieux, le *Volkzeitung,* on accusa le comité de Leipzig de diviser le camp progressiste au moment même où le Chancelier de fer fourbissait des armes contre lui. Les ouvriers allemands sont naturellement humbles. Ils acceptèrent la docte remontrance. Et rencontrèrent les bourgeois. Schulze, de son ton patelin, apaisa leurs craintes ; et l'on convint que le grand meeting ouvrier de Berlin serait présidé par les chefs du parti progressiste. Au cours de la réunion cependant, un ouvrier vola la vedette aux grosses badernes libérales. Son nom était Eichler. Karl Eichler. Il avait des révélations à faire. Des informations mirifiques, des sources mystérieuses, mais sûres. Bismarck préparait des décisions favorables aux ouvriers. On l'acclama, on le siffla. Il ne se démonta pas. Coopératives, caisses de retraite, tout y passa. Il parlait d'une voix ferme et assurée. Il était richement vêtu. Il menait grand train. Les progressistes l'accusèrent d'être un espion à la solde du Chancelier, mais il répliqua avec hauteur qu'une grande dame avait des bontés pour lui, car il avait des bontés pour elle. On rit. On se troubla. Eichler était peut-être un agent provocateur de la police de Bismarck, mais il avait encore ajouté à la confusion. À la fin, on annonça qu'un autre meeting ouvrier se tiendrait bientôt à Leipzig. Cette fois, les hiérarques progressistes n'y seraient pas conviés. Les ouvriers s'émancipaient de leurs tuteurs, mais on ne savait toujours pas très bien sur quoi ce meeting porterait.

C'est alors que le docteur Otto Dammer entre en scène. Il a lu, il y a quelques mois, le « programme ouvrier » de Ferdinand Lassalle que Ludwig Löwe lui a fait parvenir. Il a rencontré le Comité de Leipzig. A soumis le texte de Lassalle aux deux meneurs du Comité, Julius Waltheich et William

Fritzsche. Leur enthousiasme fut immédiat. « Nous n'avons jamais entendu quelque chose de semblable, lui confie Waltheich. C'est tellement différent des discours à l'eau de rose servis habituellement aux ouvriers. » Ils souhaitent le rencontrer. Ils seraient prêts à se déplacer à Berlin, s'il l'exigeait. S'il pouvait seulement prendre à sa charge la moitié de leurs frais… Sans le connaître encore, ils ont hâte de faire ce qu'il dit. Ainsi, se sont-ils empressés de réclamer aux libéraux qu'ils inscrivent le suffrage universel dans leur programme électoral. Ce que Schulze, horrifié comme si on lui avait jeté dans les bras une fille publique, a refusé avec véhémence.

Ferdinand exultait. Ses yeux plissaient de bonheur et il sautait de joie. La fatigue de cette longue nuit, les embruns persistants du vin, les tendresses d'Hélène, les serments échangés et les tourments familiaux, son petit corps rond et impétueux, ses petites mains même, tout était envolé, oublié. Déjà, il m'ordonnait de m'asseoir derrière son bureau. Déjà, il me dictait une réponse à Otto Dammer et un télégramme à Lothar Bücher. Il accéderait à la requête ouvrière, mais pas tout de suite. Il ne paraîtrait pas empressé, demandeur, mais ses pudeurs ne dureraient pas. Il débordait d'idées, de projets, de rêves. Un parti, un journal, des députés. « Ferdinand Lassalle, l'élu du peuple », marmottait-il, ravi, comme pour mieux s'y habituer. Son exaltation était à son comble lorsque je retrouvai, froissé au fond de ma poche, le télégramme qui accompagnait la lettre d'Otto Dammer. Je l'ouvris à la hâte et m'apprêtai à le jeter aussi vite. Le texte m'intrigua cependant. Je n'en comprenais pas le sens. Ce n'était pas tout à fait de l'allemand, et pourtant cela y ressemblait fort. Surpris, je le tendis au docteur Lassalle, qui s'en saisit d'un air distrait. Son visage se rembrunit aussitôt. Ses yeux rieurs se chargèrent de grosses larmes qu'il chassa d'un geste rageur et inutile. Sur le télégramme, on pouvait lire :

« Ton père mort, ta mère t'attend à la maison. » C'était écrit en yiddish.

CHAPITRE V

La mort du père

Il contempla un long moment le drap blanc étendu sur le sol nu. Il ne pouvait croire que son père si remuant, si bruyant, gisait là bêtement, immobile et silencieux. Il se dit alors qu'un jour on songerait ainsi à lui ; et il se demanda s'il était capable, une seule fois, de sortir de lui-même.

Il était adossé à la porte d'entrée de la maison et personne n'avait décelé sa présence. Il observait sans être vu. Il était spectateur et n'osait monter sur scène. Il se sentait si éloigné. Il avait oublié. Il avait tant voulu oublier. Les pleureuses gémissaient, poussaient des cris aigus, se déchiraient consciencieusement leurs vêtements. Des hommes en noir priaient. Ils étaient vêtus d'une redingote sale et de pantalons froissés ; des fils tressés pendaient hors de leur veste ; des chaussettes de laine épaisse étaient roulées en boule sur de lourds godillots ; et de larges chapeaux noirs masquaient leurs visages blafards d'où s'échappaient quelques boucles de cheveux, qu'ils ne cessaient de tripoter. Je demeurais ébahi et écarquillais les yeux pour ne rien rater. Les hommes en noir se levaient, s'asseyaient, et se relevaient brusquement, tous au même moment, comme s'il y avait eu un signal secret, connu d'eux seuls. Ils se penchaient d'arrière en avant, de plus en plus vivement, au risque de se casser en deux, comme pris de transes, qui les préparaient peu à peu à s'abstraire, se désincarner, s'extirper de ce corps qui les encombrait, et ne faire plus qu'un avec ce livre de prières qu'ils étreignaient fiévreusement, n'être plus que mots et souffle, anges psalmodiant Dieu. Ils me paraissaient étranges et proches à la fois. Mon éducation luthérienne ne m'avait pas accoutumé à pareil spectacle ; mais ils conversaient avec Lui, seul à seul, lèvres à lèvres, du fond de leur cœur, sans curé ni fils de Dieu, comme nous ; et je compris ce jour-là pourquoi les prêtres nous avaient attachés aux mêmes bûchers. Leurs voix étaient rauques et impérieuses, la mélopée liturgique lente, caressante. Elle s'insinuait en chacun des fidèles, s'y diluait, détachait l'âme du corps. Les mêmes mots, les mêmes cantiques, les mêmes airs revenaient sans cesse. Insistants. Obsédants. Lassalle avait, à son grand étonnement, retrouvé, il y a quelques années, les sonorités de son enfance en entendant la prière du muezzin, à la grande mosquée d'Istanbul, avec ce timbre râpeux, cette mélodie ondoyante, et cette litanie de mots peu nombreux, mais inlassablement répétés, qui enveloppe, s'insinue, s'échappe et revient tant et tant que le fidèle, saoulé de mots et d'émotions, s'arrache à lui-même, et monte, et monte encore, jusqu'à Dieu peut-être. Il avait longtemps cru que les rites, et les habits poussiéreux des Juifs de Breslau, étaient le produit de leurs misérables vies dans les antiques ghettos ; mais ce jour-là, enveloppé dans le chant du muezzin comme dans un châle imprégné des odeurs de son enfance, il avait compris qu'il n'en était rien. Sans le savoir, il avait retrouvé à Istanbul comme à Breslau, ou à Saint-Pétersbourg, dans cette modeste église orthodoxe qui sentait l'encens et la cire froide, le chant millénaire de l'Asie, le chant de la naissance du monde, de la naissance de Dieu, l'aubade du roi David aux pieds de l'Arche Sainte comme le cri de désespoir de Moïse s'en revenant du mont Sinaï et découvrant le veau d'or, la complainte éternelle du peuple d'Israël s'efforçant d'obtenir pardon pour sa faute depuis longtemps pardonnée et impardonnable à jamais, car sans cesse recommencée.

Il avait alors compris pourquoi il lui était de plus en plus difficile de prier avec ses frères d'Israël. Il avait grandi et appris. Il avait lu Heine, Goethe, Kant, Platon, Rousseau, Voltaire, Renan, Hegel. Hegel surtout. Il avait découvert, bouffi d'orgueil, les immenses capacités de son intelligence. Il s'était européanisé. La raison avait pris le pas sur la foi ; ou plus exactement la raison froide, éloignée de Dieu, sur celle, exaltée, flambée au divin brandon. Il ne parvenait plus à oublier sa pensée méthodique, son corps et son esprit, et s'éloignait de ceux qui y parvenaient encore.

Son œil froid de spectateur détaché se cogna cependant contre une petite chose insignifiante, enveloppée dans une blouse chiffonnée de toile grise, qui se couchait sur le corps gelé du gisant, le recouvrait de ses petits bouts de chair spasmodiques, l'entourait de ses bras trop maigres et de ses jambes trop courtes, baignant le drap blanc de ses larmes de sang, et tirant dessus avec une violence vaine, comme si elle avait pu le redresser, le ramener à lui, à elle, à la vie, hurlant, tapant du pied et du front contre le sol, le sommant de ne pas l'abandonner, et de se complaire dans le confort facile de la mort. Alors, les yeux embués de larmes, Ferdinand se précipita vers sa mère afin de la soutenir et la relever, et pleurer avec elle. Elle n'eut pas besoin de le voir pour savoir que c'était lui. Elle ânonna :

— Ah c'est toi, mon fils. Va t'asseoir, je vais te servir. Pardonne-moi, la table n'est pas encore mise. Ton père...

Elle ne savait plus ce qu'elle disait. Elle le touchait, le palpait de ses doigts usés par trop de dévouement, et s'accrochait à lui. Un long moment elle sanglota, la tête enfouie dans l'épaule de Ferdinand qui pleurait avec elle. Il n'avait pas tout de suite compris, pas voulu croire. Il avait contemplé la mort de son père comme un spectacle qui n'était que décor et mise en scène, comme un rite qui n'était plus le sien, une douleur qui ne l'atteignait pas.

Et puis, dans les bras tremblants de sa mère, il était redevenu le petit garçon, rudoyé par son père ou renvoyé par un professeur. Alors, dans son imagination enfiévrée d'enfant fier et plein d'une terrible rancune, il se voyait tel un aigle blessé sur lequel s'acharnent les corbeaux et les pies noires prêts à lui crever les yeux et lui dévorer la chair ; mais l'aigle soudain se redresse, chasse les corbeaux et les horribles pies noires qui s'enfuient en croassant, déploie ses ailes majestueuses et s'éloigne dans le ciel.

Ils se serraient l'un contre l'autre et plus rien autour d'eux n'existait. Ils se murmuraient des mots doux. Elle susurrait : « Mon fils chéri, mon amour, tu es venu enfin. »

Il soufflait sur son visage raviné de larmes : « Maman, maman, oui, je suis là, ne pleure pas, je suis là » ; et je notais qu'il avait usé, pour la première fois depuis longtemps, du mot yiddish, et non du mot allemand « mutter », pour dire maman.

On vint les chercher. Les hommes en noir avaient sans doute jugé indécent leur duo d'amour au-dessus du linceul du père. Leurs corps se dénouèrent avec des gestes lents. Elle rejoignit le clan des femmes qui piaillaient ; on le conduisit vers le cercle des hommes qui priaient. On l'assit sur un tabouret et déposa entre ses mains un livre de prières au dos usé ; et un doigt anonyme, secourable et comminatoire à la fois, lui indiqua la bonne page et le bon verset. Il remua les lèvres et fit semblant de suivre.

Il y avait tant d'années. Il lut quelques mots, buta sur une difficulté. Il déchiffrait trop lentement. Il se découragea et releva la tête, excédé. Les hommes en noir psalmodiaient trop vite et contraignaient les autres fidèles à prier sur le même rythme effréné. Il renonça.

Ferdinand se redressa sur son siège sans dossier et m'aperçut. Il me sourit d'un air moqueur. Il est vrai que je devais être ridicule, grand escogriffe blond aux yeux clairs, affublé d'une calotte noire qui me couvrait l'ensemble du crâne, et d'un livre de prières qu'on avait, d'autorité, jeté dans mes mains inexpertes. On me triturait, me bousculait, me contraignant à me lever, puis à m'asseoir sur un méchant banc de bois branlant. Enfin, je parvins à échapper à mes geôliers sans visage, et me rapprochai du docteur Lassalle ; mais il semblait n'avoir rien vu de mes efforts pour recouvrer ma liberté de mouvement. Longtemps il demeura silencieux. Il avait mieux à faire. Des yeux, il reprenait possession de ce qui fut sa maison.

On avait fait le vide autour du linceul, et entassé au fond de la salle du bas les robes de mousseline, les coupons de soie et les machines Singer dernier modèle dont le vieux Haïm était si fier. On avait recouvert chacun des miroirs d'un pudique morceau de voile opaque. Dans la grande pièce vide — les affaires personnelles avaient été remontées à l'étage, dans les chambres des parents, des enfants et des trois ouvriers qui habitaient chez leur patron — toute la ville s'agglutinait. Les Juifs et les goys, les Polonais et les Allemands, les catholiques et les protestants. Tous étaient venus. Lassalle ne put s'empêcher de sourire. Il se pencha vers moi et, comme si j'étais un autre, poursuivant avec lui une ancienne conversation, il me confia que toute sa vie, Haïm Wolfssohn Heyman Lasal n'avait été aux yeux des Juifs allemands de Breslau qu'un « Polak », dont les parents avaient quitté la Pologne pour la Silésie prussienne à la fin du XVIIIe siècle. Pour les Juifs polonais cependant, la plupart très traditionalistes, Haïm Wolfssohn Heyman Lasal était un mécréant, disciple du docteur Geiger, qui recommandait l'adaptation du Talmud à l'esprit nouveau des « Lumières » ; mais pour le docteur Geiger et ses amis libéraux, le vieux Heyman était un esprit archaïque, un brin ridicule même : il croyait encore, le faible d'esprit, à cette fable du Messie ! Pour les Allemands, il était un Juif ; mais pour les Polonais, il était un Allemand dont les enfants lisaient Schiller et Goethe. Pour son fils enfin, il était un marchand de tissus en gros qui n'avait pas lu Heine ou Kant, et baragouinait un yiddish malsonnant.

Et aujourd'hui, il n'est plus rien, ni mécréant ni archaïque, ni Polonais ni Allemand, ni Prussien ni Silésien. Rien qu'un corps froid et nu, cachant avec pudeur sa face blafarde sous un voile blanc. Il était désormais un bon Juif, bon Prussien, bon mari, bon père de famille, « un juste parmi les justes parti au royaume des justes », comme l'avait proclamé le rabbi en lissant sa soyeuse barbe noire. Puis, Lassalle dut s'interrompre. Tous les hommes se levaient, et les femmes se taisaient. L'officiant, dans une solennité retrouvée, murmurait les premiers mots du « kaddisch » : la prière des morts. On entendait seulement, dans le silence oppressant, la voix grave du rabbi et les hoquets de la mère qui n'avait jamais cessé de pleurer.

Les fidèles répondaient : « Omen ! » ; et, comme des écoliers attentifs, répétaient chaque phrase de l'officiant. Dans l'entremêlement rugueux des « oï » et des « reu », des « cheu » et des « meu », de ces mots que Ferdinand Lassalle ne comprenait plus et ne savait même plus lire, lui revinrent, à travers l'épais brouillard du temps, des bribes de phrases que je le surpris à marmotter, une musique, des odeurs, des images qu'il croyait à jamais effacées…

Il est vêtu de culottes de drap bleu, attachées au genou par un bouton doré ; des bas de soie blanche couvrent son petit mollet.

Il porte des chaussures à boucles d'argent. Une veste courte et un jabot à volant. Il se tient droit, le regard fier, le torse bombé. Sa mère le contemple avec amour. Elle glousse :

— Un vrai petit marquis français !

Elle tombe à genoux devant lui et le couvre de baisers :

— Ô mon fils, mon fils adoré, tu seras un second Mendelssohn, je le sais, je l'ai toujours su. Je l'ai rêvé quand je t'attendais. C'est Dieu qui m'a envoyé ce rêve...

C'est le jour de sa Bar-Mitzvah[1]. Il a treize ans. Il est un homme aujourd'hui, lui a-t-on ressassé. Il est gonflé de son importance nouvelle et supporte mal les recommandations moralisatrices, que chaque membre de l'immense parentèle se croit obligé de lui imposer en l'embrassant de ses lèvres humides, le parfum entêtant des femmes et la peau râpeuse des hommes, qui le serrent dans leurs bras ; mais il ne peut rien leur dire : tous, ils lui ont apporté un cadeau, qui un livre de Schiller ou de Goethe, qui une montre en or. Un vieil homme grincheux radote :

— Nous quand on était jeune, on ne recevait aucun cadeau pour notre Bar-Mitzvah. Mais on était très savant en Torah. Aujourd'hui qu'on est sorti du ghetto, on se croit très malin. Les enfants reçoivent beaucoup de cadeaux, mais ils sont devenus ignorants en Torah !

Ferdinand trouve le reproche injuste et le dit sans ambages à l'oncle acariâtre, au milieu des rires des tantes et des cousines dont il est le préféré. Ces derniers mois, il a beaucoup étudié avec le docteur Geiger. Le Talmud et ses lois l'ont passionné. Il tâche d'être un bon Juif. Il n'a qu'un seul défaut : il aime trop les huîtres. Plus tard, il découvrira la dialectique hégélienne. Il démontrera alors aisément qu'on peut étudier la transmigration des âmes selon l'enseignement de Rabbi Akkiba et de Rabbi Eliezar Ben Azariah ; et se goinfrer d'huîtres. Avec des raisonnements impeccables, fermés sur eux-mêmes et indémontables, il éclairera cet esprit borné de Blöch qui ne saisit pas encore comment Ferdinand peut être le meilleur des Juifs et jouer au billard toute la sainte journée du Shabbat. Plus tard. Pour l'instant, il est un bon petit enfant juif qui s'apprête à lire pour la première fois devant les fidèles rassemblés le texte saint de la Torah, et consacrer ainsi son entrée solennelle au sein du peuple d'Israël. La main dans la main de son père, il a parcouru les quelques centaines de mètres qui séparent la maison familiale de la synagogue : la « nouvelle », comme on dit ici, par opposition à

1. Majorité religieuse.

l'« ancienne », celle des traditionalistes, des Juifs polonais pour la plupart, pas vraiment sortis de leur ghetto natal, relève-t-on avec mépris dans les travées de la « nouvelle ». Chez les Lassal, on se veut moderne, « éclairé », allemand. On a tiré parti de l'égalité civile accordée par Napoléon en 1812 ; et on fait mine de ne pas avoir remarqué que le décret Stein de 1817 est revenu dessus. On se rend donc à la « nouvelle », fière bâtisse en pierre taillée, exhibant avec fatuité ses blanches colonnades, sur laquelle on a déposé, comme sur toutes les maisons de la ville, un toit de tuiles en pente raide, seule trace d'humilité de la Breslau d'antan, que la révolution industrielle et la « prussianisation » ont rendue opulente. Le père d'abord, et puis le fils, sans un mot, sans une hésitation, se lavent longuement les mains dans un broc d'émail blanc. Ils se dirigent vers une sombre salle étroite, sous les combles, où des bancs de bois inconfortables, aux tablettes souvent brisées, enchevêtrés dans un étonnant désordre, forment un cercle étroit autour du modeste présentoir à peine surélevé du rabbi qui ne peut guère psalmodier, avec l'habituel mouvement de va-et-vient, sans heurter l'épaule, le menton ou le torse d'un fidèle qui lui aussi prie, chante, se balance. Les jours de fête, on abandonne la « petite » pour la « grande ». Ici, les larges bancs de bois sentent le neuf et la cire. Là, les Tables de la Loi sont calfeutrées au fond de la pièce, telles les épouses d'un sultan dans un harem, derrière une sorte de jalousie, d'où elles ne sortiront, chamarrées d'or et parées de clochettes d'argent et de rubans multicolores, que pour être admirées, caressées, embrassées. En face, l'autel, imposant et le rabbi, seul. Il n'est plus étouffé par la ferveur des fidèles. Il a pris de l'air, de la distance et de la hauteur. Il ressemble ainsi à son ami le curé. D'abord, il en a été flatté : le berger est satisfait que le troupeau indocile reconnaisse sa légitimité. Puis, la bouffée d'orgueil passée, il s'est souvenu qu'il n'était pas berger, qu'il n'y avait pas de troupeau, que des hommes libres traitant directement avec Dieu à travers la Loi, seule soumise à l'adoration du peuple, comme elle l'est, physiquement, dans la « petite » salle ; et il se demanda s'il était raisonnable d'imiter en tout les « gentils ».

À l'étage, adossées à une rambarde de fer délicatement ouvragé, les femmes font crisser sur le sol leurs amples robes de mousseline rose ou blanche et, en levant la tête, Ferdinand peut apercevoir leurs seins négligemment recouverts d'un fichu aux trous immodestes. Il roule des yeux enfiévrés qui, dans leur quête enjouée, croisent soudain ceux glacés de sa mère...

Ferdinand regardait la vieille Rosalie en marmottant les vieux mots de la prière des morts. Elle n'avait cessé de pleurer, mais ses yeux chassieux ne le quittaient pas. À ses côtés, sa fille Frederika l'enserrait dans ses bras ronds. Elle l'embrassait, la câlinait, mêlant ses larmes aux siennes. Les deux femmes se ressemblaient étrangement. C'était le même œil bleu, très clair, comme effacé, la même douceur maternelle dans le regard, le même visage aux pommettes rouges et saillantes, le même front étroit, qui trahit l'intelligence sans ampleur, la même bouche elliptique, et ce nez court qui, au dernier moment, n'aurait pas osé l'insolence. Cette similitude étonnante avait longtemps fait la joie de la famille. Comme celle qui liait Ferdinand à son père. Les gens aiment la fausse simplicité des évidentes filiations. Ces facilités avaient toujours exaspéré Ferdinand. Quand il était plus jeune, il s'examinait longuement dans une glace, ne décelant pas la moindre trace de ressemblance avec le visage de son père. Les autres, les oncles, les tantes, les cousins, s'obstinaient cependant : « C'est tout son père », clamaient-ils avec force, et il n'y avait pas lieu de discuter. Ils le pressaient contre leur joue jusqu'à l'étouffer, et l'imaginaient déjà reprenant la boutique, l'embellissant, l'agrandissant, pour le bonheur bougon du père, qui le Shabbat à la synagogue se plaindrait des machines modernes que « monsieur son fils » aura récemment acquises, lorsque au fond de la « petite » salle on aura rassemblé, dans un carré imparfait, quatre bancs de bois recouverts d'une modeste toile cirée à carreaux rouges et blancs. Et on boira de la vodka et on mangera du filet de hareng. Alors, il y aura un ami du vieux Heyman qui trinquera avec lui d'un geste large et lancera : « "Lehaïm", longue vie à ton fils qui est tout ton portrait ! » Et le père rougira.

Mais la mère de Ferdinand n'avait pas les mêmes rêves. Son fils se révélait un élève diablement doué, tous les professeurs le reconnaissaient ; et certains parfois le regrettaient. Ferdinand comprenait et assimilait trop vite, il s'ennuyait, et amusait les autres élèves, moins bien dotés, de ses insolences.

Ferdinand dissimulait ses punitions ; il imitait la signature de sa mère ; et la persuadait de le protéger de son silence. Un proviseur lucide lui demanda un jour :

— Dites-moi, Lasal, votre père ne signe jamais les courriers que nous lui envoyons. Il est donc tout le temps absent ?

La mère lui pardonnait toutes ses frasques, et le père laissait son épouse à ses chimères de femme. Parfois, le fils allait trop loin et le père corrigeait : il battait, fouettait, et enfermait Ferdinand dans un recoin mansardé de la boutique où sa mère et sa sœur lui apportaient, en cachette, les restes copieux des repas. Avec l'âge, le caractère de Ferdinand ne se réforma point ; celui du père non plus. Le premier était plus rebelle, le second plus tyrannique. Ferdinand dépensait son temps et son argent dans les arrière-salles du Hesse et du Hasel, où il buvait du champagne français et jouait au billard. Il jouait, il perdait, il gagnait ; et dès qu'il avait 30 grotschen en poche, il courait acheter le *Journal des débats*. Le soir, déjà pétri du sentiment de sa supériorité, il écrivait : « Mon père m'a interdit le billard mais c'est parce qu'il craignait une passion pour mon tempérament sanguin. Or ce n'est plus ma passion. Je ne désobéis donc pas vraiment à mon père. Je ne sais pas en vérité si j'ai raison ou tort mais je crois que la lettre tue et l'esprit vivifie. »

Ce journal, c'est son père qui le lui avait offert, pour ses quinze ans. Avec une petite clef et un cadenas. Enfin, le jour vient où Ferdinand est assez grand pour reprendre la boutique du père. C'est en tout cas ce qu'a décidé ce dernier. Il envoie alors son fils étudier les lois du commerce dans un institut à Leipzig ; mais Ferdinand y découvre les « lettres » de Börne, pose à Wilhelm Meister, gaspille les grotschen que lui envoie régulièrement sa mère en buvant du champagne français. Il écrit :

« De Paris, pays de la liberté, je veux, à l'exemple de Börne, faire entendre ma voix à tous les peuples de la terre. Que tous les princes claquent des dents et comprennent que leur dernière heure a sonné… Et pourtant de combien d'obstacles n'ai-je pas jonché ma route moi-même ! Comme mes adversaires railleront le commis échappé qui aura troqué l'aune contre la plume ! Même mes partisans me refuseront leur confiance. De toutes parts retentira ce cri persiflant de commis et de chevalier à l'aune. Mais il faut que les préjugés coulent en même temps que les trônes. Le commis leur parlera sur un ton qui leur enlèvera l'usage de la parole. Je ne deviendrai jamais un courtier couard. J'annoncerai la liberté au monde même si cela doit me coûter la vie ! »

Il est expulsé du café. De l'Institut commercial de Leipzig. De la famille à laquelle son père l'a confié. Il a dix-huit ans. Penaud, il rentre à Breslau. Il a raté sa maturité[1]. Il crie à l'injustice, au complot d'un professeur privilégiant son propre fils, mais le père ne veut rien entendre. Les maîtres ont décidé. Les maîtres ont raison. Et puis, au fond de lui, sans qu'il le perçoive clairement, le vieux Heyman n'est pas mécontent de l'échec de son garçon. Le « second Mendelssohn », arrogant, et insoumis, redevient Ferdinand, fils de Haïm Wolfssohn Lasal, négociant de soie en gros à Breslau. Il le lui dit, dans un mélange d'innocence et de grande cruauté, que Ferdinand n'oubliera jamais.

— Mon fils, tu es grand maintenant. Il est temps de prendre tes responsabilités. Tu te dois de m'aider. Je me fais vieux. Reprends la boutique. Peu à peu je t'apprendrai le métier. Et avec mon expérience et avec ta fougue, mon fils, et ton intelligence, nous deviendrons le plus important grossiste en soie de Breslau, nous dépasserons Gerstenberg, qui sait, nous ouvrirons peut-être une annexe à Berlin, si Dieu le veut…

Ferdinand est frappé en plein cœur. Humilié, piétiné. Son revers l'a salement meurtri, son père l'achève. Reprendre la boutique paternelle, cela signifie que le fils vaut le père — pas moins mais guère plus — son destin est fixé de toute éternité, le fils poursuit la tâche paternelle, prolonge sa vie, sans rien changer, l'améliorant un petit peu, modestement, dans une digne continuité historique. Sa place est gardée depuis la nuit des temps, à la droite de son père. Il peut s'agiter, se démener, il n'y a rien à faire. Point de Bonaparte chez les Lasal ! Tout le corps de Ferdinand tressaille. La bouche sèche et tremblante, les joues en feu, il parvient à murmurer :

— Je ne veux pas de la boutique. Je veux étudier.

D'un sourire compréhensif, que Ferdinand juge alors méprisant, le père lui dit :

1. Baccalauréat en Allemagne.

— Qu'est-ce que tu veux étudier, mon fils ?

— Le plus grand sujet du monde. Le sujet qui concerne les intérêts les plus saints de l'humanité, l'histoire, la philosophie.

Il est dans un état de grande exaltation. Il lâche d'une voix blanche quelques mots, et puis se tait, le visage fermé, mauvais.

Le père, au contraire, est avenant et raisonnable :

— Mon fils, c'est bien joli tout cela. Mais comment vas-tu vivre ? Tu sais bien que tu ne pourras pas devenir professeur dans une école ou une académie. Ou alors, il te faudra rompre avec ta famille en te baptisant. Ce n'est pas ce que tu veux, mon fils, abandonner la vieille loi de Moïse et te faire chrétien ? Si tu veux vraiment étudier, pourquoi ne deviens-tu pas médecin ou avocat ? Tu pourrais exercer au moins.

— Médecins et avocats sont des commerçants qui vendent leurs connaissances. Moi je veux étudier pour l'amour de l'étude.

— Tu veux être poète, mon fils ?

Son sourire complaisant est devenu grimace horrifiée. Deux rides profondes strient son front.

— Non, mais je veux écrire. Car il est temps de combattre pour les intérêts les plus hauts de l'Humanité. Au siècle dernier, le monde s'est détaché des chaînes de la superstition. Depuis, le combat continue. Non pas avec des armes de guerre, mais avec celles de l'esprit. Dans chaque pays on doit combattre. Nous devons pousser les peuples à se révolter, nous devons les éclairer de l'enseignement des « Lumières ».

Le père demeure un long moment silencieux. Il a ravalé son rictus condescendant. Une troisième ride de perplexité est venue prendre place en haut du front. Il parle d'une voix douce, presque suppliante :

— Mon fils, je ne conteste pas la vérité de ce que tu viens de dire. La liberté, tu as raison, doit être gagnée, mais elle peut être gagnée sans ton aide. Pourquoi faire de toi un martyr ? Tu es mon seul espoir. Reste avec nous. Rends-nous heureux. Ne te jette pas dans la bataille car alors, même si tu gagnes, nous, nous aurons perdu. Ta mère et moi, nous avons vécu toute notre vie pour toi. Alors, fais cela pour nous. Tout seul, tu ne peux rien changer. Laisse donc se battre ceux qui n'ont rien à perdre, ceux qui n'ont pas le cœur de leurs parents battant au rythme de leurs enfants.

— Si tout le monde parlait comme toi, qui lutterait ?

C'est Ferdinand désormais qui affiche un air supérieur :

— Mais pourquoi toi ?

— Parce que j'entends la voix de Dieu qui me dit de me battre. Dieu a mis dans mon cœur la voix qui m'appelle au combat. Il m'a donné la force qui me rend apte à lutter, je le sens. Je saurai lutter et souffrir pour une noble cause. Je ne me déroberai pas à la tâche que Dieu m'a dévolue. En un mot, je ne peux pas faire autrement. Je sais bien que je suis encore au carrefour. Je peux encore reculer. Mais malheur à moi si jamais un repentir tardif mais d'autant plus amer me ronge, me déchire avec ses morsures de scorpion. Malheur à moi si la voix me dit : « Dieu t'a donné des forces immenses pour un but immense et tu les a gâchées ! »

Le vieux Haïm n'était plus là pour entendre ses incantations exaltées. Il ne serait plus jamais là, tyrannique et maladroit, un père tout simplement, qu'il ne pouvait malgré tout s'empêcher d'aimer. Ferdinand me confia alors que s'il devait choisir un seul des innombrables souvenirs qui le liaient à son père, il conserverait ces quatre jours passés ensemble à Berlin. Il avait quinze ans. C'était le mois de mai de l'année 1840. Alors, Berlin n'était qu'une petite ville de province peu riante. Il y avait des vergers et des cabanons de bois à la place du jardin zoologique. La rue des Princes-Électeurs ne s'appelait pas encore Kurfursten. Parfois, un lapin bondissait d'une motte de terre et filait vers on ne sait où. Mais Ferdinand avait observé, à chaque fenêtre, des géraniums dans un caisson de bois, et en avait conclu qu'il était bien dans une grande ville. Il avait le sentiment d'être à Paris, qu'il ne connaissait pas alors ; mais en marchant dans les rues de Berlin, comme plus tard dans les rues de Paris, il connut ce frémissement intérieur, qu'on ne ressent que dans les modernes Babylone, ce sentiment grandiose d'être plus grand, plus puissant qu'on ne l'est, d'être voué à réaliser de grandes choses, d'avoir un destin. Son père déambulait à côté de lui. Il était détendu, souriant. Il saluait les jolies dames qui rougissaient derrière leur ombrelle. Il devisait plaisamment et ne lui donnait pas d'ordre. Libéré sans doute par l'absence de la mère et de la fille, il avait tombé son armure de fer. Il se confia. Il évoqua sa jeunesse si lointaine, et Ferdinand découvrit que son père avait rêvé d'être un autre que Haïm Wolfssohn Lasal, marchand de soie en gros à Breslau. Il était même tombé amoureux d'une belle « gentille » qu'il voulait épouser ; mais la famille avait empêché ce mariage impie.

Ferdinand n'avait jamais été aussi heureux que durant ces quatre journées à Berlin. Une fois rentré à Breslau, le vieux Haïm avait revêtu la cotte de mailles, la jambière, l'épaulière et le gantelet. Il ne les avait plus jamais ôtés.

Le docteur Lassalle s'agitait sur sa chaise depuis des heures. Il avait froid. Il suait. Il tremblait. Son ventre lui faisait mal. Les hommes en noir n'avaient point cessé leur interminable complainte, mais il ne simulait plus le déchiffrage laborieux d'un livre de prières qu'il tenait fermé sur ses genoux ; et je profitai lâchement de son exemple pour fermer le mien, l'air décidé, un rien provocant. Dans la grande salle nue, sous les épaisses poutres en bois, et au milieu du désordre attendrissant des machines Singer et des échantillons de soie, le Tout-Breslau poursuivait son défilé devant la mère dont les yeux, à moitié clos par les larmes, contemplaient obstinément — comme s'ils attendaient un changement inattendu, ne voulant manquer la moindre chance de le voir remuer, ne serait-ce qu'un orteil — le corps raide de son Haïm. Quand il ne se tordait pas en deux de douleur, le docteur Lassalle s'amusait à reconnaître les amis de son enfance. Il me les montrait d'un doigt moqueur, et me décrivait leur dégradation, avec force mimiques et gestes évocateurs. Ils avaient pris du ventre bien sûr, et se pavanaient, les pommettes rougeaudes et l'allure satisfaite, la bedaine en avant du commis qui a fini par acquérir sa boucherie. Il m'indiqua une jeune femme aux yeux fatigués, creusés de cernes las, la bouche épaisse au pli amer, le bras maigre noyé dans celui, replet, de son mari, huileux de bonheur benoît, pétant de graisse et de satisfaction de lui-même. Il m'avoua qu'il avait bien du mal à reconnaître en cette banale et triste épouse la jolie et joyeuse Rosalie, la sœur de son ami Zander. Il en était jadis amoureux, elle était si désirable. Il approchait sa bouche pour l'embrasser, elle la retirait au dernier moment, dans un éclat de rire moqueur. Dieu qu'il avait envie d'elle ! Elle lui murmurait, mutine et sérieuse à la fois, ce que sa mère lui avait appris :

— Patiente, mon petit Ferdinand. Tu es bien jeune encore. Et moi, je suis une jeune fille.

Ils se poursuivaient en riant dans le grenier à foin. Elle se cachait derrière le tas de tourbe. Quand il la découvrait, elle s'esclaffait de plus belle. Il se précipitait pour une caresse volée, un sein, une cuisse, un bras, mais elle était rusée et agile, et la tourbe salissante. Lorsqu'il descendait du grenier, penaud et déçu, il ressemblait à un ramoneur.

Mais il n'y avait plus de tourbe dans les greniers et la fraîche et appétissante Rosalie servait désormais de maigre paillasse à un gros paysan, suant et rotant, qui sentait la mauvaise bière, le chou blanc et la soupe de poireaux. Et puis, conclut Ferdinand, d'une voix lasse :

— Tout Breslau murmurera que la petite Juive a fait un beau mariage ; et Rosalie pense sans doute de même.

Les heures lentement passèrent. Toute une journée et toute une nuit aussi. Dans la chambre de son enfance, Ferdinand avait retrouvé, avec la plus vive émotion, ses soldats de bois de la Grande Armée, et son Napoléon triomphant d'Arcole, dans l'exacte position où il les avait abandonnés, il y a vingt ans, débordant, culbutant et contraignant à une honteuse retraite les armées autrichiennes.

Ferdinand s'étendit sur le lit étroit. La mère avait interdit à quiconque de « monter dans sa chambre ». Toute la famille, oncles, cousins et cousines, s'entassait donc sur des grabats de fortune, installés à la hâte par Frederika, dans la grande salle froide du rez-de-chaussée, non loin du drap blanc du mort, des hommes en noir qui se balançaient, et des dernières machines à coudre que Ludwig Löwe avait envoyées, quelques jours auparavant, afin de convaincre le vieux Haïm qu'elles valaient bien les Singer. Au matin, le docteur Lassalle retrouva toute la famille qui se levait, les mains se tenant le dos, mais Ferdinand ne leur prêta nulle attention. Il n'avait rien à leur dire. Il avait grandi au milieu d'eux pourtant ; il en avait aimé certains, haï d'autres ; et il découvrait aujourd'hui qu'il ne ressentait plus rien. Ils se pressaient autour de lui. Ils voulaient savoir : « Berlin... Bismarck, il aime les Juifs ? On dit qu'il ne les aime pas... C'est parce qu'il y a trop de Juifs parmi les progressistes... Il a un banquier juif pourtant, l'ancien correspondant des Rothschild paraît-il...Depuis qu'il est Geheimer Kommerzierat, il ne nous connaît plus, celui-là... On sent l'ail... » Il opinait du chef en souriant. Il lâchait trois mots anodins, arrachés. Il approuvait, ou corrigeait une erreur trop flagrante, mais ne prenait rien ni personne de front. Il mettait entre eux et lui des kilomètres d'obséquieuse approbation. Lorsqu'il avait publié son premier livre consacré au philosophe Héraclite, il avait tenu à ce que son père envoie à chacun d'eux les articles élogieux parus dans la presse berlinoise ; mais il n'avait plus envie de les épater. Avec sa sœur, il y avait longtemps qu'ils n'échangeaient plus que le strict nécessaire. Ils s'étaient aimés pourtant, et passionnément battus. Un jour, elle avait découvert dans son journal qu'il continuait à jouer au billard, et avait dénoncé ses turpitudes au père. Il ne le lui avait jamais pardonné. Puis, vint le jour où seule la différence d'âge les unissait encore. Il l'écrasait de son intelligence et de sa morgue. Jadis, il l'abreuvait de grossièretés et de jurons de charretier ; il était aujourd'hui d'une correction exemplaire. Son mariage avec Friedländer les avait rapprochés une dernière fois. Ferdinand aimait bien ce chien fou de Friedländer. Mais l'agioteur devenu « businessman » avait fait de l'argent le Dieu du ménage, et convaincu sa femme que son frère était le diable. Elle ne lui confiait désormais plus rien. Elle était persuadée que tout ce qu'elle dirait à Ferdinand nourrirait son combat contre la bourgeoisie, et menacerait la prospérité de sa famille.

Ferdinand se pencha vers sa mère qui avait repris son poste d'observation, à quelques pas du corps de son mari. Il lui caressa légèrement le bras, posa un délicat baiser sur sa main molle et ridée. Ils échangèrent un tendre sourire complice, mais pas le moindre mot. Ferdinand s'aperçut pour la première fois qu'il n'avait plus envie d'exposer à sa mère — qui n'y comprenait goutte — l'évolution du christianisme à travers les âges selon Hegel. Il découvrait que les querelles incessantes avec son père sur le socialisme, le libéralisme, la nation allemande, l'économie du textile à Breslau, les femmes, l'avenir du peuple juif, la viande « Kocher », tout et rien, n'avaient eu d'autre objet que de donner une artificielle unité à des gens qui n'utilisaient plus les mêmes mots pour se dire qu'ils s'aimaient.

Et les jours passèrent. Longs, mornes, et monotones. La loi juive exige sept jours de deuil, avaient rappelé, d'un ton comminatoire, les docteurs en noir. Ferdinand me murmura des insolences, mais le regard suppliant de sa mère étrangla mes premiers rires.

On enterra le père. Le rabbi évoqua l'exemplaire « vie juive » de Haïm Wolfssohn Lasal. Il exhorta ses coreligionnaires à ne pas abandonner les lois et les rites anciens. « Dieu nous met à l'épreuve », lança-t-il ; et sa voix se perdit dans le vent tourbillonnant.

Ferdinand fut contraint de laisser sa barbe pousser. Il détestait ses poils bruns qui envahissaient ses joues, assombrissaient encore son teint mat, marquant son visage de stigmates « juifs ». Il resta de longues heures adossé contre la porte d'entrée de la demeure familiale, le regard lointain. Il me parlait lentement, sans attendre de réponse ni de conseil. C'était la première fois que le docteur Lassalle se confiait à moi, sans précautions ni sarcasmes protecteurs. J'eus alors la douce sensation d'être son ami. Il pensait souvent à son père. Il songeait à tout cet argent qu'il ne leur avait jamais mesuré pendant les longues années du procès de la comtesse. Il ne s'était pas aperçu que son père l'avait beaucoup aimé, et qu'il avait beaucoup aimé son père. Un ami le quittait, après Oppeinheim, Mendelssohn, Marx. Il était aussi peu doué pour l'amitié que pour l'amour. Il n'était pas doué pour le bonheur.

Il demeura sans mot dire. Il observa le ciel si bas, si gris, qu'on avait l'impression que le soleil, découragé, ne s'était même pas levé. Toute la journée, on guettait, on espérait qu'un vent moins timoré vînt enfin rompre la grappe cotonneuse qui s'étendait au-dessus de la ville. Seules les colonnes noirâtres des cheminées d'usines osaient chatouiller la masse nuageuse avant d'entourer de leur sale sollicitude les toits des maisons. La ville était comme prisonnière. La veille de notre arrivée, la neige était tombée d'abondance. Un vent violent avait arraché les toits de paille dans les hameaux. Les lapins apeurés couraient dans tous les sens. Au fond de leur étable, les vaches mugissaient de terreur. Et puis le vent des steppes, le vent d'est, les avait abandonnés. La neige légère et soyeuse avait pris ses quartiers d'hiver. Le temps était devenu immobile. Le froid sec et vif décourageait les promeneurs. On marchait d'un pas alerte, la tête dans les épaules, le dos voûté, pressé de rentrer. En face de la maison des Lasal, sur la grand-place, des dizaines de cochers inutiles, près de leurs chevaux soufflant fort, se battaient les épaules de leurs larges mains. Un vendeur de pommes de terre grillées se réchauffait auprès de son brasero. C'était déjà l'hiver, et nous n'étions qu'en octobre pourtant. Dans les rues, l'un après l'autre, les becs de gaz se coloraient. La journée ne s'achevait pas vraiment, elle n'avait pas commencé. Dans la maison des Lasal, on allumait les chandelles. Des odeurs d'oignon et de raifort se répandaient. La nuit sombre et silencieuse nimbait de mystère les nuages balourds, immobiles. Ferdinand avait oublié que Breslau fût si ennuyeuse. Très tôt le matin, une fois avalées les tartines de pain noir beurré que lui préparait la mère, il se précipitait au bureau de poste, installé depuis peu dans la ville. Quatre, cinq, six fois dans la journée, il y retournait. Il envoyait des pneumatiques à la comtesse, à Lothar Bücher, Hans von Bülow, Ludwig Löwe…

C'étaient des messages de détresse d'un naufragé solitaire perdu au milieu d'un océan de douleur et d'ennui. Lothar Bücher avait des nouvelles excellentes. Les ouvriers du Comité de Leipzig étaient impatients de le rencontrer. Les libéraux les avaient traités avec mépris. L'agent de Bismarck, Eichler, avait été confondu. Un congrès ouvrier se tiendrait dans quelques semaines. Ferdinand, cependant, ne s'empressait guère. Il jouait les coquettes. Je ne comprenais pas. Enhardi par notre complicité nouvelle, j'osai lui reprocher son dédain pour l'affection des « petites gens ». D'un ton aigre, il me répondit que les « petites gens avaient commencé ». Je découvris alors qu'il avait la mémoire longue et amère. Dans les années qui avaient suivi la révolution de 1848, les ouvriers lui avaient refusé l'entrée de la Ligue des Communistes. Il était pourtant recommandé par Karl Marx, mais les ouvriers ne voulurent rien entendre. Ses mœurs. Sa réputation. La comtesse. L'homme entretenu. Déjà. Encore et toujours. Plus de dix ans après, l'humiliation était intacte. Il revoyait la face huileuse de Heinrich Bürgers, le chef de la section berlinoise de la Ligue. Les bières étalées sur le comptoir de la « République rouge », le bar où elle se réunissait. Les insinuations, les conditions : « Montre-nous que tu peux te joindre à nous. Gagne notre confiance. Petit à petit. » La colère qui empourpre son visage. Ferdinand n'achèvera jamais sa Pilsen. « Tu te prends pour un chef suprême qui use du nous de majesté. Ma seule manière de gagner la confiance, c'est se dévouer à une cause et ne refuser aucun sacrifice pour elle, aucune souffrance. C'est ma façon à moi, mais si vous n'avez pas confiance en moi, je ne désire pas me joindre à vous. » Heinrich Bürgers exultait. Plus tard, je compris qu'il avait, lui aussi, bonne mémoire. Quelques années auparavant, modeste précepteur, il avait réclamé ses gages à une des plus grandes comtesses allemandes dans un château de Francfort. La comtesse avait renâclé. La somme était importante. Et elle n'avait pas le sou. Son mari y avait veillé. Il fut alors pris à partie par un jeune homme au cheveu noir et frisé, au teint mat et au regard mauvais. Qui le chassa à coups de canne…

Le docteur Lassalle était ravi de faire languir la « mob », comme il disait, avec un mépris qui m'exaspérait. Lothar Bücher pouvait cependant se rassurer. Il les recevrait. Il réglerait la moitié de leurs frais de voyage. Rédigerait lui-même l'appel qu'ils lui lanceraient. Il s'occuperait de tout : le règlement du parti, son programme, la réplique à Schulze. Il serait le grand ordonnateur du congrès de novembre. Il ouvrirait les débats, et les conclurait. Il déciderait les ouvriers à se libérer de la tutelle progressiste, et former enfin leur propre parti. Il annoncerait la liberté des peuples au monde. Ne l'a-t-il pas toujours su ?

Il contempla une dernière fois le doux visage tant aimé de sa mère. Autour d'elle, les femmes s'agitaient, servaient et desservaient ; les hommes pleuraient, s'embrassaient, se consolaient ; mais elle semblait ne rien entendre, ne rien voir. Quatre jours que le père était mort. Ferdinand prit le corps frêle de sa mère dans ses longs bras d'araignée, comme s'il voulait briser ses pauvres os fatigués. Il lui souffla quelques mots et une larme coula sur sa joue rassasiée. Elle accrocha ses petites mains à son cou. Bouleversé, Ferdinand grimpa à la hâte vers sa chambre. Il rasa sa barbe sombre et envahissante avec une satisfaction visible. D'un geste preste, il glissa dans sa poche le Napoléon de bois. Il me demanda l'heure du premier train pour Berlin. Trente minutes après, nos malles bouclées, nous quittions la demeure familiale. Le docteur Lassalle ne se retourna pas une seule fois avant d'arriver à la gare de Breslau.

Alors, les hommes en noir courroucés tonnèrent contre cette grave offense faite à Dieu et à sa loi par Ferdinand fils de Haïm ; et ils abandonnèrent la maison du vieux Haïm Hayman Wolfssohn Lasal.

CHAPITRE VI

Franz Rienacker
entre dans l'histoire

Il avait le rouge aux joues et les mains tremblotantes ; et tout son petit corps frissonnait sous la lourde pelisse à larges carreaux qu'il s'obstinait à ne pas retirer. Ce n'était pas seulement la froidure matutinale de décembre : Hans von Bülow était inquiet. Depuis une heure, il attendait le docteur Lassalle.

Il avait refusé le fauteuil que je lui avais tendu, et tournait en rond de son pas court et fébrile. Parfois, il s'immobilisait, et le nez frottant presque le mur, il contemplait les estampes révolutionnaires de Ferdinand : la prise des Tuileries ou le serment du Jeu de paume ou Leconte de Lisle entonnant *La Marseillaise* devant les patriotes strasbourgeois ; et il reprenait sa marche en avant, la tête continûment penchée vers le sol, comme s'il examinait chaque motif du tapis aux couleurs chatoyantes que Ferdinand avait rapporté de son voyage chez les Ottomans.

Je n'échangeai pas trois platitudes avec lui. Hans von Bülow n'avait pourtant pas coutume de m'ignorer, comme un vulgaire Friedland, mais l'inquiétude avait aboli ses manières caressantes. Soudain, il parut se souvenir de moi. Peut-être, se disait-il, aurait-il besoin de mon aide. Peut-être ne serait-on pas trop de deux. Ferdinand était irascible, et ses colères, terribles. Il n'aurait pas dû accepter. C'était Cosima... Mais on ne dit pas non à Cosima ; on oublie même qu'on a pu y songer.

Lorsqu'elle plantait sur vous son regard hautain de grande dame, froid et incandescent à la fois, on sentait sa volonté brûler comme fil de soie au soleil. Je lui avouai en riant que je ne savais guère mieux résister à son impérieuse épouse. Il se détendit quelque peu et, n'y tenant plus, me débita toute son histoire. Il était brouillon et emprunté, mais je compris que tout avait commencé, hier matin, dans les locaux de la banque Bleichröder au 63 de la rue Berhen. Cosima y avait un compte. Comme Bismarck. Comme le baron Arnim et le comte Lehndorf. Comme Richard Wagner. Ce matin-là, Hans y avait ouvert un compte aussi. Cosima n'avait pas eu besoin d'insister. Le banquier était alors sorti de son bureau afin de la saluer. Il avait demandé des nouvelles de la santé de « Madame sa chère mère ». Et du « grand compositeur allemand, Richard Wagner ». Cosima avait rougi. Hans avait alors enchaîné sur la prochaine apparition du maître à Berlin.

— Il dirigera *Tannhaüser*. Vous savez, sa nouvelle version. J'espère que les Allemands sauront mieux comprendre la musique du futur que ne l'ont fait les Français, il y a deux ans !

Bleichröder arbora une mine désolée :

— Ah, ces Français, trop légers, trop futiles, pour comprendre la profondeur de la musique allemande ! À propos des Français, je vous conseille de vendre la rente française, elle va encore baisser. Achetez plutôt de la russe. C'est ce que j'ai conseillé ce matin même à Monsieur le Président Chancelier.

Il avait prononcé ces derniers mots, sa grosse patte velue devant la bouche, comme on raconte une histoire grivoise à un ami. Il jouait de l'à-propos innocent avec la légèreté d'un troupeau d'éléphants poursuivis par des chasseurs. Bientôt, sous un prétexte anodin, Bleichröder vanta « le docteur Lassalle » comme la rente russe, sans mesure.

Il l'appela « ami des hommes comme nous devrions tous l'être ».

Il avoua, penaud, que l'ouvrage sur Héraclite était trop savant pour son modeste esprit de banquier. En revanche, le texte juridique sur les « droits acquis » l'avait passionné. « Surtout la partie consacrée à la comparaison des droits romain et germain », ajouta-t-il d'un air pénétré. Il donnait un grand dîner, demain soir, pour célébrer comme il se doit le titre de Geheimer Kommerzienrat que lui avait généreusement décerné

« son très honorable maître, Herr Président Chancelier » : « ce sera une occasion inespérée ». Il y tenait. Insistait. Sa femme, née Guttentag, une fille de Breslau, elle aussi, serait ravie. « Ah, le monde est petit », comme disent les Français qui ont bien des défauts mais ont le sens de la formule. Et « comprendre, c'est pardonner », et « on a les défauts de ses vertus », comme il l'avait très justement lu dans les livres de Madame George Sand, qui « est un bien grand écrivain ». Hans n'avait pas osé affronter pareil ouragan. Même Cosima n'avait plus son habituelle prestance. Quand il était sorti de la banque Bleichröder, il avait dans sa poche des actions « du chemin de fer russe », et une invitation pour le docteur Lassalle.

Depuis lors, Hans von Bulöw tressaillait d'inquiétude. Ferdinand entra enfin dans le salon où Hans se morfondait. Il avait revêtu une robe de chambre de soie amarante. Il souriait. Il me lança :

— Bonjour, Franz, belle journée, n'est-ce pas ?

Il avait prononcé ces quelques mots anodins en français. C'était la première fois qu'il retrouvait sa langue adorée depuis notre retour précipité de Breslau. Pour lui, le français était la langue du plaisir, de la joie, du bonheur ; l'allemand, celle de la pensée, de la réflexion ; et le yiddish, du désespoir et du malheur.

Hans reprit ses bafouillages. Parfois, j'éclaircissais une phrase absconse ; et Ferdinand souriait de ma hardiesse nouvelle. Hans n'avait pas achevé sa longue préparation d'artillerie verbale que Ferdinand acceptait l'invitation du banquier. Sans détour ni fausse pudeur. Désarçonné, Hans marmonna :

— Imprévisible. Comme Cosima. Comme Richard. Pourquoi ne suis-je entouré que de gens imprévisibles ?

Ferdinand le prit affectueusement dans ses bras et le souleva avec précaution.

— Comprends-moi bien, mon petit Hans. J'ai un grand besoin d'argent. La baisse de la rente française m'a coûté cher. Très cher. La comtesse a beaucoup perdu aussi. Il nous faut donc nous refaire. Quand je jouais au billard, je n'abandonnais jamais la partie sur une défaite. Je pense que le banquier du chancelier peut m'être de bon conseil. Et puis, je veux voir la tête de l'homme qui a eu le courage de marier la fille dont le vieux Guttentag n'arrivait pas à se débarrasser !

Il chargea sur ses épaules le corps gracile de Bülow avec la délicatesse que l'on réserve d'ordinaire à un sac de pommes de terre. Hébété, la bouche tordue de peur, Hans s'accrochait aux bras du fauteuil où Ferdinand l'avait précipité d'un simple mouvement de rotation, et battait l'air de ses courtes jambes.

La soirée chez le nouveau Conseiller de commerce s'annonçait brillante. Les équipages les plus élégants se succédaient devant le 63 de la rue Behren. La façade était massive et prétentieuse, l'ornementation surchargée ; et les fenêtres innombrables, mais trop étroites, coupées trop court, ne parvenaient pas à donner la moindre élégance au lourd et besogneux bâtiment.

Heureusement, le soleil qui s'effaçait lentement derrière la porte de Brandebourg faisait reluire les boutons d'or des uniformes, les fourreaux d'argent des épées et les diamants aux doigts des dames.

Je n'étais pas de la fête mais j'avais insisté pour y accompagner Ferdinand. Ce spectacle m'enthousiasmait. M'émouvait. Je sais bien que cette fascination n'est guère révolutionnaire et que cet aveu figurera en bonne place dans le dossier — ils ont des dossiers sur tout — que possèdent mes camarades du parti sur moi ; mais je suis vieux désormais, et ce n'est pas à mon âge que je renierais, par prudence ou arrivisme, l'innocence émerveillée de ma jeunesse. Il est vrai que mon maître en dogmatisme révolutionnaire avait passé une heure entière devant la glace afin de donner à sa cravate un impeccable négligé...

Je souffrais d'être laissé à la porte. J'avais pris de mauvaises habitudes. Le docteur Lassalle m'emmenait partout. J'étais son double, un peu son fils, même si son instinct paternel n'était pas obsédant. Je suivais scrupuleusement ses leçons. J'avais lu Heine, Börne, Schiller. J'avais entamé, en français, le *Candide* de Voltaire. Je m'efforçais d'aimer Wagner. Je glissais mes pas dans les siens, j'empruntais les mêmes chemins, je mimais ses regards dominateurs, ses sourires canailles, son goût des épigrammes en français. Moi qui n'avais jamais froid, je me couvrais les jambes d'une couverture de laine dès que je m'asseyais, et portais, debout, une lourde pelisse sur les épaules ; et j'entends encore le rire de la princesse Punker-Muskau lorsque je l'interrogeai sur les habiletés amoureuses du docteur Lassalle. Je me demande aujourd'hui si ma carrière politique dans le parti n'est pas née là, dans ce désir effréné, irrésistible, de lui ressembler, de devenir son double, son ombre, un autre lui-même ; en n'oubliant pas que je n'y parviendrais jamais tout à fait. Pourtant, j'avais moi aussi l'impression d'avoir échappé à mon destin écrit de toute éternité, celui de l'apprenti mécanicien, fils de mécanicien, qui devient mécanicien, épouse une brave fille de l'Orianenburg, l'engrosse, lui fait des tas de petits apprentis mécaniciens, tous sauf un, plus doué, plus persévérant, qui deviendra contremaître. Pelotonné sur la banquette en cuir de notre fiacre, la mine chafouine, mais les yeux écarquillés pour ne rien rater du spectacle de ces équipages flamboyants déversant leur flot d'uniformes, de redingotes grises et de crinolines roses, de bedaines et de rondes poitrines, de graisse étalée et de taille comprimée au corset, je redevenais Franz Rienacker, petit apprenti mécanicien, fils de, épousera, engrossera, contremaître. Alors, ma haine, mon injuste mais irrépressible haine, pour mon père grandit encore. Ferdinand ne prêtait guère attention à mes états d'âme. C'était le lot commun de tous ceux qui l'entouraient de subir son indifférence, profonde et inaltérable, même si elle était dissimulée sous une couche épaisse de politesse vernissée et d'intérêt affecté ; mais je compris ce soir-là, je ne sais comment, que le docteur Lassalle éprouvait les mêmes sentiments et ressentiments, les mêmes souffrances et humiliations que moi. Ma maladie s'aggravait.

Ferdinand sauta avec désinvolture au-dessus du marchepied, et me montra d'un doigt irrespectueux l'imposante bâtisse :

— Tu vois, mon petit Franz, c'est exactement comme chez mon père à Breslau. La boutique en bas, les appartements en haut. Un épicier reste toujours un épicier. Il n'y a que la taille de la boutique qui change.

Il rit aux éclats, de ce rire d'enfant, innocent et frondeur, qu'il rentrait le plus souvent au fond de sa gorge, de crainte qu'il ne l'affaiblisse dans le monde, auprès des dames, ou des militants ouvriers.

Il me salua de ses gants beurre frais, qu'il serrait dans sa main droite. Il rectifia une dernière fois sa cravate jaune paille. Il tira d'un geste sec sur les pans de son habit, et disparut derrière la lourde et sombre porte de fer. Je rentrai chagrin, me consolant mal avec le récit que ne manquerait pas de me faire Ferdinand, dès son retour.

À l'intérieur de l'opulente demeure, tout était vaste et haut, très vaste et très haut. Les panneaux de marbre rare — rose antique ou vert égyptien — alternaient avec les panneaux de marbre rare. Et là où il n'y en avait pas, là où on n'avait pu en mettre, pour les frises ou sur les corniches, il y avait de l'or.

Dans l'immense pièce lambrissée destinée aux banquets, une tribune était réservée aux musiciens qui jouaient du Wagner uniquement. Pour y accéder, on traversait une succession de petits et grands salons en enfilade, autant de galeries de peinture où étaient exposés des Titien et des Rembrandt, des Fragonard et des Boucher bien qu'Emma Bleichröder jugeât ces derniers indécents. Après la longue halte du dîner, on finissait la traversée dans une salle de bal fastueuse, qui faisait croire aux jeunes filles que les princes charmants existaient encore.

Gerson Bleichröder s'était installé dans la demeure de l'ambassadeur de Suède, il y a moins d'un an. La rue de Behren était idéalement située, à égale distance de la rue Wilhelm et de la Bourse où, depuis des années, tel Nathan Rothschild à Paris, il avait sa niche réservée. Mais le « monde » n'était pas la Bourse. Il n'y avait nulle place réservée, et on l'y acceptait avec un déplaisir manifeste. Alors, ce soir, Gerson Bleichröder ne pouvait cacher son inquiétude. Son grand corps vigoureux l'encombrait. Dissimulé sous sa moustache épaisse en barre de T, ses favoris de colonel mexicain, et ses sourcils broussailleux, son visage rougissait de fierté et de gêne. La foule de ses invités se pressait autour de lui dans le cliquetis des épées et le froissement soyeux des robes sur le sol marbré. On lui donnait du « Herr Geheimrat » comme s'il en pleuvait, du « très cher ami » à foison, et du « très honorable hôte » en gerbe. On claquait du talon ; on saluait de la tête, on ajustait son monocle ; on s'éventait et on minaudait, la bouche tordue. Les officiers caressaient les boutons d'or de leurs uniformes ; les femmes, leurs mantilles de dentelle ; les banquiers, leurs bedaines cossues. On se congratulait d'être là ; on faisait assaut d'amitié « germanique » ; on félicitait une fois encore le « très honorable hôte » ; on baisait la main de la charmante « Madame la Conseillère privée » ; on promettait à son mari, le très digne « Monsieur le Conseiller privé », l'aigle rouge pour bientôt ; et une jeune femme enthousiaste, ou distraite, l'appela même « von » Bleichröder. Aussitôt, l'assemblée toussa. Le banquier rosit, et fit mine de n'avoir pas entendu. Le comte Paul von Hatzfeldt grommela ; un de ces grommellements dont il s'était fait une spécialité, à voix trop haute pour ne pas être entendu, et trop basse pour souffrir la réplique.

— Il coulera beaucoup d'eau sous les ponts de la Spree avant qu'un cocher juif ne soit anobli dans ce pays. Grâce à Dieu, nous ne sommes pas la noblesse de France ou d'Angleterre. Nous ne bradons pas nos noms, nos titres, nos terres, notre histoire glorieuse pour quelques sous. En Prusse, les plats de lentilles ne sont pas autre chose que des plats de lentilles.

Un murmure de lâche contentement parcourut les rangs des invités. On opinait, on approuvait, on exsudait sa honte d'être là tandis que les plus grands noms de Prusse, les Arnim, les Alvenleben, les Klitzing, avaient su résister. Bien sûr, la société n'était point terne : il y avait des ambassadeurs en poste à Berlin, des conseillers intimes du nouveau chancelier comme Keudell ou Lehndorff, des officiers en habit d'apparat ; mais tous savaient qu'ils n'étaient venus que par un pressant besoin du banquier. Alors, on faisait front. On gardait son rang. Ses manières, bonnes et hautaines. Ses rituels. Ses tabous, comme un dernier sou qu'on astique. Jamais on ne parlait d'argent. La terre, sablonneuse et aride, les chevaux alezans, écumant sous les marronniers en fleur, les paysans courbés qui s'échinent, le soleil froid et lointain de l'hiver, qui ne réchauffe guère les immenses plaines rocailleuses et avaricieuses, étaient les seuls sujets « convenables ».

On avait honte, mais pas le choix. Même les bonnes terres de Poméranie ne rapportaient pas autant que les chemins de fer de Russie. Il faut bien vivre. Et vivre fort bien. On avait pris goût au caviar, au homard, aux fraises à la crème, qu'affectionnait Guillaume Ier, dont on vantait pourtant les mœurs austères ; et on continuait cependant d'arborer, comme une broche argentée léguée par une rigoriste grand-mère sur une gorge dénudée, la nostalgie de l'agneau au chou blanc, l'anguille à l'anis, ou la poitrine fumée aux navets, tous ces chers et vieux plats des campagnes qui régnaient encore à la table de Frédéric Guillaume IV.

Alors, on se vengeait comme on pouvait. On se moquait de l'accent de Bleichröder, de ses solécismes qui fleuraient bon son ghetto. On brocardait sa vanité, sa suffisance, sa volonté acharnée de parvenir, sa quête effrénée des décorations et des titres ; et on se racontait, en gloussant, le mot, cruel mais désuet, du Rothschild de Paris :

— Bleichröder ? C'est le 1 % que je lui laisse !

Une veille dame replète eut la faiblesse coupable de juger « les invités soigneusement sélectionnés ». Le baron Heinrich von Lehndorff l'enveloppa aussitôt d'un regard dédaigneux ; puis il lissa en arrière les rares cheveux qu'il conservait, défit quelques nœuds dans sa longue barbe frisottée, noire comme du jais — qui lui donnait curieusement un air de juif traditionaliste —, et tapota son uniforme comme s'il voulait en ôter d'imaginaires poussières, ou exposer au regard admiratif de la vieille ingénue ses épaulettes et ses boutons dorés, ses médailles, ses brandebourgs et le gris galon qui courait le long du pantalon ; et vomit enfin d'un ton rogue :

— S'il n'y avait pas le maître de maison, chère madame, cette table serait assurément l'une des plus distinguées de Berlin.

On rit sous cape. On plissa des yeux ironiques. On échangea des sourires désolés. Soudain, on se salua. Chacun prit la place qui lui était réservée. Les musiciens accordèrent leurs instruments. Et tous jaugèrent, sans en avoir l'air, la mine des voisins que le plan de table leur avait assignés. Ferdinand reconnut l'un d'entre eux : August Brass. Il dirigeait un journal, le *Norddeutsche Allgemeine Zeitung,* qu'il avait fondé l'an dernier, afin de « soutenir sans réserves la politique du chancelier ».

Ferdinand avait jadis bien connu August. Ils avaient ensemble fait le jet de pierre contre les uhlans sur les barricades de 1848. August avait été exilé. Il était revenu, dix ans après, dans les premiers fourgons de la loi d'amnistie. Le premier salut des deux hommes fut emprunté. Ils se dandinaient, hésitants. Alors, comme pour se libérer, Ferdinand tira une première salve :

— Excusez mon impolitesse coupable. Je ne sais quoi vous dire pour vous saluer. Je ne connais pas les usages en vigueur au pays des reptiles.

L'autre sourit sans répliquer. Ferdinand en profita pour l'observer. Il avait conservé l'image réjouissante d'un August — ou plutôt Brass, car à l'époque on s'appelait par son simple nom par souci de vertu démocratique, comme si le prénom eût été le commencement de la licence réactionnaire — moins ventru et joufflu, suant moins aussi. « L'exil ne lui a pas trop mal réussi », se dit-il méchamment. Et il ne put s'empêcher de songer à la mansarde de Marx. Même vieilli et bouffi, Brass avait cependant conservé cet œil bleu malicieux et ce sourire insolent qui plaisaient tant aux grisettes qui leur apportaient sur les barricades du pain au saucisson et de la gilka. Il prenait la main d'une petite brune à grande bouche, ou d'une vigoureuse blonde élancée au nez tacheté ; il les conduisait à quelques mètres en contrebas, au milieu des gravats et de la fumée persistante des armes ; il leur récitait le délicieux poème d'Albert Chanisson : « La vieille blanchisseuse » ; et leur décrivait les bonheurs et délices de l'Allemagne nouvelle, en glissant une main insistante sous leur épais jupon.

— Si ceux qui ont vécu dix ans en exil, loin de la mère patrie, sont considérés comme des renégats, comment doivent être jugés ceux qui sont restés douillettement à Berlin ? Des lâches ? Des traîtres. Ou pire, des habiles ?

Ferdinand se plut à constater que la graisse n'avait pas encore atteint ce repli mystérieux du cerveau qui commandait l'art de la réplique vacharde :

— J'ai connu, Monsieur, pendant dix ans, pis que l'exil : la solitude.

Coupé de tout contact avec mes amis, harcelé par la police et la censure, j'ai entretenu seul la flamme révolutionnaire auprès d'ouvriers abrutis par le travail, la misère, la répression policière et la peur. Pendant dix longues années, je fus le dernier des Mohicans. Mais je n'ai jamais renoncé. Je n'ai jamais trahi. Cent fois, on a voulu m'acheter, cent fois, j'ai rejeté les tentations avec dédain. Comme le chanteur de Goethe, je voulais rester libre et sans fers, même dorés : un oiseau sur la branche. Tes dix ans d'exil ont sans doute été pénibles, Brass ; ils ne te donnent pas le droit de servir un pouvoir réactionnaire, pis que celui que nous avons combattu ensemble jadis.

— Tu te trompes, Lassalle. Je ne trahis nullement les rêves de notre jeunesse. Que voulions-nous alors ? L'Allemagne ! L'Allemagne unie ! Nous voulions abattre les innombrables roitelets et réunir les Allemands, tous les Allemands libres, sous un même drapeau. Tu disais, je m'en souviens : « L'Allemagne est une grande prison où trente millions de personnes sont oppressées par trente tyrans. » Eh bien, nous y sommes, Lassalle. Bismarck va nous débarrasser de tes imbéciles avec une désinvolture que n'auraient jamais osé nos plus féroces amis d'alors.

— Tu me cites mal. Tu oublies ce que je disais ensuite :

« On pourrait pleurer devant la stupidité de ces peuples. Ils ne brisent pas leurs chaînes alors qu'ils pourraient, si seulement ils voulaient. » C'est toujours la même affaire. Ton chancelier deviendra le seul tyran. Le beau changement que tu m'offres là. Trente gardiens de prison débiles remplacés par un seul, vigoureux et implacable. Un junker réactionnaire et misanthrope à la place de princes mal assurés de la légitimité de leur trône et parfois d'authentiques libéraux !

— Peu importe. Lui seul aura le courage et le talent de le faire. C'est « l'homme qui fait l'Histoire » cher à Hegel, nous l'avons enfin trouvé, Ferdinand, et tu me reproches de le soutenir ! Il nous débarrassera de ces dynasties défraîchies qui donnent à l'étranger une image ridicule des Allemands et les maintiennent au Moyen Âge. Après, quand table rase aura été faite du passé, nous pourrons régler la condition ouvrière. Chaque chose en son temps, Ferdinand. Le chancelier n'est pas le réactionnaire borné que tu te plais à décrire. Tu le sais bien d'ailleurs. Tu es trop intelligent pour t'arrêter aux seules apparences. La question sociale ne lui est pas étrangère. Pas plus en tout cas qu'à ces industriels progressistes avec lesquels tu es prêt à t'allier. Nous ne sommes plus en 1848, mon cher Ferdinand. Crois-moi, efface nos vieux schémas du passé. Tu sais que la bourgeoisie a achevé son rôle révolutionnaire, qu'elle est désormais le premier rempart de la réaction et du conservatisme. Aujourd'hui, une nouvelle alliance est nécessaire : celle du peuple et de la couronne. Cette alliance nouvelle façonnera l'Allemagne de demain. Et tu dois jouer un rôle éminent dans cette Allemagne nouvelle, je le disais au chancelier il y a quelques jours encore...

— Tu te trompes de boutique, mon cher August. Je ne suis pas un vulgaire Eichler. On ne m'achète pas avec trois bouts de tissu. Je suis un authentique révolutionnaire et...

— Je n'ai pas oublié la noblesse de ton esprit, et la grandeur de ton âme, mon cher Ferdinand. Mais c'est justement parce que je n'oublie rien que je te parle ainsi. Un cœur pur peut tout oser, n'est-ce pas ? Alors, ose, Ferdinand, ose.

Et August Brass tourna la tête vers sa voisine de droite. Il n'adressa plus un mot de la soirée à Ferdinand. Mission accomplie. Lassalle s'avisa alors qu'il avait été relégué en bout de table. Il n'était ni officier, ni porteur d'un grand nom, ni ambassadeur d'un pays ami de la Prusse, ni conseiller de Bismarck. Il ne pouvait espérer mieux. Il s'enquit auprès de sa voisine si, à cette place, on avait droit à tous les plats ; mais la femme de l'ambassadeur de Roumanie, sourde ou idiote, lui fit répéter trois fois son malheureux bon mot, qui devint une de ces pâtisseries collant aux doigts et aux dents, faute d'avoir été avalée aussitôt.

Autour de lui, ce n'étaient qu'uniformes sombres, empesés, le sabre étincelant au côté, crânes immobiles et raides de uhlans qui semblaient toujours porter leur chapska, banquiers en costume de banquier, et nobles dames à la face ridée de vieilles pommes.

Ils étaient figés comme ces masques de cire londoniens que nous avait fait découvrir Jenny Marx. Soudain, comme sous l'effet miraculeux d'un baiser de conte, les masques reprirent vie, agitant breloques et brandebourgs.

« Il ne faut pas laisser l'agence aux Français... Il faut empêcher Havas de prendre le contrôle de Wolff... C'est notre seule agence d'information, si elle tombe aux mains des Français... Il faut faire appel au patriotisme de ce Wolff... Bien sûr, c'est un homme de foi mosaïque, mais vous nous démontrez chaque jour, mon cher et éminent conseiller privé, que ce n'est pas incompatible... »

Chacun répétait sans comprendre le propos de son voisin, et tous les regards convergèrent vers le visage cramoisi de Bleichröder :

— Mes chers amis, ne vous inquiétez pas. Les Français ne s'empareront pas de notre agence. Il y va de l'indépendance de la Prusse et de l'honneur de tous les Allemands. Nous ne laisserons pas acheter notre pensée par l'argent français. Nous aussi en Allemagne, nous savons mettre notre argent au service de notre patrie. Et je ne trahirai aucun secret en vous révélant que s'est formé il y a quelques jours à la Bourse de Berlin un groupe restreint, mais solide, de « financiers patriotes ». Eh oui, cela existe, l'argent n'est pas comme le prétendent une poignée d'excités et d'utopistes dangereux, sans cœur et sans patrie. Je ne donnerai pas les détails de l'opération que préparent ces financiers patriotes pour sauver Wolff des griffes françaises. Il y a des dames, je ne voudrais pas les choquer. Mais sachez simplement que je serai au premier rang, tel un uhlan courageux se battant sur la frontière du Rhin, afin de résister à cette nouvelle invasion française !

Gerson Bleichröder était à la fois suffisant et obséquieux ; ses excellents amis aristocrates, arrogants et cauteleux.

Ferdinand songea avec tendresse aux gloussements imbéciles des jeunes actrices dénudées chez les Varnaghen d'Ense.

Le banquier se pencha vers son voisin et lui chuchota, avec un air de complicité canaille :

— Ne savez-vous pas, cher ami, qu'hier encore je soufflais une collection exceptionnelle de Bruegel et de Cranach au prince Orlov.

Vous rendez-vous compte, de tels trésors entre les mains des barbares slaves ! Mon sang patriotique n'a fait qu'un tour dès que j'ai appris que cette infamie se préparait. J'ai immédiatement surenchéri. Pour la Prusse, l'Allemagne et la Civilisation !

— Je suis très flatté que vous me confiiez cet exploit, mais je crois qu'il est de mon devoir de ne pas le laisser inconnu de nos amis. Non, non, je vous en prie, ne laissez pas votre modestie et votre humilité… toute chrétienne dissimuler une fois de plus vos mérites immenses.

Ferdinand avait tout de suite reconnu la voix âpre et fielleuse de Paul von Hatzfeldt.

— Je considère en effet qu'en nos temps prosaïques où l'on a remplacé le mousqueton d'autrefois, de telles actions d'éclat sont dignes des actes d'héroïsme commis par les officiers de Frédéric le Grand à la bataille de Leuthen ! Non, non, je n'exagère nullement... Mon cher et honorable Conseiller privé, vous avez bien mérité de la patrie. D'ailleurs, notre maître à... tous, Monsieur le Chancelier Président me le disait encore hier. Et je crois, sans trahir un secret d'État, pouvoir dire que la croix de l'Aigle rouge récompenserait vos mérites comme il se doit... Il n'y a qu'un seul obstacle... dont je ne voulais pas parler... mais après tout nous sommes ici entre amis, nous pouvons tout nous dire... Le problème, c'est la croix... La croix en elle-même, je veux dire. Vous souvenez-vous que le vieux Carl Meyer Rothschild avait refusé cette croix parce qu'elle n'était pas une croix mais un ovale...

Oh, bien sûr, le chancelier comprend très bien. C'était comme un stigmate de sa foi mosaïque sur sa poitrine pure d'Allemand. Mais les services compétents aussi croyaient bien faire... Enfin, Monsieur le Chancelier Président voudrait être assuré que vous, vous ne la refuseriez pas... Je veux dire l'ovale des Juifs, pas la croix des...

Il tourna lentement un visage fat vers l'assemblée. Il avait, lui aussi, revêtu son lumineux habit d'officier, avec son col dur lui enserrant le cou, et ses deux longues rangées de boutons dorés, comme pour accentuer l'isolement, et l'infériorité, des porteurs de redingotes.

Il ne détestait pas le banquier, mais ne souffrait pas que Bismarck accordât sa confiance et son estime à « ce cochon de Juif ».

Depuis que le chancelier l'avait élu auprès de lui, Hatzfeldt se plaignait avec amertume qu'on lui préférât d'autres moins bien nés, moins intelligents, et moins fidèles. Ses petits yeux de fouine croisèrent alors ceux de Ferdinand, et sa face hautaine perdit aussitôt de sa superbe. Il avait jadis beaucoup aimé Ferdinand. Quand il était ce petit garçon, refusant d'abandonner sa maman en dépit des menaces paternelles, Lassalle s'était levé, solitaire et magnifique défenseur de la femme délaissée et du petit déshérité. Le soir, à la veillée, dans l'immense château vide et froid où il avait si peur, Lassalle lui racontait Robespierre, Saint-Just, Rousseau, la nuit du 4 août et la fête de la Fédération, le 17 juillet au Champ-de-Mars et le 10 août aux Tuileries. Il déclamait pour lui les poèmes de Heine, et lui narrait les exploits de « son ami Herweg », qui conduisit, en ces glorieuses journées de 1848, une cohorte d'ouvriers français et allemands, fraternellement unis dans une discipline folklorique, à l'assaut des troupes, « supérieures en nombre et en armes mais non en courage », de l'armée du roi de Wurtemberg. Dès l'aube, ils éperonnaient les resplendissants chevaux alezans que le père Hatzfeldt avait oublié de reprendre, et les crevaient sous eux dans des courses haletantes à travers les bois de pins du château de la comtesse.

Alors, oui, il l'admirait. Dieu comme il l'admirait ! En tout et partout, il ne se lassait pas de l'imiter avec une méticulosité qui fera sourire tous ceux qui n'ont pas connu l'exaltation des amitiés admiratives. Il mangeait comme lui ; il buvait comme lui ; il jouait au billard ; il jurait ; il reluquait grossièrement les filles ; il roulait des yeux insolents ; il menaçait en yiddish ; il tressaillait de froid ; il se plaignait du ventre ; il apprenait le français ; il disait : « je veux annoncer la liberté au monde » ; et il récitait sur un ton enflammé : « Toute oppression sociale existe tant qu'un seul individu est opprimé. »

Et puis, un jour funeste, comme l'est chaque jour où l'on perd ses illusions d'enfant, il découvrit que sa maman avait pris un amant. Lui. Alors, le maître fut ravalé au rang de rival. Un rival effronté qui osait appeler « maman » sa maman ; et à qui celle-ci accordait le titre, dont il se croyait l'exclusif dépositaire, de « mon enfant ».

Il renversa avec fureur la statue de son Dieu. Il la piétina jusqu'à ce qu'elle fût poussière. Il se fit réactionnaire, monarchiste, antilibéral, antidémocratique, antisocialiste, antisémite. Paul redevint un Hatzfeldt. Depuis lors, il n'eut de cesse que sa maman ne rompît avec son « sale Juif rouge ». Il supplia et menaça. En vain. Le flot de sa haine pour Ferdinand grossit encore du sentiment aigre de son impuissance.

Son regard scrutateur ne s'attarda point sur Lassalle. Il en échappait trop de fiel ; trop de crainte aussi.

Il sentait de nouveau affleurer ce sentiment d'infériorité, cette peur panique de n'être pas à sa hauteur — qu'il croyait avoir enfouis profondément sous un amas de suffisance et de morgue aristocratique — mais qui remontaient dans ses mains tremblantes, et cette lumière blafarde accusant soudain son teint d'albâtre.

Les conversations s'apaisèrent un instant. Une volée de domestiques en livrée blanche s'abattit sur les invités, servit et desservit, remplit les verres et les plats des mets les plus raffinés et des vins les plus exquis. Les Berlinois souffraient alors de l'absence de ces traiteurs de luxe qui étaient chose courante à Paris. Le caviar, le homard, le porto étaient rares et précieux ; mais ils s'étalaient à profusion à la table de Gerson Bleichröder. Un murmure d'admiration se répandit parmi les hôtes. Le baron Lehndorff caressa sa barbe et prit un air inspiré :

— Comme le dit si bien notre vieux Schiller, il me semble absurde d'admettre que le bonheur soit nécessairement exclu dans les couches supérieures de la société.

Comme s'ils n'attendaient que la bénédiction du vieux Schiller, tous les convives se précipitèrent voracement sur le caviar. Seul Paul Hatzfeldt conserva une contenance solennelle, presque hiératique. Bleichröder se pencha vers lui comme s'il ne pouvait s'empêcher de remettre sa tête sur le billot :

— Vous mangez peu et ne dites rien. Vous n'aimez pas, cher Paul ?

L'autre aiguisa son sourire en lame de couteau.

— Cher ami, dans ma famille, il était interdit aux enfants de faire le moindre commentaire sur la nourriture, que celui-ci soit flatteur ou désobligeant, sous peine de recevoir une rude calotte paternelle. Mais voilà bien notre époque relâchée, les mœurs austères de nos nobles familles ne sont plus de mise. L'heure est à la bourgeoisie, ses viles coutumes et ses manières grossières de laquais enrichi. C'est son goût éperdu pour « Mammon » qui la pervertit. Les Évangiles nous avaient pourtant prévenus. Mais les banquiers n'ont pas lu les Évangiles. Alors, avec ces chevaliers d'industrie qui se prennent pour de nouveaux teutoniques, ils éventrent les montagnes pour faire passer leurs pestilentielles machines à vapeur, ils creusent la terre tels des rats pour lui arracher un peu de cette houille noire et sale comme l'enfer, qui ternit le linge, détruit les arbres et leurs feuilles, enfume nos villes, colporte les maladies de poitrine, et, pire que tout, altère la fraîcheur des visages beaux et doux des femmes de Prusse. Et dans deux cents ans, quand il n'y aura plus de houille, car au rythme où nous l'exploitons, il n'y aura plus de houille, que laisserons-nous à nos malheureux descendants ? Je vous le dis, mes pauvres amis, nous laisserons une terre refroidie et vidée, des monceaux de dettes et le fusil à aiguilles ! Mais non, décidément, nos hommes importants ne lisent pas les Évangiles. Ils préfèrent les économistes anglais et les socialistes français. Nos bourgeois comme d'habitude se sont mis à la remorque de ces Français décadents. Ils se disent libéraux et progressistes. Ils sont pour le libre-échange et ils ne se doutent pas qu'on leur demandera bientôt d'échanger librement leurs femmes. C'est écrit dans leurs livres ! Mais nos bons bourgeois allemands ne lisent pas non plus les auteurs français. Ils leur font confiance de réputation. Ils ne savent pas, nos braves bourgeois, que la « Grande Nation » est en pleine décadence. Lors de sa funeste Révolution, elle a commis le crime absolu de tuer le roi, envoyé de Dieu, et Sa vengeance sera implacable. « L'orgueil est le commencement de la chute », les Évangiles, une fois de plus. Mais les Français ont cessé de lire les Évangiles. Ils ne se doutent pas que leur « Grande Nation » est condamnée à l'avilissement, à la défaite de ses armes, à l'humiliation des meilleurs d'entre eux. Leurs femmes seront violées et on rasera leurs flamboyantes chevelures. La fière France sera ravalée au rang de puissance secondaire, de pays soumis, de terre d'Empire.

Paul von Hatzfeldt s'enflammait, et ses voisins, d'abord ennuyés, se laissèrent porter par la houle de son prêche exalté. Chacun ajouta sa petite remarque acerbe, ses petites rancœur et rancune :

« Les Français iront en enfer. Paris, c'est Babylone. Leurs femmes sont des putains, et les hommes d'infâmes Loth prêts à assouvir tous leurs instincts… Nous sommes contaminés à force de les imiter. Aujourd'hui, tout le monde veut sortir de sa classe. Plus personne ne respecte l'état qui lui a été conféré à juste raison par la Providence. Voilà pourquoi les hommes modernes sont si malades et si malheureux… On ne respecte plus rien. Si un de nos ancêtres sortait de sa tombe, vêtu d'orgueil et de hauteur, que ferait-il de toute sa raideur et sa dignité ? Trois jours plus tard, il aurait sa caricature dans *Feuille volante* et la Prominenz rirait de lui ! »

Le cou ployant sous les perles et les brillants, ces dames s'enhardissaient, se débondaient, épandant au hasard vieilles recettes et ressentiments récents. Leurs maris opinaient du chef, esquissaient une moue approbatrice, ou — comble du débordement — chaussaient d'un geste ample leurs monocles, comme si, séduits par ce torrent de haine et de nostalgie, ils avaient une brusque envie de redécouvrir le visage oublié de leur épouse. Les bourgeois, engoncés dans leur frac et leur plastron, et l'indignité d'être mal nés, souriaient avec niaiserie, s'enfonçaient dans l'observation méticuleuse du pli de leur pantalon, ou approuvaient bruyamment.

Le docteur Lassalle éprouvait à leur égard un sentiment de mépris et de honte. J'ajouterai, bien qu'il ne m'en ait évidemment rien dit, que sa position en bout de table, loin des regards, ne fut pas pour rien dans la violence de sa réaction. Il se leva donc, le visage blême, le regard brillant, le corps tendu. Il posa sur la table ses deux mains à plat, paumes largement ouvertes. Il se souvint alors qu'il avait eu ce même geste, il y a longtemps, à l'Institut de commerce de Leipzig, lorsqu'il avait dû affronter le directeur de l'école, Schibe, et son adjoint, Felter, et puis une cohorte de professeurs qui se tenaient en demi cercle autour d'eux comme pour les protéger. « Monsieur Lasal regarde les choses avec l'œil du philosophe », avait débité Felter de sa voix nasillarde, qui tranchait si drôlement avec son énorme crâne chauve et luisant — croisement rare de bulldog et de basset. « Nous ne lui sommes pas supérieurs. Nous sommes même ses inférieurs puisque nous sommes payés. L'élève Lasal n'admet pas la hiérarchie. L'élève Lasal n'a pas connaissance du respect, ou de la simple gratitude. Le cœur et les émotions du cœur ne signifient rien pour lui. Il s'efforce seulement de créer une façade ! »

Bien que Felter ait pris soin de dire « façade » en français, Ferdinand lui avait jeté son mépris en pleine face : « Hic sum Barbarus » ; et personne, pas même le professeur de latin, ne releva que l'exacte citation était : « Barbarus hic ego sum. » Il est vrai que Ferdinand, ne laissant à personne le soin de réagir, avait posé ses deux mains à plat, les paumes largement ouvertes, sur son modeste pupitre en bois. Il avait plaidé sa cause avec ardeur. Ce fut son premier discours. Il avait seize ans. Ses condisciples ne savaient qu'admirer, le courage ou le talent, le rhéteur ou l'insolent. À la fin, ils avaient spontanément applaudi. L'Institut de commerce de Leipzig s'était découvert un nouveau héros. Acclamé, porté en triomphe, Ferdinand ne savait plus très bien ce qu'il avait dit ; mais il était certain d'avoir rencontré son destin. Trois semaines d'exclusion avaient récompensé ses dons d'orateur...

Sa voix grave et impérieuse couvrit aisément le bruit des couverts et des ultimes radotages :

— Pardonnez-moi d'intervenir aussi brusquement et d'interrompre le noble et digne orateur. Mais je suis un vieil ami de la famille, et la famille est une des choses les plus sacrées qui soient, comme nous l'apprend une lecture même désinvolte des Évangiles dont Monsieur von Hatzfeldt est, nul ne l'ignore, l'un des exégètes les plus avisés.

Ah, je ne me suis pas présenté à vous. Il faut dire que ma place à cette table, entre Madame l'ambassadrice et les cuisines, ne favorisait pas les civilités. Je me présente donc à ceux qui ne me connaîtraient pas : Ferdinand Lassalle — non, je n'ai pas dit von Lassalle, et je ne m'en repens pas. Je ne suis pas un aristocrate et j'en suis plutôt fier. Bourgeois par naissance, peuple par le cœur, je n'ai ni le droit ni l'envie de porter un « von » qui est le titre distinctif des familles qui se disaient nobles parce qu'elles possédaient un petit bout de terre dans un petit village au fond d'un petit vallon. Il me serait donc pénible de me particulariser ou d'amoindrir mon origine par un signe distinctif alors qu'il ne m'appartient rien de moins que le monde entier ! Allons donc, bourgeois, allons, Bleichröder, Jacques, Singer, pourquoi vous humiliez-vous devant ce dernier carré d'un monde qui meurt et fait mine de ne pas se rendre alors qu'il sait que l'heure de son Waterloo est arrivée. Vous êtes banquiers, industriels, épiciers même, et vous êtes les seigneurs du monde moderne. Alors, ne soyez pas timorés. N'adoptez pas les rancœurs et les idées de ceux que vous avez vaincus ! Ne laissez pas insulter la France, car sans elle, et sa glorieuse Révolution, vous n'auriez pas, Bleichröder, votre marbre et vos dorures. N'oubliez pas, Gerson Bleichröder, que c'est l'usurpateur Napoléon qui a fait de votre père un citoyen à part entière. Ne vous agenouillez pas devant cette engeance décadente qui vient quêter chez vous un peu d'argent pour réparer les toits de ses châteaux.

Prenez exemple sur cette bourgeoise française, qu'ils ont raison de haïr car elle a sonné le glas, il y a cinquante ans, de leur inique domination. Souvenez-vous que des Assemblées nationales françaises du siècle dernier réunissaient en elles tout le génie et toute l'intelligence de la France. À l'époque, il n'y avait pas une seule idée en France qui dépassât les buts poursuivis par ces assemblées. Elles étaient donc au sommet de la France, sublime hauteur théorique de leur temps ! Elles étaient devenues l'esprit de leur temps et de leur pays. De là, le pouvoir dont elles disposaient et l'enthousiasme dont elles remplissaient le monde. Mais vous, Messieurs les bourgeois allemands, vous placez précisément votre honneur à ne pas vouloir être à la hauteur théorique. Vous croyez être pratiques en n'aspirant à rien de ce qui est au-dessus de l'intelligence du dernier épicier du pays ! Mais pensez donc qu'ainsi vous vous rendez semblables aux chiens morts dont parle Schelling. Cet abrutissement intellectuel absolu de la bourgeoisie dans le pays de Lessing et de Kant, de Schiller et de Goethe, de Schelling et de Hegel, serait-ce là la destinée de l'esprit allemand ? Serions-nous réellement un peuple destiné, selon de lugubres prophéties, à donner des penseurs isolés aux nations et puis à nous fondre en eux, devenir les Juifs des peuples d'Europe ? Allez, Bleichröder, allez, bons gros bourgeois repus, réveillez-vous ! Vous savez que j'ai raison. Alors, dites-le. Hurlez-le. Vomissez-le à ces vieillards qui sont déjà morts et qui ne font illusion que parce que vous le voulez bien. Soufflez-le dans les narines de ces harpies parées comme des haridelles de carnaval. Et si vous vous taisez, si vous continuez à vous incliner devant eux, avec obséquiosité, ne soyez pas surpris qu'ils vous méprisent et ne vous laissent que les miettes d'un pouvoir qu'ils exercent depuis des centaines d'années.

Paul von Hatzfeldt fulminait. Il se retourna tour à tour vers Keudell et Bleichröder, tentant de découvrir, d'un regard réprobateur, l'auteur de cette invitation saugrenue. Le Chancelier choisit bien mal ses hommes de confiance, songea-t-il. Il aurait pu lui dire, lui, s'il l'avait seulement interrogé, que l'ancien amant de sa mère était atteint d'une maladie contagieuse : la passion. Déjà, Bleichröder et ses amis banquiers bombaient le torse ; et les vieilles pommes ridées qui vomissaient le monde nouveau caressaient avec nostalgie leurs perles sagement alignées sur leur poitrine flétrie, qu'elles auraient alors toutes troquées contre un seul baiser fougueux de ce jeune homme insolent, « propre comme un œuf dont on vient d'enlever la coquille ».

Alors, Hatzfeldt héla, d'un air impérieux, un jeune homme au visage d'angelot — encadré de longs cheveux blonds et filandreux, séparés avec soin par une large raie au milieu —, qu'il s'efforçait en vain de viriliser à l'aide d'une moustache clairsemée comme une forêt après un incendie. L'angelot força, au risque de la rompre, une voix mieux faite pour les conciliabules que pour les joutes oratoires :

— Vous avez insulté le Roi et la Prusse, je vous en demanderai raison, Monsieur le Juif rouge ! Vous avez, par vos propos impudents, sali mon nom et mes ancêtres. Spitzenberg, tel est mon nom, évidemment cela ne vous dit rien. Car tout ce qui est grand et noble ne vous dit rien. Mes ancêtres étaient aux côtés du grand Frédéric à la bataille de Leuthen. Je suis fier de mon nom, moi, Monsieur le Juif rouge, si fier de n'être rien !

Lassalle sursauta, mais reprit vite contenance. Il aimait le cliquetis des voix qui ferraillent.

— Monsieur Francis von Spitzenberg — vous voyez que je connais et use de votre nom, moi —, Monsieur von Spitzenberg, vous voulez tirer une traite éternelle sur les faits d'armes, glorieux n'en doutons pas, d'un ancêtre mort il y a près de cent années. Les banquiers ici présents trouveront la méthode osée. Monsieur von Spitzenberg, je pourrais moi-même, le Juif rouge, comme vous dites la bouche baveuse, être plus fier que tous ceux ici réunis, car descendant d'une origine plus ancienne que tous vos princes, et venant de la souche du premier grand peuple civilisateur de l'Histoire, du plus vieux peuple du monde, comme disait Pascal. Je pourrais vous dire, Monsieur von je ne sais quoi, qu'au moment où mes ancêtres écrivaient sur d'antiques papyrus la loi du monde, les vôtres, sans vouloir vous faire offense, grelottaient de froid au fond de grottes humides. Je pourrais vous dire tout cela mais je ne vous le dirai pas. Jeune homme — permettez-moi ce nom affectueux, car je suis malheureusement sur la pente descendante de la montagne que vous gravissez allégrement sans en voir encore le sommet —, jeune homme, vous portez un nom glorieux, soit. Mais qu'avez-vous fait de votre nom et de votre gloire ? Votre ancêtre s'est valeureusement battu à Leuthen ? Et vous, quelle bataille avez-vous gagnée ? Quel haut fait d'armes avez-vous accompli ? Le jet de carte à trois pas ? Le mouvement enveloppant de la queue de billard ? Le pas de valse tournant ? Vous me direz que notre époque pacifique ne se prête guère aux exploits militaires. Alors, quel livre avez-vous écrit ? Quel portrait avez-vous peint ? Quel opéra avez-vous composé ? Vous avez un nom mais quelle différence pour l'humanité entre vous et un pauvre ouvrier venant de Silgen et s'échinant quatorze heures par jour sur les machines de votre voisin de table, Monsieur Singer. Je vais vous le dire, Monsieur le baron Francis von Spitzenberg : grâce au travail acharné de l'ouvrier de Silgen, et de sa femme et souvent de ses enfants, nous portons des liquettes moins rêches et cependant plus solides que celles de nos parents. Monsieur von Spitzenberg, vous portez avec morgue le nom de votre glorieux ancêtre, paix à ses nobles os. Mais que portons-nous de vous ?

— Monsieur le Juif rouge, le Roi et la Prusse ne vous suffisent plus ; vous insultez désormais le nom de mes pères. J'espère que vous montrerez la même verve impudente une arme à la main !

Ferdinand était partagé entre ses instincts belliqueux, sa crainte démesurée de jouer le rôle d'un « courtier couard », et celui, ridicule, du révolutionnaire sacrifiant à un rite barbare et suranné ; mais Madame la Conseillère de commerce Emma Bleichröder veillait. De son regard bovin, elle implora son mari de sortir de sa pusillanime expectative. D'une voix plaintive, il s'exécuta :

— Messieurs, je vous en prie. Un peu de raison et de mesure. Vous ne pouvez pas ignorer que le duel a été sagement interdit dans notre bon royaume de Prusse. Et que les contrevenants à la loi, même les noms les plus illustres, risquent au moins deux années à la forteresse de Glatz. Madame la Conseillère de commerce, qui a passé toute son enfance à Breslau, m'a avoué il y a bien longtemps que cette terrible forteresse avait longtemps hanté ses nuits de petite fille. Et je dois ajouter pour être honnête avec nos amis : pas seulement de petite fille.

Tout le monde rit d'un cœur léger. On riait toujours facilement d'un bon mot sur Emma Bleichröder. Dans un brouhaha de chaises rayant le parquet en bois, les convives se levèrent et se dirigèrent vers la salle de bal pendant que les musiciens s'apprêtaient à les rejoindre. L'incident était déjà oublié. Il n'avait même jamais eu lieu ; mais Paul Hatzfeldt n'ignorait rien des contradictions de son ancien mentor. Il fit signe à son baron de main. Le jeune homme au visage lisse, sans rides, presque sans traits, frôla d'une main moite son quart de moustache afin de se donner du courage, puis s'approcha de Ferdinand, d'un pas belliqueux :

— Monsieur, vous comprendrez aisément que la loi d'un Bleichröder ne peut être la loi d'un Spitzenberg. J'espère qu'une fois dans votre vie, vous vous hisserez au-dessus de votre état et de votre nom !

Pour Ferdinand, c'en était trop. Il empoigna le baron au revers de son large col, le souleva, le plaqua contre le mur avant que l'autre, stupéfait, n'ait pu esquisser la moindre parade. Déjà, l'angelot s'écrasait lourdement sur le sol, et Ferdinand se ruait sur lui, les yeux exorbités, la lèvre tremblante, le poing serré, prêt à écrabouiller son visage de fille d'un méchant coup de Bastille en vermeil ; mais il se souvint alors qu'il avait déposé au vestibule la canne en bois d'ébène qui avait jadis soutenu les longues marches de Maximilien Robespierre. Le brouillard de haine qui avait un moment voilé sa raison lentement se dissipa. Penché sur le visage apeuré du baron de paille, Ferdinand s'efforça de revêtir au plus vite le digne costume du docteur Lassalle.

Il n'aimait pas lâcher la bride à son tempérament. La comtesse Sophie lui avait jadis enseigné que semblable abandon était, à l'instar d'une cravate mal nouée ou d'une formule de Goethe méconnue, un cruel révélateur social. Au fil des années, il s'était bridé, contenu, retenu ; mais lorsque le temps était gros et la mer démontée, une lame fouaillait au plus profond ses réserves immenses de chagrin et d'humiliation, et la vague écumante se jetait avec fracas sur le rivage, balayant comme fétu de paille les digues édifiées.

Quand il se redressa, embarrassé, il croisa le regard sarcastique de Paul Hatzfeldt. Il se dit que cette famille regorgeait de professeurs de maintien.

— Docteur Lassalle, voyons, je vous en prie, calmez-vous. Je vous considère comme un ami. Et je vous conjure de ne pas vous emporter.

Gerson Bleichröder s'empressait auprès de lui tout en relevant de sa grosse main velue le pauvre corps désarticulé de l'angelot terrifié.

— Je vous en prie, écoutez ma requête, car elle vous vient d'un ami. Un ami et un frère. Chez nous Allemands, l'amitié demeure une valeur sacrée. Nous ne sommes pas de ces peuples décadents qui n'ont qu'une conception affadie et hypocrite de l'amitié. Nous autres Allemands, nous sommes comme les anciennes tribus alémaniques, amis à la mort. Amis fraternels et familles soudées, c'est ce qui fait la gloire d'un grand peuple !

Il époussetait les habits froissés des deux combattants tel un laquais importun à force de sollicitude. Soudain, il glissa à l'oreille de Ferdinand :

— Cher ami, par bonheur, personne ne nous a vus. Ils étaient déjà entrés dans la salle de bal. Permettez-moi, cher ami, de vous parler et ne prenez pas mal ce petit conseil : on ne doit pas, nous autres, se laisser aller ainsi. On nous observe déjà de trop. Ah, je sais bien, ce n'est pas facile. On a le sang qui tourne plus vite, chez nous. Moïse le disait déjà : « Peuple à la nuque raide. » Ah, ils lui en ont fait voir au pauvre Moïse. Vous savez que je suis président du Comité exécutif de la Communauté juive de Berlin. On ne vous voit pas beaucoup dans la Communauté. Oh, vous avez raison, les Juifs sont insupportables.

Quand il ne tamisait pas ses moindres mots, Bleichröder retrouvait l'accent et les tournures du yiddish, que n'avait jamais abandonnés le vieux Haïm. Ferdinand en fut ému aux larmes.

Bleichröder le prit avec affection par le bras.

— Écoutez-moi, cher docteur Lassalle. C'est bientôt la fête de Hannoucka. Je sais bien, vous ne pratiquez guère. Je serais très heureux toutefois de vous convier à partager notre table modeste. Vous pourrez parler du pays avec ma femme. Vous savez qu'elle est de Breslau comme vous. C'est une fille Guttentag. Oui, le banquier. Ah, c'est une belle communauté à Breslau. Alors, c'est décidé, docteur. Nous allons devenir tous les deux de grands amis. Il faut me promettre que vous allez ouvrir un compte chez moi. Ah, on ne se refait pas, un ami c'est d'abord un client. Et un client, c'est un ami ! Ah, je plaisante, bien sûr. Ma femme me dit toujours : Gerson, tu parles trop ! Allez, vous n'êtes pas très bavards à Breslau. Vous êtes pas vraiment des Juifs alors ! Docteur Lassalle, à bientôt. Et n'oubliez pas. Je compte sur vous pour Hannoucka...

Ferdinand comprit que le banquier le poussait dehors par crainte de perdre ses précieux hôtes. Il observa à la dérobée le visage suintant la servilité et la terreur mondaine de Bleichröder ; et il songea que cette bourgeoise allemande n'aurait jamais l'intrépide grossièreté de sa devancière française qui tira, d'un coup sec et flamboyant, la nappe de délicate dentelle sur la table bien mise de l'ordre ancien.

Le luxueux landau du banquier l'attendait. Il monta lentement sur le marchepied. Il avait, sur les épaules, sa pelisse jetée à la hâte par Bleichröder, mais s'avisa que son habituel sceptre de « l'Incorruptible » ne se trouvait pas dans sa main droite. Il revint sur ses pas. Dans le vestibule désert, il dénicha aisément sa chère canne, mais le son entraînant des valses viennoises lui donna l'envie d'aller voir. Il traversa au pas de charge les couloirs étroits et les galeries de peintures. Arrivé enfin à l'orée de la salle de bal, il ne put poursuivre sa marche en avant. Un bloc compact de fracs noirs et de crânes chauves obstruait le passage. Ferdinand s'approcha. Il n'entendit que quelques mots et chiffres ressassés : « Chemins de fer... Strousberg... actions en hausse... quatre pour cent... » Telle une abeille laborieuse, Bleichröder avait reconstitué sa niche boursière !

Ferdinand s'adossa contre un poteau libéré par les agioteurs. Il avait jadis tant aimé valser. Il nota avec cruauté que les soirées des Bleichröder regorgeaient de grands noms et de grands crus, mais que les jolies femmes y étaient rares. Il aperçut alors, au fond de la pièce immense, seule sur un lourd et massif sofa campé sur ses pattes de lion, une petite femme sèche et menue au visage fané. Elle avait des traits ordinaires, un regard vide, sans expression. Elle avait couvert ses épaules d'une mantille de dentelle finement ouvragée, et des perles et des diamants brillaient à son cou, à ses bras, et à chacun de ses dix doigts. Elle se tenait immobile, raide, les deux mains croisées au-dessus de ses cuisses, dans la recherche désespérée d'une contenance. Elle était gauche et vaine, et paraissait égarée, dans sa propre maison, par tout le faste déployé. Elle n'osait ouvrir la bouche de crainte des railleries sur la vacuité de sa conversation ou la ténacité de son accent, mais l'on moquait alors son silence. Elle avait épousé, vingt ans plus tôt, un jeune binoclard bafouilleur, fils soumis d'un humble correspondant des Rothschild de Paris, d'une modeste ville de garnison. Elle s'était préparée à une vie rangée, tranquille, sans histoire. Heureuse. Tel un pêcheur du dimanche, meurtrier et innocent, le destin l'avait tirée hors des eaux calmes du bonheur des gens qui vivent en marge de l'Histoire ; et elle frémissait encore de terreur. Sans savoir pourquoi, Ferdinand songea à la sœur d'Oppeinheim et se félicita de ne pas l'avoir épousée. Elle était pourtant aussi jolie, fraîche et éclatante qu'Emma Guttentag était laide, terne et triste. Ils étaient épris l'un de l'autre, tandis qu'il devinait qu'Emma avait été choisie par le père de Gerson. Dieu qu'elles se ressemblaient pourtant ! Il observa Gerson Bleichröder, larvaire et suffisant à la fois, paradant devant la « Prominenz » pendant qu'Emma, dans sa déchirante solitude, recroquevillait son corps dérisoire sur le canapé trop grand, et succombait sous le poids des perles et des diamants qui ne donnent pas une conversation intelligente. Il médita alors sur toutes ces femmes qu'on épouse trop jeune et qui ne peuvent gravir les cols escarpés de l'avenir de leurs maris ; on les encourage, mais d'une voix lointaine, un brin agacée ; on les surveille sans cesse, craignant à tout moment le ridicule, la faute de goût, un rouge trop voyant, un diamant trop gros, une faute de syntaxe trop évidente pour ne pas être relevée par ceux-là mêmes qui font profession de ne pas les relever, un bon mot tombant à plat, un Metternich que l'on croit encore aux affaires, ou un Bonaparte que l'on confond avec son oncle, toutes terreurs, toutes alarmes, qui lui font croire qu'on ne l'aime plus, alors qu'on ne l'a peut-être jamais autant aimée, malgré soi, malgré son ambition et son orgueil, car l'amour n'est pas aveugle, il est voyant, extralucide, divinatoire, il sait de toute éternité ce que les autres ne voient ni n'entendent, tant il est sûr qu'on ne voit et n'entend que cela.

Ferdinand rebroussa chemin. Il s'enfonça dans les couloirs labyrinthiques d'un pas décidé, fonça à travers la salle à manger désertée et les petits salons aux murs chargés de merveilles ; et, marchant tête baissée, comme pour retrouver de petits cailloux imaginaires, il n'accorda pas un regard à ce Bruegel que le Geheimat Kommenzierat Gerson Bleichröder avait acquis de haute lutte pour la gloire de la Prusse et du peuple allemand !

Il rentra de fort méchante humeur. L'affaire du duel le taraudait. Il se reprochait ses hésitations, ses états d'âme ; il craignait qu'on le dît lâche. Il pénétra sans façons dans ma chambre et me sortit du lit. Les lueurs du chandelier me léchaient les paupières. Je frottais mon visage chiffonné contre la fenêtre ; la nuit était noire, sans étoiles. Seule la voix impérieuse du docteur Lassalle me dissuada de croire à un mauvais rêve :

— Va me chercher Lothar ! Allez, ne traîne pas. Et au retour, tu passeras chez la comtesse. Je veux son avis aussi !

Il avait déjà ôté ses bottes jaunes, rallumé le feu dont certaines braises de la veille rougeoyaient encore, et revêtu une épaisse robe de chambre mauve. Il s'était vautré sur la méridienne, tendue d'un rose délicat, que lui avait offerte la comtesse Sophie lors de son installation rue Bellevue, afin qu'il puisse étaler ses pieds toujours transis de froid au plus près de la chaleur de l'âtre.

— Dépêche-toi de revenir. Je vais avoir besoin de toi. On a beaucoup de travail devant nous.

Je fus moins prompt que prévu. C'est Lothar Bücher qui me retarda.

Le réveil en pleine nuit lui fut fort pénible. Il sursauta, trembla, marmottant des bribes de phrases : « Je pars... oui je pars, si vous me l'ordonnez... Non, ne me tuez pas... je vous en prie, oui, oui, je m'en vais... Mais je vous en prie... » Lorsqu'il s'apaisa enfin, il m'expliqua, la mine embarrassée, que ce brusque réveil nocturne lui avait rappelé cette lugu-bre nuit de novembre 1849 au cours de laquelle les troupes royales le contraignirent à l'exil avec la plupart des députés républicains du Parlement de Francfort-sur-le-Main. Il m'avoua, penaud, qu'il en rêvait souvent.

Il s'habilla à la hâte et ne prit pas même le temps d'ajuster une cravate, ce large col blanc ouvert donnant un air désinvolte et intrépide à son visage craintif.

Il marchait d'un petit pas lent. À cette heure avancée de la nuit, il n'y avait plus de fiacre, et pas encore de voiture hippomobile. La nuit était froide et noire, comme si, me souffla Lothar dans un rire encore tremblant, elle s'amusait à lui faire peur. Enfin, nous pénétrâmes dans l'antre de Ferdinand. Il tournait en rond d'un pas solennel, un rien grandiloquent. Il lisait à mi-voix une feuille de papier qu'il tenait loin devant lui, et la corrigeait souvent d'une plume fiévreuse. Quand il nous découvrit, son visage soucieux s'illumina de joie et de fierté. Il ne se perdit pas en précautions oratoires, ou politesses de convenance :

— Ah, Lothar, mon ami, tu ne regretteras pas la quiétude de ton lit. J'ai là de quoi réveiller les morts de 1848 et exalter les vivants ! Écoute bien. Le titre est simple, volontairement simple, comme tout ce que j'ai écrit, car il faut que ma prose soit immédiatement compréhensible par l'ouvrier le plus stupide. Mieux, il faut qu'il ait l'impression de l'avoir rédigé lui-même :

« Lettre ouverte au comité de Leipzig. » Oui, celui-là même qui me sollicite depuis des mois. C'est une « lettre ouverte » à tous les ouvriers qui attendent qu'on sorte enfin des discours mensongers et des sophismes progressistes. C'est une lettre ouverte à tous les Allemands qui en ont assez d'être de ridicules Badois, Wurtembourgeois, Bavarois ou même Prussiens, et qui désirent de tout leur cœur et de toute leur âme devenir des Allemands libres et unis !

Il s'enflammait. Lothar Bücher le refroidit sans ménagement.

— Mon cher Ferdinand, je suis persuadé que ta lettre sera remarquable. Mais je te rappelle que le Comité de Leipzig ne t'a encore envoyé aucun appel, officiel en tout cas. Tu ne peux donc guère répondre à une demande qui ne t'est pas encore faite.

Ferdinand, un instant désarçonné, jeta un œil mauvais sur Bücher. Ce petit homme terne et sans éclat avait le redoutable talent de rappeler les évidences.

— Aucune importance. Cette lettre de sollicitation du Comité de Leipzig, nous allons l'écrire nous-mêmes. Tiens, nous allons l'écrire tout de suite. Franz, à ton poste. Non, Franz... Je veux dire... Installe-toi. Mais cette fois, nous allons échanger nos rôles. C'est toi... C'est toi qui vas rédiger l'appel du Comité. Oui, c'est cela. Franz, je t'en prie, pas de fausse pudeur. Après tout, tu es un ouvrier, fils d'ouvrier, tu es the right man in the right place !

Je blêmis, stupéfait. Le docteur Lassalle me sourit avec tendresse. Je crus alors revoir le vieux Haïm : ce même visage intelligent, mais aux traits adoucis, ce regard vif et impérieux, mais moins endurci à la faiblesse des autres, comme si son père mort, Ferdinand acceptait enfin cette ressemblance qu'il avait repoussée jusqu'alors avec véhémence. Un long moment, nous demeurâmes silencieux. Puis, emportés par un fou rire complice, nous scandâmes ensemble le refrain de la princesse Punker-Muskau.

— Un cœur pur peut tout oser, n'est-ce pas, Franz !

Vaincu, je n'intéressais plus le docteur Lassalle. Il se détourna aussitôt de moi. Il avait en Lothar Bücher un adversaire autrement coriace. Je me retirai dans ma chambre et entrepris laborieusement la rédaction de mon chef-d'œuvre de compagnon du prochain parti ouvrier, seulement dérangé par les éclats de voix d'à côté :

— Écoute-moi, mon cher Lothar. Je t'en prie, pour une fois, ne m'interromps point et suis mon analyse jusqu'au bout. Tout montre aujourd'hui, en France, en Angleterre, en Amérique, que la bourgeoisie a perdu sa vocation au leadership politique. Elle ne peut plus et elle ne désire plus conduire une révolution. Son temps historique est donc révolu. Quant à la bourgeoisie allemande, elle n'a jamais été capable, comme on l'a vu en 1848, de conduire à son terme une véritable révolution. Tout simplement parce que sa devise a été, est et sera : plutôt le despotisme que la révolution sociale !

Il reprit son souffle et son calme ; la colère du dîner l'emplissait encore.

— Je viens de procéder à une expérience tout à fait instructive, mon cher Lothar. La bourgeoisie allemande est aux pieds des junkers réactionnaires. Ils ont l'argent et la réalité du pouvoir mais ils n'en lèchent pas moins les mains et les pieds de ces vieux aristocrates décadents et ruinés qui en sont à quémander quelques sous pour réparer le toit branlant de leur château. Alors, le peuple. Oui, le peuple ! La classe ouvrière conduite par une élite issue de la bourgeoisie, mais qui a compris où soufflait le vent de l'Histoire. Il nous faut réunir le peuple derrière nous car nous aurons à combattre la bourgeoisie et le pouvoir réactionnaire en même temps. Nous sommes le 17 juillet 1791 sur le Champ-de-Mars : la bourgeoisie va tirer sur le peuple. Feu sur la bourgeoisie !

— Cette analyse de la situation politique me paraît belle et bonne. Je te l'avais d'ailleurs moi-même soumise en des termes moins brillants, il y a plusieurs mois, mais alors tu en tenais encore pour le tiers état. Nous étions en 1789. Désormais nous sommes en 1791. Demain, tu accepteras peut-être d'arriver en 1863.

L'éclat des voix rendait ma concentration difficile, mais je n'osais me plaindre. Pendant un bref moment de silence, j'entendis un bruit de papiers que l'on froisse. Le docteur Lassalle avait le goût des insolences, lorsqu'il n'en était pas la cible.

Il reprit ensuite son propos, sans se soucier davantage de ma souffrance de créateur.

— Le texte que j'ai entre les mains, mon cher Lothar, aura les mêmes conséquences historiques que la thèse de Luther placardée à la porte de l'église de Wittenberg ! Il faut aux ouvriers un exposé théorique et un slogan politique. L'exposé théorique, c'est la loi d'airain des salaires. Cette loi énonce que le salaire moyen des ouvriers reste toujours réduit à la substance nécessaire indispensable d'après les habitudes d'une nation donnée pour entretenir l'existence et la reproduire. Il ne peut pas s'élever beaucoup au-dessus car alors un trop grand nombre d'ouvriers voudrait travailler à ce prix et ferait mécaniquement baisser le salaire ; il ne peut pas baisser de trop car alors les ouvriers ne pourraient plus se nourrir, ne se marieraient plus, n'auraient plus d'enfants ou émigreraient, et les entreprises manqueraient de main-d'œuvre. C'est scientifique. D'ailleurs, je n'ai pas inventé cette loi, je l'ai trouvée chez les meilleurs économistes anglais. Je te lis la suite de mon texte si tu le veux bien. Tu veux un cognac ? Non, c'est encore trop tôt ? Un café peut-être ? Tu as faim ?

Écoute bien : « Faire de la classe ouvrière son propre patron, tel est le moyen, l'unique moyen d'abolir cette loi cruelle, cette loi d'airain qui détermine le salaire. Mais il faut des capitaux gigantesques pour exploiter la grande industrie à son compte. Aussi est-il du devoir de l'État de vous permettre de remplir cette tâche.

— Ton brave papa Haïm t'aurait dit que tu étais un mechegge !

Les ouvriers ne jurent que par le « self-help » et tu leur parles de l'État !

— Je t'en prie, Lothar, laisse-moi finir. On ne t'a pas appris à Francfort à écouter l'orateur qui a la parole ?

« Et ne vous laissez pas égarer, ne vous laissez pas tromper par les cris que soulèvera ma proposition. On vous dira que semblable intervention de l'État anéantirait le "self-help" dans la société.

« Il n'est pas vrai de prétendre que j'empêche quelqu'un de faire l'ascension d'une tour par ses propres forces si je lui fournis, pour la faire, l'échelle et la corde. Il n'est pas vrai que l'État empêche la jeunesse de s'instruire par ses propres forces en lui offrant des maîtres, des écoles, des bibliothèques. Il n'est pas vrai que j'empêche quelqu'un de battre par ses propres forces une armée entraînée si je lui mets une arme entre les mains... »

— Comme toujours, ta dialectique a réponse à tout. Mais le gros Schulze te traitera de communiste et les ouvriers s'enfuiront comme une volée de moineaux.

« Rien n'est plus éloigné du soi-disant socialisme, du prétendu communisme que cette revendication. Les classes laborieuses conserveraient comme aujourd'hui leur rémunération individuelle de travail. Elles n'auraient avec l'État d'autre lien que celui-ci : l'État leur fournirait le capital indispensable, leur procurerait le crédit nécessaire à leur association, car c'est la destination de l'État de faciliter, d'assurer les grands progrès de la civilisation humaine. C'est sa fonction, c'est dans ce but qu'il existe. »

— Et comment décide-t-on ce cher et grand État, aux mains de deux réactionnaires patentés, Guillaume Ier de Hohenzollern et Otto von Bismarck ?

— Le suffrage universel ! Le suffrage universel secret et direct ! Comprends-moi bien, Lothar. J'ignore en fait si la loi d'airain est fondée. Je ne sais si les coopératives financées par l'État seront plus utiles que les coopératives à la mode de Schulze. Mais là n'est pas l'essentiel. L'important est en effet que les ouvriers aient à l'esprit des objectifs tangibles et pratiques. Avec le suffrage universel, ils ont pour la première fois dans ce pays un objectif politique simple, efficace et accessible. La loi d'airain les détournera de la petite action syndicale minable. Le suffrage universel fera rentrer la « mob » dans la vie politique de ce pays. C'est par eux que nous imposerons une révolution sociale, et aussi, j'en suis de plus en plus convaincu, l'unité nationale. Mais il faut que cette révolution soit pacifique. Nous avons tiré les leçons de 1793. De toutes les manières, Bismarck n'est pas Louis XVI. Il fera tirer, lui, sur la foule. Alors, pour un avènement pacifique du socialisme qui sera un approfondissement de la démocratie, il faut faire du suffrage universel le slogan unique de notre mouvement, son cri de guerre. Il faut que les ouvriers en fassent une question de ventre !

C'est toi Lothar qui m'as appris qu'en politique tout l'art consistait à concentrer toute sa force, à un moment donné, sur un seul point. Eh bien ce point, ce sera le suffrage universel. Je suis certain que nous l'obtiendrons. C'est l'intérêt bien compris de la Cour et de Bismarck. C'est le seul moyen dont il dispose pour régler définitivement leur compte aux progressistes. Eux, ils ont tout à perdre : plus de chœur désintéressé d'ouvriers et plus de majorité à la Chambre ! Ce sont eux désormais nos adversaires. Il faut nous y préparer.

Une petite voix flûtée, timorée et lasse se fit alors entendre.

C'était toujours Lassalle, mais dont l'exaltation était retombée comme la cendre d'un feu mal éteint.

— Si notre classe ouvrière possède énergie et résistance…

Moi, j'aurai fait ce que je dois. Mais peut-être la classe ouvrière allemande n'est-elle pas prête à cela. Alors, je suis un homme mort et les progressistes danseront sur ma tombe.

— Ils diront que tu es un dangereux révolutionnaire. Tu sais que notre classe ouvrière est profondément respectueuse du pouvoir quel qu'il soit. Nous ne sommes pas en France, Ferdinand, combien de fois faudra-t-il te le rappeler ?

— Je sais bien. Un peuple servile, voilà le peuple allemand, et qui aime sa servitude. C'est pourquoi j'ai choisi dans mon manifeste le plus conservateur, le plus légal, le plus pacifique des moyens d'émanciper les ouvriers : le suffrage universel secret et direct ! Mais les progressistes le rejetteront avec violence alors qu'il devrait briller au fronton de leur programme. Et tu sais pourquoi, mon cher Lothar ? Parce que les classes dirigeantes allemandes refusent l'émancipation du monde du travail. Elles ne souhaitent pas seulement le respect de la propriété — ma « lettre ouverte » respecte la propriété —, elles veulent la préservation de leurs privilèges !

— Je t'avais conseillé d'affronter les progressistes il y a quelques mois lors des élections générales. Alors, tout le mouvement révolutionnaire aurait fait bloc autour de toi. Tu aurais même eu la caution de Marx. Mais aujourd'hui, tu es un homme seul, Ferdinand.

— Marx n'a jamais vu un ouvrier de sa vie. Il écrit pour des ouvriers mythiques, pour un peuple mythique, pour une humanité mythique, qu'il croit connaître, à l'image de la belle et douce Jenny et de son toutou d'Engels. Son public c'est le cercle de révolutionnaires exilés à Londres ou à Genève. Moi, je fais de la politique pour les ouvriers allemands. Je les connais, moi, les ouvriers allemands. Je sais ce qu'il faut leur dire. Et surtout ne pas leur dire !

Lothar Bücher crut reconnaître l'écho de sa propre voix, de ses propres mots. Après les avoir assimilés, Lassalle les retournait contre lui.

— Marx a refusé de lancer un journal avec toi. Tu n'auras pas seul l'autorité morale nécessaire. Tous les journaux sont tenus par les progressistes. Ils couvriront ta voix. Et puis, ils la déformeront, la détourneront, la démoliront. Ne compte pas sur leur probité ou leur respect. Pour eux, le suffrage universel est ce qui peut leur arriver de plus dangereux. C'est une véritable déclaration de guerre !

— Mon cher Lothar, je serai comme le général romain ou grec qui a vaincu malgré les auspices défavorables. Je ne peux que combattre les libéraux. Avec eux, je ne suis rien. Contre eux, j'existe. Longtemps, j'ai cru obtenir leur respect en écrivant des livres de philosophie ou de droit. Je me suis dit : le peuple allemand est métaphysicien, faisons-nous métaphysicien. Je suis entré à la Société philosophique de Berlin. J'ai fréquenté les salons les plus élégants. Mais alors, j'ai compris que je serais toujours le petit commis qui leur soumet les échantillons de soieries. Avec le suffrage universel, le petit commis en soieries a une chance de démontrer aux gens bien nés qu'il a plus de talent qu'eux.

Ah, mon cher Lothar, j'ai beaucoup lu et beaucoup écrit. Encore aujourd'hui, je ne cesse de travailler à un grand ouvrage d'économie. Je vais te faire un aveu : j'ai longtemps cru — naïvement, je le confesse — que je travaillais ainsi à mon immortalité. Moi aussi, je vieillis. Je n'ai que trente-sept ans, mais je me sens fatigué comme si j'en avais trente de plus. J'ai trop présumé de mes forces. J'ai la goutte et ma gorge me fait horriblement souffrir. Crois-moi, le temps presse. Et je donnerais beaucoup de ce que je sais pour un peu à faire.

— Tu seras arrêté. Ton texte sera saisi. Tu seras jeté en prison. Les ouvriers ne bougeront pas. Ils auront peur. Comme toujours. Le peuple allemand n'a pas bougé pendant trois siècles après la grande révolte des paysans de 1517. Après la répression de 1849, ils se sont endormis pour trois nouveaux siècles !

— Souviens-toi du Faust de Goethe, ami Lothar : « Il suffit que vous ayez confiance en vous pour que les autres vous fassent confiance. »

Je ne peux plus reculer. Dieu m'aidera. Amen ! Franz ! Franz ! Alors, tu n'as pas encore fini ? Viens ici. Le titre complet est : « Lettre ouverte en réponse au comité central de Leipzig pour l'organisation d'un congrès général des ouvriers allemands. » Par Ferdinand Lassalle. Tu en feras imprimer 12 000 exemplaires. C'est Ziegler à Zurich qui sera notre éditeur. Ainsi, nous ne manquerons pas de munitions en cas de saisie. Et pour rassurer notre ami Bücher, tu attendras la fin de mon prochain procès pour le mettre en circulation. Mon ami, mon cher ami Lothar, je te propose un pacte : si le tribunal me condamne sévèrement au nom de ce bon article 100 pour « incitation à la haine », je renonce à tout.

Mais si mon « programme ouvrier » est absous, si j'obtiens une belle et grande victoire, alors, nous nous battrons, toi et moi, et rien ne pourra nous arrêter.

— « Notre pacte est signé avec notre sang ! » déclama avec grandiloquence Lothar Bücher. Il était persuadé de la sévérité du jury.

— « J'aurai alors obéi à la nécessité plutôt qu'à mon goût personnel », clama, sur le même ton outré, Ferdinand.

Ah Schiller, mon petit Franz. Comme j'aimais Schiller quand j'avais ton âge... Ta lettre des ouvriers de Leipzig est-elle écrite ?

Je la lui tendis en tremblant ; il la lut à haute voix, décuplant ma terreur :

« Cher Monsieur,

« Approuvant entièrement ce que vous avez fait pour la classe ouvrière avec votre brochure "De la liaison particulière de l'idée de la classe ouvrière avec la période historique actuelle", et profondément persuadés qu'à l'avenir vous agirez dans le même sens, nous vous adressons les lignes qui suivent.

« Le mouvement ouvrier, qui s'est affirmé avec une force irrésistible, ce mouvement qu'aucun pouvoir n'a pu étouffer, même s'il a pu se méprendre, a besoin de la direction la plus circonspecte et la plus vigoureuse. Pour le conduire à des résultats importants et satisfaisants, il a besoin de la plus haute intelligence, et d'un esprit d'une ampleur extrême, dans lequel tout se concentre et d'où tout émane.

« Les trois amis que nous sommes, signataires de cette lettre, avons en tant que membres du Comité consacré beaucoup d'efforts à cette affaire, et n'avons trouvé en Allemagne qu'un seul homme capable de prendre la tête d'un mouvement aussi important, qu'un seul homme capable de s'adonner à une si lourde tâche, qu'un seul homme en qui nous pourrions avoir suffisamment confiance pour en faire le chef de tout notre mouvement et nous placer sous ses ordres, et cet homme, c'est vous.

« Avec votre brochure, vous avez acquis le droit à la place que nous souhaitions vous offrir. Mais avec votre brochure, vous avez accepté le devoir de vous dévouer entièrement à la classe ouvrière, et nous venons vous prier et même exiger de remplir ce devoir.

« Il va de soi que ces lignes n'expriment que notre sentiment à votre égard. Nous ne pouvons que vous prier de vous placer à la tête du mouvement et prendre en main sa direction. Mais nous avons le devoir d'ajouter que la plus grande partie de ceux qui ont lu votre brochure pensent comme nous. Sa lecture publique soulèvera chez tous les ouvriers d'Allemagne le même enthousiasme passionné que celui qu'elle a provoqué ici, et tous vous reconnaîtront comme leur chef avec joie et confiance.

« Nous vous prions de bien vouloir venir ici, pour le milieu du mois, afin de tenir une conférence dans une assemblée ouvrière. Il vous sera alors facile de régler tout le reste à votre guise, et d'emporter l'unanimité, si ce n'était déjà fait. Bien entendu, comme ces lignes sont de nature uniquement privée, nous les traiterons comme telles, et de notre côté, nous vous demandons la plus entière discrétion.

« Dans l'attente d'une réponse aussi rapide que possible, et dans l'espoir que vous viendrez bientôt nous voir et nous parler.

« Salut et fraternité. »

Le silence qui suivit me parut interminable. Peu à peu, Ferdinand abandonna sa moue sarcastique ; ses lèvres s'entrouvrirent, dévoilant de grandes dents jaunies ; son sourire s'attendrit. Il se tourna vers Lothar Bücher avec, dans le regard, la fierté du père pour sa couvée, mais il se reprit rapidement. Son œil bleu devint dur, comme une neige qui glace dès qu'elle touche le sol ; et sa lippe se fit de nouveau moqueuse :

— Bon. Eh bien, puisque tu es si prolixe et que tu n'as manifestement pas oublié la langue ouvrière, c'est toi qui seras chargé de prendre contact avec les chefs du Comité — comment s'appellent-ils déjà, Dammer, Wahlteich et… je ne me souviens jamais du nom du troisième… Enfin, tu le retrouveras… Et tu leur feras avaliser cette lettre qu'ils sont censés avoir écrite.

Je blêmis. Je ne pouvais imaginer plus magnifique compliment ; je connaissais la valeur d'une louange qu'il décernait à quelqu'un d'autre que lui.

— Prends un autre papier. J'ai encore quelque chose à te dicter... Enfin, si tu acceptes d'être encore mon secrétaire...

C'était le récit du duel avorté qui recommençait. J'écrivais d'une main désinvolte, sans me soucier du nom du destinataire, qu'il avait omis de m'indiquer :

« ... Dès le moment où cette provocation m'est parvenue, j'ai éprouvé une très forte pulsion à y répondre au pistolet. Je suis de toute façon un bon tireur, ou en tout cas un tireur plus que passable, et quand le besoin s'en fait sentir, mes facultés se trouvent toujours redoublées de sorte qu'il aurait difficilement échappé au sort qu'il mérite. J'ai été habitué toute ma vie durant à respecter le principe de l'honneur et c'est ce qui domine. Cependant, non seulement je tiens le duel selon mes propres principes pour le fossile d'un stade dépassé de la civilisation, mais j'ai pensé jadis, et je le penserais sûrement encore aujourd'hui s'il ne s'agissait point précisément de moi, qu'il est incompatible avec les principes du parti démocratique et ouvrier. Ma situation est d'autant plus difficile qu'il n'y a pas ici un seul homme dans le jugement de qui je puisse avoir suffisamment confiance. »

On entendit alors une porte claquer. Ferdinand ne s'émut point.

« J'ai de nombreux amis qui sont des hommes de valeur, Bücher, Bülow, ou même Duncker. Mais d'une part, ils sont encore tout à fait partisans du duel et en général ne possèdent pas suffisamment les principes de notre parti ; d'autre part, ce qui me gêne justement, c'est que je vois bien, tout en le redoutant, qu'ils subissent mon influence et se déterminent en fonction des principes que j'ai développés. Je ne les juge pas assez indépendants d'esprit pour accorder une valeur décisive à leur jugement, même s'il concorde avec le mien, et je ne leur attribue pas suffisamment d'importance spirituelle pour attribuer beaucoup de valeur à leur opinion quand elle s'écarte de la mienne. C'est la première fois depuis longtemps que face à une situation, je me trouve dans l'indécision. Pour la première fois, j'ai besoin de quelqu'un qui possède de manière suffisamment importante les deux qualités que j'ai mentionnées tout à l'heure, pour pouvoir me conseiller : c'est pourquoi je me tourne vers toi. Peut-être vas-tu te moquer de moi. Peut être vas-tu me reprocher de n'être en mesure que de te questionner. Mais il est vraiment par trop comique que quelqu'un me taxe de lâcheté, moi qui ai si souvent, au cours de mon existence, pris la "lune entre les dents[1]" et qui me serais battu avec la même égalité d'humeur que j'aurais eue pour dire bonjour.

« Que j'opte pour le duel, et je suis saisi d'une honte infinie à la pensée que je devrais me résoudre à adopter une attitude contraire à mes propres et véritables principes par une vanité mal placée dont je me suis souvent passé. Je me dis que ce serait là la véritable lâcheté et je m'étonne en constatant que moi qui ai risqué, au point de vue des autres, l'anéantissement des centaines de fois, je sois devenu soudain si dépendant de leur avis. Serais-je devenu vieux ? À vrai dire, j'ai risqué jadis toutes sortes d'anéantissements mais pas le reproche d'avoir eu peur, ce dont ma vanité — et je vois ainsi maintenant qu'elle ne manque pas d'importance — souffre particulièrement. Il est probable que toute cette indécision à laquelle je suis en proie n'est qu'un moment de faiblesse, un sentiment passager, et que j'aurai dès demain recouvré dans son intégralité ma résolution d'autrefois. Mais en ce premier moment d'indécision, j'éprouve justement le besoin de t'écrire, car à quoi bon avoir un ami si l'on ne doit pas le consulter ? Et tu vas m'exposer ton avis de manière bien précise ; et tu vas réfléchir à ce que je te demande en raison de cette irrésolution momentanée, à laquelle se mêle aussi une bonne part d'appétit de vengeance, car tu n'es pas homme à voir les choses de l'œil d'un valet de chambre. »

Tu signes : Salut et Fraternité. Ton F.L.

Et tu envoies cela par le premier courrier à Karl Marx, 9 Grafton Terrace, Maitlandpark Haverstockill, London.

Tu as tout bien noté ?

— Oui, docteur Lassalle. Mais je croyais qu'on n'écrivait plus au docteur Marx ?

C'était la première fois que je me permettais semblable insolence ; le succès de ma lettre au Comité de Leipzig m'avait enivré.

Il me répondit d'un ton roide :

---

1. Les Français disent, je crois, « le taureau par les cornes ».

— On n'écrit pas. On n'a pas écrit. Je demeure brouillé avec le docteur Marx. Mais ce duel est une affaire d'honneur. Et quand il s'agit d'honneur, on se retourne vers ses amis. Karl Marx restera toujours un ami. Mon seul véritable ami. Cela vous suffira-t-il comme explication, Herr Geheimrat Franz Rienacker ?

Bon. J'en ai assez. Je vais chez la comtesse. Elle doit être réveillée. À son âge, on dort peu.

Déjà, il avait disparu. Je pliais avec soin le courrier pour Karl Marx. Je ne comprenais plus rien. On se brouillait avec Marx, et on lui demandait conseil pour un duel digne d'aristocrates désuets. On cherchait l'alliance des bourgeois progressistes, et on préparait l'affrontement avec eux. On vomissait Bismarck, le junker réactionnaire, et on comptait sur lui pour imposer le suffrage universel. Le message transmis par August Brass ne manquait pas de m'inquiéter. Je ne savais plus quelle était la ligne suivie. Lassalle m'embrouillait. J'avais appris à me méfier de sa trop grande habileté. Comme me l'avait écrit le docteur Engels, « Ephraïm le malin est resté celui qui volait la cassette du comte von Hatzfeldt. Les scrupules ne l'étouffent jamais ». Oui, j'entretenais une correspondance avec le docteur Engels. Depuis quelques mois seulement. C'était au lendemain de notre retour de Londres. Nous devions régler la question délicate de la dette de Marx et de la garantie bancaire promise par Engels. Depuis le camouflet de Londres, Lassalle ne voulait plus connaître « l'industriel de Manchester », comme il disait avec un mépris revanchard. Je me dévouai. Très vite, nos courriers excédèrent les limites des seules opérations financières.

Je lui envoyai une copie de la lettre que les ouvriers du Comité de Leipzig avaient écrite de ma main. Une, deux, trois fois, je la lus et la relus ; j'en connaissais chaque mot, chaque virgule. Lassalle n'avait rien corrigé, rien supprimé, me dis-je, comme pour me rassurer. C'était la ligne, la seule. Le reste n'était que rideau de fumée. Je caressais le papier, la plume dont je m'étais servi, l'encrier aussi, avec la même passion amoureuse que les seins lourds de la princesse Punker-Muskau.

« Par ce texte, j'entre en politique », me dis-je avec solennité.

Non, me susurra une voix jusque-là inconnue, dans l'Histoire. Oui, j'entrais dans l'Histoire !

CHAPITRE VII

Richard Wagner connaît la fin de l'histoire

La neige qui tombait à gros flocons n'avait pas découragé les élégantes. Elles avaient envoyé, dès six heures du matin, un domestique retenir leur place. Elles s'étaient emmitouflées dans un manteau à poil long et une toque grise qu'elles ne se décidaient pas à ôter. Il était neuf heures désormais. Entre deux colonnes de porphyre, on se saluait, se bousculait, se souriait parfois. Berlin était alors une petite ville de province où tout le monde se connaissait, et se surveillait. Il était rare cependant que les musiciens côtoient ainsi les rentiers, les écrivains, les médecins réputés, les actrices, les dames du monde. Il y avait un joyeux brouhaha de fête mondaine, qui ne cessa guère lorsque, solennels et un peu ridicules avec leurs perruques poudrées, affublés de lourdes robes écarlates aux surplis abondants qui ralentissaient leur marche, les trois juges de la Cour criminelle de Berlin s'installèrent devant une gigantesque fresque murale qui, tendue sur un panneau de bois, glorifiait la Justice en toge romaine.

Tous les amis de Ferdinand étaient là : Alexandre Humboldt, Hans von Bülow, Forster, Franz et Lina Duncker, la princesse Punker-Muskau et son mari, Sophie Hatzfeldt, Ludmilla d'Assing et les Varnaghen von Ense, les Hiermenzel, Franz Liszt et la princesse de Wittgenstein, Georges Herweg et sa femme. Et Cosima, qui était sur le point, en ces premiers jours d'avril 1863, de donner naissance à une petite

Blandine. Même mes parents s'étaient déplacés. Ils s'étaient discrètement rangés au fond du prétoire. Mon père me salua d'un imperceptible hochement de tête ; je crois avoir déjà dit que son amour filial se manifestait sans exubérance ni débordement. Ma mère, au contraire, fière de découvrir son rejeton si près du héros, ne se contint pas, et me pressa contre son énorme poitrine. Elle étrennait pour l'occasion un chapeau à fleurs, qui me chatouillèrent le menton. Je résistai à la tentation de la repousser. Je constatai cependant que, pour la première fois de mon existence sans doute, la chaleur maternelle m'horripilait, tandis que m'enchantait la froide réserve de mon père. Je pris alors ce renversement de sentiment pour une preuve éclatante de ma maturité nouvelle. Sans doute avais-je tout simplement honte de mes parents ; et, en dépit des demandes insistantes de ma mère, « j'oubliai » de les présenter au docteur Lassalle.

Il ne fut pas difficile d'entraîner les applaudissements du public lorsque, les bras chargés de livres aux reliures fatiguées, son grand corps sanglé dans un habit de soirée, seulement illuminé d'une cravate carmin et de ses gants beurre frais, Ferdinand pénétra dans le prétoire tel un gladiateur. Il se retint de saluer la foule qui l'acclamait. Il étala avec le plus grand soin devant lui son « matériel académique » : les livres qu'il avait apportés et tous ceux que j'avais dû moi-même porter, zigzaguant derrière lui comme un baudet accablé ; et l'on entendit alors un grand escogriffe aux traits creusés pousser un cri sourd, plainte désespérée et appel au secours : « Oh, mon Dieu ! » L'homme portait une austère robe noire et s'appelait Schelling. Il était l'avocat général. Il était le fils de son père aussi ; et dans la minuscule salle du tribunal, qui ne cessait cependant de s'emplir, enflait cette rumeur qui, répandue la veille, avait excité actrices et femmes du monde, éloigné musiciens de leur instrument et rentiers de leur coupon : Ferdinand Lassalle, « ce jeune Juif révolutionnaire », comme l'avaient surnommé les journaux progressistes — « insolent », ajoutaient les vieilles badernes, « séduisant », complétaient les plus jeunes en posant leurs toques sur leurs genoux —, confronterait le père au fils, les textes du réputé philosophe à l'argumentation juridique de son rejeton ; et confondrait l'Avocat général avec les seules leçons de son géniteur, le transformant en un don Juan tremblant et grotesque, devant son paternel Commandeur.

J'observais le docteur Lassalle et l'avocat général Schelling, et je me demandais lequel des deux risquait le plus. Ferdinand rayonnait. La veille encore, il avait longuement décrit à un Lothar Bücher, plus craintif que jamais, le bonheur d'un procès : « Ça recommence, ça recommence », répétait-il sans cesse d'une voix allègre. Comme le procès de la cassette ! Ça recommence ! Il proclamait, avec emphase, que « son » procès de janvier sonnerait le tocsin d'une inoubliable année 1863, comme le Février français avait donné le ton révolutionnaire à 1848 ; mais Bücher, tassant plus encore son petit corps rond, maugréait : « On est en 1849. Pas en 1848. En octobre 1849 ! C'est le tocsin de la réaction qui sonne à tes oreilles, mais tes oreilles sont bouchées. »

Le matin du procès, Ferdinand me montra d'un doigt joyeux le désordre qui régnait dans les travées, comme un acteur, derrière le rideau rouge encore baissé, se repaît de ce spectacle magique d'un public qui se presse, se masse et s'entasse.

— Ils sont venus pour moi, mon petit Franz. Pour moi uniquement. Ils n'ont pas oublié. Le procès de la cassette, cela fait quinze ans pourtant. Ils ne seront pas déçus. Je tuerai ce Schelling avec les armes de son père. Les gens sont cruels. Ils veulent que le sang coule. Crois-moi, mon petit Franz, il coulera.

Aussitôt après son entrée triomphale, Ferdinand s'inclinait profondément devant la Cour en une révérence un rien surannée, et la priait « dans son immense et bienveillante bonté » de l'autoriser à ne pas s'asseoir au banc des accusés, mais à partager celui de ses avocats, non par vanité ou orgueil froissé mais simple nécessité pratique :

— C'est à cause de mes livres qui composent mon matériel académique, plaida-t-il sans la moindre trace d'ironie. J'aurai davantage de place.

La Cour cependant se raidit et repoussa sa demande, mais le public ne l'entendait pas ainsi : il hua, siffla, et trépigna. La Cour, surprise, fut troublée. L'avocat général Schelling, qui avait lui aussi entendu les rumeurs, l'encouragea à la plus grande fermeté, mais lorsqu'il s'écria : « Le docteur Lassalle est un accusé comme un autre, il ne doit pas bénéficier d'un traitement de faveur », sa voix fut couverte par la clameur de la salle ; et quelques insultes fusèrent même des bancs du fond où s'était entassé le public populaire. La Cour exigea le silence et menaça du huis clos. Elle décida de se retirer, et revint, vingt minutes plus tard, annoncer dans un silence attentif « qu'après en avoir délibéré elle acceptait à titre exceptionnel et gracieux la requête de l'accusé ». Le public explosa de joie et applaudit cette première victoire. Il régnait une indescriptible ambiance de première à l'Opéra de Berlin et de corrida, et les juges ne tenaient pas à jouer le rôle du taureau. Ferdinand ébaucha un sourire de gratitude qui enchanta les jolies dames du premier rang, comme s'il avait voulu d'avance rassurer « son public », lui dire qu'il ne les décevrait pas, qu'elles n'avaient pas bravé le froid, la neige, les sarcasmes du mari et les imprécations de la belle-mère pour rien ; qu'il serait fidèle à sa réputation ; qu'il n'avait pas perdu la main ni le verbe.

Il fut ainsi qu'elles l'espéraient : insolent, ironique, hautain, méprisant, sarcastique, encyclopédique, percutant, méchant, provocant, brillant. Étincelant. Sans cesse, il interrompait Schelling, le brocardait, le bousculait. Il était accusé, au nom de l'article 100 du Code pénal prussien, d'« incitation des classes pauvres à la haine et au mépris des classes possédantes », mais il ne se tint pas sur la défensive et se rua à l'assaut, article 20 de la Constitution prussienne en avant :

« La science et l'enseignement sont libres, nous dit l'article 20, Messieurs. Libres sans limites, libres sans restrictions, libres sans obstacles ! Tout dans la loi a sa limite, tout pouvoir, toute fonction, toute compétence. La seule chose qui ne supporte ni limite ni restriction et qui, comme le soleil dans le ciel, doit planer au-dessus de toutes les conditions fixes, jouissant d'une liberté illimitée et infinie, c'est la connaissance théorique ! »

Or, ajouta-t-il, son « programme ouvrier » n'était rien d'autre qu'une conférence scientifique à but pédagogique. Il éduquait les pauvres ; il arrachait les ouvriers à leur dangereuse ignorance, et à l'influence délétère du premier démagogue venu. Il n'était plus l'accusé, mais la défense, l'accusation, le juge, l'historien, l'homme d'État. Il n'était plus « Juif rouge révolutionnaire », mais grand réconciliateur national ; et le suffrage universel qui horrifiait le bourgeois, « la lance d'Achille qui guérit les blessures qu'elle a faites ».

Parfois, il ouvrait un de ses livres chargés d'histoire et de poussière, qu'il avait rangés devant lui, et retrouvait, en le feuilletant — « par hasard » ! — un court extrait de la Constitution du pape Alexandre IV en 1255. Il en parcourait un autre avec la même désinvolture affectée, et y « découvrait » la remontrance de l'université de Paris à Charles VI en février 1412. Il citait et récitait. Les épiciers et petits professeurs berlinois, qui composaient le jury populaire de la Cour criminelle de Berlin, étaient sous le charme. Puis, après l'austère leçon, vint la confiserie tant attendue :

« Le réquisitoire contre moi dit en effet : "Bien que l'accusé Lassalle se soit donné dans cette conférence l'apparence de la science, son écrit cependant tend à un but complètement pratique." Ainsi donc, c'est parce que la Conférence est soupçonnée d'avoir un but pratique que d'après le procureur général, elle n'est pas scientifique. Ce que l'on exige donc d'une œuvre pour qu'elle ait le caractère scientifique, c'est qu'elle n'ait pas de tendance pratique. Je voudrais demander à Monsieur le Procureur général — car c'est bien un Schelling qui a écrit cela ! — Où a-t-il bien pu apprendre cela ? Pas chez son père à coup sûr ! »

Le public retint mal ses rires ; l'avocat général contint mal sa fureur. Sur son vaste front, de nouvelles rides se frayaient un sillon. Ses joues se desséchaient, creusant plus encore son visage hâve. L'air semblait lui manquer et il se tournait en désespoir vers la Cour, qui entendit ses appels de détresse, sommant Ferdinand de se taire. Clameurs, huées, trépignements, cette fois, rien n'y fit. La Cour interdit au docteur Lassalle d'« évoquer les textes du père de l'avocat général pour contester les conclusions de monsieur l'avocat général ». Ferdinand, offusqué, menaça de quitter le prétoire, mais les juges résistèrent à ses intimidations. Alors, avec des gestes soigneusement composés, Ferdinand se rassit, ajusta les pans de son habit, « qu'il avait revêtu en l'honneur du Tribunal », couvrit ses jambes d'une épaisse couverture de laine bariolée que lui avait fait porter la prévenante comtesse, et ceignit sa gorge délicate d'une écharpe de soie blanche. Il ne dit plus un mot.

Il apparut rapidement que son silence était une bruyante bouderie. L'avocat général, mais aussi les témoins, le jury et même les magistrats se sentaient guettés, toisés, chaque mot qu'ils prononçaient soupesé par un examinateur d'autant plus attentif qu'il se tenait coi : un félin aux aguets prêt à bondir sur la moindre erreur. Qui ne tarda point. Lassalle se rua aussitôt. La couverture de la comtesse se répandit au sol. La voix de Ferdinand, incandescente et vibrante, fondait déjà sur le coupable :

« Si j'aimais le style de la chaire, et je ne l'aime pas, messieurs, je pourrais parfaitement dire que prouvant que le régime de la bourgeoisie est la transition indispensable, la condition historique préliminaire qui permet à l'idée de classe ouvrière de se produire, je pourrais dire que ce faisant j'incite au contraire les ouvriers à la piété historique envers la bourgeoisie. »

Il était mordant, méprisant souvent :

« Le procureur Schelling ne peut lire le mot révolution sans voir dans son imagination des fourches se dresser. Mais la guerre des paysans de 1527 est pour nous un mouvement formidablement réactionnaire. Par contre, le progrès de l'industrie accompli au XVIIIe siècle, je l'appelle un fait véritablement révolutionnaire. Que voulez-vous, moi, contrairement à son fils, j'ai retenu les leçons du vieux Schelling qui disait : "L'idée de faire de la liberté le tout de la philosophie n'a pas seulement libéré l'esprit humain lui-même. Elle a transformé la science plus puissamment que toute révolution antérieure." Que puis-je, moi, contre le manque d'instruction du procureur ! Que puis-je contre son ignorance absolue de ce qui se passe de nos jours dans le monde ? Suis-je la chair à canon scientifique du procureur ? »

Puis, comme une formidable houle, son lyrisme emportait tout :

« Bourgeois et ouvriers, nous sommes les membres d'une seule nation et parfaitement unis contre nos oppresseurs. Pour la nation et pour notre honneur, pour la science et pour notre dignité, pour le pays et pour nos libertés, pour la mémoire que l'Histoire gardera de vos noms, Monsieur le Président et Messieurs les Conseillers, je vous crie : acquittez-moi ! »

Il fut condamné à quatre mois de prison. Le docteur Lassalle annonça aussitôt qu'il ferait appel de cette décision ; il avait réagi par principe, et désir de retarder son entrée en prison. Quatre mois, ce n'était rien, ou pas grand-chose ; c'était une grande victoire pour Ferdinand, qui risquait bien davantage. Quinze années de terreur blanche s'achevaient peut-être enfin ; quinze années de féroce répression, de pointilleuse censure, et d'humiliantes mesquineries. Lothar Bücher dut se résigner à l'heureuse évidence. Ferdinand Lassalle n'était pas sans avenir politique dans la Prusse et l'Allemagne de demain. C'est pourquoi, sans doute, le correspondant du *Kölnische Zeitung,* Paul Lindau, transmit hâtivement le résultat par un moyen encore jamais utilisé dans la presse : le télégraphe ! La comtesse Sophie exultait. Elle se précipita aussi vite que le lui permettait un corps devenu lourd et encombrant au fil des ans, et dévala les marches de l'escalier de bois du tribunal en dépit des cris d'effroi du colonel Rustow, dont la moustache abondante et virile contrastait drôlement avec ses frayeurs de vieille fille. Crête en avant, la comtesse bouscula sans douceur les admirateurs de Lassalle, qui la séparaient encore de son grand homme :

— Mon enfant, tu as été superbe. Saint Georges terrassant le dragon ! Magnifique ! Tu m'as rajeunie de quinze ans.

Lassalle sourit sans se forcer. Il aimait la senteur des compliments que la comtesse avait le bon goût de lui offrir en bouquet. Il lui baisa tendrement la main et murmura :

— C'était mieux quand je combattais pour vous. Vous au moins compreniez ce que je faisais, mais les ouvriers ne peuvent pas comprendre. D'ailleurs, sont-il venus seulement me voir et m'écouter ?

Ils étaient là pourtant : Waltheich, Fritzsche et le docteur Dammer, les trois du comité, venus de Leipzig. Ils avaient, quelques jours avant le procès, envoyé un télégramme à Lassalle le priant de prendre pour moitié leurs frais de transport à sa charge ; et je me souviens avoir été le seul alors à rechigner. Ils avaient assisté à toutes les séances, mais ils n'osaient désormais s'approcher du docteur Lassalle. La lecture du « Programme ouvrier » les avait enthousiasmés, et leur avait donné le courage de l'interpeller ; l'éloquence éblouissante de son plaidoyer les avait au contraire frappés de stupeur. Ils se tenaient adossés contre un mur, raides, gauches, irrésolus. Dans leur costume de bourgeois, redingote noire et chapeau haut de forme, qu'ils avaient acheté l'année précédente pour se rendre à l'Exposition universelle de Londres, ils ressemblaient à des enfants déguisés pour mardi gras : fiers et embarrassés. Le docteur Lassalle leur apparaissait dans un habit de lumière. Il était trop brillant, trop savant, pour s'encombrer de leur médiocre cause ; et puis trop beau aussi, trop élégant, entouré de jolies femmes trop distinguées. Le docteur Dammer, un peu moins impressionné, parvint cependant à les arracher à leur craintive contemplation. Ils s'approchèrent à pas timides, toujours prêts à rebrousser un si court chemin, tenant avec obstination leur chapeau haut de forme devant leurs jambes, comme s'ils voulaient dissimuler leur marche insolente, ou un ridicule trou à leur pantalon. Poussés comme des chevaux rétifs auprès de Ferdinand, ils marmonnèrent un « nos respects, docteur Lassalle », qui se dissipa aussitôt dans le vacarme des viriles congratulations et des afféteries affectueuses. Ils restèrent ainsi figés dans un révérencieux garde-à-vous comme cet enfant, dont Ferdinand m'avait tant de fois conté la triste histoire, qui demeura interdit devant un Voltaire jouissant de son ultime triomphe parisien, ne prononçant jamais le premier mot du long poème compliment qu'avec sa maman il avait répété des mois durant. Il est vrai que le docteur Lassalle ne les voyait pas. Il ne voyait rien ni personne ; il ne contemplait que lui. Bien sûr, il serrait des mains, saluait, remerciait, souriait ; mais ses mains, ses yeux, sa voix s'étaient détachés de lui. Il les prêtait à ses admirateurs, mais il était ailleurs, dans un au-delà de gloire et de félicité.

Waltheich et Fritzsche dégagèrent enfin une main crispée de leur chapeau haut de forme pour la tendre à Ferdinand. Qui leur rendit un salut distant et indifférent, et les remercia froidement d'un compliment qu'ils n'avaient pu prononcer. Ils bredouillèrent trois bribes de phrases qu'ils n'achevèrent jamais. Ferdinand ne les regardait déjà plus. Ils se séparaient sans regrets lorsque le docteur Dammer interposa son petit ventre rond et son rire chevalin. Il présenta ses deux compagnons ; Ferdinand les salua derechef d'un air compassé. Il évoqua avec emphase la crise du textile, la guerre de Sécession, les affres du chômage et l'effondrement des salaires, le travail des enfants, la colère des ouvriers et le mépris des progressistes, l'émoi et l'enthousiasme du Comité de Leipzig devant le « programme ouvrier », sa détermination et son appel vibrant à Ferdinand Lassalle, toutes choses connues de tous, mais dont le rappel insistant n'avait d'autre utilité que de leur prouver qu'ils avaient, en dépit des cruelles apparences, quelque chose en commun. Waltheich, un grand garçon dégingandé au cheveu blond coiffé en épi, confia alors d'une voix timide, la tête baissée comme un garnement à confesse, que Schulze les avait depuis rencontrés, qu'ils lui avaient réclamé l'introduction du suffrage universel secret et direct dans son programme électoral, mais que le chef progressiste les avait rassurés de sa voix doucereuse, et calmé leur impatience.

— Vous Docteur, vous sauriez lui tenir tête au gros Schulze. Nous autres, nous ne sommes que de pauvres ouvriers ignorants. Schulze nous entortille et nous embobine toujours. C'est pour ça qu'il faut que vous deveniez notre chef. Venez à Leipzig pour notre congrès et avec vous on fera le grand parti ouvrier !

Ferdinand ne s'attendrit guère devant cette faiblesse affichée sans fausse pudeur. D'un ton roide, il exigea une requête officielle du Comité de Leipzig. Ils agiraient en tout point comme il le souhaitait. Ferdinand, déjà, ne les écoutait plus, s'il ne l'avait jamais fait. Son regard les transperça comme s'ils n'existaient pas. Il leur lâcha une bordée de consignes qui ressemblaient à des ordres :

— Pas besoin de vous fatiguer, messieurs. La lettre que vous m'enverrez est déjà écrite. Vous la demanderez à mon adjoint Franz Rienacker. Lorsque vous la rendrez publique, je publierai moi-même la réponse à votre lettre. Elle est également prête. Cette réponse à la lettre du Comité de Leipzig constituera le programme du futur parti ouvrier. Tout cela devra être fait dans le mois qui vient. Messieurs, si vous suivez bien mes consignes, nous aurons avant l'été de cette année 1863 le premier parti ouvrier de Prusse. Le premier de l'histoire de l'Allemagne !

Il ne les regardait toujours pas ; mais fascinés par ses poses arrogantes d'aristocrate, son élégance recherchée de dandy, et sa voix chaude et rugueuse à la fois, eux ne le quittaient pas des yeux. Ils n'osèrent ajouter mot à ce qu'il avait si rudement ordonné. Waltheich dit simplement :

— Il sera exactement fait comme vous l'avez dit, Docteur.

Ferdinand, toujours raide, détourna la tête vers moi :

— Franz, mon petit, pense à publier mon discours d'aujourd'hui. Je crois qu'il en vaut la peine. Contacte Duncker. Et puis tu en donneras un exemplaire à ce journaliste de Cologne, tu sais ce Landau, ou Ludau, je ne sais plus. Il a l'air moins vendu que les autres. On peut rêver. Tous les journalistes ne sont peut-être pas malhonnêtes. Ah, mon petit Franz, n'oublie surtout pas d'envoyer copie du discours à Marx. Il verra, pendant qu'il vit confortablement dans sa retraite de petit vieux, que je fais, moi, avancer la cause du parti !

Sans attendre de réponse, il nous abandonna prestement. Éberlué par tant de grossièreté, je le suivais des yeux et ne tardais pas à comprendre : il avait aperçu Hélène. Il ne l'avait pas revue depuis leur rencontre torride chez les Hiermenzel. Pendant quelques jours, il lui avait envoyé des fleurs, qu'il commandait chez Schmidt, à l'angle de la rue Friedrich. Il y joignait un poème anonyme, qu'il avait pris soin cependant de griffonner sur son papier à lettres, gravé de ses initiales. Et puis, rien. Il ne l'avait pas oubliée, non, seulement recouverte sur le palimpseste de sa mémoire. Il se faufila au milieu des redingotes, crinolines et pelisses. Comme un chien fidèle, ou un limier malhabile, je le suivis sans me cacher. Elle esquissa un pas vers lui, il déposa sa main dans la sienne :

— Vous avez la main toujours aussi ridiculement petite, enfant du diable ?

— Mon aigle royal n'a donc pas tout à fait oublié son renard doré ? Je croyais pourtant que vous aviez abandonné votre enfant au démon de la solitude et du désespoir.

— « Si je t'oublie ô Jérusalem, que ma main droite soit coupée. » Vous avez assisté à tous ces débats ? Fastidieux, non ?

— Je me suis follement divertie au contraire. Grâce à vous. Vous avez été admirable. Ce pauvre Schelling a dû regretter d'avoir un père !

— Et moi, je regrette de n'en avoir plus. On n'est jamais satisfait de son sort.

— Excusez-moi, Ferdinand, je…

— Cela n'est rien, je vous en prie. Que vous sachiez seulement qu'il n'est plus de père comme le mien sur la terre, et vous mesurerez ma douleur. Mais parlons d'autre chose. Ce jour est jour de joie : j'ai remporté une grande victoire sur les philistins et les réactionnaires. Et je vous retrouve.

Le sourire rasséréné d'Hélène découvrit de petites dents éclatantes. Elle portait une robe de guimpe rouge vif, froncée à la taille, dont le col blanc en pointe ne cachait rien de ses rondes épaules ou de sa poitrine laiteuse. Un long moment, il la contempla ; elle se laissa admirer. Relevant enfin les yeux, Ferdinand s'avisa que son « renard doré » était accompagné d'un jeune homme au regard sombre et enfiévré, le sourcil ombrageux, un nez aquilin de prince d'Arabie et une allure de musicien tzigane engagé de force dans l'armée des Habsbourg. Quand Ferdinand s'était approché d'eux, il avait seulement soufflé à Hélène : « Je te laisse avec ton Lassalle ! » Ce n'était pas une interrogation. Il lui suffisait d'observer le visage de la jeune femme, transporté de bonheur. « Je te laisse », répéta-t-il d'une voix brisée, mais il ne pouvait s'y résigner. Il se réfugia alors dans un silence meurtri, et ses yeux lancèrent des éclairs de haine ; mais Hélène ne se souciait guère de ses souffrances.

— Docteur Lassalle, je ne devrais même pas vous saluer, minauda-t-elle ; et ses yeux humides de désir disaient le contraire. Vous avez préféré l'infâme politique à votre petit renard doré. Cette vieille dame indigne aurait-elle des talents cachés ?

Il s'agenouilla à la hâte dans une révérence bâclée :

— Un mot de vous et je suspendrai à un clou toute cette friperie de politique ! Nous irons en Égypte ou aux Indes. Je serai tout à mes livres et à la science et vous serez ma Brunehilde !

Elle sourit de nouveau, enchantée du compliment, malgré l'ironie et la distance qu'elle sentait poindre dans le moindre de ses propos, même les plus enfiévrés.

— Je n'ignore point qu'une jeune fille est tenue à une certaine réserve, mais je n'ai pas de goût pour la dissimulation ; et je ne peux pas le garder pour moi plus longtemps : j'ai beaucoup pensé à vous tous ces mois. Et j'ai bien envié votre amie la comtesse : un vol de cassette, un procès, la prison, tout cela pour une femme ; je ne savais pas qu'un homme pût encore aimer ainsi à notre époque.

— Comment avez-vous appris tout cela ?

— J'ai eu de bonnes lectures. Monsieur Yanco de Racowitza, qui est ici à mes côtés, m'a apporté chacun de vos livres. À ma demande évidemment.

Le jeune homme prit soin de ne pas croiser le regard de Ferdinand, lorsqu'il lui tendit une main molle.

— Mademoiselle Dooninges, veuillez croire que je suis sincèrement touché de l'intérêt que vous portez à mes misérables écrits. J'étais justement venu au nom de mes amis vous convier à partager notre soirée. Nous allons à l'Opéra. On y donne *Tannhäuser*. C'est Richard Wagner lui-même qui dirige.

— Ce sera avec la plus grande joie !

Hélène exultait sans fard.

— Bien entendu, si Monsieur Rac...

— Racowitza. Monsieur Yanco de Racowitza. Mon ami est prince de Valachie.

Et dans le mot Valachie, il y avait toute l'espièglerie du monde.

— Si le prince Yanco de Racowitza veut être des nôtres, poursuivit Ferdinand sur le même ton enjoué, il sera le bienvenu.

— Je crains que mon ami ne puisse répondre favorablement à votre charmante invitation. Il sort en effet d'une maladie éprouvante. Il a frôlé la mort, vous savez, et pour son bien, je préfère qu'il ne rentre pas trop tard.

La décision d'Hélène était sans appel ; le jeune prince valaque opposa pourtant une humble résistance :

— Hélène, voyons. Ce n'est pas possible. Vous savez bien que votre père vous a confiée à moi. Il est de mon honneur de vous ramener à lui.

— Oh, je vous en prie, mon prince adoré, ne jouez pas aux chaperons ennuyeux. On dirait une vieille Lady anglaise.

Le rire d'Hélène était tout à la fois innocent et cruel ; un rire d'enfant et de garce. Yanco capitula aussitôt. Il salua Ferdinand d'un bref mouvement de talons, les yeux toujours rivés au sol ; et il abandonna Hélène, après un ultime regard implorant.

— Ce jeune homme paraît au comble du malheur. On imagine qu'il va se jeter dans la Spree tout de suite après vous avoir quittée.

Ferdinand ignorait un sentiment humain pourtant fort répandu : la compassion ; cette insensibilité ravit Hélène :

— Yanco est mon fiancé. Oui, je le lui ai promis… Nous nous marierons si je ne tombe pas amoureuse d'un autre homme, lui ai-je dit un jour. C'est notre pacte. Il l'a accepté. Je lui dis tout. Il sait tout sur nous. Et sur les… sentiments que je vous porte. Je lui ai raconté par le menu notre rencontre si passionnée chez les Hiermenzel, notre balade romantique à travers les jardins du Tiergarten, sous la nuit étoilée… Je dois te faire un aveu, mon aigle : le lendemain matin, j'ai dit à Yanco, j'ai enfin rencontré Lassalle. S'il veut de moi, je l'épouserai car il incarne tout à fait mon idéal en matière d'homme. Mais j'ai ajouté après, car il faut que je vous dise tout : mes parents s'opposeront à cette union…

Lassalle était décontenancé par cette gaillarde franchise ; et comme il avait la dangereuse habitude de voir les sentiments et le caractère des autres à travers le prisme des siens, il se demanda ce que cachait cette rude sincérité de soldat.

— Je comprends mieux la douleur et la haine dans le regard de votre Valaque.

— Je n'ai pas été habituée à tenir en bride mes passions, mes élans et mes sentiments pour faire plaisir aux autres. C'est précisément ce côté sauvage et effréné qui a plu à Yanco. Et aux autres hommes d'ailleurs. Ils appellent cela « le charme irrésistible de ma personne ». Il est juste qu'ils en supportent les côtés désagréables, ne pensez-vous pas ?

Pour une fois, il ne savait que répondre. Il sourit, intimidé ; elle lui rendit un sourire effronté qui l'enchanta.

— Ta liberté de ton me plaît, je te l'avoue. Je ne me préoccupe guère moi non plus du qu'en-dira-t-on. Jamais je ne porterai l'âne pas plus que je ne permettrai à ceux qui m'aiment et me suivent de le porter, note cela mon enfant.

Il reprenait pied. Elle rit de plus belle :

— Mais pourquoi voulez-vous porter l'âne ? Qu'est-ce que cela signifie ?

— C'est une vieille histoire qui m'est très personnelle. Mon père voulait que je devinsse négociant, moi j'avais la vocation des études. Cela donna lieu à des querelles interminables où furent mêlés le ban et l'arrière-ban de la famille, tous ne cessant de répéter en chœur : « Et le monde, qu'en dira-t-il ? »

Alors, un beau jour, je trouvai dans un vieux livre de fables l'histoire suivante que je leur lus triomphalement : Un vieillard et son petit-fils conduisaient un âne à la ville. Un passant leur dit : « Pourquoi ne pas faire porter quelque chose à cet âne, que le petit au moins s'assoie dessus. » Ainsi fut fait. Mais un autre passant dit au petit : « Tu n'as pas honte de te faire porter, toi qui as des jambes jeunes tandis que le pauvre vieux s'essouffle à tes côtés. » Et ce fut le vieux qui s'assit sur l'âne à la place de l'enfant. Mais une femme vint à passer qui invectiva le vieux, lui reprochant sa barbarie à l'égard du pauvre petit. Alors le vieux prit l'enfant en croupe. Mais ils ne tardèrent pas à être vertement rabroués par un magistrat à lunettes qui leur dit : « Vous n'avez pas honte, bourreaux que vous êtes, de charger pareillement cette pauvre bête qui n'en peut plus. »

Alors, ne sachant plus que faire pour plaire à tout le monde et ne mécontenter personne, le vieillard et son petit-fils se décidèrent à porter eux-mêmes l'âne à la ville.

Au milieu de ses rires, Lassalle eut toutes les peines à conclure :

— Cette fable fut comprise et j'obtins gain de cause. Depuis, je n'ai jamais pris conseil que de moi-même et j'ai suivi ma route droit devant moi sans me soucier de qui que ce soit. Vois-tu, mon petit renard doré, pour réussir dans la vie, il faut être énergique, avant et par-dessus tout !

— Il faut que vous sachiez, mon aigle, reprit-elle, sérieuse soudain, je suis la femme la plus femme du monde.

Et cette phrase prononcée d'une traite en français accrut encore son trouble.

— C'est-à-dire inconstante, capricieuse, irrésolue, sans volonté.

Il inonda sa main de baisers goulus :

— Ah, si je pouvais te donner une goutte de ma volonté, moi qui en regorge. Alors, tu serais ma femme. La femme de Ferdinand Lassalle. Mais es-tu sûre de vouloir devenir la femme de Ferdinand Lassalle ? Ce ne sera pas facile, tu sais. Les autres femmes t'envieront et te haïront. J'ai beaucoup d'ennemis. Tu seras la cible favorite de leurs perfidies et médisances, leurs insinuations et leurs calomnies les plus infâmes.

— Ma seule ambition est d'être la femme de Ferdinand Lassalle et de partager son sort.

— Soit. Mais, crois-moi, ton lot ne sera pas à dédaigner. La femme de Ferdinand Lassalle sera un jour la première entre toutes les femmes. Oui, oui, parlons-en une bonne fois. Ne te fais pas une idée vague de mes plans d'avenir et du but que je poursuis.

Il parlait d'une voix exaltée, et ses yeux d'oiseau de proie lançaient des éclairs :

— Regarde-moi bien. Ai-je l'air de quelqu'un qui se contentera de jouer un rôle secondaire dans l'État ? Crois-tu que je sois homme à tirer candidement les marrons du feu pour les autres ? Non, je n'aurais pas en vain martyrisé ma jeunesse, gaspillé mes nerfs et mes poumons. Je veux la victoire suprême. Je veux poser sur ton front un diadème inégalable. Crois-moi, il est plus digne d'envie d'être le président acclamé d'une république que de s'asseoir sur un trône branlant et vermoulu avec le vain titre de « Roi par la grâce de Dieu ». Approche-toi, regarde cette glace. Ne nous renvoie-t-elle pas l'image du plus beau des couples princiers ? Et crois-tu qu'un tel couple ne correspond pas à un décret supérieur de la Providence ? Sommes-nous de taille à porter le pouvoir suprême ? Oui, certes, mon enfant, tu t'applaudiras quelque jour prochain de m'avoir élu moi entre tous. Vive la République et sa Présidente aux cheveux d'or !

Le prétoire s'était vidé depuis longtemps. Nous étions seuls, ou presque, et le cri de Ferdinand résonna un long moment entre les colonnes pourpres. Il ne se contrôlait plus, le regard brouillé par l'exaltation, et son visage se convulsait. Bien sûr, il ne s'occupait pas de moi, mais je dois avouer qu'à ce moment-là je tremblais d'émotion, de peur et d'admiration.

Lassalle ne s'était aperçu de rien, et il poursuivit sa frémissante prophétie :

— Tu crois à mon étoile, n'est-ce pas ? C'est que, vois-tu, depuis que je t'ai retrouvée là, maintenant, après ce procès victorieux et avant... J'y vois un signe du destin. Ma route vers les sommets s'éclaire enfin. Ensemble nous atteindrons le but suprême et alors vivent nous et nos amis ! Quant à nos ennemis, et ils sont innombrables, comme le sable dans la mer, qu'ils y viennent ! Ils seront vaincus, feront la haie sur le passage du triomphateur et prosterneront leurs fronts dans la poussière. N'est-ce pas, mon petit renard doré, que tu comprends cette ambition-là et que Ferdinand l'élu du peuple est un titre qui sonne bien ? C'est ainsi qu'ils m'appelleront si je réussis.

Il s'interrompit. Lentement il dégrisait. Ses mains, ses bras, ses jambes se dégourdirent, son visage blêmit.

— Mais les temps ne sont pas mûrs. Il faudra s'épuiser des années encore en vains discours ou se figer dans une mortelle inaction. Je ne sais pas. Vedremo...

— Ferdinand, nous y allons. Nous allons être en retard. Et Cosima ne me le pardonnera jamais. C'est Richard qui...

— Oh, excusez-moi, Mademoiselle, je n'avais pas vu que vous... Je croyais que Ferdinand était...

Fasciné, comme chaque fois que Lassalle discourait, je n'avais pas entendu Hans von Bülow s'approcher. La fraîcheur de son ami détendit Ferdinand ; et retrouvant son air moqueur, il joua l'aboyeur :

— Mademoiselle Hélène de Dooninges... Monsieur Hans de Bülow. Le plus grand chef d'orchestre de toute l'Allemagne. Que dis-je, de toute l'Europe !

Hans se courba jusqu'à terre ; Hélène singea la bigote tremblant d'offrir une phalange au vorace baisemain ; et ils rirent aux éclats, rêvant un instant d'une complicité d'enfants qui ont caché ensemble les brodequins de papa.

— Allons, allons, un peu de sérieux. Richard nous attend.

— Ah c'est vrai, mon cher Hans. Richard et Cosima ! Eh bien, mon petit Franz, tu es encore là. Tu n'es pas dans le fiacre de Cosima. Qu'est-ce que tu fais donc ?

Il ne restait plus qu'une voiture ; Cosima, lasse d'attendre, avait pris l'autre. Le visage de Bülow s'assombrit aussitôt :

— Et voilà ! Richard l'attend et je n'existe plus pour elle.

— Allons, allons, Hans. Pas de désespoir larmoyant à la Shelley. Cosima n'aime pas être en retard. Elle est impatiente et emportée, voilà tout. Elle désire être une jeune femme moderne à la George Sand. Bientôt, tu verras, elle portera des pantalons. La belle affaire ! La comtesse fume bien des cigares qui font tousser !

Hans von Bülow ne semblait pas convaincu. Il faisait peine à voir avec son regard de chien battu et sa démarche hésitante, pesante, comme s'il portait sur ses épaules un objet lourd et précieux. Lassalle ne supportait pas qu'on parût triste autour de lui lorsqu'il avait le cœur réjoui. Alors, dans un énorme rire forcé, il se rua sur son ami, souleva aisément son petit corps frêle, et le jeta comme un paquet de lingère dans la voiture.

La route fut longue et pénible. Nous devions supporter les moindres cahots d'une route inégalement pavée, comme si chaque pierre, rongée par le temps et les passages innombrables, se vengeait sur nos dos vermoulus. Hans demeurait sombre et silencieux, mais Ferdinand n'entendait pas son silence. Il s'abandonnait avec indécence à sa joie d'avoir vaincu Schelling — « au nom du père », proclamait-il d'un air rigolard — et renoué les liens distendus avec la séduisante Hélène, qui couvait ses pitreries d'un regard admiratif. Comme toujours lorsqu'il était heureux, il parlait sans répit. Il nous racontait son procès ; il en rejouait une scène à la demande ; il imitait « Monsieur le Procureur général » ; il se moquait des juges, de leur pompe désuète et de leur crédulité infinie. Puis, il bifurqua sans prévenir :

— Mais je vous ennuie avec tout cela. Je suis incorrigible. Nous allons entendre le grand Wagner et je vous casse les oreilles avec ce minable Schelling ! Me pardonnerez-vous jamais ma ridicule incongruité ?

Il se rossait avec une houssine de comédie. Un très court instant, il se tut. Il se mira dans les beaux yeux clairs d'Hélène, et se vit beau, immense, indestructible :

— Mon petit démon adoré, avez-vous déjà vu et entendu notre grand homme ? Le créateur de la musique du futur ? Le plus grand génie allemand d'aujourd'hui ? Que dis-je — corrige-moi, Hans, si je dis une sottise, je t'en prie ! — l'expression même du génie allemand ! La preuve éclatante — et ce, même si ces petits-bourgeois d'Allemands ne le savent pas encore — que le peuple allemand existe et ne demande qu'à s'unir, en dépit des ridicules manœuvres de retardement des petits princes d'opérette qui emprisonnent encore notre peuple dans des divisions archaïques et condamnées par l'Histoire. Mais savez-vous pourquoi ces princes surannés combattent l'union de tous les Allemands ? Pas seulement pour conserver un reliquat de leur grandeur passée. Mais parce qu'ils pressentent confusément, dans une ultime intuition de condamné à mort, que les Allemands unis, enfin libérés de leurs chaînes, finiront le travail de la Révolution française ! Parce que les Allemands qui n'ont jamais eu d'État ni d'Histoire ignoreront avec d'autant plus de liberté les limites, les pudeurs qui ont contenu l'élan purificateur des Français, eux qui avaient un État depuis mille ans. Les Allemands seront le peuple de la liberté ! Ils instaureront la liberté intégrale, et la fin de l'histoire annoncée par Hegel arrivera par eux ! Alors, les petits princes seront évidemment balayés comme les jouets devenus inutiles sont jetés par l'enfant devenu grand. Et Wagner exprime tout cela. Cette liberté absolue, le mélange des vieux mythes allemands et de la liberté moderne. C'est bien cela qu'il prépare dans son grand projet, n'est-ce pas, Hans ?

Hans ne répondit pas et demeura mélancolique et silencieux. Hans était avec Cosima ; mais Cosima n'était pas avec Hans. Lassalle n'insista point. Il était comme un rouge-gorge à la saison des amours, qui siffle et chante.

— Mon petit démon adoré, le *Tannhäuser* que nous allons entendre n'est pas celui qui nous a tous enchantés il y a quinze ans. Wagner l'a entièrement retravaillé pour son passage à l'Opéra de Paris l'an dernier. En son honneur, il y avait ce soir-là Louis Napoléon Bonaparte et votre… amie, l'impératrice Eugénie. Et je crois que cette œuvre nouvelle, car on peut parler de nouvelle œuvre, nous permettra de deviner où en est Richard Wagner, où en est son projet grandiose encore inachevé ! Les Français se sont très mal conduits, vous savez, avec notre grand génie. D'abord, ils ont demandé qu'il traduise son livret en français. Ce qui peut se comprendre. Mais ces petits marquis du Jockey-Club ont ensuite exigé de Wagner un ballet au début du second acte. Ces messieurs libertins sans la moindre délicatesse artistique souhaitaient tout simplement savourer les charmes des danseuses du maître Petipas ! Ah, ces Français sont un peuple admirable, mais décidément des êtres futiles et superficiels. Pensez donc, ces grossiers personnages du Jockey-Club l'ont conspué avec des sifflets de chasse ! Baudelaire a crié au génie, mais la presse a mesuré son plaisir et ses louanges ; comme d'habitude, la presse parisienne servait des intérêts politiques réactionnaires.

Cette œuvre est tout à fait remarquable, vous savez, mon petit renard doré. Le combat que se livre le héros est essentiel. Dans la vie de tout homme, il y a Vénus ou le désir, et Elisabeth de Thuringe ou la pureté. N'est-ce pas, Hans ?

Hans von Bülow marmotta deux ou trois borborygmes. Ferdinand ne s'en offusqua point, et poursuivit comme enivré de mots, saoulé du bonheur de parler et de parader sous le regard fasciné d'Hélène, qui absorbait chaque inflexion de sa voix, chaque mouvement de bras, de main ou de menton. Je le détestais de ne pouvoir interrompre sa logorrhée incandescente et d'ignorer la douleur de son ami Hans, mais j'étais moi aussi éperdu d'admiration. Il savait tout, décrivait tout, décortiquait le livret comme s'il l'eût écrit ; et l'on découvrait, ravi, enchanté, Vénus retenant Tannhäuser, Wolfram aimant en secret Elizabeth, les hommes des princes se ruant sur Tannhäuser l'épée à la main, le cri d'Elizabeth lui sauvant la vie. On avait la bouleversante illusion que Wagner lui-même s'exprimait par sa bouche. Il décrivait par le menu les changements entre la version de Dresde, en 1845, et la parisienne de 1861. Il justifiait, expliquait, imaginait. La scène de la bacchanale ajoutée au premier acte. La colère de Vénus. « Ziezh hin wattnbetörter », déplacée à la troisième strophe de la chanson de Tannhaüser ; et la charge des violons, à la clôture du deuxième acte. Il ne les avait jamais entendus pourtant, mais en avait retenu le récit enthousiaste de Bülow. Ferdinand était ainsi ; il avalait goulûment tout ce qu'on lui disait, lui montrait ; et le malaxait ensuite, avant de le ruminer, et le régurgiter. Peu à peu, le son de sa voix s'était infléchi ; les mots choisis ne lui étaient pas habituels, ses intonations mêmes ne lui appartenaient pas. Sans s'en apercevoir, il imitait Hans de Bülow. Il était le grand chef d'orchestre wagnérien évoquant un des opéras du grand maître. Il était Wagner composant son œuvre. Rédigeant son livret. Il était Tannhäuser repoussant les joies simples du pur amour et chantant la gloire du désir débridé, ou Elizabeth de Thuringe se jetant à terre pour le sauver. Il était le violoniste au fond de la fosse, le public en habit noir et robes de mousseline rose, l'Opéra de Paris, le grand escalier où l'on se mire et s'admire, les rideaux de soie et les fauteuils rouges, la dame du vestiaire et Napoléon III, la princesse Pauline et la grisette qui n'a pu entrer. Il désirait, avalait, assimilait tout. Il voulait être tout.

Puis, le rideau s'ouvrit ; les nymphes apparurent et dansèrent ; les couples de jeunes gens se nouèrent ; les satyres et les faunes surgirent des rochers ; les trois grâces chassèrent les cupidons ; les sirènes fredonnèrent leurs sirupeuses mélopées ; le brouillard se dissipa et un éclair de lune inonda la scène ; un cygne blanc posa tendrement sa tête sur le sein de Leda couchée au bord de l'étang ; la musique, solennelle et majestueuse, s'éleva vers le ciel étoilé de carton-pâte. Alors, Lassalle ne prononça plus un mot, n'esquissa plus un geste. Il ne salua plus aucun banquier boursouflé, aucun officier roide, aucune dame alanguie. Sa canne d'ébène reposait à ses pieds comme un chien fidèle. La couverture bariolée du procès lui recouvrait les jambes et le ventre. Il se réchauffait les mains avec une pomme de terre chaude. Un silence envoûté régnait dans notre loge, seulement rompu par les regards qui se croisaient et s'entrecroisaient sans se voir, comme une chaîne d'amour et de haine, de tendresse et de jalousie, d'espérance et d'accablement : Rustow qui regardait Sophie qui regardait Hélène qui regardait Ferdinand qui regardait Hans qui regardait Cosima qui regardait Wagner.

Moi qui les regardais tous, et que Wagner ennuyait. Ce n'était pas la première fois que Lassalle m'emmenait à l'Opéra de Berlin. *La Fille du régiment* de Donizetti m'avait enthousiasmé. Wagner était alors le chéri de la bourgeoisie berlinoise, qui votait progressiste et portait en bandoulière ses idées avancées, ses rêves unitaires et son mépris des princes moyenâgeux. Longtemps, je fus persuadé que le goût de Lassalle pour Wagner était surtout celui de la Prominenz. J'étais injuste. Ferdinand aimait sincèrement « l'œuvre de Richard », comme disait Cosima. Je soupçonnais alors une part d'affectation, de comédie dans ce silence suffoqué qui l'avait étreint dès le commencement de la représentation, là où il n'y avait que souvenir et remords. Comme Tannhäuser, il avait passé sa vie à Venusberg ; il avait choyé ses désirs et goûté tous les plaisirs ; il avait aimé son Elizabeth de Thuringe ; et avait été aimé d'elle ; mais l'appel du désir avait été trop fort ; il était retourné à Venusberg. Alors, Elizabeth s'était laissée mourir de désespoir. Il s'était repenti et précipité vers elle. De jeunes pousses avaient fleuri la crosse du pape. Trop tard.

Lentement le doux visage de la sœur d'Oppeinheim remonta du tréfonds de la mémoire de Ferdinand. Il s'aperçut avec effroi que son image s'était dissipée. Il y avait donc si longtemps ; il croyait pourtant qu'il n'oublierait jamais. Il se concentra, redessinant l'ombre d'un cil, l'éclat de ses petites dents qui montaient à l'assaut lorsqu'elle souriait, ce regard clair, craintif et déterminé à la fois ; et cette bouche ronde et lippue dont les rêves des hommes avaient fait à sa pudeur un objet de honte. Il avait aimé la sœur d'Oppeinheim comme jamais il n'avait aimé depuis, et l'avait quittée. Il avait refusé de l'épouser en dépit de l'accord des deux familles. Il avait repoussé son amour et s'était enfui. Il avait renoncé au bonheur qui lui tendait les bras. Il se demandait encore pourquoi. Bien sûr, au fil du temps il avait déniché des réponses et des coupables. Il avait accusé Byron et Shakespeare, Heine et Börne, leurs rêves de grandeur, de fracas et de gloire, de révolution et de lointain. Il avait reproché à son père de ne pas s'être opposé à ce mariage, ou de ne lui avoir pas donné envie de lui ressembler ; d'être son père, simplement. Et puis, il s'était apaisé. Il n'accusait plus personne. Il était retourné à Venusberg. Il avait foulé les rivages du plaisir et voulait y revenir. Il s'était réchauffé au feu du désir et avait froid. Il se dit que l'amour retenait le désir, que le désir n'avait que faire de l'amour, qu'Elizabeth ne pouvait vivre à Venusberg, que Tannhäuser n'avait pas le droit d'aimer Vénus pour que la jouissance fût à son comble. Il songea alors qu'il n'y avait pas non plus d'amour sans désir ; et que la volupté poursuivie pour elle-même, sans la moindre trace de sentiment, laissait un goût de cendres, de vacuité et de mort. Il aurait dû demeurer auprès de la sœur d'Oppeinheim, et connaîtrait sans doute ce bonheur qu'il quémandait aujourd'hui. Une femme bonne et aimante serait à ses côtés. Depuis vingt ans, ils partageraient tout : les peines et les douleurs, les joies et les espoirs. Elle aurait grandi, souffert, espéré avec lui. Depuis vingt ans. Un instant, oh un court instant, il envia Bleichröder qui avait son Emma, oui, sa ridicule Emma Guttentag et son visage terne et banal, et ses bras chargés de bracelets et d'énormes diamants. Las, il se détacha des faunes et des nymphes, et son regard croisa celui d'Hélène encore palpitant de ferveur. Une onde de bonheur le transperça ; il se surprit à remercier Dieu de lui avoir donné une nouvelle chance. Il quitterait Venusberg. Il renoncerait à ses rêves de grandeur et de gloire. Il rentrerait sous la tente. Il goûterait enfin le fruit du bonheur qu'il s'était si longtemps défendu. Elizabeth de Thuringe n'était pas morte pour rien. Il se souvint alors que la maman d'Hélène était une de ces Juives converties au protestantisme ; et il sut que le vieux Haïm en serait heureux.

Il prit alors la résolution de ne pas la toucher. Il ne l'emmènerait pas à Venusberg ; il connaîtrait l'amour qu'il avait jadis repoussé. Il croyait non sans ingénuité que Dieu « repasse les plats ». Il était jeune encore, je m'en rends compte aujourd'hui. À l'instant même où il prenait sa ferme décision, Tannhäuser s'effondra, et dans un énorme vacarme final, la crosse papale fleurit. Ferdinand surprit alors un regard d'Hélène, avide et voluptueux ; et il sut aussitôt qu'elle ne comprendrait rien de sa chasteté nouvelle, car elle croyait, elle, qu'amour et plaisir marchent main dans la main. Ce soir, disait son beau regard humide, son aigle souverain la porterait dans ses serres griffues et dans son bec, la souillerait de baisers et de savantes caresses, et l'écartèlerait avec une tendre violence.

Il devina qu'elle lui tiendrait rancune de sa désillusion, et le lui ferait payer un jour.

Ce soir-là, il était fort tard quand nous arrivâmes chez Hiller. Le repas était excellent et on fit beaucoup de bruit. La comtesse sortit un de ses énormes cigares et rabroua ce pauvre Rustow qui osait protester. La scène amusa beaucoup Ferdinand, qui riait facilement du Commandant. La nuit était bien avancée lorsque Hans et Cosima raccompagnèrent Hélène chez sa grand-mère.

CHAPITRE VIII

Le Rudelheim Hall de Francfort

Le docteur Lassalle m'avait enseigné que le grand philosophe Kant n'avait interrompu qu'une seule fois sa rituelle promenade dans les bois de Koenigsberg, en apprenant la prise de la Bastille par la foule parisienne, le 14 juillet 1789. J'ai toujours admiré cette aptitude à saisir au vol le sens d'un événement historique. Souvent, je me suis imaginé à la place de Kant, sourd à l'appel de l'Histoire, poursuivant indifférent ma paisible marche à travers ronces et sentiers. Et je me voyais Parisien mécontent et râleur, claquemurer portes et fenêtres en pestant contre la bruyante populace. Je crains fort aujourd'hui que la Révolution, la véritable, la prolétarienne, ne me surprenne avant de mourir, car je ne l'apercevrai probablement pas, ce qui en ma qualité de secrétaire général adjoint du parti social-démocrate équivaudrait à la combattre. « À Waterloo, tu te serais endormi à deux pas du champ de bataille sans voir Napoléon », me disait souvent Ferdinand, pour me taquiner. Il riait aux éclats, me surnommait Fabrice, et m'envoyait les meilleurs vœux de Monsieur Beyle. Je riais alors sans comprendre, mes progrès en français ne me le permettaient pas ; et je n'entendis le sens de ses allusions que longtemps après sa mort : dans les années qui suivirent la guerre de 1870, il était en effet de bon ton de mépriser la littérature d'un pays décadent.

En ce 11 mai 1863, je fus fidèle à ma lamentable réputation. Ce matin-là, un certain Zitelman apporta une lettre cachetée du sceau royal des Hohenzollern. Le domestique, impressionné, accourut, la missive posée sur un plateau d'argent. Le docteur Lassalle la décacheta en tremblant un peu. Il la parcourut non sans fébrilité, la lut et la relut encore à haute voix pour s'assurer de la réalité de chaque mot : « Aimerais discuter de la condition ouvrière et de ses problèmes. Aimerais obtenir l'avis d'hommes indépendants qui se sont occupés de cette question. Serais heureux d'échanger vues sur ces problèmes » ; avant d'ajouter d'une voix blanche : « Signé Otto von Bismarck. » La comtesse Sophie manqua s'étrangler de n'avoir songé, au milieu de sa joie immense, à exhaler la fumée de son cigare et parvint, entre deux toux gargantuesques, à tonner de sa grosse voix d'homme : « C'est formidable ! Inespéré ! Tu seras ministre. Il faut accepter. Il faut y aller tout de suite. J'avais raison, c'est le junker réactionnaire qui donnera le suffrage universel ! » Ferdinand ajouta, d'un ton allègre et ému à la fois : « Comme le tory Robert Peel fit voter la suppression des droits de douane sur les blés » ; mais Lothar Bücher selon sa couarde habitude susurra : « Il faut examiner sereinement l'affaire et ne pas prendre une décision à la légère » sans se douter qu'il prononcerait la même phrase, quelques années plus tard, dans le bureau du chancelier Bismarck. Lassalle pencha vers lui sa face de prélat enveloppé de pourpre cardinalice, et supporta sans gémir les vaticinations de son sinistre conseiller, avant de lui lancer, excédé : « D'accord, d'accord, il n'est pas question de le voir. Ce serait faire acte d'allégeance. Il ne faudrait pas que Bismarck me prenne pour un vulgaire Eichler. C'est bien ça ce que tu as voulu dire, Lothar ? Mais il faut lui répondre. Car ne pas lui répondre serait faire acte de guerre. Et nous sommes déjà en guerre contre les progressistes. Nous ne pouvons nous permettre d'ouvrir un second front. » La comtesse Sophie en jeta son cigare de rage, leur hurlant « qu'ils n'avaient pas de couilles », que Lothar n'était rien d'autre qu'un « poisson sans arêtes », et qu'elle s'attristait de constater que Ferdinand, jadis si viril, s'était à son contact émasculé. Lassalle, la bouche tordue de fureur, lui rétorqua : « Les couilles que tu as au cul sont celles de Rustow. Alors, tu ne sais plus vraiment ce que sont des couilles d'hommes. » La comtesse Sophie claqua la porte derrière elle avec une telle vigueur qu'un vase japonais en trembla sur la base avant de se répandre au sol en des milliers de petits morceaux multicolores (que la bonne dénicherait encore des mois après), tandis que Lassalle, laissant désormais libre cours à sa colère — mécontent et honteux de ne pouvoir se maîtriser —, hurla mon nom à trois reprises et quatre fois mon prénom, afin de me dicter la réponse qu'il désirait envoyer à celui qu'il n'appelait plus désormais que « le chancelier ». Mais je n'étais pas là.

Je me trouvais chez la Princesse. Depuis plusieurs semaines, je m'étais abstenu de la voir ; mais elle était malade ; du moins le prétendait-elle. Je m'étais pourtant promis de rompre avec la méchante femme qui m'avait déniaisé de si rude façon, et traitait au contraire de toute moralité une fille au regard d'ange. Je me persuadais alors que le monde nouveau appartenait à l'élite régénérée du monde ouvrier, ces nouveaux fils de Luther.

Je ne pus cependant résister au bristol qu'elle m'envoya, au lion majestueux de ses armoiries qui lançait ce regard ironique des Muskau, de bien plus vieille et noble souche que les Punker, trafiquants d'armes enrichis pendant la guerre de Trente Ans. Je découvris la Princesse étendue sur un étroit lit de bois, l'air alangui et les traits artistement creusés, au fond d'une pièce obscure dont on avait tiré de vieux rideaux rouges. Marie Thérèse Mathilde Amélie se redressa, avec une savante lenteur, découvrant un unique corset à moitié délacé ; et je ne pus m'empêcher d'abandonner un œil attendri sur son sein lourd qui s'affaissait, comme une digue grignotée par l'inlassable mouvement de l'eau et du temps.

D'une voix mourante qui s'accordait si bien avec les cernes bordant ses yeux las, et les mèches grisâtres qui ternissaient son casque d'or, elle murmura :

— Bonsoir, Franz. Je voulais venir vous saluer, mais je n'en ai pas eu la force. C'est gentil à vous de visiter votre vieille Alphonsine qui bientôt ne sera plus.

Je lui pris la main avec tendresse, et la lui caressai chastement. Déjà, son visage blême reprenait quelques couleurs. Avec des gestes lents, elle s'empara de mon autre main et la porta à sa gorge.

— Je t'en prie. J'ai chaud. Très chaud, me susurra-t-elle de sa belle et douce voix.

Je dénouai les ultimes lacets de son corset. Elle sourit :

— Au moins je vous aurai appris cela. Vos jeunes et nombreuses maîtresses ne devineront même pas que votre dextérité à les dévêtir vous vient d'une vieille sorcière issue d'un monde mort devenu néant et qui va bientôt l'y rejoindre.

La femme vieillie et désespérée pleurant une époque révolue et sa jeunesse enfuie était sans doute son meilleur rôle. Elle n'avait alors que quarante-cinq ans et réjouirait longtemps encore le cœur et le corps de ses amis. Ah, la brave et bonne princesse ! Elle me sourit et je fondis ; elle posa ma main sous son corset et, amant obéissant, je lui empoignai rudement la pointe du sein comme elle me l'avait appris au fond du placard à balais de la rue Mauer. D'une voix sucrée, elle m'attira vers elle :

— Viens, Franz, viens ici…

Et je vins. Je lui obéissais sans rechigner. Je me laissais dicter la loi de son désir ; je me laissais caresser, triturer, avaler comme un pantin désarticulé dont elle tirait les ficelles.

Soudain, elle se retourna et m'offrit sans détour sa croupe abondante, qui m'avait tant exalté chez les Varnhagen d'Ense ; mais effarouché par la brutalité de la manœuvre, je faillis m'enfuir. Elle tourna alors son visage vers moi et me dit d'une voix suppliante :

— Je t'en prie. Ne m'en veux pas. Mais je suis vieille et mon visage n'est plus celui de ma jeunesse. Je ne veux pas que tu me voies dans ma décadence. Il me semble que mon cul a moins vieilli.

Et je crus entendre un gloussement lorsque, vaincu une fois encore, je l'empalai sans ménagement.

— Ah, mon petit Franz. Il ne faut pas que l'on se regarde. Quand on se regarde, on s'attendrit. On pourrait presque s'aimer. Et ça gâcherait tout. À mon âge, on n'a plus le droit qu'au plaisir. L'amour, c'est pour les jeunes qui ont la naïveté d'y croire.

Je la chevauchais avec fureur ; elle criait son plaisir sans pudeur ; et m'encourageait sans mesurer sa peine. Je me donnais des airs d'amant expérimenté ; elle mimait l'émoi virginal, la reconnaissance éperdue ; j'étais empli d'admiration pour moi. C'est alors que je découvris à l'autre bout de la pièce obscure, dissimulé derrière un pan de rideau comme un valet de mauvaise comédie, un spectre au crâne chauve et brillant, les yeux exorbités par le spectacle que nous lui offrions. Je demeurais interdit, dans une stupide immobilité. La Princesse se retourna, l'air outragé ; mais sitôt qu'elle devina la cause de ma frayeur, elle accrocha un tendre et humble sourire à sa face furibarde de grande dame.

— Mon petit Franz, ne crains rien, voyons. Ce n'est que le Prince, mon mari, Punker-Muskau quoi ! Le Prince est vieux et usé, tu sais, par sa jeunesse débauchée. Que veux-tu, les classes dominantes sont condamnées à disparaître et laisser la place aux fringants et virils ouvriers. Mais avant de rejoindre leurs ancêtres dans leurs caveaux de famille, n'ont-ils pas droit à quelques ultimes douceurs sur cette terre ?

Quand il a su que vous me rendiez visite, il m'a supplié de vous... et de me... Je n'ai pas eu le cœur d'agir avec cruauté. Après tout, notre sainte mère l'Église ne nous a-t-elle pas unis pour le meilleur et pour le pire ? Je crois que mon rôle d'épouse fidèle est d'alléger autant que je peux le fardeau de ses dernières années.

Lorsqu'elle cessa enfin son doux pépiement, j'étais de nouveau sous le charme. Je repris donc sans mot dire mon mécanique va-et-vient ; elle, ses cris et halètements ; et le Prince, le poste d'observation qu'il n'avait à aucun moment abandonné : la classe ouvrière avait encore beaucoup à apprendre de l'aristocratie décadente.

Le soleil embrasait encore les peupliers de l'avenue Unter den Linden lorsque la Princesse me renvoya, fourbu et plein de remords. Je n'étais pas trop inquiet cependant de rentrer chez le docteur Lassalle si tard dans l'après-midi. C'était en effet l'heure de son rituel dîner chez la comtesse ; il n'y avait aucune chance qu'il me surprenne.

Je fus donc stupéfait d'apercevoir Lassalle trônant sur le sofa du salon au milieu d'une tribu de gueux hirsutes à qui il ne manquait que des sagaies et des os dans le nez. Leurs amples blouses de toile étaient parsemées de pièces cousues au gros fil ; de lourds godillots de bois leur meurtrissaient les pieds comme des fers aux sabots des chevaux ; leurs cheveux, blonds et sales, s'effilochaient, et dans leurs regards se lisait la lassitude des vieillards fatigués de vivre. Je les découvrais avec effarement. J'avais oublié. Une année passée aux côtés du docteur Ferdinand Lassalle, de la comtesse Sophie von

Hatzfeldt, de la princesse Punker-Muskau, de Ludmilla d'Assing et de Cosima von Bülow, et je ne savais plus à quoi ressemblait un ouvrier allemand. Quelques mois à folâtrer sous les tilleuls m'avaient persuadé que j'y avais grandi. Il me paraissait naturel de dîner à la table du réputé historien Förster, d'échanger une plaisanterie avec la nièce de Rachel Varnaghen d'Ense, d'écouter une nuit entière, au fond d'une mansarde londonienne, Karl Marx disserter sur la rente chez Ricardo, de correspondre avec Engels, et de téter jusqu'à plus soif le sein de la petite-fille de la maîtresse du grand Frédéric. J'avais enfoui mes origines dans un grenier abandonné de ma mémoire, et je grattais les traces de mon passé pour qu'elles s'effacent plus vite. Je rendais de rares visites à mes parents et n'en parlais jamais. Ce n'était pas un reniement, non, mais je me sentais lourd de ma médiocre condition. Je voulais m'alléger. Alors, comme une montgolfière, je jetais le lest par-dessus bord pour monter plus haut ; et je m'aperçus qu'une fois encore je m'étais contenté de pasticher le docteur Ferdinand Lassalle. Je compris ce jour-là que l'oubli, comme une brûlure bénigne, n'avait pas entamé le derme, cette couche épaisse et profonde de fatalisme quasi oriental qui recouvre le prolétaire allemand dès la naissance, et que ces jeunes gens timides, posant une demi-fesse contrite sur des coins de fauteuils trop moelleux, aux boiseries trop délicates, s'efforçaient de s'arracher. Je compris qu'ils étaient moi et que j'étais eux. Je me dis que j'étais seul capable de les comprendre, de sentir ce qu'ils sentaient, d'exprimer ce qu'ils ne pouvaient exprimer. J'étais un pont entre deux mondes, deux cultures. Moi seul avais les clefs de ces deux univers. Moi seul pouvais empêcher les incompréhensions, les malentendus. Moi seul pouvais calmer les impatiences, les frustrations, les humiliations des ouvriers. Moi seul pouvais contenir les fureurs de Lassalle, son mépris d'intellectuel, ses ignorances de bourgeois. Je n'osais révéler le secret de ma haute ambition au docteur Lassalle de crainte qu'il en prît ombrage, ou pis encore, qu'il en rie. Je m'en ouvrais dans une lettre à Engels qui ne me tança ni ne me moqua.

Lassalle avait convoqué à la hâte les délégués des comités ouvriers de toute l'Allemagne, mais la plupart, ne pouvant payer leur voyage, avaient désigné des remplaçants berlinois. Ferdinand n'avait nullement l'intention de leur demander un avis, un conseil même, à propos de l'invitation faite par le chancelier, mais il savait qu'il ne pouvait se présenter rue Wilhelm, en homme seul : il serait alors, en dépit de son talent et de son ingéniosité, un Eichler seulement plus subtil, un convive de bout de table chez Bleichröder, un nom parmi d'autres au « fonds des reptiles ». Lothar Bücher poursuivit ainsi un long moment mon déniaisement à voix basse. Je m'étais glissé à côté de lui. C'était la première fois que son petit corps rond, composé de deux boîtes encastrées — une bedaine de buveur de Pilsen et une grosse tête à la peau vérolée —, dominait une assemblée ; il en paraissait ravi. Tous les ouvriers étaient pourtant assis, agglutinés sur un fauteuil ou étalés par terre ; même les plus grands et les plus vigoureux semblaient courbés, affaissés sous le luxe des dorures, des vases chinois et des tapis d'Orient, la chemise de soie et les bottes de cuir jaune que Ferdinand avait enfilées comme s'il avait voulu, d'emblée, affirmer une hiérarchie naturelle.

D'ailleurs, ils ne disaient mot. À l'exception de Waltheich qui, sous l'œil glacé de Lassalle, s'efforçait de lui donner la réplique, tous l'écoutaient la tête baissée, transis d'admiration.

Le maître leur décrivait avec ferveur l'avenir radieux d'un parti ouvrier qui serait à eux, rien qu'à eux, ferait connaître leur sort aux bourgeois et au monde entier, et combattrait sans répit pour le suffrage universel ; mais ils n'osaient l'interrompre et lui avouer qu'ils ne comprenaient pas comment le « suffrage universel » nourrirait leurs enfants. Ils voulaient y croire, et croire en lui, ce beau jeune homme aux vêtements de fille, à la « tête d'empereur romain ». Ils ne savaient pas à quoi ressemblait semblable antiquité — leurs pères, qui avaient envahi l'avenue Unter den Linden lors de la Révolution de 1848, avaient été les derniers à voir des statues à la romaine dans les jardins du Tiergarten, depuis longtemps rendus aux élégantes — mais le *National Verein* avait décrit dans ses colonnes le « profil d'empereur romain de Ferdinand Lassalle », et cela leur plaisait, les emplissant d'une frémissante fierté.

Depuis de longues semaines, le docteur Lassalle n'avait cessé de les rencontrer en petits groupes et grands comités. Ferdinand sentait qu'il devait les forcer, les violenter, qu'ils craignaient de se retrouver sans la protection des tuteurs progressistes, seuls, livrés à eux-mêmes, ne sachant que dire aux bourgeois, au Parlement, au chancelier, au roi. Alors, peu à peu, alternant caresses et brusqueries, Lassalle parvint à les rasséréner. Sa voix chaude et magnétique les transportait dans un monde de rêve où ils n'étaient plus des ouvriers miséreux des faubourgs de Berlin mais des « Messieurs » : redingote et haut-de-forme, dorures, vases d'Orient et bois d'acajou. Ils goûtaient un breuvage magique et devenaient un instant, un très court instant, mais qui valait pour eux éternité de bonheur — par une transmutation que j'avais vécue au fond d'une brasserie enfumée aux murs crasseux de l'Orianenbourg —, Ferdinand Lassalle. Le docteur Lassalle. Le philosophe et le juriste, le théoricien socialiste, l'ami de Förster et d'Alexandre Humboldt, le dandy aux gants beurre frais aimé sans espoir par Ludmilla d'Assing, l'étoile filante d'un univers mythique, dont ils ne connaissaient l'existence que par ouï-dire, mais où Lassalle, par la vertu de son verbe, de ses postures contorsionnées, les introduisait par effraction.

Dans les jours qui suivirent, le salon de Ferdinand ne désemplit pas. Il y régnait l'agitation frénétique d'un quartier général avant une bataille décisive : les troupes débarquaient, déposaient leur barda, bivouaquaient et se déployaient dans un grand tumulte. Le soleil ne se couchait plus ; il ne se levait plus ; c'était un jour sans fin, une nuit polaire plutôt — car l'obscurité sied, depuis les catacombes, aux comploteurs murmurant à la lumière vacillante des chandeliers dorés que les domestiques, cédant à la fatigue, ne renouvelaient plus.

Ils arrivaient en calèche, en malle-poste, en train, à pied le plus souvent, fourbus, courbés, toussant et crachant fort la poussière des routes et la suie des locomotives. Ils étaient comme des loups étiques, chassés par les bergers loin de toute pitance et que la faim rapproche des maisons des hommes.

Ils avaient franchi la porte de Brandebourg en bravant le regard sourcilleux de la police de Berlin, alléchés par la rumeur, vague et incertaine, de la naissance du premier parti socialiste ouvrier d'Allemagne. Les ouvriers s'étaient cotisés pour envoyer un des leurs ; les « intellectuels » avaient interrompu leurs travaux ; les demi-soldes de 1848 avaient abandonné leur vieille maîtresse. Ils donnaient leur avis quand on ne leur demandait rien, et demeuraient silencieux quand on les priait d'intervenir. Certains jacassaient sans répit pendant que d'autres ne pipaient mot des heures durant, le regard brûlant de ferveur et d'espérance. Enfin, un audacieux osa exposer à Lassalle les dangers du suffrage universel dans un pays prussien où les deux tiers de la population sont des paysans attachés à leur terre aride et à leur maître junker ; il s'attira cette aigre réplique : « Sans suffrage universel, nous deviendrons une école philosophique ou une secte religieuse mais jamais un parti politique. » Enhardi, un autre contesta la pertinence de la « loi d'airain » ; Ferdinand le traita par le mépris, refusant à priori d'entendre ses arguments. Son comportement autoritaire et suffisant en agaçait plus d'un ; personne n'osait cependant affronter son regard de feu. Alors, on venait se plaindre à moi des manières du maître de maison. J'avoue que je le défendais avec une molle indifférence ; je me persuadais que ce double jeu était dans l'intérêt même du docteur Lassalle.

Au bout de quelques jours, beaucoup repartaient chez eux, qui à Francfort, qui à Hambourg, Brême, Breslau, Hanovre, Munich, Solingen. Ils étaient les délégués d'un parti qui n'existait pas. Ils avaient été nommés par Lassalle sur recommandation du comité ouvrier local, de Lothar Bücher, de Ludwig Löwe ou de Waltheich, vieille amitié, coup de cœur, ou lassitude. Pour chaque nom qu'il n'avait pas inspiré, Waltheich renâclait. Il avait pris, au comité de Leipzig, des habitudes de potentat dont il avait du mal à se défaire. Le plus souvent, Lassalle s'imposait, mais Waltheich prit une revanche éclatante avec le docteur Sweitzer. C'était un ami de Ferdinand. Un esprit brillant et un militant dévoué. Lassalle lui avait réservé une place au Comité du parti. Waltheich refusa. Lassalle passa outre. Waltheich obtint le soutien de tous les délégués ouvriers. Lassalle s'emporta. En vain. Il menaça de démissionner. Ils restèrent inflexibles, la mine obtuse. Je ne pus même pas le soutenir dans cette bataille perdue d'avance ; je devais préserver mon nouveau statut. Lassalle ne comprenait pas cet ostracisme ; je dus lui expliquer que son ami était homosexuel.

La maison de la rue Bellevue avait pris des allures de caravansérail. On entrait, on sortait, on échangeait des informations et des billets de train, on chicanait et disputait : la loi d'airain des salaires est-elle exacte dans tous les cas ? L'aide de l'État aux coopératives n'est-elle pas une forme abâtardie du socialisme d'État ? Le suffrage universel n'est-il pas dangereux pour le socialisme ? La Prusse n'est-elle pas le plus grand ennemi de l'Allemagne ? On avait des mots et on donnait des noms, ceux des agents de la police de Bismarck, des industriels qui payaient les nervis provocateurs du parti progressiste, et des militants qui accepteraient de protéger le docteur Lassalle lors de ses déplacements. On se préparait pour le grand jour, on s'affairait. Hans von Bülow composait la musique de l'hymne du parti, dont Georges Herweg avait écrit les paroles. Ludwig Löwe apportait des valises emplies à ras bord de thalers, mais suppliait Ferdinand de modérer ses attaques contre les progressistes. Rustow rôdait. Avec son habit rouge d'officier, ses moustaches en crocs et ses bras immenses, il ressemblait à une écrevisse dans un aquarium. Il ne quittait jamais deux types au corps sec et l'air mauvais, le teint mat et le cheveu long, raide et sale, deux Italiens qui ne parlaient qu'italien, qu'il avait côtoyés dans l'armée de Garibaldi. Et puis, il y avait ces jolies femmes, innombrables et mystérieuses, qu'on reconnaissait sans les voir à leur délicate fragrance. Elles venaient chaque jour et ce n'était jamais les mêmes. Elles avaient le cheveu blond vénitien qui tombait en boucles rondes, l'œil velouté et la lippe frémissante. Lina Duncker portait un message de la part de son éditeur de mari ; Agnès Denis-Street glissait une information secrète de son frère, qui avait ses entrées à la Cour ; Flora livrait des fleurs chez Schmidt, rue Friedrich, d'où elle s'échappait même quand elle avait les mains vides. Tant d'autres venaient, dont je ne connaissais pas le nom, si belles et désirables que les ouvriers en oubliaient le parti, le socialisme, le docteur Sweitzer même ; ils ne voyaient qu'elles, ne pensaient qu'à elles, épaules rondes et nues, sourires mutins, poses alanguies, innocence travaillée. Avec un louable courage, elles affichaient une passion inopinée pour la politique avec le sérieux charmant qu'elles mettaient dans le choix d'une nouvelle coiffure. Elles posaient parfois des questions saugrenues, mais les ouvriers purent aussi constater, à leur grande surprise, que la longue fréquentation de Ferdinand — et de la comtesse — en avait déniaisé plus d'une.

Lassalle s'épuisait. Il devait tout expliquer, justifier, concilier, mais le plus pénible était de se taire. Taire ses intentions réelles, ses objectifs lointains, ses motivations profondes. Il ne pouvait tout dire et en souffrait. Il ne pouvait dire à un esclave, qui ne les remarque pas, d'arracher ses chaînes ; à ceux qui réclamaient un syndicat à l'anglaise, que le parti politique n'ajouterait pas — dans un premier temps — le moindre thaler sur la feuille de paie des ouvriers ; et il ne pouvait avouer à ceux qui prônaient la constitution d'une secte fermée et intraitable sur les principes en attendant le « grand soir » que la « démocratie bourgeoise » était la seule garantie contre la tyrannie du parti et le mépris du droit. Il ne pouvait rien dire. Alors, il parlait. Il parlait sans cesse. Il était au bord de l'épuisement. Enfin, ils adoptèrent une résolution salutaire. Un immense meeting serait organisé où les délégations ouvrières de toute l'Allemagne pourraient débattre et décider la forme du parti qu'elles souhaiteraient. Ferdinand était soulagé : il leur dicterait sa loi en un seul discours, en une seule et reposante fois.

Le Rudelheim Hall de Francfort nous accueillit le 19 mai 1863. C'était une imposante bâtisse de pierre surmontée d'un toit de bois, de forme pyramidale. Tout au long de la matinée, la bouche géante du monstre de pierre avala sans rechigner les centaines de délégués ouvriers venus de tous les coins d'Allemagne. Les plus riches s'étaient rendus en train, la plupart avaient beaucoup marché. Certaines délégations avaient reçu une aide discrète des industriels progressistes pour empêcher la création d'un parti rival. Les admirateurs de Lassalle étaient nombreux et sagement enthousiastes, ses adversaires aussi. Dans la grande salle froide, on devait supporter les cris, la poussière et la sueur virile. Dehors, la ville avait été désertée par ses bourgeois, effrayés par l'invasion des « barbares » en blouse et béret, ou désireux de ne pas gâcher la première journée ensoleillée de printemps.

L'un après l'autre, les orateurs se succédaient à la tribune. Leurs discours étaient mal construits, leurs voix mal posées ;

les ouvriers allemands n'avaient pas encore la gouaille habile des travailleurs français ou britanniques.

Aussi, lorsque Ferdinand monta sur l'estrade, d'un pas lent, lorsqu'il salua la foule d'un geste discret de la main et prononça ses premiers mots d'une voix murmurante comme l'eau d'un ruisseau de montagne, un silence respectueux s'imposa aussitôt ; et les militants progressistes, et les provocateurs envoyés par la police eurent bien du mal à réveiller l'ardeur de leurs troupes anesthésiées. Lassalle attendit que s'essoufflent leurs hurlements orchestrés :

— Ma confiance dans le pouvoir de la vérité est telle que bien que vous soyez déterminés à voter contre moi, je ne serais pas surpris de trouver un vote unanime en ma faveur avant que vous ne quittiez la salle !

Ferdinand offrait aux rebelles son sourire insolent et sa certitude d'avoir raison, de détenir la vérité, d'œuvrer pour le bien, le sien comme celui du parti, des ouvriers, de l'Allemagne. Ce qui était bon pour lui était bon pour l'humanité ; et, aussi fou que cela puisse paraître, je suis aujourd'hui convaincu qu'il ne serait pas devenu Lassalle, et n'aurait pas exercé cette fascination, s'il n'avait été convaincu de cette bienfaisante confusion.

La salle goûta la provocation. Un délégué, fort en gueule, hurla :

— Combien tu as de filles dans la rue Friedrich pour te payer tes chemises en soie ?

Un autre lui rétorqua d'un ton rigolard :

— Il plaît aux dames, notre Lassalle. C'est pas le cas du gros Schulze !

Un énorme rire parcourut la salle. Ferdinand enchaîna. Sept heures durant. Depuis, les chefs socialistes ont pris la détestable habitude de discourir longuement afin d'assommer leur auditoire. Moi-même, je connais bien cette façon commode d'user un congrès rétif. Lassalle, lui, n'endormait pas, n'anesthésiait jamais ; il opérait le patient à vif, le rudoyait même, le provoquait, lui posait des questions, et répondait aux siennes. Bien sûr, ses dialogues improvisés étaient une aubaine pour tous les provocateurs, mais sous les pires insultes et brocards, Ferdinand parvenait toujours à reprendre son public en main. La comtesse s'approcha de moi. Ses lèvres entrouvertes ne suçaient nul cigare nauséabond ; ses yeux humides exprimaient une admiration béate :

— Il est beau n'est-ce pas, mon petit Ferdinand ? Il sera ministre, tu verras. Bientôt, oui bientôt, mon petit Franz. Ministre !

Après quatre heures de discours, des ouvriers enthousiastes grimpèrent sur l'estrade afin de poursuivre, de plus près, leur dialogue avec l'orateur, mais des jeunes gens de Solingen, qui s'étaient pris d'une passion religieuse pour Ferdinand, entendaient bien protéger leur idole. Le ton monta, des insultes fusèrent, des coups de poing aussi, et l'on vit même la lame d'un couteau briller. Lassalle apaisa les excités. On suspendit la séance. Elle reprendrait le lendemain matin. Ce soir-là, Ferdinand se coucha tôt, et la comtesse prit garde qu'il s'endormît seul. Elle-même, par solidarité sans doute, refusa de partager la couche du colonel Rustow.

Au matin, trois heures de discours suffirent à Lassalle pour convaincre les quatre cents délégués — qui avaient eu le courage de rester jusqu'au bout — d'adopter à l'unanimité la motion qu'il leur soumettait.

Ferdinand lut lui-même la proclamation finale. Quand il eut achevé sa solennelle lecture, la salle frissonna d'un silence ému. Les délégués ouvriers, fiers-à-bras soudain interdits, n'étaient pas sûrs d'avoir bien entendu. Ils l'avaient tant rêvé, et tant craint, « ce parti à eux », qu'ils ne pouvaient le croire enfin sorti des limbes de l'Histoire. Le silence s'était imposé, sans mot d'ordre ni négociation, un long silence recueilli comme une de ces prières intérieures qu'on leur avait jadis enseignées chez les frères moraves. Puis, ils poussèrent un cri énorme, venu des profondeurs de la terre, un vagissement de nouveau-né, de joie et de peur mêlées, de soulagement, de fierté et d'angoisse devant l'avenir, un cri pour se congratuler et se donner du courage. Ils agitèrent d'une main tremblante une feuille de méchant papier sur laquelle Duncker avait imprimé à la hâte les couplets de l'hymne du parti : « Travailleur, éveille-toi ! » Et ils l'entonnèrent d'une voix rauque et hésitante, les yeux humides.

Hans Bülow, bouleversé, dressa son petit corps gracile et s'efforça de donner un semblant d'ordre mélodique à cette chorale improvisée. La comtesse Sophie égrena un rire saccadé de dindon, qui agaçait tant Madame Hatzfeldt mère que son fils avait jadis interdit à sa femme de rire en sa présence. D'un pas décidé, elle monta sur l'estrade, ignorant avec superbe les signes véhéments des jeunes gens aux épaules massives, au visage glabre tout couturé et à l'œil mauvais. Sophie riait, Sophie pleurait ; Madame la comtesse débordait comme un fleuve qui s'épand hors de son lit. Elle tendit une main tremblante à Ferdinand, sans le regarder, de peur de défaillir, et lui murmura :

— Tu te souviens, dis, le procès de la cassette. Depuis ce jour-là, j'ai su qu'un destin t'était promis. Ça recommence, hein ? Ça recommence, mon enfant. Regarde-les. De nouveau, je vais pouvoir leur dire, moi la comtesse von Hatzfeldt : « Je suis une prolétaire », et ils m'accueilleront parmi eux. Ils seront ma famille. Grâce à toi. Ô mon Ferdinand. Je t'aime.

Lassalle ébaucha un sourire timide. Il avait le rouge aux joues et la main moite. Devant ce déferlement de joie et d'émotion, il était demeuré immobile, comme pétrifié ; et il contemplait d'un œil extatique, observateur froid et étranger jusqu'à l'obscénité, le spectacle du bonheur collectif enfin débridé.

Plus tard, l'air faraud, il confierait à quelques journalistes progressistes :

— Sans nier les mérites de Karl Marx en 1848, je suis fier d'avoir créé le premier parti socialiste allemand de l'Histoire.

Marx, toujours. La référence ultime, l'ami vénéneux, l'unique adversaire digne de lui. Le seul homme qui osait lui renvoyer ce mépris condescendant que Ferdinand crachait au visage de chacun. L'irréductible ennemi, pour l'éternité. Ce soir-là, Lassalle eut la réjouissante sensation d'avoir pris un avantage définitif sur l'auguste exilé londonien. Mais pour l'instant, il se contentait de savourer sa joie rentrée, son bonheur intérieur, incommunicables, de la surprise qui n'en est pas une, de la confirmation qui avait seulement besoin d'être donnée. Aussi loin qu'il se souvenait, il avait toujours été là, un chef, un héros révolutionnaire. Robespierre. Bonaparte... Il a toujours su qu'il aurait un destin. Il s'étonne aujourd'hui que son silence glacé et sa modestie nouvelle surprennent ; et s'agace de l'hystérique exaltation qui a saisi ces jeunes ignorants. Je songeais en l'observant, si raide et compassé, à cette phrase d'Héraclite qu'il aimait à citer : « Les hommes sont tout bonnement dénués de sens. Moi seul suis en possession de la connaissance. Tous les autres mortels agissent comme s'ils dormaient. » J'étais désormais atteint par cette maladie bien allemande de la citation, qui nous unissait malgré nos frontières artificielles et nos rois de pacotille.

La salle rit, pleure, chante, et chavire. Ferdinand est ailleurs. Il se tient droit, fier, le regard dressé. Il est face à son père, et deux larmes coulent lentement le long de ses joues sèches :

— Alors, papa, pourquoi n'es-tu pas là pour admirer mon triomphe ? Une fois de plus. Tu n'es jamais là quand j'ai besoin de toi. Tu te souviens, dis papa, des lettres de quarante pages que je t'envoyais et auxquelles tu ne répondais jamais. Je me suis toujours demandé si tu les lisais. Et notre voyage à Berlin, tous les deux, rien que tous les deux, tu t'en souviens dis ? Le pire dans le bonheur, c'est quand on a l'impression que c'est un accident.

Quelques jours plus tard, le 23 mai, à Leipzig, les délégations de dix villes : Hambourg, Cologne, Düsseldorf, Mayence, Elberfeld, Baünen, Solingen, Leipzig et Francfort fondaient l'Allgemeinene Deutschen Arbeiter Vereins. L'Association générale des travailleurs allemands. Elles adoptèrent les statuts du parti rédigés par Lassalle et Ziegler, un député progressiste, ami de Ferdinand. Le président était élu pour cinq ans et disposait de pouvoirs très étendus. On cria au « césarisme ». Lassalle répliqua d'un ton péremptoire :

— Quel que soit le président, ses pouvoirs doivent être dictatoriaux sinon rien ne sera fait.

Le président ne pouvait être que lui. Il fut élu à l'unanimité moins la voix de l'ouvrier ébéniste Yorsk, de Hambourg. Le président Lassalle nomma aussitôt Waltheich secrétaire général, en souvenir du Comité de Leipzig ; et Gustaw Lewy, trésorier — ce même Lewy qui, dix ans plus tôt, avait dénoncé à Marx les frasques de « l'homme entretenu et du voleur de cassette » ; son défaut politique majeur était l'absence de rancune. Il ne me proposa rien. Pas la plus petite place de secrétaire adjoint aux fédérations, ou de préposé aux études. Rien. Il n'y songea même pas et, par fierté, je n'osai le solliciter. Je croyais que cela m'était dû pour services rendus. Je compris, amer, que toute ma vie je demeurerais à ses yeux le petit Franz à qui le bon docteur Lassalle a appris à lire.

Il avait réservé un poste à Lothar Bücher, mais le « poisson sans arêtes » n'était pas là. On l'avait entrevu à Leipzig, puis, il avait disparu. Ce ne fut pas le seul rat quittant le navire au moment où il prenait la mer. Ludwig Löwe, embarrassé, avertit qu'un grand capitaine d'industrie ne pouvait soutenir des communistes ; et l'argent des machines à coudre se détourna de l'Association générale des travailleurs allemands. Des intellectuels socialistes rompirent leurs liens épistolaires avec Lassalle pour « divergence idéologique » ; et Engels n'eut pas besoin de me l'écrire pour que j'y devine sa perfide influence. Duncker refusa de publier dans le *Volkzeitung* le discours de Lassalle du 23 mai ; et les savantes supplications de sa femme Lina n'y purent rien changer. Des ouvriers de Francfort proposèrent à Schulze un débat contradictoire avec le nouveau patron du parti ouvrier ; mais le leader des progressistes rejeta l'offre pour « travaux parlementaires ». La Société philosophique de Berlin expulsa de ses rangs le docteur Ferdinand Lassalle, coupable de communisme.

On organisait le vide autour de lui. Avec patience. Méthode. Comme un sanglier à la curée, il se rua sur ses poursuivants.

Nous étions alors au début du mois de juin 1863. Le 8, je crois, ou le 9, je ne sais plus. Il me pria d'envoyer au chancelier Bismarck les statuts du parti et son dernier pamphlet : « La taxation indirecte et la classe ouvrière. » Il me dicta ensuite cette courte lettre : « Monsieur le Chancelier Président,

« Je vous envoie la Constitution de mon royaume que peut-être vous m'envierez, mais cette miniature sera suffisante pour vous montrer combien la classe ouvrière est instinctivement inclinée vers la dictature, si elle sent qu'elle sera exercée dans ses intérêts. Et puis, comme je pourrais vous l'expliquer plus longuement, malgré ou peut-être à cause de leurs tendances républicaines, les ouvriers sont préparés à voir dans la Couronne le soutien naturel d'une dictature sociale qui irait à l'encontre de l'égoïsme de la bourgeoisie, si la monarchie pour sa part se décidait à adopter une attitude réellement révolutionnaire et nationale et devînt une monarchie sociale, révolutionnaire et populaire, au lieu d'être une monarchie des classes privilégiées. J'ai le sentiment d'être un ennemi, mais un ennemi déclaré et honnête du système actuel. Je serai toujours prêt à discuter avec vous des questions sociales. Pour ce faire, je vous enverrai chacun de mes textes politiques au fur et à mesure de leur publication… »

J'écrivais mécaniquement mais mon esprit se révoltait. J'avais la main flageolante et ma plume vacillait. Je retrouvais la grosse écriture incertaine de ma jeunesse d'apprenti illettré. Le rire cruel de Ferdinand résonna à mes tympans. Il s'empara de la feuille et l'agita en tous sens pour en sécher l'encre.

— Ils n'ont pas encore ma peau. Crois-moi, mon petit Franz, je me battrai jusqu'au bout…

Je le regardais sans comprendre ; son œil de rapace me transperça ; le sanglier redevenait chasseur :

— Apporte tout cela rue Wilhelm. Et précise bien à Zitelman, tu sais bien, l'homme qui nous fait parvenir les messages de Bismarck, que je tiens à la confidentialité la plus absolue. Je ne suis pas d'habitude adversaire d'une certaine publicité mais pas cette fois. Pas encore. C'est trop tôt. Crois-moi, mon petit Franz, nous allons frapper un grand coup. Oh ! je sais, toi non plus tu ne me fais pas confiance. Tu crois que je vais trahir, que je vais me vendre au chancelier de fer et de sang. Tu crois vraiment que je vais ajouter mon nom au « fonds des reptiles » ? Comme tu me connais mal, toi aussi. Crois-tu que je trahirais la cause de ma jeunesse ? Jamais, tu entends, jamais. Mais pour vaincre, il faut parfois s'allier avec le diable. Je n'ai pas le choix, mon petit Franz. Bismarck est ma dernière carte. Oh, je sais, tu es convaincu que la création du parti ouvrier est le moment le plus glorieux de ma vie. Mais si je ne décide pas Bismarck à accorder le suffrage universel, le parti est un fusil sans munitions, un couteau sans lame.

Mais Bismarck est un vieux renard. Il ne me donnera pas ce que je demande pour rien. Il faudra bien que j'offre quelque chose. Si je donne trop, je suis un traître. Si j'obtiens ce que je veux, je suis un héros. Un traître ou un héros ? Un héros ou un traître ? Ou alors choisir de n'être rien. Mais ai-je le choix ?

Alors que je sortais bouleversé, il me rattrapa par la manche :

— Ne sois pas inquiet, mon petit Franz, le chancelier est de fer mais moi je suis d'or. En trempant le fer, on obtient de l'acier avec lequel on peut fabriquer toutes les armes du monde, mais des armes seulement. L'or restaure ce que le fer a ravagé. Tu sais que la pluie qui séduisit Danaé était une pluie d'or. Oui, oui, mon petit Franz, la question est de savoir lequel des deux métaux l'emporte en réalité dans la vie... Bien entendu dans les milieux « ferrugineux », si j'ose dire, ils prétendent que l'or est d'origine judaïque. Peu importe, il l'emporte en puissance réelle sur le fer ! D'ailleurs le fer se rouille avec le temps et devient ferraille... Oh, la vieille ferraille que l'Histoire entasse aux oubliettes du siècle...

Une dernière chose, mon petit Franz. Quand tu reviendras de la rue Wilhelm, tu feras préparer mon bagage. Je pars en cure. L'air de Berlin est irrespirable dès que vient l'été. Laisse mon adresse à Waltheich et Lewy. Ils pourront me joindre par le télégraphe. Qu'ils préparent des meetings pour la rentrée à travers toute l'Allemagne. J'irai où ils voudront. Je serai prêt. Quant à eux, qu'ils ramassent le maximum de cotisations et de dons. Qu'ils se souviennent de ce que répondit le maréchal Trivulzio au roi de France Louis XII qui lui demandait ce dont il avait besoin pour conquérir Milan : « De l'argent, de l'argent, encore de l'argent ! » Et toi aussi, rappelle-toi cette phrase. Tu pourras ainsi épater la princesse Punker-Muskau. Les femmes adorent ça, l'intelligence et la culture chez un homme. L'admiration leur humidifie la motte !

Et il éclata d'un rire énorme, libérateur ; un rire caverneux, souffrant et désespéré.

Je lui fis remarquer avec sévérité qu'en été les ouvriers préféraient passer leur rare temps libre au grand air. Il me dévisagea d'un air égrillard :

— Je sais, mon petit Franz. Les chars à bancs et l'île d'amour !

Le rouge me monta aux joues, mais devant mes yeux révulsés, dansaient les cuisses chaudes de Greta et la croupe majestueuse de la Princesse. Je m'efforçai de reprendre contenance :

— Vous savez, docteur Lassalle, le chômage frappe lourdement les familles ouvrières. Le coton n'arrive plus dans les ports à cause de la guerre aux Amériques. Pas de coton, pas de travail ; et pas de travail, pas d'argent. Les ouvriers préféreront toujours garder leurs derniers grotschen pour l'estaminet plutôt que de les donner au parti.

Lassalle leva les bras au ciel de lassitude :

— Raison de plus pour aller en cure, mon petit Franz. La cure, après tout, c'est le char à bancs des bourgeois !

Je sortis pour apaiser ma fureur contre sa dédaigneuse désinvolture, ce que j'appelai avec un sérieux tout germanique « sa légèreté française ». Les rayons du soleil m'aveuglèrent. Une chaleur lourde et oppressante régnait sur Berlin. Pas le moindre souffle de vent ne poussait devant lui le plus petit nuage dans le ciel bleu, propre comme une maison allemande. Les femmes déambulaient sous leur ombrelle. Les victorias découvertes conduisaient les banquiers pressés. Dans les jardins du Tiergarten, les marronniers étaient en fleur. Tout était arrivé très vite, il y a quelques semaines déjà : le vent du printemps avait chassé les nuages, le soleil brillait de tous ses feux, le froid rigoureux avait laissé la place à la chaleur étouffante ; et les jolies femmes avaient délaissé leurs lourds manteaux de fourrure pour des mantilles de dentelle. Pendant que ces événements essentiels survenaient, je n'en avais eu que pour la loi d'airain, les sociétés de production, Marx, le parti ouvrier, le césarisme du Président, le Congrès de Leipzig, la lettre faite à Bismarck.

Alors, pour la première fois, en admirant une jolie rousse sur son élégant cheval alezan, je me demandai si je ne faisais pas fausse route.

CHAPITRE IX

Les chopes de bière de Barnem et les couteaux de Solingen

Les roues des landaus crissaient et les chevaux alezans harnachés avec élégance se frottaient le museau ou grignotaient les fleurs blanches et jaunes des branchages alourdis. Dans sa demeure cossue de la rue Kopernicker, Monsieur le Conseiller de commerce Leonor Reicheinheim recevait ses amis. Ou faisait comme si. La police de Bismarck veillait. Elle aurait été ravie de découvrir que le président du nouveau parti ouvrier avait envoyé un de ses proches tenter une ultime conciliation avec Schulze, le chef du parti progressiste. Le choix du négociateur était bien dans les manières un rien perverses du docteur Lassalle. J'étais hostile à tout rapprochement avec les bourgeois ; j'en pinçais pour le « classe contre classe » ; et j'étais terrorisé à l'idée de discuter avec ces gens d'un autre monde. Il me confia donc cette mission quelques heures avant de partir en cure. « Je ne fais là que poursuivre ma noble tâche de précepteur », me souffla-t-il en enfilant son manteau, avec cette désinvolture rigolarde que ma vanité supportait de plus en plus mal.

C'est Henri Bürges qui vint me chercher. Je ne le connaissais pas. Depuis lors, j'ai eu le temps d'apprécier sa bonhomie tranquille et son humour à froid. Il a rejoint nos rangs après la guerre de 1870. Comme bien d'autres élus progressistes. C'était le but poursuivi par Lassalle. Soutenir les leaders bourgeois pour devenir respectable à leurs yeux et à ceux de leurs électeurs, qui le prenaient encore trop souvent pour un révolutionnaire maléfique. Le duel entre le pouvoir et son opposition parlementaire durait depuis plus d'un an. Le gouvernement du roi de Prusse Guillaume Ier souhaitait supprimer la garde nationale, milice au service des bourgeois depuis la révolution de 1848. Pour bloquer ce projet, la majorité du Landtag refusait de voter le budget des armées. Mais on en était resté là. Le Parlement n'avait pas renversé Manteuffel, le chancelier d'alors. Point de motion de censure, d'appel au roi ou au peuple. Point de manifestation, de pétition, de grève. Rien surtout qui risquerait de mettre en branle des foules populaires que les éminences bourgeoises ne pourraient maîtriser. La « résistance passive » faisait la fierté de ces messieurs, alors qu'ils avaient les moyens politiques de prendre l'offensive. Ils affrontaient mollement un pouvoir débile. Le bras de fer n'avait eu ni vainqueur ni vaincu. C'était une confrontation besogneuse, à la petite semaine, mais tranquille, à la mesure des deux combattants. Et puis les règles du jeu avaient soudain changé à l'automne 1862. Les leaders progressistes l'avaient vite saisi ; leur intelligence n'a jamais été prise en défaut ; leur caractère chaque fois. Bismarck n'était pas un chancelier comme les autres. Lors de son discours d'investiture, il choisit d'offrir son profil le plus viril en pâture à l'hystérie des parlementaires efféminés. Il avait revêtu pour l'occasion son habit de cuirassier, avec sa longue vareuse ornée de boutons dorés, close par un col dur ajouré, et de lourdes bottes noires dans lesquelles il s'enfonçait jusqu'à mi-cuisses ; et il faisait cliqueter une lourde épée dans son fourreau, avec le bonheur d'un enfant retrouvant un jouet qu'il croyait à jamais perdu. Il leur avait lâché en guise de provocation : « La force prime le droit. » Le docteur Swerin, un honorable parlementaire libéral, s'était levé, et avait rétorqué sans trembler : « En Prusse, le droit prime la force. » Mais Bismarck avait gouverné, réformé l'armée, levé les impôts, comme si de rien n'était, comme si les progressistes n'avaient pas obstinément refusé de voter le budget ; comme s'ils n'existaient pas. C'est dans ce décalage entre les mots et les actes, entre l'opposition véhémente et la désinvolture du pouvoir, entre les principes démocratiques des bourgeois et leur peur panique du peuple, que Lassalle creusait son sillon politique. Il entreprenait le méthodique dépeçage de son aboulique rival. Il lançait aux ouvriers de sa belle voix grave : « Personne en Prusse n'a le droit de parler du droit sauf la démocratie, l'ancienne, la vraie démocratie. Seule, elle est restée fidèle au droit. Jamais elle ne s'est abaissée à composer avec la force. C'est du côté de la seule démocratie qu'est le droit et c'est aussi de son côté que sera la force. » Il reprenait les mots et valeurs des progressistes pour mieux les leur renvoyer au visage. Il ne les attaquait plus ; il les ridiculisait. Il passait par-dessus leur tête, pour s'affirmer comme la seule force d'opposition crédible au « chancelier de fer » ; et celui-ci, soucieux d'affaiblir son opposition parlementaire, le ménageait, le valorisait. C'est parce qu'ils avaient bien compris la menace que les chefs progressistes avaient accepté de me recevoir. Ils avaient coutume de constituer la seule opposition ; et se découvraient soudain un rival, sur leurs meilleures terres : le peuple et le progrès. Ils ne dédaignaient plus Lassalle ; mais s'ils ne le craignaient pas encore, ils le haïssaient déjà. Ils savaient qu'ils devraient l'affronter un jour, grossis de leurs propres défaillances.

Je pénétrai dans un fumoir obscur, les rideaux rouges tirés. Dans la pénombre, je devinai six hommes affalés dans des fauteuils moelleux, disposés en demi-cercle, tandis qu'un domestique en livrée me présenta une chaise placée au milieu. Ils avaient l'intention de m'impressionner en mimant un procès symbolique. Mais la morgue du docteur Lassalle et la rudesse d'Alphonsine m'avaient habitué à des joutes plus rudes. Je m'apprêtai au combat, rameutant mes idées et serrant mentalement mes poings, lorsque le domestique revint dans la pièce, apportant le coffret à cigares. Chacun se redressa, composant un visage plus avenant. Quoi qu'en aient mes interlocuteurs, le leurre mondain de notre rencontre me protégeait. Aussitôt notre hôte, le conseiller de commerce Reicheinheim, se leva. Il tenait à ouvrir lui-même sa boîte à cigares. Avec des gestes rituels, il humait, caressait, découpait, apprêtait et, d'un hochement de tête furtif et silencieux, libéra le domestique grave et solennel.

— Monsieur le Conseiller, je vous en prie, prenez place parmi nous. Quand il y a une place vide, j'ai toujours l'impression que Blanquo va apparaître.

— Je vous remercie de votre sollicitude, docteur Sonneman, mais je tiens à surveiller personnellement ce moment privilégié de notre soirée. Les cigares, les liqueurs, et même la carafe d'eau, qui doit être servie très fraîche, mais point glacée, chaque chose doit avoir sa bonne température, sa bonne couleur, son odeur. Tout doit être parfait. Le mieux dans tout Berlin.

— Monsieur le Conseiller est un véritable Lucullus. Et je crois que même plongé dans les eaux du Léthé, je n'oublierais jamais les agapes servies dans sa noble maison.

— Le docteur Sonneman est trop indulgent. J'aime à recevoir mes amis avec le plus grand soin, c'est tout. Et comme tout Allemand digne de ce nom, je voue à l'amitié, qui est la fleur de notre société, un culte sans failles.

Le domestique aux manières empesées de marionnette distinguée offrait les cigares et servait les liqueurs. Parfois, il rompait son impeccable silence afin de « prévenir Monsieur le très honorable Conseiller que cet excellent cognac ne convient guère à ce type de cigare qu'a choisi le très honorable Conseiller ». Derrière lui, une jeune femme vêtue d'une longue robe noire couverte sur le devant d'un surplis immaculé, et chargée d'un plateau empli de tasses de café encore fumant, le suivait à distance réglementaire. On devinait mal ses formes sous la tenue rigoriste, mais tous les regards soudain s'éclairèrent lorsqu'elle se pencha, s'accroupit, agita ses rondes boucles blondes et composa quelques pas traînants, avant de disparaître lentement.

— Ah, Messieurs, je vous le dis puisque nous sommes entre nous. Notre idéal est et restera toujours la soubrette. Des formes agréables, une bouche un peu grande, des taches de rousseur…

Ils m'avaient oublié. Le plaisir sensuel d'un fauteuil moelleux, d'un cigare, d'un cognac, d'une jolie servante aux rotondités que je n'avais moi-même pas dédaignées avait suffi à les distraire, et à ruiner leur savante mise en scène procédurale. Je ne dis donc rien, composant sur mon visage fermé un fin sourire entendu et ironique, prêt à reprendre la lutte dès que le moment viendrait. Il ne pouvait pas ne pas venir.

— Le très honorable parlementaire Büchner est un digne héritier d'Épicure. Il sait le beau, l'agréable, le plaisant. Mais comme il est loin le temps des épigrammes et des soupers fins à Sans Souci. Notre siècle de la fabrique a englouti ce monde sous ses laides et sombres fumées.

— Docteur Sonneman, je vous en prie, ne vous laissez pas emporter par vos nostalgies poétiques. Après tout, ce siècle de la fabrique, c'est le nôtre, je veux dire, c'est nous qui le faisons ; c'est le temps de la prose mais je lui trouve de rudes beautés.

— Et avouons-le, cher conseiller Reicheinheim, puisque ces dames ne sont pas là, notre siècle si austère d'apparence ne nous empêche pas de goûter les plaisirs de l'existence. Ainsi, j'étais chez Kroll hier soir, et je n'y étais pas seul d'ailleurs. Je crois que nous n'aurions pas eu de mal à tenir une réunion du bureau politique du parti progressiste ! Mon cher Schulze, si je fais le tour de nos amis, je crois qu'il ne manquait que vous. Vous avez eu tort. Ils ont reçu deux nouvelles, une Française et une Polonaise. Charmantes, il faut bien l'avouer. Et si inventives. Vous-même, Rienacker, on ne vous voit jamais chez Kroll. Pourtant, on dit que votre maître Lassalle n'est pas insensible au charme féminin…

— Bürges, je vous en prie. Notre conversation devient indécente. Vous offensez notre hôte. Sa maison n'est pas…

Schulze était furieux. À l'aide d'une petite cuillère dorée, il tapotait la tasse à café de porcelaine française posée devant lui. Je ne le connaissais pas, mais le reconnus aussitôt. Avec son petit corps rond, ses mains potelées, son visage en forme de poire et ses yeux vifs et luisants, il incarnait physiquement son parti, cette caste de juristes, d'économistes, défenseurs de la boutique et de la fabrique contre l'arrogance de l'aristocratie prussienne qui, l'épée au côté et la poche vide, le regard fixé sur l'immensité de ses terres et la main tendue, faisait comme si cinquante ans n'étaient pas passés depuis la victoire de Napoléon à la bataille d'Iéna. Schulze leur ressemblait. Il était leur fonds commun, leur image d'origine la moins dénaturée, la moins raffinée, la plus authentique aussi : c'est pourquoi il était leur chef. Mais il eut du mal à se faire entendre. Les autres n'arrivaient pas à sortir de leur conversation de salon pour engager le fer avec moi. Le conseiller Reicheinheim esquissa une transition :

— Mes chers amis, je reviens de Hambourg où je rendais visite à mon ami Lauestein. Vous connaissez bien sûr les voitures Lauestein. Je l'ai trouvé très inquiet. Il avait une grève générale sur les bras. Oui, messieurs, une grève ! Pendant trois jours entiers ! Ses ouvriers réclamaient effrontément de ne plus débuter leur journée de travail à cinq mais six heures du matin. Inutile de vous dire que mon ami Lauestein ne pouvait accepter cette ignominieuse et immorale revendication. Le fanatisme a alors gagné les rangs des ouvriers. Le pourrissement latin nous gagne, mes amis. Lauestein a mené sa petite enquête. À la tête de ces ouvriers en rébellion, il y avait un représentant de l'Association générale des travailleurs allemands, puisque c'est le nom ridiculement pompeux dont s'est affublé le parti de ce Lassalle. Et dans un de ces scandaleux appels à la sédition qu'il peut lancer à travers tout le pays en toute impunité, ce voleur rouge a déclaré que les ouvriers avaient ainsi retrouvé leur honneur et leur dignité. Comme si « flemmarder » au lit le matin était honorable et digne d'un Allemand ! Le maraud ! Heureusement — et je dois rendre hommage à notre cher ami rédacteur en chef — le pays n'a pas entendu parler de cette grève. Comme dit notre cher et digne ami, le *Volkzeitung* est un journal bien tenu.

Le voisin du conseiller toussa. C'était Bernstein, le patron du *Volkzeitung*.

— Et comment vos journalistes goûtent-ils cette forme nouvelle et subtile de censure, Monsieur le libéral Bernstein ?

C'était la première fois que j'ouvrais la bouche. Je me retenais depuis plusieurs minutes. J'avais attendu que mes adversaires fussent désunis, que la discorde régnât dans leurs rangs ; et j'avais frappé, d'une petite phrase sèche et ironique. Le docteur Lassalle eût été fier de moi.

J'eus l'honneur de recevoir une réplique de Schulze luimême :

— Cher ami, nos journalistes sont gens responsables. Nous leur avons expliqué que le chancelier nous avait tendu un piège. À coups d'amendes exorbitantes pour « nouvelles incitant à la révolte », il voulait ruiner nos journaux pour les remplacer par une presse à sa dévotion, qui ne soit que la simple transcription des dépêches de l'agence de presse Wolff que son banquier Bleichröder a achetée récemment. Je crois d'ailleurs que vous connaissez bien ce Bleichröder. Lassalle est un de ses clients, non ? On me dit même que sa femme est du même village que votre patron. Le monde est petit, n'est-ce pas, comme disent les Français.

— Felix qui potuit rerum cognoscere causas ! Heureux notre ami Schulze qui pénètre toujours les causes secrètes des choses.

— Docteur Sonneman, je vous en prie. Épargnez-nous votre dictionnaire des citations latines. Monsieur Schulze n'a rien deviné du tout. Le docteur Lassalle n'est pas un vulgaire Eichler, si c'est cela que vous voulez insinuer. Il n'est pas payé sur la cassette de Bleichröder. Il n'émarge pas au « fonds des reptiles » du chancelier, comme la moitié de vos journalistes, cher Bernstein. La rente que lui alloue généreusement depuis des années la comtesse Hatzfeldt, le met à l'abri de toute tentation. Quand il va à la banque Bleichröder, il ne passe pas par la porte dérobée, celle des agents et des hommes de main, mais par la porte principale, celle des clients de choix, et vous le savez tous très bien. Vous ne parviendrez pas à le faire passer pour un traître auprès des ouvriers, vous n'y parviendrez pas.

Je m'emportais. Je commettais une erreur, je le savais. Mais je n'ignorais point que Lassalle jouait un jeu trop subtil pour ne pas être dangereux. Il s'efforçait en effet d'arracher aux progressistes leur clientèle ouvrière ; Bismarck, de son côté, était prêt à tout pour ne pas retrouver une majorité progressiste dans la chambre qui sortirait des prochaines élections. Le suffrage universel, revendiqué par Lassalle, et octroyé — qui sait ? — demain par le chancelier de fer, scellerait avec éclat leur alliance au moins objective. Les bourgeois en étaient d'avance terrifiés. Furibonds. Le mode de scrutin mis en place en 1849, après l'échec de la révolution de 1848, était, il est vrai, leur meilleure garantie de dominer le Parlement pour cent ans. C'était une construction baroque, comme on les aime chez nous, un compromis entre l'esprit du temps démocratique, et la peur du peuple, fort répandue parmi les élites. Les électeurs étaient répartis en trois catégories (appelées on ne sait trop pourquoi du terme ecclésiastique de curie) selon leurs revenus et impôts. Dans la première curie, les grands bourgeois enrichis submergeaient les propriétaires terriens appauvris. La deuxième était le domaine d'élection des classes moyennes, rentiers, boutiquiers, industriels, avocats, etc., enfants allemands de la machine anglaise et de la guillotine française. Enfin, dans la troisième catégorie, la plus populeuse et la moins argentée, se coudoyaient paysans et ouvriers qui, en général, élisaient leurs maîtres respectifs, « junkers » réactionnaires pour les uns, bourgeois progressistes pour les autres. Chaque curie envoyait le même nombre de députés au Landtag. La majorité ne pouvait donc échapper aux progressistes. L'introduction du suffrage universel était utilisée comme une menace par Bismarck ; en échange, Lassalle vantait Bismarck comme le seul homme qui se jouait des « femmelettes bourgeoises ». La conjonction d'intérêts entre les deux hommes était évidente, assumée. Leurs adversaires y voyaient bien davantage, une alliance, un complot, une trahison. Il y a quelques jours, j'avais reçu un courrier menaçant d'Engels. Lui aussi estimait que Lassalle était sur le point de trahir la cause ouvrière. Lui aussi condamnait sans appel sa campagne : « Le suffrage universel, aujourd'hui, c'est le pouvoir garanti pour vingt ans au chancelier de fer ! prophétisait-il sans mesure. Exactement comme le sphinx sans énigme qui règne en France ! ou plutôt, où la classe possédante règne au moyen du suffrage universel. Mon cher Franz, méfie-toi. Ephraïm le malin ne travaille plus qu'au service de Bismarck ; et il peut lui arriver un beau jour, quand Bismarck en aura assez de lui, qu'il prenne le chemin du cachot et fasse connaissance avec le code pénal prussien qu'il semble toujours confondre avec le code tout court. »

Je n'avais pas alors compris à quel point la « petite agitation politico-pratique » chère à Ferdinand Lassalle dérangeait de situations acquises. Jusqu'alors, un partage des influences s'était établi. Marx et les glorieux exilés de 1848 conservaient leur aura intellectuelle sur les masses ouvrières abêties ; et les députés progressistes du gros Schulze obtenaient leurs voix inutiles. Lassalle bousculait ce tranquille partage des rôles. Il avait le prestige d'un philosophe, la légende d'un révolutionnaire, la voracité électorale d'un politique. Il venait sur tous les terrains, marchait sur les brisées de chacun. J'appris des années plus tard qu'Engels encourageait avec véhémence son ami Marx à sortir de sa tente. Je retrouvai, dans des fragments de leur correspondance que le parti prit soin de ne pas publier, des phrases comme celles-ci : « Lassalle dirigera son parti ouvrier — c'est sûr, il verra le jour dans quelques mois, Rienacker me l'a assuré — comme son maître du Bas-Empire. C'est un dictateur qui s'ignore pour peu de temps encore. Il est l'expression de l'esprit social roman sous sa forme la plus classique : le Français ! C'est pour cela que tu dois le combattre. Tu es le seul à pouvoir le faire avec suffisamment d'autorité, surtout lorsqu'il aura mis en place sa machine de parti. Je te le dis sans fard, l'activisme de Lassalle devient déplaisant. Et il va le devenir de plus en plus. Il est grand temps que tu finisses ton œuvre. » Marx, entre deux plaintes sur son foie hypertrophié, son ophtalmie ou ses ennuis d'argent, lui répondait d'un viril : « En effet, Lassalle, à lui seul, nous force cette fois à ne pas trop mettre notre lumière sous le boisseau. » Lorsque je devins par ailleurs son collègue au Parlement, Bürges me révéla qu'au lendemain de notre réunion chez le conseiller Reicheinheim l'état-major progressiste contesta l'autorité de Schulze, coupable de s'être laissé déborder par la « vitalité pugnace du Juif rouge ». Celui-ci ne put cette fois se contenter de tapoter sur sa tasse en porcelaine pour couvrir la voix des insolents. Il promit de retrouver ce chemin des ouvriers qu'il avait beaucoup négligé ces temps-ci. De leur resservir ces plaisanteries gaillardes qu'ils aimaient tant. De les consoler de leur misère sans fin, de les protéger, de les abreuver de bonnes paroles patelines, qu'il servait en caressant son petit ventre rond. De les inquiéter aussi, en décrivant un Lassalle rouge, héritier de Fourier et de Louis Blanc, et des ateliers nationaux de 1848 — « les ouvriers allemands sont des gens raisonnables, ce ne sont pas des Français ». Et puis la comtesse Hatzfeldt, le vol de la cassette, l'ami des musiciens et des filles publiques, toujours, encore, insinuer, médire, calomnier. Je compris tout cela, et beaucoup d'autres choses encore, bien plus tard. Bien trop tard. Mais ce jour-là, entre les insinuations de Schulze et le souvenir des missives menaçantes d'Engels, je doutais de tout, et de Lassalle en particulier. J'étais ébranlé, je l'avoue, par cette convergence d'analyses et d'accusations. Alors, je m'emportais pour me convaincre moi-même, pour me rassurer. Mais ma colère avait réveillé les esprits de mes interlocuteurs jusque-là alanguis par le confort des fauteuils moelleux et le spectacle de la croupe appétissante de la servante aux boucles blondes. Bernstein enchaîna aussitôt :

— J'étais avec le député Büchner, il y a quelques semaines, à l'Eldorado de Solingen. Nos amis n'étaient que deux cents à deux cent cinquante militants venus porter la contradiction à l'orateur. Par rapport aux dix mille ouvriers qui acclamaient Lassalle, c'était bien peu. Mais ils faisaient du bruit comme deux mille et poussaient des vivats en l'honneur du président Schulze. C'est cela qui n'a pas plu aux ouvriers de Lassalle. Tous ces ouvriers qui aimaient tant Schulze il y a encore quelques mois sont désormais des nervis fanatiques de ce rouge. Nous avons reçu toutes sortes d'ustensiles, des chaises, des chopes de bière, comme à Barnem, deux jours avant. Mais cette fois, la garde prétorienne de Lassalle a sorti les couteaux. Oui, mes chers amis, vous avez bien entendu. Nos gens ont été expulsés de l'Eldorado de Solingen à coups de couteau ! Nous avons eu des dizaines de blessés. La police est intervenue mais n'a rien pu faire. Elle a dû elle-même battre en retraite devant la furie des hommes de Lassalle. Ils sont organisés comme une petite armée. Et ils n'obéissent qu'à leur chef vénéré. Le bourgmestre est heureusement arrivé sur les lieux dans la demi-heure qui a suivi. Il a aussitôt fait fermer la salle et interdit la réunion. Je croyais que les ouvriers, impressionnés par l'intervention du bourgmestre, rentreraient chez eux. Mais cet homme a un culot diabolique. Il s'est mis à la tête de ses hommes les plus déterminés, et il les a conduits au pas cadencé vers le bureau de télégraphe le plus proche. Des centaines d'ouvriers le suivaient en lançant des vivats. Lassalle a envoyé sous les cris de triomphe que vous pouvez imaginer une dépêche à Bismarck lui-même. Oui, messieurs, Lassalle envoie des télégrammes au chancelier sous le nez de la police et du bourgmestre ! Alors que les très honorables députés du parti progressiste doivent, avant de le rencontrer, jeûner trois jours durant comme la reine Esther avant de demander audience au roi Assuérus ! Évidemment, Lassalle ne garda pas sa dépêche secrète. Toute la ville en profita. Cet homme aime plastronner et a le don de faire savoir ses moindres actions. Le texte de la dépêche était volontairement insolent : « Bourgmestre progressiste à la tête de dix gendarmes ayant baïonnette au canon et de plusieurs policiers ayant le sabre au poing vient de dissoudre sans le moindre fondement légal une réunion ouvrière convoquée par moi. » Et son télégramme s'achevait par ces incroyables mots : « Je demande à notre chancelier bonne, prompte et sévère justice. Signé Ferdinand Lassalle, président de l'Association générale des travailleurs allemands ! »

— Ce n'est pas exactement ce qu'a raconté le *Volkzeitung*. Je croyais avoir lu que la police était intervenue à l'Eldorado pour protéger Lassalle de la colère des ouvriers contre sa propagande communiste ! Il paraît même, si j'en crois toujours vos talentueuses et honnêtes colonnes, cher ami Bernstein, que les ouvriers chantaient drôlement lorsque les policiers ont emmené Lassalle :

Triomphe teiern nennt's Lassalle
Rausschreinssen seihn uber all[1].

Heureusement, j'ai fait parvenir dès le lendemain à votre réputée rédaction une sommation publique de cinq cents signatures d'ouvriers attestant que les événements ne s'étaient pas déroulés comme l'avait raconté — drôlement, je vous le concède volontiers — votre journaliste, et que vous avez admirablement contés, cher Bernstein.

Mon ironie fit sourire Bürges. Mais j'avais de plus en plus de mal à les diviser. Bernstein n'avait pas fini. Il gardait le meilleur pour la fin. « In cauda venenum », aurait pu dire le docteur Sonneman.

— Écoutez bien, chers amis, ce qu'a osé déclarer ce Lassalle à ses ouvriers fanatisés à ce même meeting de Solingen, avant que sa garde prétorienne ne joue du couteau.

Il sortit de sa poche un bout de papier froissé et enfila ses lunettes pour déchiffrer ce qu'il avait lui-même noté :

1. Lassalle prétend remporter des triomphes.
On le jette partout à la porte.

— « Ce monsieur Bernstein qui n'a jamais été capable d'écrire en allemand, lui qui avec un baragouin particulier qu'il inflige à ses lecteurs — le prétendu jargon juif qui ne fait pas de phrases sans fautes de grammaire ! — corrompt lentement mais sûrement dans le peuple non seulement la langue mais encore le génie de celui-ci, Monsieur Bernstein qui s'est installé dans son cabinet de lecture au milieu de sa bibliothèque et croit avoir ainsi acquis l'instruction indispensable pour conduire un grand peuple ! »

— Je croyais que Lassalle était juif ? dit Reicheinheim, interloqué.

— Peut-être s'est-il converti. Ce sont souvent les pires ennemis de leur race ensuite. Comme s'ils savaient mieux que les autres toutes leurs turpitudes, lui rétorqua Büchner, sarcastique.

Je m'interposai avec un faux détachement, plaidant les circonstances atténuantes. Lassalle m'avait lui-même enseigné quelques tours d'avocat :

— Allons, Messieurs, je vous en prie. Propos de fin de meeting que tout cela ! On sait bien comment cela se passe. On s'échauffe, et un mot en pousse un autre. Et puis, sous la pression et la passion de la foule qui vous exalte, on va au-delà de soi-même, de sa raison en tout cas. N'ai-je pas entendu lors d'une de vos réunions un orateur qualifier le docteur Schulze de « roi du monde social ». C'est dire comme les mots parfois dépassent la pensée et la raison !

Les autres rirent de bon cœur devant le visage renfrogné de leur chef. Mais pas longtemps. Déjà, les deux bras potelés de Schulze faisaient des moulinets ; et avec des mines sévères d'un président de tribunal excédé, il tapotait à nouveau sa tasse à café de sa cuillère dorée. Je profitai du calme rétabli pour enchaîner :

— Messieurs, essayez un instant de comprendre le docteur Lassalle. Son plus féroce adversaire, c'est la presse. Elle est presque unanimement libérale et progressiste. Et vous le savez bien, cher ami Bernstein, qu'elle est largement tenue par des gens de foi mosaïque. Regardez à Berlin : la presse tire à boulets rouges sur lui. Résultat : les ouvriers restent massivement favorables à Schulze et le dédaignent. Non, il doit se dire, comme Voltaire en son temps, que les Juifs sont des obstacles à l'avènement d'un ordre nouveau. Qu'il faut donc les combattre à visage découvert. Ce qui explique peut-être certains écarts de langage...

Bürges me confia, des années après, qu'il avait été tenté de nous rejoindre dès son passage à Solingen. Il avait du mérite. À l'Eldorado de Solingen, nos militants s'étaient fort mal conduits. Le mouvement ouvrier était alors dans l'enfance ; une enfance rebelle et fougueuse. Les jeunes « risque tout » donnaient au parti un air de milice, avec d'autant plus de liberté que les vieux « n'ose rien » se terraient au fond de leurs médiocres clapiers. Lassalle leur laissait la bride sur le cou, convaincu qu'il lui suffirait de tirer sur le mors pour mettre le cheval au pas. Il en rajoutait même, les excitant contre la presse « judaïsée » ou les bourgeois « féminisés ». Naïveté des grands hommes qui n'imaginent jamais être débordés.

Je m'apprêtais à profiter de cette accalmie relative pour présenter mes offres de paix, lorsque la jolie soubrette fit une entrée qui se voulait discrète.

— Encore un peu de café, docteur Sonneman ?

Le docteur Sonneman avait les joues écarlates et le front nu étoilé de sueur ; et ses yeux globuleux ne parvenaient pas à se détacher de la croupe appétissante de la servante. Il articula comme un enfant apprenant à parler :

— Non. Pas de café, merci. Mais j'aimerais bien un morceau de chocolat. Il est exquis. Ce n'est pas si courant.

— Du chocolat, vous êtes sûr, docteur...

Sonneman épongea son front luisant avec un mouchoir blanc marqué R.S. Il avala avec avidité le morceau de chocolat que lui tendit la soubrette, mais n'osa croiser son regard rieur. Il avait la bouche pâteuse, l'œil fuyant, le souffle court. Il attendit qu'elle s'éloigne. Il murmura :

— Dites-moi, cher et honorable ami, est-ce Madame la Conseillère de commerce Reicheinheim qui recrute votre domesticité ?

— Absolument, cher et honorable ami, s'empressa de répondre, un sourire moqueur aux lèvres, le maître de maison.

— Heureux soit notre père Jacob entre Léa, Rachel et leurs servantes !

— Je crains que la piété de Madame la Conseillère de commerce n'aille jusque-là. Et croyez-moi, docteur Sonneman, je le regrette parfois.

Sous les rires, la grosse main velue du docteur Sonneman rafla les restes de chocolat offerts sur le plateau, qu'il porta goulûment à sa bouche.

— Messieurs, messieurs, voyons, ne nous dispersons pas. Monsieur Rienacker s'apprêtait à nous dire quelque chose d'important.

— Merci, cher monsieur Schulze. Voilà. J'ai effectivement un message important de la part du docteur Lassalle. Le président de l'Association générale des travailleurs allemands vous propose un armistice. Vous n'ignorez pas que le docteur Lassalle est un spécialiste éminent de la Révolution française. Il n'a pas oublié que le succès français fut celui du tiers état tout entier. Que seule l'alliance de la bourgeoisie et des ouvriers a pu renverser la monarchie. Lassalle vous demande d'oublier le passé et vos peurs légitimes. Vous pouvez compter sur lui. Il n'est pas l'agité que l'on présente. Il se souvient lui aussi des troubles de 1848. Il n'a nulle envie de revoir les hordes d'ouvriers sous les tilleuls de l'avenue Unter der Linden violer et piller. Il saura contenir la ferveur de ses troupes. De son côté, il oubliera les offenses et les insultes. Et pour vous montrer sa bonne volonté, le docteur Lassalle appellera à voter pour vos candidats lors des prochaines élections.

J'avais obtenu un silence louangeur. Dans les yeux du député Büchner, je pouvais lire la joie d'une réélection assurée. Je taisais bien sûr ce que Lassalle m'avait confié, pour justifier auprès de moi ce soutien qui me révulsait :

— Ah, mon petit Franz, tu ne comprendras donc jamais rien aux finasseries de la politique. Oui, j'apporte mes voix aux progressistes, mais c'est la dernière fois. Oui, je les soutiens, mais comme la corde soutient le pendu, c'est ainsi que disent les Français, non ? Mon calcul est simple : avec l'actuel mode de scrutin, nous n'avons aucune chance de réaliser une percée. Nous n'aurons aucun député, ou si peu que cela ne comptera pas. Alors, je préfère continuer à user les progressistes dans leur combat contre le chancelier. Ainsi, je séduis les classes moyennes qui votent encore pour eux. Je serai un allié loyal car nous avons un ennemi commun : Bismarck. Quand ils auront une fois de plus fait preuve de leur faiblesse congénitale face au chancelier, je serai prêt à accueillir tous les déçus du progressisme. J'attends mon heure, comprends-tu, petit Franz ? Quand Bismarck introduira le suffrage universel, je pourrai tondre le mouton progressiste.

Mais Schulze m'avait deviné. Il ne laissa à personne le soin de répondre :

— Vous direz à votre patron, puisque c'est ainsi qu'il faut le nommer, que je le remercie, mais que nous n'avons pas besoin de son aide. Nous les progressistes, depuis des années, nous combattons seuls la tyrannie. Nous, les forces libérales et nationales, nous résistons légalement selon les règles de la vie parlementaire. Nous avons refusé de voter les crédits du ministère de la Guerre et nous continuerons. Et si le roi et ce chancelier prétendument de fer croient pouvoir nous défier, nous irons aux élections et nous les gagnerons une fois encore. Ils finiront par s'incliner devant la force tranquille du droit, et le roi se retrouvera tel Charles Ier d'Angleterre dit Charles le Long, qui dut céder face aux exigences du Parlement. L'ère du droit et de la liberté s'ouvrira en Prusse malgré leurs manœuvres de retardement qui sont dérisoires au regard du mouvement de l'Histoire, et demain elle emportera toute l'Allemagne !

Fièrement dressé sur la pointe extrême de son fauteuil au risque de chuter à tout moment, le petit corps rond de Schulze semblait s'allonger.

— Cher Schulze, je ne veux pas vous décevoir, mais la réalité dément votre volontarisme lyrique jour après jour. Bismarck se moque de votre résistance parlementaire. Il gouverne en se passant de votre accord. Et Lassalle le dit, et le peuple l'entend. Il faut sortir de cette situation de blocage par la démocratie, la vraie, c'est-à-dire le socialisme.

Agacé d'avoir été si bien deviné par Schulze, je me permettais moi aussi d'introduire dans notre conversation des effets de tribune. Ce fut une nouvelle erreur. Schulze renchérit, et emporta l'enthousiasme général.

— Mais Lassalle n'est rien ! Vous n'êtes rien ! Le socialisme n'est rien ! Lassalle ferait mieux de retourner à l'Académie de Berlin et de poursuivre ses travaux philosophiques sur

Héraclite. Les ouvriers allemands ne sont pas les ouvriers français, Monsieur Rienacker, et je crois que vous-même ne pouvez l'ignorer, demandez donc à votre père ce qu'il en pense. En Allemagne, il est un vieux proverbe qui dit : « La fortune sourit aux gens raisonnables. » Je les vois, allez, les ouvriers qui assistent à mes conférences. Ils croient aux vertus du « self-help ». Ils croient à l'association dans des coopératives de production qui seules pourront les tirer de leur actuelle misère physique et morale.

— Je vous en prie, docteur Schulze, gardez vos discours lénifiants pour le public de vos conférences. Ne me parlez pas de coopératives de production, car vous seriez bien incapables de m'en citer une seule qui ait convenablement fonctionné. Pour une simple raison : les coopératives de production des ouvriers qui parviennent à régler leurs problèmes internes sont rapidement ruinées par les capitalistes qui cassent les prix. Il faut donc, comme l'a proposé le docteur Lassalle, que l'État les protège et les soutienne contre les prédateurs capitalistes.

— Nous y voilà, Monsieur Rienacker. Vous tombez le masque. L'État, l'État, l'État, vous voulez le mettre à toutes les sauces. Le recours à l'aide publique ruinerait la dignité morale des ouvriers. Ils perdraient toute impulsion au travail, toute aptitude à l'épargne. C'est la vie industrielle du pays tout entier qui périrait car cette aumône versée aux ouvriers engloutirait tout le capital industriel du pays et assécherait par la même occasion le fonds destiné à payer le salaire des travailleurs. Alors, vous le connaîtrez votre paradis. Il ressemblera comme un frère à l'enfer. Nous n'aurons plus de soucis, plus de peines, car l'existence étant assurée à chacun, on n'aura qu'à s'abandonner aveuglément à l'impulsion et à la direction de l'État. Mieux, l'individu n'aura même pas le droit de former des projets, de songer à des entreprises personnelles ; ce sera le monopole exclusif de l'État. Le pays entier sera alors une immense caserne d'ouvriers, où chacun fera en vertu des dispositions réglementaires le travail de la journée, et recevra d'après une autre réglementation la rémunération accordée pour ses besoins. Rienacker, prenez garde, l'existence sera sans souci mais sans joie d'aucune sorte, car la grande joie de l'homme, celle qui découle de nos actes mêmes, comment la sentirait-il, celui à qui il sera interdit d'accomplir sa destinée et de recueillir les fruits de son labeur. Ah, ce sera bien un jour le paradis sur terre ! On aura donné le coup de grâce à la libre concurrence, à l'industrie privée, et on sera heureux ; mais en même temps, on aura détruit ce vaste et grandiose spectacle du commerce, on aura brisé les relations naturelles qui lient les hommes entre eux, on aura ravi à l'individu ce qui ennoblit sa carrière, rend attrayant son travail, tout ce qui pour l'ouvrier adoucit les peines de son labeur quotidien.

Schulze n'était pas un médiocre. Il était sincère et vibrant. Ses alertes et ses frayeurs n'étaient pas ridicules ni vaines. Depuis lors, de nombreux camarades du parti nous ont aussi alertés sur les dangers d'un socialisme trop soumis à la puissance étatique. Pourtant, je ne pus m'empêcher d'esquisser un sourire ironique devant le fauteuil chancelant sous l'agitation du docteur Schulze. Dans un combat politique, on lutte avec les armes dont on dispose, même les plus médiocres. Sur le fond, je n'étais pas sûr de ma réponse. Engels lui-même m'avait mis en garde : « Marx et moi, nous sommes bien d'accord. Lassalle a une conception erronée de l'État : ce n'est en effet pas pour lui l'expression politique de conditions sociales déterminées, mais la réalisation d'une notion morale, d'une conception éthique sur laquelle des influences historiques peuvent agir, mais qu'elles ne peuvent à jamais anéantir. En partant de cette conception, il est logique de voir dans l'assistance de l'État plus qu'une simple mesure pratique, et de lui accorder, comme le fait Lassalle, une importance essentielle, indépendante, parce que l'État est en fait un principe fondamental du socialisme — de son socialisme. »

Pour la première fois, je songeai que Schulze et Engels, le libéral et le « marxiste », avaient en commun une même haine de l'État conçu comme un souverain au-dessus des intérêts particuliers, comme une transcendance, le seul défenseur de l'intérêt général. Mon sourire n'avait échappé à personne. Chacun commençait à attendre la chute du bon docteur Schulze. Celui-ci s'en aperçut. Il s'immobilisa et se tut. Son visage rougeoyait d'indignation. Il darda pour la première fois sur moi un regard dur et menaçant. Sa voix devint fielleuse :

— Mon cher Rienacker, dites à votre chef que je repousse toutes ses avances, toutes ses offres de prétendue paix. Nous lui ferons la guerre et nous la gagnerons. Qu'il se vende à Bismarck pendant qu'il est encore temps. Bientôt, il ne vaudra plus rien à la bourse des traîtres. Votre Lassalle est un homme seul. De plus en plus isolé. Nous pourrons d'autant plus facilement l'abattre. Je me suis laissé dire qu'il était brouillé avec Karl Marx, vous savez, chers amis, ce journaliste de la *Rheinische Zeitung* en 1848. Et puis, j'ai appris qu'il avait récemment perdu son plus fidèle lieutenant, votre ancien collègue au Parlement de Francfort, cher Bürges, Lothar Bücher. Si mes informations sont bonnes, l'Agence Wolff où il travaille lui aurait fait savoir qu'un engagement politique était incompatible avec son éminente position à l'Agence. Et cet homme a préféré sacrifier ses amis et ses idées à son métier. Bel exemple d'amour de son travail, non ?

C'était fini. Mon ultime erreur avait ressoudé ses troupes derrière Schulze. Chacun s'efforçait de se faire pardonner ce moment d'égarement où ils avaient désiré sa chute, même symbolique.

— Puis-je me permettre de vous faire remarquer que nous sommes parfois aussi habiles que notre grand Machiavel Chancelier. Ainsi, je puis vous dire que c'est moi, le Conseiller de commerce Leonor Reicheinheim, qui ai convaincu Ludwig Löwe de ne plus soutenir ce Polak rouge.

— Je croyais que c'était un ami de jeunesse. Ils ont grandi ensemble à Breslau, je crois, répliqua le docteur Sonneman, meurtri d'avoir été devancé.

— Mais les souvenirs restent, pas les banquiers. Nous avions Löwe et moi les mêmes banquiers, Jacques et Hannesman. Disons que j'ai su leur parler le langage de la raison et de la morale allemande. Et qu'ils ont su faire entendre ce discours à notre ami Löwe... Mais ma petite et amicale manœuvre ne peut être efficace que si Bleichröder ne se substitue pas à Jacques et Hannesman. Et là, nous en revenons à Bismarck... Que veut-il exactement ?

— Ne vous inquiétez pas trop, cher ami et honorable conseiller de commerce, Bismarck n'a pas rompu tout lien avec nous. Je peux moi Schulze vous révéler que Bleichröder garde d'excellents contacts avec notre collègue Lasker.

Amitiés de synagogue. Et puis, il est un ami intime de Windhorst, le chef du parti catholique. Amitiés d'Église. Bismarck a appris a Bleichröder qu'un ennemi juré pouvait du jour au lendemain se transformer en allié. Et vice versa.

Schulze me regarda, l'air triomphant. Il s'empara de sa tasse en porcelaine et but enfin son café froid avec un plaisir radieux. L'arrivée bruyante de la conseillère de commerce Reicheinheim me fut un soulagement :

— Vous êtes encore là, messieurs. Mais il est horriblement tard. Veuillez excuser Monsieur le Conseiller, je vous prie, les règles les plus élémentaires de la société lui sont inconnues. Il ne vient pourtant pas de Siegen !

Puis, nous ignorant avec superbe, elle se retourna vers son mari :

— Mon ami, j'étais chez Bonwitt et Littauer. J'ai acheté deux magnifiques robes pour le prochain bal de l'Opéra. Je ne savais que choisir. J'ai donc commandé les deux. Je me déciderai au dernier moment. Mais une vendeuse m'a glissé en confidence qu'au Château une des princesses royales avait commandé les mêmes. C'est fâcheux, ne trouvez-vous pas, mon ami ?

Les membres éminents du parti progressiste qui combattaient le « Chancelier de fer » et le « Juif rouge » demeurèrent interdits. Je songeai aux minauderies perverses de ma chère Alphonsine. La femme est un monde plein de mystères. Nous déposâmes un baiser timide sur la main que nous tendait avec une mollesse étudiée Madame la Conseillère de commerce. Nous sortîmes à la queue leu leu comme de sages écoliers. Dehors, la nuit était claire et fraîche. Les lourds branchages des peupliers bruissaient doucement. La rue Kopernicker était silencieuse et déserte.

Sur le chemin du retour, je mettais en ordre le récit que je livrerais au docteur Lassalle. Je triais, j'expurgeais, j'arrangeais. Le naïf petit Franz qu'il avait pris sous son aile avait grandi. Entre sincérité et vanité, loyauté et intérêt, je composais une vérité acceptable. Je m'efforçais de soigner mes phrases et mes effets. Ma résolution était prise. J'encouragerai Lassalle au combat contre les progressistes. Je dissiperai ses derniers espoirs nostalgiques de reconstitution d'un mythique tiers état. Je retrouvais même pour l'occasion une citation du grand Danton qu'il m'avait cent fois ressassée : « On ne détruit que ce que l'on remplace. » Lorsque le majordome du XIII de la rue de Bellevue m'ouvrit la porte, mon discours était prêt ; il était devenu peu à peu la vérité. La seule.

Mais j'eus la désagréable surprise de trouver les plébéiennes fesses de Waltheich enfoncées dans l'élégante bergère de Lassalle. Il m'instruisit sans ambages que Lassalle était en prison. Les quatre mois promis lors de son dernier procès. Les policiers l'avaient saisi à la frontière prussienne, alors qu'il rentrait de sa cure en Suisse. Je découvrais, atterré, que le monde n'était pas une scène de théâtre sur laquelle le président de l'Association générale des travailleurs allemands tenait son rôle avec plus de talent que tout le monde ! Je gardais alors encore au fond de moi la vision ingénue d'un Ferdinand Lassalle intouchable, invulnérable, une sorte d'archange envoyé par Dieu sur terre, et doté de pouvoirs magiques. Je me sentais ridicule, stupide et impuissant. Sans me laisser reprendre mes esprits, Waltheich ajouta avec une emphase grotesque « qu'en l'absence du président de l'Association générale des travailleurs allemands le secrétaire général avait tous les pouvoirs dans le parti ». Le docteur Lassalle en prison et ce rustaud de Waltheich chef suprême ! Je ne sais pas laquelle des deux nouvelles me désola le plus.

CHAPITRE X

Beati Possedentes

La prison, il n'y retournerait plus. Les rats qui grignotaient le bois de son lit et ses nuits ; le froid qui lui mordillait les genoux, les coudes, les mains, en dépit des couvertures aussitôt apportées par la comtesse Sophie ; et puis ces murs qui semblaient au fil des jours se rapprocher, l'entourer, l'étouffer. Il ne pourrait plus. Pas même un an, pas même six mois, ni quelques heures.

Pourtant, il entrait jadis en prison comme on se rend au bal. D'humeur badine, il plaisantait et riait de ses bons mots. Ses geôliers devenaient des confidents, parfois des amis ; le directeur de la prison prenait souvent ses repas avec lui. Enfermé, il continuait de conduire le procès de la comtesse. Entre deux requêtes au procureur, il rédigeait un « Appel au peuple » ; puis, il écrivait à sa mère :

« Ou l'Allemagne retourne pour toujours à l'obscurantisme médiéval, et dans ce cas, la science est un mensonge, la philosophie une plaisanterie, Hegel un idiot échappé d'un asile et il n'y a pas de sens de l'Histoire, ou alors de la Révolution va célébrer un nouveau et décisif triomphe. »

Le soir, il apaisait, d'une longue lettre affectueuse, la colère de sa sœur qui voulait quitter un mari volage ; et il songeait un instant au doux regard de cette femme aperçue quelques jours auparavant près d'un marronnier en fleur dans les jardins du Tiergarten.

Quelques semaines plus tard — en cette folle année 1848, les jurys populaires étaient visités par le Saint Esprit révolutionnaire —, il sortait, aussi insouciant qu'il était entré. Il se précipitait au milieu du peuple enfin révolté, et s'écriait :

— La résistance passive, c'est fini !

C'était pour le peuple comme un couteau sans lame ! Nous en appelons à l'Assemblée. Qu'elle sonne le tocsin, qu'elle décrète l'appel aux armes !

Le peuple l'écoutait ; le peuple le suivait. Berlin élevait des barricades avec des planches arrachées aux égouts, des pièces de charpente prises aux échafaudages, des bornes de fer fondu détachées des encoignures des rues ; et des pavés bien sûr, là où on parvenait à les desceller. Berlin copiait Paris jusque dans le moindre détail, avec une gaucherie touchante, et une rage neuve. Fourches, pelles, faux, tuiles ôtées des toits, on se battait avec tout ce que l'on trouvait ; mais face aux patrouilles de dragons qui chargeaient sous les tilleuls, on manquait d'armes et de munitions. Lorsque le peuple descendu des faubourgs traversa la Spree et menaça le château de Frédéric, le roi céda pourtant aussitôt ; le simple mot de barricade semblait alors invincible. On dansa avenue Unter den Linden ; on libéra les prisonniers polonais enfermés dans la forteresse de Moabit ; les bourgeois fraternisaient avec les ouvriers et cachaient leur or ; cent clubs fleurissaient ; chacun avait son journal, sa tribune en plein air, et sa garde prétorienne armée, ramassis de loqueteux, soudards avinés, régnant par la violence et la terreur : c'étaient « les hordes sauvages »...

Depuis lors, quinze ans avaient passé. C'est long, quinze ans. Lassalle se dit qu'il était bien vieux pour que ses souvenirs l'aident à panser ses plaies et ses angoisses plutôt que ses espérances. Lassalle se sentait usé, ravagé. Ses nerfs, dont il avait tant exigé, étaient brisés. Sa vigoureuse carcasse, dont il était si fier, était délabrée. Non, il ne pourrait plus. Pas une nuit de plus. Pas une heure ni une minute. Il était prêt à tout pour ne pas retourner en prison. Il me l'avouera sans fard, lorsqu'il me contera par le menu cette nuit sans pareille. Soudain il entendit un cliquetis de lourdes clefs mêlé à un bruit mat de pas cadencé et d'ordres aboyés. Le gardien entra. Il ne dit pas un mot. On le sentait mal à l'aise, impressionné. Craintif. Il était suivi d'un homme au dos voûté, la tête enfoncée dans les épaules. Celui-ci se présenta comme le conseiller

Keudell. Il avait ordre de venir chercher le prisonnier Ferdinand Lassalle. Un ordre impératif de la Chancellerie. D'une voix basse et grave, il expliqua qu'il apportait un « message de son Très Honorable Maître, le chancelier Otto von Bismarck ». Il le lut en détachant chacun des mots écrits sur son bout de papier. Le billet était bref mais respectueux ; onctueux même parfois. Le Chancelier sollicitait une entrevue, un conseil du prisonnier Ferdinand Lassalle. Figé dans un garde-à-vous impeccable, le gardien roulait des yeux effarés.

C'est par cette nuit froide et claire que Lassalle se rendit au Palais de la rue Wilhelm. La neige, tombée d'abondance en ces premiers jours de l'année 1864, avait nappé les marronniers d'une crème épaisse et onctueuse. Le ciel était limpide et les nuages, comme s'ils avaient été séduits par cet idyllique tableau hivernal, n'osaient l'encombrer.

Bismarck le reçut dans son cabinet, où il avait l'habitude de réunir ses plus proches conseillers. Il était vêtu d'une vieille redingote campagnarde aux manches lustrées, d'une simple cravate blanche et d'un pantalon usé de flanelle grise. Lassalle remarqua avec satisfaction qu'il lui avait épargné le raide et solennel uniforme de cuirassier, que le chancelier ne manquait jamais d'infliger aux députés à la Chambre. Les yeux de Bismarck, creusés de cernes profonds, trahissaient les récentes nuits de veille ; mais dans le frémissement inhabituel de sa moustache fournie, dans le mouvement impérieux de ses épais sourcils circonflexes, ou dans cette lueur qui réchauffait son froid regard inquisitorial, on devinait que le Chancelier n'avait jamais été aussi heureux qu'en ces heures où la Prusse, sous sa poigne habile, entamait sa marche vers la domination de l'Europe.

Le chancelier était en verve et Lassalle comprit qu'il ne pourrait se contenter de ses tours habituels.

— Croyez-vous, Monsieur Lassalle — mais ne devrait-on pas vous appeler désormais président Lassalle ? Non, vous êtes à l'abri de ces breloques réactionnaires !

Je disais donc, croyez-vous, Monsieur Lassalle, qu'il soit nécessaire de combler au plus vite ce petit affluent malodorant de la Spree qui a pour nom, je crois, la Panke ?

Vous ne savez pas, bien sûr. Vous n'avez jamais réfléchi à...

Vous songez, Bismarck est encore plus fou que je ne le pensais...

Alors que la guerre menace, que le sort de la Prusse, de l'Allemagne... Monsieur Lassalle, sachez pourtant que cette Panke a beaucoup occupé hier ici même les meilleurs de mes conseillers. Keudell était très échauffé — vous connaissez, je crois, Keudell ? Et puis Hatzfeldt aussi — bien sûr, vous connaissez le petit Paul, sans conteste le meilleur cheval de mon écurie, mais encore tout fou, trop impétueux. Et même Bleichröder ! Eh oui ! Monsieur le Conseiller de commerce Gerson Bleichröder, que je croyais exclusivement préoccupé des titres russes ou de ses placements dans les chemins de fer, se souciait lui aussi des odeurs nauséabondes que dégage la Panke ! Mais j'y songe, vous connaissez aussi Bleichröder ? Je me suis laissé dire que vous aviez un compte chez lui. Je ne vous le reprocherai pas. Chacun sait que c'est lui qui gère mes modestes revenus. Les Juifs font ça mieux que personne ! En fait, Monsieur Lassalle, je constate que vous êtes un proche de la plupart de mes conseillers. Vous êtes, comme disent les Anglais, un membre fantôme de mon cabinet. En attendant mieux, Monsieur Lassalle ?

Ferdinand, interloqué, ne sut que dire ; mais le chancelier n'attendait pas une réponse immédiate. Il poursuivit d'une même voix suave.

— Ah, Monsieur Lassalle, je suis un pauvre homme bien mal entouré. La guerre est à nos portes. Aujourd'hui, c'est avec le Danemark pour des duchés dont je me moque en vérité. Mais demain, ce sera l'Autriche. Et après-demain... L'Allemagne est en train de se faire, seule elle aussi. La Chambre ne songe qu'à me renverser. Le peuple gronde contre moi. Et mes imbéciles de conseillers ne s'intéressent qu'à la Panke ! Que voulez-vous, Monsieur Lassalle, les Prussiens sont un peuple de porcs serviles qui ne voient pas plus loin que la Spree...

— Et on se sent parmi les larves la seule poitrine capable de sentiment...

Lassalle avait retrouvé quelques réflexes engourdis.

— Ah, Schiller, docteur Lassalle ! Schiller… Et pourtant, docteur Lassalle, une nuit, il y a longtemps, la Prusse s'est couchée petit État et réveillée grande puissance…

— Notre temps n'est plus celui de Frédéric le Grand, Monsieur le Chancelier. Vous ne cuirez pas la soupe de la nation allemande dans les vieux pots réactionnaires !

— Je sais bien, Monsieur Lassalle, je ne suis qu'un vieux junker réactionnaire. Je crois pourtant avoir compris moi aussi qu'aujourd'hui un État n'est rien s'il n'a pas de frontières naturelles et ne représente pas une nationalité. Mais vous vous trompez, Monsieur Lassalle, lorsque vous pensez qu'on réalisera l'unité de l'Allemagne par des discussions interminables et des majorités à la Chambre. C'est la même erreur que vous et vos amis ont commise en 1848. Non, docteur Lassalle, croyez le vieil homme qui vous parle en ami : l'Allemagne se fera, mais par le fer et par le sang.

— Et le vieux Danemark peut trembler ?

— Et le vieux Danemark peut trembler ! Et l'Autriche aussi.

— Vous n'aurez pas les moyens de faire la guerre. Le Landtag ne vous votera pas les crédits de guerre.

— Bleichröder, Lassalle, Bleichröder ! Les Juifs sont là pour ça. C'est le banquier juif Samuel Bernard qui a permis à Louis XIV d'envoyer Louvois s'essuyer les pieds sur le Palatinat. Le Juif Bleichröder offrira à Bismarck les moyens nécessaires à la réunification de l'Allemagne, par le fer et par le sang, contre le Danemark aujourd'hui, l'Autriche demain, et si c'est nécessaire contre la France, pour achever le travail. Oui, Lassalle, la grande Nation elle-même. Le temps des humiliations est passé. Et les jours de la parade de Potsdam sont comptés. Vous ne voyez rien, vous n'entendez rien, Lassalle ? Nous sommes dans la forêt de Teutobourg…

— Je ne vois pas de Herman qui vienne, Monsieur le Chancelier. Vous faites, pardonnez-moi, une erreur stratégique fondamentale. L'Allemagne doit au contraire s'appuyer sur la grande Nation qui demeure la seule force révolutionnaire en Europe. Si vous réalisez l'unité de l'Allemagne contre la France, ce sera, que vous le vouliez ou non, une victoire sur les « Lumières », sur la démocratie, sur le progrès. L'Allemagne se sera faite, bien sûr, mais à rebours de l'Histoire. Elle le paiera un jour très cher. Une guerre entre la France et l'Allemagne serait l'événement le plus nuisible à la civilisation qui puisse être conçu. Elle ouvrirait un temps ininterrompu de guerres et de massacres entre ces deux peuples, une catastrophe pour l'Allemagne, pour la France et pour l'Europe. De la bonne entente entre ces deux grands peuples de culture, Monsieur le Chancelier, dépend toute liberté politique, tout progrès de la civilisation en Europe, toute réalisation de la spiritualité, tout développement démocratique et même culturel. Réveiller le tigre altéré de sang finalement dompté, la haine entre la France et l'Allemagne, ce serait faciliter la confusion des esprits, ouvrir largement les portes à tous les subterfuges machiavéliques de la diplomatie, et inscrire sur la bannière des peuples la barbarie des conquêtes et la rage de la destruction à la place de l'évolution organique et normale vers la démocratie.

Ensemble au contraire, la France et l'Allemagne imposeront la démocratie en Europe en la débarrassant de sa sangsue réactionnaire : l'Autriche !

— Nous sommes d'accord ! Moi aussi j'aime la France, docteur Lassalle. J'y ai vécu les plus belles années de ma vie. Moi aussi, j'ai connu les soupers fins, les parties de billard, et Catherine... Oui, moi aussi, docteur Lassalle, moi aussi...Vous n'êtes pas le seul à aimer les jolies femmes. Croyez-vous que ce soit de gaieté de cœur que j'ai abandonné mon ambassade et les plaisirs parisiens pour les murs froids de la rue Wilhelm ? Mon devoir, Lassalle, mon devoir. Faites le vôtre, Lassalle. Nous avons une ambition commune, l'unité de l'Allemagne. Nous avons un ennemi commun, l'Autriche. Unissons nos efforts. Soyez mon Garibaldi, je serai votre Cavour !

— Comment, vous saviez ? Je croyais pourtant...

Lassalle avait blêmi. Bismarck éclata d'un rire énorme.

— Mais je m'en moque, Monsieur Lassalle, de vos visites à Caprera, de vos entretiens secrets avec Garibaldi. Et plus encore de vos plans mystérieux d'intervention armée en Bavière ou je ne sais où...

Laissons là ces enfantillages, Monsieur Lassalle. Je vous offre, moi, l'occasion d'un coup, d'un grand coup, qui vous fera entrer en héros dans l'histoire de l'Allemagne ! Vous prenez avec vous une centaine d'ouvriers décidés et aguerris au maniement des armes. Vous les emmenez à Hambourg. De là vous passez au Schleswig. Vous vous emparez d'une ou deux casernes. Ce ne sera pas bien difficile. Les troupes danoises ne sont pas encore arrivées. Vous plantez le drapeau de la Prusse et vous proclamez l'annexion du Schleswig-Holstein ! Nous vous enverrons des troupes pour vous protéger. Et nous écraserons en quelques jours les armées danoises. Beati Possedentes, Lassalle, Beati Possedentes !

— Et qu'obtiendrais-je en échange ? Je ne peux me rallier à vous pour rien. Mon parti et les ouvriers ne me le pardonneraient pas. On dira que j'ai trahi pour un plat de lentilles qui n'avait que le fumet de l'Allemagne libre dont nous rêvons !

— Je lis soigneusement tout ce que vous écrivez, vous savez, Monsieur Lassalle. Et je dois avouer que vous m'avez convaincu. Oui, le chef des rouges, Ferdinand Lassalle, a convaincu le vieux réactionnaire Otto Bismarck ! Comme vous l'écrivez avec talent, le pouvoir ne peut abandonner les ouvriers entre les mains cupides des bourgeois. La monarchie sera sociale ou ne sera pas. Il nous faut des coopératives, des assurances contre les accidents, contre les maladies.

Croyez-moi, Monsieur Lassalle, je serai le père des ouvriers et je saurai les défendre contre la rapacité des bourgeois, dont l'égoïsme forcené empêche la réalisation de l'unité nationale. Vous ai-je bien lu, Monsieur Lassalle ? Nous avons une fois de plus les mêmes adversaires ! Mais j'ai besoin d'un homme, d'un vrai, pour conduire cette politique sociale à hauts risques. Il faudra batailler contre des intérêts énormes. J'ai besoin d'un homme de votre trempe, Lassalle, rejoignez-moi.

Lassalle était tenté d'accepter. Très tenté. Mais il se souvint alors que Marx lui avait raconté comment Bismarck, lorsqu'il était ambassadeur à Paris, lui avait un jour proposé de rédiger ses discours. Karl Marx, « nègre » de Bismarck ! Le chancelier de fer n'avait pas d'à priori idéologique. Il prenait les talents là où ils se trouvaient. Et comme en Allemagne les talents sont à gauche... Et puis, c'était sa manière personnelle de refroidir les ardeurs révolutionnaires de l'Europe. Il se voyait volontiers comme le successeur naturel de Metternich.

L'ombre de Karl Marx apparut aux yeux éblouis de Ferdinand Lassalle comme au festin de pierre. Mais il ne se résignait pas malgré tout à refuser l'offre de Bismarck. Il voulait tout, le portefeuille ministériel sans la soumission, le pouvoir sans le reniement.

— Et le suffrage universel, Monsieur le Chancelier ?

— Quel suffrage universel, Monsieur Lassalle ?

— L'Allemagne de demain ne doit pas être celle d'hier, Monsieur le Chancelier. Pour le bien de l'Allemagne et de l'Europe tout entière, il nous faut une Allemagne démocratique, composée de citoyens responsables et libres.

— Votre emphase romantique cache mal votre volonté de pouvoir, Monsieur Lassalle. Seul le suffrage universel vous permettra d'être élu. Et de jouer un rôle à la Chambre. Vous songez déjà à me trahir, docteur Lassalle ?

— Pourquoi n'aurais-je pas ma place à la Chambre ? Je vaux bien Lasker ou Windhorst. Et les ouvriers ne méritent-ils pas d'être entendus au même titre que les bourgeois ?

— Votre ambition vous aveugle, Monsieur Lassalle. L'Allemagne de demain sera toujours dirigée par la dynastie des Hohenzollern. Et non par la dynastie des Lassalle !

— C'est notre intérêt à tous les deux, Monsieur le Chancelier. Le suffrage actuel favorise vos adversaires. Un jour, ils auront le courage d'exiger votre tête. Conjurez le sort funeste, Monsieur le Chancelier. Instaurez le suffrage universel et vous ruinez l'influence des progressistes. Les paysans suivront les junkers. Et les ouvriers approuveront la monarchie sociale que vous préparez. Je m'en porte garant.

— Et l'Allemagne deviendra la France ou l'Angleterre ! C'est cela que vous souhaitez à notre pauvre vieille marche de plaines au sol aride ? Et notre petite ville de garnison perdue au milieu des pins et des champs de manœuvre, avec ces vastes domaines exploités péniblement par des journaliers slaves et des artisans huguenots sous l'autorité naturelle des nobles descendants des chevaliers teutoniques ? Vous voulez donc que notre Berlin devienne un petit Paris, libertin et décadent, où toutes les épouses oublieront l'enseignement de Luther pour devenir des Madame Putiphar ?

— Monsieur le Chancelier. Permettez-moi de ne pas croire à votre soudaine conversion à l'enseignement de Luther...

— Vous n'avez donc rien compris, Monsieur Lassalle ! C'est moi, Bismarck, qui accoucherai l'Allemagne nouvelle. C'est moi, Bismarck, qui balaierai les petits princes de Bavière, du Wurtemberg ou d'ailleurs, plus efficacement que vous ne l'avez fait en 1848. Mais si je change tout, Monsieur Lassalle, c'est pour tout sauver : la Prusse et la domination des junkers sur la Prusse. La Prusse, Monsieur Lassalle, de Blücher, de Wrangel, de ma bonne vieille terre de Schonhausen. Je suis un « holznaren », Lassalle, le dernier « holznaren », le dernier fou de bois, qui n'aime rien tant que regarder pousser ses arbres, croître et embellir, sous la savante caresse de l'homme, sans mesurer sa peine ni sa dépense. Contrairement à ce que vous croyez, Monsieur Lassalle, c'est le mouvement des nationalités qui sauvera la monarchie prussienne.

— Vous perdrez votre pari, Monsieur le Chancelier. L'Histoire a des lois et elles sont implacables. Nous sommes nous, les Allemands, le peuple hégélien qui montrera au monde l'exemple d'un peuple libre qui allie le réel et le rationnel. Libre, Monsieur le Chancelier ! Si vous vous mettez en travers de l'Histoire, vous causerez la catastrophe de l'Allemagne ! Je ne peux croire que le peuple allemand l'acceptera.

— Le peuple allemand me suivra. Et il se détournera de vous. Vous êtes un homme seul, Lassalle. Les progressistes vous haïssent. Leur presse vous est fermée. Et vous n'avez pas les moyens de la concurrencer. Même votre ami Marx a refusé de créer un journal avec vous. Oui, je sais cela aussi, docteur Lassalle. Et nous avons éloigné de vous Lothar Bücher. Le pauvre homme, il avait la faiblesse de tenir à son métier. Votre grand parti ouvrier est mort-né. Combien d'adhérents à Düsseldorf, Monsieur Lassalle ? Deux cents ? Et à Francfort, cinquante ? Et à Berlin, Monsieur Lassalle ? Quarante, en comptant vos amis artistes ? Soyons francs, Monsieur Lassalle, vous ne me servez plus à rien. Il y a quelques mois, je ne dis pas. Les progressistes bloquaient le vote du budget ; le peuple me huait ; on manifestait contre la guerre ; tous les jours, on demandait ma tête. Alors oui, vous m'avez été utile.

Vous avez été pour moi, sans vouloir vous offenser, un Eichler de luxe, autonome et intelligent. Et en plus, vous me coûtiez beaucoup moins cher. Je voulais faire de vous un ministre, mais si un socialiste peut devenir un ministre, un ministre ne peut pas être socialiste. Qu'avez-vous à m'offrir, docteur Lassalle ? La guerre contre le Danemark est imminente. Si je gagne, les Prussiens, et derrière eux tous les Allemands qui attendent une victoire militaire depuis un siècle, feront de moi un héros. Si je perds, si les troupes prussiennes s'effondrent devant les batteries danoises, ma tête roulera au fond du panier. Savez-vous, cher Lassalle, que c'est exactement le sort que m'a prédit Sa Majesté le roi lors de notre première entrevue. Dans les deux cas, vous ne m'êtes plus d'aucune utilité. Et croyez bien que je le regrette. Le suffrage universel... Votre prix est trop élevé, docteur Lassalle. Méfiez-vous, tout homme doit avoir quelqu'un à haïr et quelqu'un à aimer. Pour l'amour, j'ai ma femme... Pourtant, je vais vous faire un aveu : vous me plaisez. Votre conversation est agréable. Vous êtes intelligent. Ambitieux. Courageux. Vous êtes de ceux avec qui on échange des coups de feu mais dont on reconnaît en toute justice après le combat : « Celui-ci est un homme, les autres sont des vieilles femmes ! »

Revenu rue des Hohenzollern, Ferdinand était plein de son récit qu'il avait besoin de déverser tout à trac, sans commentaires inutiles, sans reprendre souffle, comme pour incruster très vite dans l'esprit d'un autre — en matière solide et refroidie — ce qui n'était encore en lui que lave incandescente, flammes hautes lui léchant le cœur et l'âme.

À cet instant pourtant, Ferdinand ne put s'empêcher de me décrire un Bismarck éructant, venimeux, son épaisse moustache frémissant de colère, avec toutefois dans son œil scrutateur une lueur d'ironie, de moquerie intérieure, celle du comédien qui s'observe dans l'exercice de son art. Bismarck jouait et jouait bien : la rudesse, l'exaspération, la confiance trompée, la fureur, la menace, la vengeance, la haine même. « L'intimidation est pour lui un préalable utile à l'amitié », m'assura Ferdinand. Il se trompait. Bismarck n'avait pas d'amis. Rien que des pions qu'il déplaçait au gré de ses besoins, renversait et rangeait dans leur petite boîte, quand il n'en avait plus l'usage.

Mais Lassalle n'avait pas voulu s'avouer vaincu devant le Chancelier. Il avait pris son air le plus farouche, son ton le plus déterminé, qui n'impressionnaient plus que moi :

— Les étoiles qui nous guident sont dans notre cœur, a dit je crois Schiller. Et ce que dit la voix intérieure ne saurait tromper l'âme qui espère...

— Puisque vous aimez les citations, Monsieur Lassalle, je vais moi aussi vous rappeler cette phrase de l'Ancien Testament : « L'orgueil précède la chute ! » Vous n'êtes qu'un Juif, Lassalle, Oui, un Juif comme Lasker ou Bamberger ! Oh, je sais, ils sont libéraux et vous êtes socialiste. Mais vous êtes des Juifs. Tous les mêmes ! Vous vous croyez plus intelligents, plus malins que les autres. Le peuple élu ! Qui contemple avec condescendance ces médiocres qui les persécutent. Vous les Juifs, vous n'avez pas de terre. Vous n'êtes ni badois, ni bavarois, ni prussiens, ni silésiens. Alors, forcément, il vous reste l'Allemagne. Vous êtes tous allemands. Plus allemands que les Allemands. Vous êtes mon meilleur soutien et je saurai m'en souvenir. Mais ne vous méprenez point, docteur Lassalle, vous et vos pareils, Berlin ne sera pas Jérusalem. L'Allemagne ne deviendra pas la France. Je ne la vendrai pas aux Juifs. Les Rothschild et tous les Bleichröder de la création serviront Bismarck et les Hohenzollern. On accouplera les étalons prussiens aux juments juives. Pas l'inverse, Lassalle. Je ne vous raccompagne pas.

Lassalle entendit encore le chancelier héler son valet et lui commander des œufs de vanneau et une bouteille de vin de Moselle. Il se dit avec amertume qu'il avait au moins ouvert l'appétit au chancelier de fer... Puis, plus rien. Le silence dans la rue et le vide dans la tête. Ferdinand était encore abasourdi lorsqu'il sortit de la rue Wilhelm. Il erra au hasard, sans but, manquant d'être renversé par un cab qui déboulait à vive allure. Il traversa le parc de Charlottenbourg sans faire attention aux statues des empereurs romains. Il balaya, d'un pied distrait, les dernières pommes tombées des sapins pleureurs. Il arriva dans la rue Friedrich, s'assit sur un banc, l'œil soudain attiré par une jeune fille aux hanches évasées qui ferrait un client à quelques pas de lui. Il avait joué et perdu. Il avait rusé et trouvé plus habile. Lui revenait en mémoire ce proverbe français que Bismarck aimait à citer : « À gentilhomme, gentilhomme, à corsaire, corsaire et demi ».

Quelques jours plus tard, il publia un nouveau pamphlet, contre Schulze. Il envoya son livre à Bismarck, le priant d'empêcher la saisie que ne manquerait pas de décider le procureur général de Berlin. L'ouvrage parut sans contraintes, mais Bismarck ne répondit pas. Le 20 février, Lassalle reçut cependant un télégramme signé Keudell :

« Vu les circonstances, le Chancelier ne pourra vous fixer de date de rendez-vous ».

Lassalle, meurtri, répondit aussitôt :

« J'ai été surpris de recevoir ce télégramme d'un étranger. Je vous ai envoyé mon livre à titre personnel, pas officiel ! »

Quelques jours plus tard, les troupes prussiennes enfonçaient les défenses danoises à Düppel. Le Chancelier de fer rangea le président de l'Association générale des travailleurs allemands au fond de sa petite boîte.

Ce soir, il voulait tout oublier. La politique, les ouvriers, Bismarck, sa peur panique de la prison. Tout. Prendre possession de sa nouvelle demeure était désormais son unique souci. Comme si un autre Lassalle remplaçait le véritable pendant quelques heures. Je n'ai jamais compris cette faculté exceptionnelle d'éloignement de soi. Je prenais pour de la légèreté et de l'indifférence ce qui n'était sans doute que la saine réaction d'un corps et d'une âme soumis à de trop fortes tensions. En prison hier encore, il m'interrogeait sur la couleur des tentures du salon. La comtesse Sophie, qui ne me laissait jamais seul dans mes visites à Ferdinand, craignant sans doute que je la supplante, s'était offusquée :

— Ferdinand, mon enfant, nous ne serons plus voisins. Ce sera la première fois depuis dix ans. Suis-je donc si vieille ?

Il le savait, ses tics aristocratiques ne la reprenaient que lorsqu'elle était en colère. Ou très inquiète. Il avait dû la consoler, la rassurer. Après tout, la rue des Hohenzollern n'était pas si loin de la rue de Bellevue, en coupant par Unter den Linden...

Tous les jours, enfermé là-bas, il croyait l'apercevoir, sa maison. La façade bourgeoise et les dignes murs de pierre.

La vaste entrée, couronnée d'une rotonde garnie de moulures entortillées et d'angelots peints. Des panneaux de bois. Un portrait de Robespierre. Des gravures révolutionnaires. Et puis, le divan de Turquie, recouvert de broderie orientale, les poufs ornés de mille dorures, les tabourets et les tables basses, et la pipe à eau ottomane aux larges embouchures ambrées, disséminés dans la lumineuse salle de réception aux grandes fenêtres à croisillons, d'où l'on surprendrait les belles passantes de la rue Hohenzollern sortant une ombrelle à la main de leur landau, en remerciant le ciel et les autorités de Berlin qui, chaque matin, arrosaient désormais les rues de la ville : « Bien sûr, cela nous oblige à porter des robes indécemment courtes mais nous voilà enfin débarrassées de cette poussière qui s'incrustait partout »...

Il n'avait pas voulu abandonner ses anciens meubles ; mais alors que les objets innombrables, entassés en vrac, avaient, rue de Bellevue, un air de fourre-tout joyeux d'étudiant globe-trotter, les mêmes panneaux de bois, les mêmes toiles, la même pipe à eau avaient, rue Hohenzollern, pris leurs aises, et, vautrés dans un confort de bourgeois arrivé, se couvraient désormais d'une patine de parvenu. Peut-être aussi avais-je vieilli ; peut-être avais-je déjà perdu mon innocence émerveillée devant la moindre boiserie ou dorure, tandis que Ferdinand était demeuré l'enfant ébloui de son propre lustre.

Ce soir, tous ses amis seront là. Varnaghen d'Ense, son monocle et sa veste blanche chamarrée d'or. Sa femme Edna, son petit corps ratatiné dissimulé tout entier sous un chapeau aux vastes bords évasés : pour y ranger ses idées larges sans doute. Ludmilla d'Assing, son rire chevalin et son nez busqué. Le général Pfuel, la poitrine alourdie par les décorations, crosse noire et aigle rouge mêlés. Les Punker-Muskau sont venus aussi ; le Prince a pour une fois accompagné ma chère Alphonsine, bien qu'il juge « cette manie moderne de changer de résidence tout à fait inconvenante ». C'est la première fois que je vois le prince... à la lumière. Il a la peau grêlée, le mufle épais et caverneux, les lèvres usées et desséchées de trop de baisers donnés ; mais son œil las de vieillard perclus de rhumatismes s'illumine soudain, et son visage parcheminé retrouve comme par magie l'éclat poudré de sa jeunesse, lorsqu'il aperçoit le pied mignon d'une soubrette ou effleure, de ses mains tremblantes, sa taille souple. Hans Bülow ne tardera pas non plus, mais la présence de Cosima est incertaine. Est-elle de nouveau grosse ? Et de qui ? La comtesse Sophie a même invité son fils Paul, mais Ferdinand n'en a cure. Officiers, banquiers, demi-vierges, et quart de peintres, tous ceux qui font qu'une fête est réussie à Berlin, ont répondu à son invitation. Comme il me semble loin, pourtant, le temps du bonheur et de l'insouciance de la rue de Bellevue, et des virées à la cave des Hiermenzel où l'on s'enivrait au bon vin de Moselle en pelotant les filles au rire gras…

Ce soir, rue des Hohenzollern, ce sera plus convenu, guindé. C'est Ferdinand qui l'a voulu ainsi. C'est le « prix à payer pour mon nouveau statut de chef de parti ». Déjà il les attend et les guette, sa silhouette altière campée sur les marches du perron. Il a revêtu son uniforme de dandy, habit noir et cravate blanche nouée avec une négligence soignée, gants beurre frais et bottes de cuir jaune. Ses mains aux doigts longs, effilés, faits avec soin, alourdis de bagues argentées, sont posées, avec une élégance affectée, sur sa canne d'ébène dont il ne se lasse pas de rappeler qu'elle appartint à Robespierre.

L'œil perdu dans le lointain, le cheveu frisé lissé avec élégance, « Ferdinand a pris la pose romaine », persifle Bülow. Mais dès que ses premiers invités sont annoncés, comme par enchantement, Ferdinand se dénoue. Il s'empresse auprès de l'un et de l'autre, offre un salut à chacun, à chacun une attention, aux femmes un baiser furtif sur la main, comme une promesse, et puis une cajolerie ou une douceur, ou une espièglerie, aux hommes, un mouvement raide de la tête ou un éclat de rire complice.

À son bras, l'inévitable comtesse. Elle a mis, pour l'occasion, trop de rouge à ses joues, ce qui donne à son teint un air plus jaune, plus cireux encore. Elle humecte, d'un claquement de langue expert, un cigare volumineux, dont les premières volutes ne tardent pas à se perdre dans les sentiers de sa chevelure clairsemée. Elle a soixante ans. Elle en paraît dix de plus ; mais un regard de tendre admiration, qu'elle jette soudain à Ferdinand, la rend belle ou presque. Elle écoute, avec une attention religieuse, la voix de Ferdinand qui couvre le brouhaha naissant :

— Mes amis ! mes amis ! d'abord merci ! Merci d'être venus ici, dans ma modeste maison, célébrer avec moi ma libération des geôles d'un pouvoir inique. Depuis que je me bats pour le peuple et ses droits légitimes, le pouvoir n'a jamais pu me garder bien longtemps enfermé. Il croit me tenir et il est obligé de me relâcher car le peuple fait entendre sa voix puissante. Il croit me briser et je sors chaque fois plus vigoureux et plus déterminé. Jamais la répression, l'isolement ne m'ont fait peur. Pendant des années, j'ai mené la vie ingrate du dernier des Mohicans de la Révolution. Tous mes amis étaient en exil. Je n'en ai pas moins poursuivi inlassablement ma lutte pour les ouvriers, pour le peuple, pour l'Allemagne et la liberté. Aujourd'hui, il paraît que nous avons un chancelier de fer qui ne connaît que la force et méprise le droit. Cela ne changera rien à ma vie et mes convictions. Bien au contraire…

Mais j'aperçois là-bas notre ami Paul — je devrais dire monsieur le très honorable Conseiller spécial du Chancelier Bismarck ! Ne vous inquiétez pas, Très Honorable Conseiller, je ne confonds pas soirée entre amis et réunion politique. Je désirais seulement prononcer quelques mots pour remercier tous mes amis — et bien sûr, Paul, vous en êtes — d'être venus partager ma joie. Allons, je me tais. Vous devez tous être affamés. Vous ne serez pas déçus. Après ce dîner, je vous promets que vous vous demanderez si Lucullus n'était pas un débutant !

Deux domestiques ouvrirent la porte à double battant et, dans l'ordre observé pour le dîner, nous pénétrâmes dans la grande salle de réception. Les hommes s'inclinèrent devant les dames, baisèrent avec respect les mains des plus âgées, quelques-unes des plus jeunes aussi. Dans la pénombre de l'entrée, deux taches claires restées à l'écart rechignaient à suivre le troupeau discipliné. L'une était brune et ronde ; ses traits et ses attaches un rien trop épais. La longue chevelure de l'autre était égayée de boucles blondes qui pendaient autour d'un nez court au bout retroussé, et des lèvres de l'épaisseur d'un trait. On les avait jadis beaucoup vues, rue de Bellevue, chacune son tour ; chacune son temps. Elles ne s'y rendaient plus beaucoup ces derniers mois ; Flora, la fleuriste délurée de la rue Friedrich, les avait remplacées ; mais elles étaient venues elles aussi, sans orgueil ni jalousie vaine, célébrer le triomphe de Lassalle. Agnès Denis-Street était la brune ; la blonde, Lina Duncker. Chatteries et chuchotements ; dodelinements de tête et colères rentrées.

— Quel homme, mon Dieu ! Quel organe ! Quelle force ! Quelle... C'est Samson avec toute sa toison, dont on serait une Dalila aimante. On lui crèverait les yeux uniquement pour qu'il ne désire plus jamais d'autres femmes...

— Il les regarderait avec ses mains, avec son nez, avec ses pieds. Et avec sa seule voix, il leur ferait l'amour.

— On voit bien qu'il ne vous touche plus depuis longtemps, ma chère Agnès. Et que vous ne vous pardonnerez jamais de n'avoir pas su le garder.

— Madame l'éditrice, Ferdinand et moi nous possédons le bien le plus précieux : des souvenirs. Des années de bonheur et une enfant. Ma pauvre Fernande. Cinq ans déjà qu'elle a disparu... La mort d'une enfant, ce n'est rien pour vous ?

— Pour un homme comme lui, ma chère Agnès, ce n'est pas grand-chose. Vous vous aveuglez. Des femmes il lui en faut encore et encore. Il lui en faut mille et trois. C'est le Minotaure toujours en quête de proies nouvelles. Alors, un enfant, le souvenir d'un enfant mort, au milieu de cette battue...

— Ma chère Lina, puisque vous croyez tout savoir, je vais « vous vider mon cœur », comme disent nos vieilles Berlinoises. Il y a tout juste une heure, juste avant que vous n'arriviez, j'étais dans cette pièce, assise sur ce pouf. Avec Ferdinand. Il tenait ma main dans la sienne et me disait des douceurs. Il me suppliait de reprendre la vie avec lui. Il m'assurait qu'il m'aimait, qu'il n'avait jamais cessé de m'aimer. Qu'il avait changé. Que les femmes mariées ne l'attiraient plus autant qu'avant. Qu'il voulait m'épouser. Oui, vous avez bien entendu. Et me faire un enfant pour remplacer ma pauvre Fernande. Quand il me disait tout cela, ses mains tremblaient et son œil s'embuait de larmes. Oh, je sais ce que vous allez me dire, ma chère Lina. « Commediante, Tragediante », n'est-ce pas ? Cependant je crois que, cette fois, il était sincère. Mais pour moi, comme vous me l'avez généreusement fait remarquer, ma chère Lina, c'est de l'histoire ancienne. Après tout, le prince des poètes a-t-il jamais eu l'idée saugrenue de ressusciter Werther ?

— Si vous dites vrai, ma chère, mon mari a raison. Ferdinand a bien vieilli.

Tous les convives étaient installés désormais. Dans le bruit mat des couverts qui s'entrechoquaient, siffla la voix aiguë de la comtesse. Le dîner me parut interminable ; et les plats, innombrables : soupe et homard mayonnaise et jambon et saumon et choucroute aux alouettes et entremets Nesselrode et fromage. Je ne me souviens plus très bien ce que nous avons bu ce soir-là. L'enfant que j'étais alors ne distinguait pas un blanc de Bourgogne de celui du Rhin. Le vieil homme que je suis aujourd'hui n'est pas, il faut l'avouer, plus avancé ; et je préférerai toujours une bonne Spaten à ces raffinements de Français. Ferdinand s'en amusait souvent :

— Mon petit Franz, tu ne seras jamais qu'un ouvrier berlinois. Donnez-lui une bière blanche, du Gilka et des poireaux, et il est heureux !

Un ouvrier ignare. Autour de moi, il n'était question que de Shakespeare, de Macbeth, de Miss Atkinson, de Danison dans le rôle de... Et j'étais le seul, me semblait-il, à ne pas avoir posé, la veille, mes fesses sur un fauteuil rouge du Théâtre de Berlin. Il est vrai que les plus belles scènes se jouaient, pour moi, à la table de Ferdinand ; et je ne pouvais m'arracher à mon plaisir de spectateur. Aujourd'hui encore, lorsque je me retrouve à une tribune, ou au milieu d'une quelconque commission parlementaire, je m'observe, goguenard, jugeant le rôle mal écrit, et l'acteur médiocre. Je suis convaincu chaque fois que les autres s'apercevront de l'illusion, de l'usurpation, et me renverront d'où je viens. Il me semble que sans cette emprise immodérée de la réalité sur mon imagination, de mes origines sociales sur mes ambitions, de l'humilité de l'enfant d'ouvrier sur la vanité du politique, sans cette modestie invincible de tâcheron, ma carrière aurait eu davantage d'éclat.

— Vous savez ce qu'a écrit le *Kreuzzeitung* ce matin ? Je vous cite de mémoire... « Lui — c'est Danison dont il s'agit bien entendu —, lui donc qui porte le poids de trois qualités dont une seule suffit d'ordinaire à rendre un homme insupportable, celle de Polonais, de Juif et d'acteur a réalisé ce miracle de tirer de leur ensemble un homme remarquable et parfait sous tous les rapports. »

— J'ai donc bien de la chance, mon cher Hans, je n'en ai que deux !

— Je croyais pourtant, Ferdinand, que vous étiez de confession mosaïque !

— Vous riez, ma chère Ludmilla, mais moi, je connais bien Danison et il est fou. Fou à lier, je vous le dis. Un jour, il ne jouera plus qu'à Dallendorf !

— Oh, Prince, cessez de voir toujours tout en noir. Danison est un immense acteur. Il me rappelle Booth, mais si, souvenez-vous, voyons, cet Américain...

— Vous avez raison, comtesse, Danison est un immense acteur. Et il a bien du mérite !

Paul Lindau entrait brusquement dans la partie sans y avoir été invité. Paul n'était pas de la vieille garde. Il n'avait pas fréquenté les jardins de la rue de Potsdam. Il n'avait jamais été l'un de ces « lieutenants étranges » d'avant 1848, comme disait ma chère Alphonsine avec nostalgie. Je me sentais soudain moins seul, moins minable. Lassalle avait rencontré Lindau lors de son dernier procès. Le journaliste en avait rendu compte dans un long article élogieux du *Düsseldorfer Zeitung*. Ferdinand n'était guère habitué à semblable délicatesse d'une presse soumise aux progressistes ; et avait insisté auprès de la comtesse pour que « ce cher Paul » reçût son carton.

— La mise en scène était ridicule. Désuète et sans vie. Pour tout dire, il n'y avait pas de mise en scène !

Lindau qui jusqu'alors n'avait soufflé mot semblait soudain illuminé.

— Vous avez raison, mon jeune ami. Inébranlablement raison. Varnaghen d'Ense se piquait d'être moderne en tout.

— Ah, inébranlablement, marmotta le prince Punker-Muskau, le méchant mot à la mode...

— La mise en scène de ce Laube est celle d'un vieillard. Que dis-je, un vieillard, un cadavre ! Un spectre !

Varnaghen d'Ense éprouvait toujours le besoin d'en faire un peu trop.

— Si on suivait Laube, poursuivit Lindau, encouragé par ce spectaculaire soutien, on reviendrait au temps de ce bon vieux William Shakespeare, avec de grands panneaux sur lesquels serait écrit en lettres géantes : « Ceci est un parc. Cela est un château. »

— La jeunesse règle rapidement la question des mots, persifla le vieux prince ; mais emporté par son élan, Lindau n'entendit pas, et acheva son réquisitoire dans un même emportement.

— Or, nous savons bien ce qu'il faut au théâtre de notre siècle qui met à bas tous les vieux dogmes poussiéreux du passé. Il faut du vrai mobilier de salon quand la scène se passe dans un salon. Des tapis. Des rideaux. De la vaisselle qui se brise quand on célèbre un mariage ou quand on le rompt.

— Si l'on vous écoutait, jeune homme, siffla le Prince une dernière fois, on dorerait l'or lui-même…

Le repas s'acheva enfin. Au fond du salon, dans la clarté tamisée d'une des fenêtres à croisillons, un homme s'assit près du piano. Il n'avait ni gêne ni modestie feinte ; et tous rapidement de se presser autour de lui. De loin, je ne distinguais qu'une longue chevelure blanche qui, désertant un large front dégarni, retombait sur ses épaules en minces filaments. Moi aussi, je m'approchais. Je découvrais un grand et fier nez planté entre des sourcils charbonneux, de grosses verrues qui parsemaient le front et le menton, une bouche aux lèvres minces qui se terminaient en deux plis arrondis. Ce n'était plus un jeune homme et cela se voyait. On fit silence autour de lui. Le vieil homme étendit ses mains sur le piano. Des mains immenses, effilées, arachnéennes, mais qui ne s'engageaient pas seules dans la lutte. Les bras, les coudes, le dos, le buste, les épaules, c'est tout le corps qui poussait, bousculait l'instrument, le rudoyait. Je n'avais jamais entendu ni vu pareil musicien. Je ne savais même pas s'il était sublime ou inaudible. Je m'approchai de Lassalle et lui soufflai :

— Quel est cet homme qui joue si curieusement ?

Mais je ne sais par quelle alchimie mon chuchotement devint un énorme éclat de rire.

— Cosima, ma chère. Mon petit Rienacker désirerait que vous lui présentiez Monsieur votre père. Cet enfant prétend ne pas le connaître. Il doit bien être le seul ce soir. Comment disent déjà ces prétentieux de Berlinois ? Qui respire l'air de Molkenmarkt est supérieur au reste de l'humanité !

C'est ainsi que le visage rouge de confusion je fis la connaissance de Franz Liszt.

Autour du piano devant lequel il était encore assis, une jeune femme l'écoutait avec une visible satisfaction. Elle avait le cheveu de jais, le regard ardent, la bouche un peu trop grande, les mains fines et ondoyantes. Elle portait une simple robe noire rehaussée d'un drapé discret qui semblait effacer sa poitrine. Elle arborait le petit sourire effronté de celles qui sont assurées que leur riche banquier de père leur concoctera un beau mariage, et ont bien l'intention, en attendant, de vivre une vie de garçon. Elle ne se trompait pas. Dans quelques années, elle deviendrait princesse de Wittgenstein, rayon de soleil à la morne cour de Guillaume II. Mais ce soir, elle avait dix-sept ans et cela suffisait.

Franz Liszt parlait d'abondance, et ne semblait jamais devoir s'arrêter. Les regards du baron Korff et de Paul von Hatzfeldt et de Lindau et de Ferdinand cachaient de moins en moins leur exaspération.

— M'aviez-vous déjà entendu jouer avant ce soir, Mademoiselle ?

— Oui. Autrefois, à la maison de mes parents.

— Alors jamais. Autrefois, vous étiez une enfant, et ce soir, je n'étais pas vraiment moi-même. Alors c'est entendu, mon cher Ferdinand, je reviendrai jouer demain, pour cette jeune femme, seule, à ce même piano.

Lassalle se précipita. Trop heureux d'endiguer le flot de l'homme aux verrues.

— Je me présente, dit la jeune fille aux cheveux de jais, Mina von Lilienthal. Je suis une élève du professeur von Bülow. C'est lui qui…

— Hans a fort bien fait. C'est Cosima Liszt épouse Bülow qui sera ravie de lui savoir une élève aussi charmante ! Au moins, je suis certain de l'approbation de son père…

À ce méchant coup bas, Liszt comprit qu'il n'était plus de taille. Il était vieux désormais ; il avait trop péché, et devait se repentir, mon Dieu quand le comprendrait-il ? Il devait obéir à sa tendre et douce Caroline, « son cher tintamarre » tant aimé, qui refusait obstinément de l'épouser, alors même que le Prince, son mari, était mort. Il y a longtemps, il lui avait murmuré : « Je crois en Dieu puisque je vous aime » ; mais elle s'était contentée de sourire devant tant de naïveté, puis, lui avait fait promettre de ne composer, à l'avenir, que des messes, des oratorios et des requiem. Il avait tenu son serment. Un jour, une diseuse de bonne aventure, une de ces pythonisses tziganes dont il est le frère de sang, ne lui avait-elle pas prédit qu'il coifferait le chapeau de cardinal promis au peintre Raphaël ?

Alors, honteux et rougissant, il se retira d'un jeu qu'il avait tant de mal à ne plus jouer ; et se souvint, fierté et remords mêlés, de sa jeunesse insolente jetant au visage d'une jeune vierge exaltée : « Pour le catholicisme, Mademoiselle, il faut des souvenirs d'enfance ! »

Ferdinand, à son tour, ébranla l'énorme machinerie. Il avait choisi pour l'occasion la veine intimiste. Voix douce, presque inaudible ; regard attendri, presque implorant ; les mains battant la mesure de ce Prélude pour jeune délurée avec grande bouche.

Elle ne dit mot et laissa dire. Les hommages la flattaient mais ne l'étonnaient point. Elle ronronnait, elle se frottait, mais dès qu'on la serrait de trop près, se dégageait à l'aide d'une coquetterie.

— Vous épouser ? Mon cher Lassalle, vous êtes fou ? Vous n'y songez pas sérieusement, voyons ? Vous oubliez le nom que je porte. Avec un père comme le mien, on ne peut pas épouser n'importe qui. Il faut un Blücher, un Arnim. Ou un Schwerin, qui sait ? Il paraît qu'ils ont de belles demeures là-bas en Poméranie. Je m'y retirerai quand je serai vieille et si laide que je n'oserai plus me montrer dans les rues de Berlin.

— Vous me décevez, Mina. Une femme si jeune, presque une enfant encore. Et si vieille déjà, un fossile ! Rappelez-vous Schiller : « Le passé s'écoule, les temps changent. » L'aristocratie aujourd'hui, que peut-on en dire ? Un monde qui s'achève, qui prostitue ses filles pour ravaler ses vieilles bâtisses en ruine. Que sait donc faire un jeune aristocrate ? Dresser un cheval, découper une volaille, jouer aux cartes.

Les belles et bonnes professions que voilà : écuyer, maître d'hôtel, croupier. Non, je suis injuste. Il pourra aussi, votre fils de junker ruiné, devenir troupier s'il s'engage dans la Légion étrangère. Ah, Mina, je vous imagine un glorieux destin : vous serez une fille du régiment magnifique ! Vous serez charmante en jupe courte et bottes à talons, avec votre tonnelet en bandoulière !

Elle rit, d'un rire qui ne semblait pas joué.

— Et vous, Ferdinand Lassalle, que m'offrez-vous donc de si grand ?

— Vous ne savez donc pas qui je suis ? Mes livres n'ont toujours pas accès à la sainte bibliothèque de la pension Zulow ? Votre libéral de père interdit, j'en suis sûr, que l'on évoque ma dangereuse entreprise de subversion. Tout de même, je ne peux croire que vous n'ayez jamais entendu parler de l'Association générale des travailleurs allemands.

Des centaines de milliers d'ouvriers demain unis derrière moi. Dans quelques semaines, Bismarck instaure le suffrage universel. Il ne peut faire autrement. Alors, mes amis et moi nous débarquons en masse à l'Assemblée, et nous imposons notre loi au chancelier de fer, le socialisme pour le peuple, et la liberté pour l'Allemagne !

— Madame la Présidente de l'Association générale des travailleurs allemands. Il faut l'avouer, cela sonne bien !

— Ferdinand, mon enfant !

Sophie avait la fâcheuse habitude de le héler en toute occasion.

— Ferdinand, mon enfant, je t'en prie, laisse ton tour aux autres. Eux aussi ont le droit de tenter leur chance. Je vois Paul qui te guette avec une impatience grandissante. Je suis sa mère après tout, et je me dois de l'aider dans toutes ses entreprises. Et puis, Mademoiselle semble goûter la variété des hommages...

La comtesse mâchonnait un cigare de bonne taille. Elle marmonna quelques mots d'un air dépité :

— L'époque est décidément sans pitié. Si même la digue de la pension Zulow cède...

Puis, elle saisit fermement le bras de Ferdinand :

— Venez, mon enfant. Nos amis vous attendent pour notre partie de whist.

— Beau parleur, n'est-ce pas ?

Paul Hatzfeldt n'était pas de ceux qui dédaignent un soutien.

— Il ne manque ni d'humour ni de séduction.

— Vous allez céder. Pas ce soir, bien sûr. Mais demain. Dans quelques jours, tout au plus. Votre réputation sera sauve et... Et vous ajouterez votre joli nom à une liste déjà longue : Agnès Denis-Street, Lina Duncker, Madame Fromm, Mademoiselle de Dooninges aussi je crois. Ah, j'allais oublier, ma noble maman. Sophie, épouse du comte Edmond von Hatzfeldt, un des plus grands noms d'Allemagne, des générations d'ambassadeurs, de ministres... Pour finir dans le lit d'un cochon de Juif silésien.

— Sa réputation n'est plus à faire, vous savez. Il aime les femmes.

Les femmes aiment qu'on les aime, voyez-vous, Monsieur Hatzfeldt. Je vais vous faire un aveu, Monsieur Hatzfeldt : il se dégage de lui une telle vigueur, une telle force vitale que cela, comment dirais-je, émeut les sens des pauvres et faibles femmes que nous sommes.

— Ah, je l'entends, l'infâme... Il vous a susurré ces vers de Herweg :

« Je voudrais mourir comme le crépuscule, comme le jour dans ses derniers feux...Verser mon sang dans le flot de l'éternité... »

Non, c'est trop tôt. Herweg, c'est pour plus tard. Ferdinand n'est plus un jeune homme. Il a des habitudes, des tics. Son ouverture, c'est Heine. Oui, le grand poète Heinrich Heine. Mon maître Heine, vous a-t-il dit. Je l'ai rencontré à Paris il y a si longtemps, en 1846, je crois bien...

Et il vous a laissé quelques secondes de répit, juste assez pour que vous imaginiez Paris, le Louvre, Versailles, les petites femmes rue de Rivoli, les parties de billard jusqu'à l'aube... Et puis, brusquement, sûr de son effet, il vous a tiré de votre rêverie :

« Il m'aimait beaucoup, vous savez ; je veux dire Heine, il m'aimait beaucoup. Un jour, il m'a dit : "Vous êtes un nouveau Mirabeau !" Une nuit de débauche, il m'a avoué : "Vous seul avez vraiment le droit d'être outrecuidant. Nous autres nous ne faisons qu'usurper ce droit divin, ce privilège céleste.

Quand je me compare à vous, je ne me sens qu'une humble mouche." Oui, Mademoiselle, Heine, une humble mouche à côté de Ferdinand Lassalle, ce géant de notre temps, le terrible président de l'Association générale des travailleurs allemands. Tremble, Bismarck, Chancelier de fer et de sang, Lassalle et ses neuf cents adhérents vont prendre le Palais royal ! »

— Vous le haïssez donc à ce point ?

— Comment pourrais-je le haïr, Mademoiselle Lilienthal ? Nous sommes... Comment dirais-je... frères de lait. Je veux dire, nous avons sucé le même sein...

— Monsieur Hatzfeldt, je vous en prie. Vous devenez indécent.

— Veuillez me pardonner, Mademoiselle Lilienthal. Je m'égare. Et j'en oublie ce que je dois à votre rang et à votre nom. Entendrez-vous malgré tout une dernière supplique ?

— Si elle n'est pas inconvenante, un cœur pur peut tout oser, n'est-ce pas ?

— Qui a dit que la pension Zulow n'était plus ce qu'elle était ? On y apprend donc encore les Évangiles aux jeunes filles. Me voilà rassuré. Si coule dans votre noble sang notre vieille morale luthérienne, ma requête n'est pas sans espoir. Voilà. Vous n'ignorez point que j'exerce auprès du chancelier Bismarck les fonctions modestes de conseiller très spécial. Et mon maître a le souci de tout savoir sur tout le monde, même sur les gens qui, à mon avis, n'en valent pas la peine...

C'est pourquoi j'ai pensé à vous, Mademoiselle Lilienthal. Tout laisse à penser que vous verrez Ferdinand... je veux dire... souvent.

Le sourire de Mina se figea en un rictus ambigu. Espionner au profit de Bismarck l'excitait, comme un des rares jeux jusque-là interdits ; mais ce Paul Hatzfeldt, fielleux et suffisant, lui déplaisait souverainement. Elle fut sauvée par la comtesse Sophie qui entendait que régnât entre les deux rivaux une stricte égalité.

— Paul, mon enfant, voulez-vous venir, je vous prie. Nous manquons d'un joueur pour notre whist.

Avant que le Comte ne referme la porte du fumoir derrière lui, j'entendis encore la voix impérieuse de Sophie :

— Voyons, Prince, jouez plus vite je vous prie. Nous ne sommes plus au temps du Congrès de Vienne !

La vie de Lassalle reprit son cours. Lettres, pamphlets, articles, discours, rassemblements, montées à la tribune, acclamations, réunions du parti, querelles, cris, menaces de démission, nuits de discussion, évaluation des forces du mouvement ouvrier, unité de l'Allemagne, Schleswig, Holstein, Lauenburg, armées du Danemark, de l'Autriche, de la Prusse, arrière-pensées de Bismarck, lâcheté des libéraux, pusillanimité des ouvriers… Et, lorsque Ferdinand rentrait rue Hohenzollern, une de ces nuits sans lune, l'attendait en un simple équipage une jeune femme enveloppée dans une longue cape grise, dont on ne pouvait apercevoir que les cheveux plus noirs que la nuit et une bouche trop grande.

Une main malveillante détournait désormais le cours de l'ancien fleuve. Pamphlets saisis ; articles rejetés ; salles refusées ou évacuées par la police ; ouvriers craintifs ; effectifs ridicules. Tout s'effritait, s'écroulait vivement. Parfois, Ferdinand me dictait quelques mots qui commençaient par « Cher Marx » ; mais sitôt que j'avais apposé l'ultime formule rituelle : « Salut et fraternité », il se précipitait sur moi, m'arrachait les quelques feuillets que je tenais entre mes mains, et les déchirait d'un geste rageur. D'autres lettres échappaient cependant à sa vanité destructrice. Celles qu'il destinait à Bismarck. Missives innombrables, interminables, aux plaintes incessantes, dans lesquelles il évoquait avec emphase ses pamphlets pilonnés et ses réunions interrompues, exigeait la mutation de son vieil adversaire Schelling ou réclamait une entrevue au chancelier de fer. Bismarck qui ne répondait pas. Dans les salons, dans les couloirs de l'Assemblée, dans la niche même du banquier Bleichröder à la Bourse de Berlin, ce n'étaient que rumeurs, on-dit, informations « puisées aux meilleures sources » et « dites sous le sceau du secret », analyses objectives et positions tenues. La Chambre ne céderait pas. Bismarck non plus. La Chambre serait dissoute. Dans l'enthousiasme patriotique qui avait suivi les premières victoires des troupes prussiennes contre celles du Danemark, le Chancelier avait une chance inespérée de remporter les élections. Une chance qui ne se représenterait pas deux fois de vaincre les progressistes dans les urnes. La Chambre serait dissoute, personne n'en doutait plus. Dans quelques jours. Demain. Aujourd'hui. Elle l'était depuis cette nuit, mais ne le savait pas encore. Lassalle en était sûr, Bismarck s'était résigné au suffrage universel.

Lassalle exultait. Cent fois, il lui avait écrit :

« Monsieur le très honorable Chancelier,

Le suffrage universel est pour vous la solution magique. Avec le suffrage universel, vous étouffez la voix de la bourgeoisie sous les clameurs des paysans conservateurs et des ouvriers nationalistes... »

Bismarck qui ne répondait pas. Lassalle se morfondait. Il pestait contre ce chancelier raide et anachronique. Il accusait Paul de nourrir de sa rancune la méfiance de Bismarck. Il soupçonnait aussi Bleichröder et Holtitz et Radowitz et Lehndorff et Keudellet.

La nuit, il ne dormait pas. Il lisait la loi électorale française.

Il l'étudiait, la démontait comme jadis les industriels français, puis allemands, découvrirent les mystérieuses et admirables machines qui ne sortaient alors que des seules fabriques anglaises. Il composa ensuite une loi électorale pour la Prusse. La taille des circonscriptions, les conditions pour être électeur, et éligible, les garanties de secret et d'honnêteté du suffrage, le nombre de tours et celui d'élus, tout avait été examiné, décortiqué, soupesé. Avant d'être envoyé à Bismarck.

Quand il avait fini d'écrire, il marchait, d'un pas saccadé, vêtu d'une robe de chambre dénouée. Il répétait.

Devant l'ombre du chancelier qui semblait apparaître par la seule puissance de la volonté de Ferdinand, il déclamait, les mains ouvertes devant lui :

— Tel Luther devant ses juges, me voilà debout devant vous... Le suffrage universel... Pour tous les Allemands... Une force immense. Une véritable conquête morale...

Il s'effondrait dans son inconfortable fauteuil, près de sa bibliothèque de bois sombre emplie de livres au dos usé ; et pleurait de découragement et de rage.

On s'installait dans la guerre. Dans le plus petit village de Prusse résonnait le tambour des sergents recruteurs. Le Danemark rameutait ses ultimes troupes. À Berlin, on se gaussait de ce royaume de théâtre et de son roi qui s'était couvert de gloire sur les champs de bataille de ses nombreux divorces. On riait sans se gêner du chef de ses armées, Christian Julius de Meza, un homme frêle au teint jaune, de taille médiocre et aux manières précieuses, ses habits élégants toujours chargés de dentelles. Il avait, disait-on, rejoint ses troupes à la veille de la bataille décisive de Düppel, mais à peine arrivé au campement, il s'était installé à son piano afin de jouer un lied qu'il avait composé durant le voyage. La guerre a souvent besoin du mépris pour étouffer la peur.

Bismarck qui ne répondait pas. Lassalle me dicta cette ultime requête :

« Vous devez donner le suffrage universel direct et secret au lendemain de la victoire définitive sur le Danemark. Avant la guerre, cela aurait par trop ressemblé à une manœuvre politicienne dirigée contre les progressistes. Le suffrage universel pour célébrer la capitulation danoise résonnera comme le sublime Te deum de l'Allemagne nouvelle, une Allemagne démocratique et sociale, unie derrière son souverain, ayant réussi la réconciliation historique qu'ont manquée les Français en décapitant Louis XVI, celle de la tradition et de la modernité, de la monarchie et de la démocratie, de la liberté, de l'égalité et de la fraternité. »

Bismarck qui ne répondait pas ; et l'Histoire qui, une fois de plus, songea-t-il, s'enhardissait sans lui.

CHAPITRE XI

Le destin est une putain réactionnaire

Il y avait de pauvres hameaux recroquevillés autour de leur église ; de grosses bourgades pansues aux toits de tuiles rouges, les pieds dans l'eau ; de fiers champs de vigne plantés sur leurs jambes torses aux pieds noués ; d'âcres fumées noirâtres crachées par les cheminées d'usine dans le clair et limpide ciel de printemps ; et, tout alentour, des baraquements ouvriers délabrés, sombres et sales, au sol sablonneux, qui meurtrissaient la belle terre rhénane comme des bubons sur le corps d'un lépreux. Sifflante et fulminante, notre locomotive traversait bourgs et villages, vignes et masures noircies. Seul le train filant sur ses rails, comme un bateau ne perdant jamais le vent, pouvait assouvir la boulimie de Ferdinand, sa fringale de meetings, de discours, de poignées de main et d'acclamations.

— Je veux violer toutes les petites villes !

Il s'esclaffait, ravi de son bon mot, fait en français, se moquant avec allégresse de son accent germanique, qui le rendait plus savoureux encore. Les petites villes ne demandaient qu'à être prises ; elles se paraient, s'offraient, se donnaient. À Solingen, Barnem, Ronsdorf, Cologne, Düsseldorf, Welmerkirchen, partout le spectacle était le même : des centaines d'ouvriers se pressaient dans la gare et brandissaient des pancartes proclamant : « Bienvenue au docteur Lassalle. » Quand Ferdinand sortait enfin du wagon, encore vermoulu et détachant d'un geste vif mais résigné de la main les derniers grains de poussière, ils poussaient des hourras de joie, et hurlaient son nom. Il n'avait pas besoin de sourire mais le faisait quand même, comme un remerciement, un besoin irrépressible de séduire. De jeunes ouvrières au regard clair, parées d'une longue et sage tresse, le couvraient de guirlandes de fleurs. Il les embrassait, l'une après l'autre, prenant garde de n'en oublier aucune ; elles égrenaient un rire gêné pour dissimuler leur rougeur émue. Autour, on criait, on riait, on chantait.

Nous vous accueillons notre cher Président
Dans notre Allemande union
Pour l'honneur qui vous est dû
Dans notre grande Allemande union.

Il esquissait quelques pas de côté sur le quai ; aussitôt, on l'entourait, le pressait ; chacun s'efforçait de l'approcher, de le toucher ; et les plus téméraires lui parlaient. Quelques mots seulement suffisaient. Il serrait des mains innombrables sans un regard pour leurs propriétaires ; elles étaient tour à tour chaudes et froides, sèches ou humides, battoirs vigoureux qui lui brisaient les os et mols morceaux de chair se liquéfiant entre ses doigts. Ses longues jambes, faites pour son pas ample et pressé, le gênaient dans cette conquête opiniâtre du terrain. Lorsqu'il parvint enfin à la voiture, qui l'attendait à l'entrée de la gare, il dut courber la tête pour éviter une immense guirlande fleurie, sur laquelle était inscrit, en lettres soigneusement calligraphiées, « Soyez unis ». Le fiacre resta cependant immobile. La foule n'était pas encore repue. Elle cernait la voiture, retenait les chevaux, moquait sans méchanceté le cocher qui l'insultait. Enfin, la superbe victoria, tirée par deux élégants destriers noirs, s'ébranla. Derrière elle, un convoi de voitures également pavoisées l'escortait. Ce n'était qu'un répit. La foule n'avait pas abandonné sa chère proie. Elle suivait son « Président », qui marchait vivement à ses côtés, qui courait dans les champs pour le devancer, qui chantait, qui poussait des hourras allègres. Depuis plusieurs jours, la ville se préparait avec soin. Dès qu'elle avait aperçu, placardée sur tous les murs, même les murets abandonnés, la lettre que Heinrich Heine avait écrite à Varnaghen d'Ense, le 3 janvier 1846, elle savait qu'il approchait.

« Mon ami M. Lassalle, qui vous portera cette lettre, est un jeune homme extraordinairement doué. À l'érudition la plus profonde, à la science la plus étendue, à la plus grande perspicacité que j'aie jamais rencontrée, aux plus riches dons d'expression, il unit l'énergie de la volonté et l'aptitude à l'action qui me plongent dans l'étonnement. En tout cas, cette association du savoir au pouvoir, du talent au caractère a été pour moi une révélation bienfaisante. Toutefois, M. Lassalle est l'enfant de l'époque présente. Il porte la marque de ce temps qui ne veut pas entendre parler de ce renoncement, de cette modération, auxquels nous autres en notre jeunesse nous nous sommes abandonnés avec complaisance, plus ou moins hypocritement d'ailleurs. Cette nouvelle race d'hommes veut jouir et se procurer ce qui est solide. Nous les anciens, nous nous inclinions humblement devant l'invisible, nous aspirions à des cavernes d'ombre, aux parfums des fleurs bleues, nous nous résignions ; nous nous faisions dédaigneux et nous étions peut-être plus heureux que ces rudes gladiateurs qui marchent si fièrement au combat suprême. »

L'amitié révérencieuse dont l'avait naguère entouré le grand poète n'avait jamais cessé de flatter Ferdinand. Il comptait sur elle pour le poser et l'imposer. Quitte à agacer. Moi surtout. Je ne comprenais pas que cette lettre était la trace ultime d'un temps désormais révolu, quand il était encore ce « jeune homme plein de promesses » aux yeux de sa mère qui idolâtrait le « nouveau Mendelssohn » ; mais aussi du rabbin de Breslau, le docteur Geiger, qui rêvait de former un autre Maïmonide ; du député Borchert — un ami de la famille — qui lui promettait le destin de Maximilien Robespierre ; du docteur Schiff, qui demandait des conseils sur l'art de plaire aux femmes à un enfant de quinze ans ; de son père, qui sollicitait son aval pour marier sa fille à Frïedlander ; de Heine, qui le comparait à Mirabeau ; d'Alexandre Humboldt, qui le surnommait « Das Wunderkind » ; des ouvriers, qui croyaient Luther ressuscité ; et de lui-même, qui se prenait pour Fichte. Depuis, il avait toujours craint de ne pas tenir ses promesses. Il y en avait trop ; le fardeau était lourd, même pour ses vigoureuses épaules. Il était un raté, condamné à le devenir. Il aimait donc à se plonger dans le temps de sa fulgurante jeunesse, emplie de promesses à ras bords, dont on pensait alors — et lui d'abord — qu'il les accomplirait toutes. Il n'y croyait plus. À Solingen, Barnem, Düsseldorf, chaque soir avant d'entrer en scène, il devait subir le sinistre rituel que lui imposait Waltheich, des maigres effectifs décomptés à l'ouvrier près, et des cotisations qui ne rentraient pas : 322 ouvriers ici, 118 là ; quelques milliers de grotschen péniblement amassés, aussitôt dilapidés pour libérer un camarade ; quelques centaines de militants de plus le lendemain d'une visite de Lassalle ; quelques centaines de moins, après le passage de la police, qui bouclait les rares cafés accueillants et les « meneurs » courageux, dressés au milieu d'une masse apathique et craintive. Le mouvement était un corps sans tête ni jambes. Bismarck était redevenu l'ennemi implacable qui censure et emprisonne. Les victoires militaires remportées sur le Danemark avaient aimanté vers lui, dans une électrification nationaliste, le peuple tout entier ; Lassalle était devenu un pion inutile et encombrant. Il était accablé ; et Waltheich s'enhardissait, prônant la remise du pouvoir aux chefs locaux du mouvement, la transformation du parti en syndicat, l'abandon du mot d'ordre de suffrage universel, et un rapprochement avec l'aile gauche des progressistes. Il exigeait de Lassalle un reniement et ne manquait pas d'habileté :

— Tu nous as dit un jour que tu acceptais de constituer une minorité car tout ce qui a été fait de grand dans le monde l'a été avec des minorités ; mais il faut, disais-tu alors, que cela soit une minorité décente. C'était ton mot, n'est-ce pas, décente ? Avec cent travailleurs, on ne peut pas faire un parti politique ; une secte pour les temps futurs oui, un parti non. Alors, j'aurai eu tort, disais-tu. Si d'ici un an, mon association ouvrière ne compte pas dix mille ouvriers, je réfléchirai pour savoir si je ne dois pas renoncer tout à fait à la politique, car tout sacrifice serait alors inutile. Tu nous as dit cela, oui ou non ? Je n'aurai pas la cruauté de te demander de suivre les conseils que tu te prodiguais alors. Je suis toujours le Waltheich qui te suppliait de devenir le chef des ouvriers. Mais je te conjure aujourd'hui de ne pas t'obstiner et de m'entendre. Tu attendais dix mille, cent mille ouvriers et ta stratégie alors aurait été la bonne. Mais nous n'en avons derrière nous qu'un bon millier. Alors, il faut changer !

Lassalle toisa Waltheich d'un regard farouche.

— Je ne veux pas remettre l'épée au fourreau. Il est vrai que c'est une épée de bois mais grâce à la poignée elle est encore une épée. Si vous voulez vous débarrasser de la poignée, je suis prêt à partir dans l'heure. Mais si vous me gardez à votre tête, on ne change pas de ligne. C'est à prendre ou à laisser.

On prit ; et Waltheich aussi, même s'il murmurait contre le « chantage à la démission digne d'un parti bourgeois ». Alors, le visage de Ferdinand se détendit, son œil bleu s'adoucit ; il prit dans ses bras le grand escogriffe de Waltheich et sembla lui susurrer, en prenant bien soin cependant de se faire largement entendre :

— Ainsi, nous n'avons que mille membres dans toute notre association. Tels sont donc, pour l'instant, les fruits de notre activité ! C'est pour en arriver à ce résultat que je me suis usé les doigts à force d'écrire et les poumons à force de parler ! N'est-ce pas, Waltheich, que cette apathie des masses est désespérante. Une telle apathie pour un mouvement qui n'existe que pour elles, que dans leur intérêt, pour des moyens d'agitation immense qui, mis en œuvre auprès d'un peuple comme le peuple français, auraient déjà produit d'énormes résultats. Alors, Waltheich, quand ce peuple obtus secouera-t-il sa léthargie ?

Un sourire d'enfant naïf éclaira la face rougeaude aux traits rudes, coupés à la serpe, de Julius Waltheich. Quelques jours plus tard, Lassalle obtint d'un vague bureau politique de l'Association, réuni à la hâte au fond d'une salle sombre, son remplacement, et la nomination au poste de secrétaire général d'un obscur chômeur de Solingen : il se nommait, je crois, Wilms : Wilfried Wilms.

La manœuvre était médiocre et basse, mais personne n'osa s'y opposer. Je ne fus pas plus courageux que les autres et ne dis mot. Je songeais à la juste prédiction d'Engels : « Lassalle est un dictateur qui s'ignore pour peu de temps encore. » Dans la lettre que j'écrivis aussitôt à Manchester, je déversais ma bile et mon inquiétude pour l'avenir du mouvement ouvrier. Je savais que je trouverais là-bas, en Angleterre, l'écoute la plus attentive, et cela pansait ma vanité blessée. J'étais furieux que le docteur Lassalle n'ait pas une seconde songé à moi pour le poste laissé vacant ; qu'il ne me l'ait même pas proposé, en sachant que je l'aurais refusé. Je me sentais outragé par ce manque d'égards, de reconnaissance du travail accompli, de respect. Mais je n'osais m'avouer une ambition qui tourmentait mon habituelle propension à me dénigrer. Alors, je préférais reporter ce sentiment étrange de rancœur mêlée de compassion sur ce pauvre Waltheich, pour lequel je me découvrais soudain des trésors d'affection enfouie.

Depuis, j'ai vu se répéter les mêmes coups tordus des dizaines de fois. J'en fus parfois le bénéficiaire, et la victime plus souvent. C'est peut-être cela vieillir : rendre banal ce que l'on avait d'abord cru exceptionnel. Notre seule excuse était que Ferdinand demeurait notre seul atout. Les guirlandes fleuries des jeunes filles, les hourras des hommes, les chants de gloire, les mains qui s'accrochent aux portes de la victoria « présidentielle », ou aux harnais des chevaux, les enfants qui courent pieds nus sur les chemins alentour, ce n'était pas pour le suffrage universel, le socialisme ou le communisme moins encore, ni pour la loi d'airain ou les associations de production. Non, ils voulaient Lassalle, rien que Lassalle, son sourire, sa voix, ses mots, son corps, fort et fragile à la fois, ses mains qui s'offraient et se retiraient prestement, et son œil magnétique qui les envoûtait. Il les charmait comme on charme un serpent, avec un savant mélange de rouerie et de magie. Il me dictait de courts bulletins de victoire :

— Ma chère comtesse.

Dans le Welmerskirchen, toute la population était en extase. C'est comme la naissance d'une nouvelle religion.

Puis, d'une voix lasse, il me glissait :

— Mais je serai comme Moïse, je n'entrerai pas en terre promise.

Non, n'écris pas cela, imbécile. Ne va pas l'alarmer. C'est une vieille dame désormais. Son cœur est fragile. Note plutôt :

— S'il y avait le suffrage universel, nous serions élus avec enthousiasme. Bismarck voulait prendre la partie sociale de notre programme mais pas sa partie politique. Je n'ai pas été d'accord. Alors, il le fait en direct. Pour des milliers de raisons, il ne réussira pas.

Il ne réussira pas. C'était le credo, la même certitude martelée, soir après soir. Inlassablement. Bismarck serait contraint d'accorder le suffrage universel ; question de semaines, de jours. L'Association générale des travailleurs allemands deviendrait un grand parti, le premier d'Allemagne ; des ministres sortiraient de ses rangs ; et un chancelier aussi. Un jour prochain. Rien ne semblait l'atteindre, le décourager, ni les brusques irruptions de la police, ni les refus de salles opposés par des propriétaires hostiles ou couards.

Je connaissais chaque phrase de ses discours, chaque intonation, chaque silence. Il m'arrivait parfois de lui souffler un mot ou une idée. Je découvrais le plaisir ineffable de faire l'amour à une salle, l'échauffer, et la prendre à la hussarde, avec deux ou trois slogans assenés au débotté ; et puis un autre soir, la cajoler avec moult caresses, lyrisme échevelé ou raisonnements académiques, lentement la préparer à l'extase, et l'abandonner son forfait accompli, pantelante et conquise. Je ne peux dire aujourd'hui ce qui manquera le plus au vieil homme que je suis devenu, des salles ou des femmes, que je n'aurai jamais plus.

— Mes amis, mes chers amis,

Je me souviens d'une fable du Moyen Âge : le lion vient toujours mort au monde. Seul le formidable rugissement de son père l'appelle à la vie. Nous avons agi dans le sens de la fable : au premier jour, on a pu croire que notre enfant était mort. Mais notre clameur a été si formidable qu'elle a trouvé un écho dans tous les pays d'Allemagne.

L'enfant s'est éveillé à la vie le plus heureusement du monde. Il s'est conduit en vrai lion !

Les centaines d'ouvriers, hommes, femmes, enfants, émus aux larmes, l'acclamaient avec frénésie. Le moindre événement, le moindre propos ambigu, tout faisait ventre à son optimisme de façade : un sermon anticapitaliste de l'évêque de Mayence Ketteler ou une audience accordée par le Roi à une délégation de tisserands silésiens ; et les quelques mots compatissants ânonnés par Guillaume, qu'il transformait aussitôt, transmuait plutôt tel un alchimiste, en « promesse royale » ; et tous d'agiter, dans une joyeuse effervescence, la feuille de papier rouge que j'avais remise, au début du meeting, à chacun d'entre eux : « Le papier rouge de la correspondance royale ! »

Puis, Ferdinand attendrit sa voix ; il la fit douce et soyeuse. Dans la salle, où dominait il y a peu de temps encore le bruit assourdissant des murs qu'on cassait pour l'entendre, chacun fit silence, semblant se recueillir. Les ouvriers, fascinés, écoutaient l'orateur avec le regard émerveillé de l'enfant qui reçoit son rituel conte d'avant dormir. Oncle Ferdinand racontait une histoire. Une autre révolte de tisserands, en 1844. Alors, s'enflamma-t-il, « les baïonnettes adoucissaient le sort des tisserands, pas une audience du roi ! »... La Silésie. Breslau. Il avait dix-neuf ans. Il avait tout vu. La foule des ouvriers en blouse de coutil et sabots de bois qui s'enfuit en hurlant. Les femmes, la bouche tordue de terreur, qui trébuchent et s'effondrent. Les enfants qui pleurent, assis par terre, seuls, abandonnés dans la tourmente. Les soldats, jeunes, si jeunes, le regard apeuré, sanglés dans leur uniforme rouge et or, qui avancent, baïonnette au canon, obéissent aux ordres pour ne plus penser, et tirent quand on leur dit de tirer, pour avoir moins peur. Les corps sales et débiles qui s'effondrent. Les femmes qui poussent des cris de douleur. Le sang qui file sur les pavés. Son père lui avait ordonné de se barricader avec toute la famille ; les ouvriers en révolte avaient la mauvaise habitude d'achever leur équipée dans les magasins juifs, qu'ils pillaient sans vergogne. Il avait refusé d'obéir, de se cacher, de choisir son camp naturel, celui de la peur et de la haine ancestrale. Il avait décidé ce jour-là de défendre le sort de ces hommes, que craignait tant son père. C'est ainsi qu'il était devenu socialiste. La salle, envoûtée, bouleversée, ne se décidait pas à faire crépiter ces applaudissements qui auraient consacré la fin du récit, dont ils suppliaient en silence qu'il ne s'achève jamais. Je songeais alors que — quoi qu'il en ait — l'Orient de ses lointains ancêtres, qu'il avait pris soin de dissimuler, d'oublier même, subsistait en ce lecteur de Renan et de Hegel, s'insinuant en lui sans qu'il le débusque, l'Orient des conteurs envoûtants des *Mille et Une Nuits*, et des prophètes exaltés de terre promise. Alors, il répondit au désir muet de la foule. Il continua. Ce n'était plus la révolte des tisserands, mais la Révolution. Nous n'étions plus en 1844 mais en 1848. C'était le « temps des lieutenants étranges », me dis-je ; et je revis, en un éclair saugrenu, les deux fentes lumineuses et vicieuses du prince de Punker-Muskau, derrière le sombre et lourd rideau.

Les jeunes ouvriers, venus en grand nombre, l'écoutaient bouche bée. On pouvait donc se révolter, et faire céder le Roi, les ministres, les bourgeois. Les vieux, qui redécouvraient leur passé enfoui depuis si longtemps sous la routine, l'apathie des jours qui passent et la peur, affrontaient les regards admiratifs de leurs enfants. Lassalle racontait les jours glorieux, les rébellions victorieuses, les invasions pacifiques, les danses sous les tilleuls, les soldats qui fraternisent, le Roi qui cède, donne tout, même ce qu'on ne lui a pas demandé ; les puissants qui tremblent, et offrent leurs respects, parfois même leur or ; les nouvelles les plus folles qui se répandent vite, trop vite, deviennent rumeurs, on-dit, légendes ; la joie incrédule qui emporte Berlin à la nouvelle — rumeur, légende ? — de la fuite de Metternich ; l'accueil triomphal fait aux députés de l'Assemblée de Francfort-sur-le-Main ; mais les motions succèdent aux motions, les déclarations creuses aux déclarations creuses, et les mots ne rencontrent que le vide ; la lassitude gagne ; et puis, les hordes armées, les pillages, la peur du bourgeois, du boutiquier et du vendeur de pommes de terre chaudes devant l'Opéra, qui lentement devient appel à l'ordre, au secours, aux armes et aux armées, toujours entendu. La Révolution plia bagage. Elle s'exila en France et en Angleterre. Lassalle, seul, par miracle, resta. Le « dernier des Mohicans », ne se lassait-il pas de rappeler. Il avait caché leurs pères et leurs frères, les avait arrachés des griffes du préfet Hinckeldey, leur avait enseigné, le soir dans son salon, la Révolution française, ou « l'évolution historique du mouvement social à travers les âges » ; et avait vu grandir leurs petits, qui reprendraient le flambeau, et leur place, à ses côtés :

— À côté de moi, de moi qui depuis sept ans m'étais éloigné de vous, de moi que vous pouviez avoir oublié d'autant plus facilement qu'une nouvelle génération ouvrière avait grossi vos rangs, de moi qui hésitais alors à me rendre auprès de vous parce que je voulais voir si votre fidélité aux principes était suffisante pour se passer de mon influence. Vous me l'avez prouvé ! Vous m'avez montré que vous m'étiez fidèle comme je vous étais fidèle, et que la jeune génération ouvrière avait suivi les traditions des anciennes !

Il appelait ces journées « glorieuses ». Il mêlait ces jeunes gens qui n'avaient rien fait à l'Histoire de leurs aînés, qui avaient tout fait pour oublier qu'ils avaient tant fait. Il ne reniait rien ; et ses adversaires demeuraient les mêmes :

— J'aimerais faire une remarque à Monsieur le Président du parti progressiste, Schulze, dit Schulze de Delitzsch, qui a trouvé à redire sur ma façon de m'exprimer. En usant de termes, comment dirais-je, décolletés, comme la robe aguichante d'une jolie femme, je ne le fais pas pour me mettre en valeur. Je ne deviens pas agressif pour cela. Je m'en tiens rigoureusement à mon sujet. Je deviens tout au plus grossier et ceci est tout à fait autre chose. J'ai le droit et même le devoir d'être grossier. Tout porte-parole d'une grande idée doit être grossier envers ceux qui s'interposent avec mauvaise foi entre lui et le but qu'il vise. Je n'entends pas faire autre chose. Je suis décidé à abattre à coups de massue —au figuré s'entend— ceux qui me barreront la route vers vous. C'est dans votre intérêt que je dois être grossier !

Le suffrage universel était devenu l'unique credo de l'Association générale des travailleurs allemands. Parfois, je me demandais si Waltheich n'avait pas eu raison, si on ne s'était pas trompé de public et de camp, si Ferdinand n'avait pas réinventé un parti bourgeois seulement fidèle à ses principes.

— Le suffrage universel ! Oui, le suffrage universel ! La gravité morale de cette pensée ne doit jamais vous abandonner. Vous devez toujours le porter en vous, à l'atelier, pendant le travail, dans vos heures de loisir, en vous promenant, dans vos réunions, et même quand vous vous reposez sur votre dure couche. C'est cette pensée qui doit remplir votre âme et l'occuper jusqu'à ce qu'elle s'abandonne au dieu des rêves. Plus vous vous pénétrerez de la rigueur morale de cette idée, plus vous vous abandonnerez sans partage à sa flamme, plus aussi, soyez-en assurés, vous hâterez le temps où notre époque actuelle doit remplir sa tâche, plus vous précipiterez l'accomplissement de son œuvre.

Pantelant, il abandonnait les trois planches de bois grinçantes qui lui servaient de sommaire tribune. Il était exténué, mais avait le regard étincelant de l'opiomane endurci. Il ne disait mot. Suivant un rite désormais établi, il enfilait une robe de chambre de soie mauve, allumait un cigare de Havane, trempait ses lèvres dans un verre de porto qu'il ne vidait jamais. À côté de lui, Mina Lilienthal demeurait elle aussi silencieuse. Elle caressait les cheveux humides de Ferdinand. Elle esquissait un sourire de sa grande bouche vorace ; ses longs cheveux noirs dénoués cachaient un regard brillant de désir avide. Notre fuite avait été préparée avec le plus grand soin. On sortait par la porte de derrière ; le cocher nous attendait ; souvent, des militants aussi ; mais les chevaux avaient l'habitude de s'élancer à vive allure.

Haletants, comme pressés d'en finir, Ferdinand et Mina se précipitaient dans l'escalier qui montait à leur chambre ; et il n'était pas rare que j'entendisse les gloussements repus de Mina avant le bruit sec et mat de la porte que l'on claque d'un désinvolte mouvement de talon. Quand je m'éveillai, le soleil n'avait pas reparu. Une main maigre me secouait sans ménagements. Je discernai dans le halo brumeux d'un sommeil persistant une haute stature enveloppée dans une couverture à gros carreaux rouges et blancs. Ferdinand avait le teint hâve, le visage décharné. Sur ses traits creusés, ravinés, se détachaient désormais un nez busqué, des oreilles pointues, des yeux globuleux. Lentement, je m'éveillais. Je découvrais un torse étique, des jambes longues et maigres, des doigts courbes. Il s'était assis au bord de mon lit sans excuses ni politesses. Il n'était pas venu faire assaut de civilités, mais bavarder, se raconter. Il avait besoin d'une oreille complaisante et attentive, d'une éponge et d'un seau ; et je dois avouer, même si cela semble ridicule, que j'étais fier d'être cette oreille, cette éponge et ce seau.

— Elle fait énormément appel à mes sens, tu sais. Je n'en peux plus, mon petit Franz. Je suis trop vieux pour ces jeux-là. Je suis usé. Malade à en crever. Bon à jeter aux chiens.

Il parlait lentement, d'une voix monocorde et froide. Il avait la tête basse et paraissait s'accuser d'un crime mystérieux. Il forçait un corps épuisé, qui ne demandait qu'à s'allonger. Il frissonnait de froid. Il reprenait son souffle entre deux phrases. Lorsqu'il releva vers moi son visage au teint blafard, je crus que je dormais encore, errant dans un mauvais rêve.

— Dis-moi, mon petit Franz, quel âge as-tu ?

— Vingt-deux ans, docteur Lassalle, dis-je sans rougir, bien que je ne les aie pas encore. Il sourit et me caressa un instant le visage. Il n'avait guère l'habitude de s'attendrir ainsi.

— J'ai vu Heine pour la dernière fois, j'avais trente ans. C'était à Paris, en 55. C'était le printemps, il faisait beau. Les femmes étaient belles. Et désirables. Tu vois, mon petit Franz, je crois qu'il y a des femmes plus belles qu'à Paris, mais il n'y a nulle part de femmes aussi désirables. Heine était mal en point. Très mal. Il ne pouvait pas bouger. Ou si peu que c'en était une humiliation de chaque instant. Il était à moitié aveugle. Bien sûr, son bel esprit était resté clair, vif, jusqu'au bout, mais un peu aigri, un rien amer. Très amer en vérité. Je me souviens que nos salutations furent brèves. On ne supportait pas, tous les deux, les interminables échanges de politesses qu'affectionnent tant ces lourdauds d'Allemands. Et puis, à ma grande surprise, tout de suite après mes premières salutations, il me montra sa queue et s'exclama : « Voyez-vous quelle ingratitude ! Cette partie pour laquelle j'ai tant fait m'a mené jusque-là. » Son regard était effrayant. Il mourut dans l'année.

Je criai pour dissimuler mon émotion :

— Cela n'a rien à voir avec vous, docteur Lassalle. Heine était malade, très malade. Il avait la syphilis.

— Moi aussi.

Je tombai comme un perdreau abattu en plein vol. D'une voix douce, presque paternelle, il me consola :

— Je me souviens d'une petite chambrière à Paris, mon petit Franz. Oh, bien sûr elle n'avait pas le cul de reine de la Princesse, mais elle avait des rondeurs qui ne me coupaient pas l'appétit. Et puis, elle avait une jolie frimousse coquine et des seins comme des belles pommes à croquer. C'était en 1847. J'avais ton âge. Friedland m'emmenait chez les putains de la rue de Rivoli. Ah, putains de la rue de Rivoli et de la rue Saint-Denis, comme je vous ai aimées. Vous ne m'avez pas passé le mal napolitain, vous, au moins ! Il faut toujours se méfier des femmes honnêtes. On se défend moins contre elles. On est moins inquiet. Même le corps se barricade moins. Une petite chambrière, ce n'est pas une putain, c'est pire ! C'est plus dangereux et moins honnête ! Je sais, mon petit Franz, tu n'avais rien vu. C'est que je l'ai bien caché. Cela devient plus difficile. Regarde sur ma poitrine, là, les gros grains de beauté noirs. Ce ne sont pas des grains de beauté. Et si je te montrais où j'en ai retrouvé ! J'ai des migraines aussi, à me rendre fou de rage. Je n'en puis plus. Avec Mina, je suis... Je ne suis plus vraiment... Oh, elle ne me dit rien. Elle est parfaite. Elle m'aime, tu sais, mon petit Franz. Elle veut m'épouser. Eh oui, un vieux hibou comme moi ! Tu as vu, Franz, je ressemble de plus en plus à un vieux tailleur juif de Breslau. Vous le voulez, mon morceau de tissu.. C'est la vengeance posthume de mon père. Parce que je n'ai pas voulu être le fils de Haïm Wolfssohn. Il se venge, le père infâme, de là-haut, il me poursuit de sa haine. Mon petit papa que j'ai tant aimé...

Il secouait la tête comme s'il voulait la décrocher du reste du corps. Ses mots s'entrechoquaient comme des cailloux sous une cascade. Ses grandes mains décharnées enserraient son visage hâve comme s'il voulait le dissimuler. Il balançait le torse comme pris de transes. Enfin, il se redressa et hurla :

— Je suis Ferdinand Lassalle. Le grand Ferdinand Lassalle ! Le docteur Lassalle ! Le président de l'Association générale des travailleurs allemands ! Le premier parti ouvrier d'Europe ! Le...

Un court instant, son regard avait retrouvé son orgueilleuse flamme. Il se tut. Et se rassit au bord de mon lit. Tout son corps tressautait. Je compris qu'il pleurait. Sans larmes. C'est tout ce qui lui restait de son ancienne superbe.

— Je ne suis rien, mon petit Franz. Rien de rien. Oh, bien sûr, tout le monde croit que je suis quelque chose. Même moi, parfois, je réussis à me tromper. Mais pas longtemps. Je suis un médiocre. Un imposteur. J'ai toujours tout raté. L'Histoire m'a toujours frôlé sans me toucher vraiment. Ça a commencé pendant la Révolution de 1848. Je n'ai pas pu participer à toutes les... festivités, parce que je passais alors mon temps en prison à cause du procès Hatzfeldt. C'est pour cela que je n'ai pas été exilé comme les autres. Oh, je ne dis pas, j'ai eu moi aussi ma petite heure de gloire quand une délégation conduite par Karl Marx lui-même a exigé ma libération. À mon procès, mon petit Franz, il y avait foule pour me voir et me soutenir ; mais les juges ont pris peur et ont décrété le huis clos. C'est pourquoi je n'ai pu prononcer ma fameuse plaidoirie. Bien sûr, je l'avais écrite. Alors, je l'ai fait imprimer. Et c'est moi-même qui ai mis entre parenthèses : « Applaudissements enthousiastes ! » Je suis un imposteur, je te le dis. Un raté. Un rien. Rien puisque je ne suis pas tout. Je ne serai pas Bonaparte. Tout le monde est contre moi, les bourgeois, Bismarck, les ouvriers, qui sont des larves, et les journalistes, qui touchent tous au « fonds des reptiles » ou chez Reicheinheim. Ou aux deux. Je suis seul. Désespérément seul, mon pauvre petit Franz. Tous mes amis m'ont abandonné : Bücher, Duncker, Lowe, Marx, Engels, ils sont tous morts ou traîtres ou lâches. Je suis seul et j'échouerai. J'ai déjà échoué. Je croyais avoir un destin, je n'ai fait qu'une carrière. J'ai cherché toute ma vie la gloire immortelle et j'ai eu la société philosophique de Berlin ! Et pourtant, mon petit Franz, j'ai raison. Je sais que j'ai raison. Le parti que j'ai créé est l'avenir. Il faut un parti ouvrier pour intégrer les « classes dangereuses », comme disent les Français, à la vie du pays. Il faut le suffrage universel pour modérer leurs revendications et éviter la dictature du parti ouvrier. J'ai raison, Franz. Le parti que j'ai créé deviendra le premier d'Allemagne. Il sera un exemple pour le monde. Il donnera des ministres, des chanceliers comme s'il en pleuvait. Mais plus tard. Trop tard. J'aurai tiré les marrons du feu pour d'autres que je ne connais même pas, qui ne sont peut-être pas encore nés. Je ne connais pas mes héritiers mais je connais mes vainqueurs : Otto Bismarck et Karl Marx ! Le premier aura le pouvoir, le second la science. Bismarck aura la Prusse, l'Allemagne, l'Europe. Marx aura le mouvement ouvrier, le socialisme, le communisme. J'ai toujours su que Marx était le plus grand. J'ai essayé de m'en faire reconnaître, de m'en faire aimer. Un peu. Mais là aussi j'ai échoué. Le grand homme préfère l'amitié d'un laquais ! J'ai joué sur tous les tableaux et j'ai tout perdu.

Histoire morale, non, mon petit Franz ? J'ai rêvé trop grand. J'ai refusé d'admettre que je venais trop tôt et de trop loin. Ah, bien sûr si j'avais été un vieil aristocrate de Poméranie, si mes ancêtres avaient combattu avec le grand Frédéric, avec Othon Ier et les chevaliers teutoniques ! Bien sûr, si j'avais été le fils d'un grand bourgeois juif converti au protestantisme, si j'avais épousé une princesse irlandaise ! Alors, peut-être pourrais-je prétendre à… Tu veux que je te dise, Franz, le destin est une putain réactionnaire ! C'est le temps qui m'a le plus manqué. Le temps qu'on maîtrise le moins, le temps avant soi, le temps du passé, qui assoit et patine, donne au berceau assurance et confiance en soi, et vous fait démarrer dans la vie posé sur des épaules de géant. Le temps qui fait gagner du temps. Je n'avais, moi, pas de temps derrière moi. Il ne m'en reste plus beaucoup devant. Ah ! si j'étais mon fils ! Mais je n'ai même pas été capable d'en avoir un ! J'ai tout raté, Franz. Et je suis d'une race à qui tout est permis sauf l'échec. On ne me le pardonnera pas. Moi, en tout cas, je ne me le pardonnerai pas.

Soudain, son visage se figea ; ses traits se creusèrent ; un léger rictus apparut à la commissure des lèvres. Il avait le regard à la fois vide et plein d'une lumière étrange, comme irréelle, d'une fixité inhumaine, celle d'un fou halluciné, d'un saint en grâce. Son mince filet de voix s'était encore raréfié. Ses lèvres remuaient à peine dans un marmottement inaudible. Puis, il ne dit plus un mot. Il me regarda sans me voir, l'œil toujours immobile. Il se redressa et se leva, réajusta sur ses épaules, d'un geste excédé, la couverture de laine à gros carreaux rouges et blancs qu'il portait désormais en toge romaine :

— Le bonheur, mon petit Franz, ce n'est pas pour moi ! C'est pour les femmes et les médiocres ! Pas pour moi, mon petit Franz, pas pour moi.

Il me tourna le dos, comme s'il avait entendu le feulement de Mina qui le réclamait.

Le lendemain soir, nous étions à Ronsdorf. C'était le même enthousiasme, les mêmes festons, les mêmes jeunes filles en extase, les mêmes enfants tendus à bout de bras au-dessus de la foule, qu'il embrassait à pleine bouche ; les mêmes mains qui s'agrippaient aux portes de sa voiture décorée ; et puis, les hourras, les vivats, les refrains. Lassalle ne semblait jamais se lasser de tant de passion, de tant d'amour. Il se défaisait de sa fatigue et de sa désespérance, comme d'un vieux manteau mité. Il redevenait Ferdinand le Magnifique : un tigre au pelage soyeux et aux griffes acérées, prêt à déchiqueter sa proie. Au milieu de la foule braillarde, toujours entre deux cris et deux pintes de bière, un petit bonhomme au visage replet et d'apparence anodine appréciait en connaisseur. C'était Lothar Bücher. Il n'avait pu résister longtemps à l'appel muet de Ferdinand, et de la politique. Toute prudence tue, il était revenu. Il avait salué Ferdinand d'un air contrit et penaud. Lassalle l'avait entouré de ses grands bras d'araignée et lui avait murmuré dans un large sourire moqueur :

— Vous venez tard mais vous venez !

Ce soir-là, Lassalle ne finit pas son discours comme à l'accoutumée. Lothar, qui revenait de Düsseldorf, lui avait appris que la Cour d'appel avait aggravé sa peine. Il devrait retourner en prison. Il savait que son état physique et mental ne le lui permettrait pas.

« Il est en politique une loi naturelle : la persécution croît avec le succès. Jusqu'à présent, j'ai réussi à sauver ma peau. Mais si fort que quelqu'un soit, il est perdu s'il se trouve exposé aux coups d'un certain ressentiment. Il m'importe peu. Vous pouvez le penser, je n'ai pas levé cette bannière sans savoir parfaitement que mon acte pouvait causer ma perte. Les sentiments qui me pénètrent à la pensée que je puis personnellement disparaître sont traduits mieux que je ne pourrais le faire par les paroles suivantes du poète romain :

« Exiorare aliquis nostris ex ossibus ultor. »

« Puisse si je disparais, un vengeur naître de mes cendres. »

Que le puissant mouvement qui éduque notre nation ne périsse pas en ma personne ! Que la flamme que j'ai allumée continue de brûler tant que parmi nous il en restera un qui n'ait pas rendu le dernier soupir !

Prenez-en l'engagement devant moi et, en signe d'assentiment, levez la main !

Des milliers de mains se balancèrent lentement de droite à gauche. On cria son nom et l'on chanta des couplets à sa gloire. Ferdinand avait le visage ruisselant de sueur et les yeux brillants de bonheur. J'avais envie de crier : vous viendrez trop tard, mais vous viendrez.

Cette nuit-là, sur mon grabat branlant de l'hôtel de la gare de Ronsdorf, je ne parvenais pas à m'endormir. Mon corps semblait piqué par des aiguilles innombrables qui ne le laissaient pas en repos. À la lumière vacillante d'une pauvre bougie, je lisais et relisais la lettre qu'Engels avait écrite à Marx en avril dernier. Comme à son habitude, Engels m'en avait envoyé une copie pour que, disait-il, « je m'en inspire ».

« Tu sais que notre grand révolutionnaire a ses entrées chez le grand réactionnaire. Il est vrai qu'Ephraïm le malin plaide désormais pour l'alliance entre le prolétariat et la monarchie. Bien sûr, il prend la précaution de parler d'une "monarchie sociale", car pour lui "une authentique monarchie ne peut être que populaire, et non pas une monarchie à la Louis-Philippe créée par la bourgeoisie". Piquant, non, comme disent les Français pour une jolie brune. La réalité te paraîtra plus évidente que ce charabia judéo-chevaleresque. Juge donc : il applaudit lorsque Guillaume Ier reçoit une délégation d'ouvriers du textile ; il s'acoquine avec l'Église et voit en l'évêque Ketteler un authentique homme de progrès. Le conflit constitutionnel prussien se réduit, selon ses propres mots, à un combat entre la monarchie et une "clique" de bourgeois progressistes. Il affiche son alliance avec Bismarck au grand jour. Avant les premières batailles du Schleswig-Holstein contre le Danemark, il avait l'intention de tenir une réunion du parti à Hambourg pour faire adopter une résolution appelant Bismarck à annexer ces duchés à la Prusse. On dit même qu'il comptait, à la tête d'une petite armée d'ouvriers, se rendre au Schleswig et proclamer son indépendance. Avec le soutien logistique des troupes prussiennes. Chaque fois, c'est Waltheich qui a arrêté l'élan du Juif nègre. Mais jusqu'à quand Waltheich pourra-t-il sauver Lassalle contre lui-même ? Waltheich a payé cher sa résistance au tyran. Il a été débarqué de son poste de secrétaire général. Combien de temps Héraclite l'obscur pourra-t-il dissimuler aux ouvriers qu'il transforme le parti prétendument révolutionnaire en garde prétorienne de Bismarck ? Ephraïm le malin songe peut-être obtenir de Bismarck le suffrage universel contre ses parades militaristes et nationalistes. Sans rappeler mes réserves sur le suffrage universel, je me demande qui tient qui. Souviens-toi des derniers mots de *La mort de Wallenstein*, cette magnifique pièce de Schiller :

— Il est pur encore ! Le crime n'a pas passé ce seuil !

Le Juif nègre peut-il encore prononcer ces mots en conscience ? Je crois que non. Je crois qu'il est un traître au parti et qu'il faut le dire haut et fort. Je crois qu'il est grand temps pour toi de t'en désolidariser, de rompre publiquement avec lui et de dénoncer ses emprunts, ses reniements et ses trahisons. Je crois que le silence prudent n'est plus de mise. Les folies d'Ephraïm le malin vont entraîner le parti à la catastrophe… »

J'étais atterré. À ma grande stupeur, Engels savait tout ; mais il ne devinait rien. Il réécrivait l'histoire récente à la lueur de ses méfiances et de ses ressentiments. Il interprétait et accusait. Il ironisait et méprisait. Je ne savais que faire. Si je racontais tout au docteur Lassalle, comme ma conscience me le dictait, je devrais aussi lui avouer ma longue correspondance secrète avec son farouche ennemi de Manchester. Il m'aurait aussitôt accusé de trahison ; et condamné sans m'entendre. Il aurait refusé de comprendre que j'avais trouvé là une habile façon de ne pas rompre les ponts avec de glorieux amis de la « vieille souche », dont on aurait besoin un jour ou l'autre ; et un moyen anodin de jouer un rôle à ma mesure. Mes explications étaient alambiquées, je ne l'ignorais point. Mais c'est tout ce que j'avais pour me justifier. Je décidai donc de me taire. De répondre moi-même à ces accusations. Je prenais cette mâle résolution, lorsque dans un grincement aigrelet, la porte de ma chambre s'entrouvrit. Je ne reconnus pas la couverture de laine écossaise, la haute stature, les mains décharnées. Je distinguai sans y croire une silhouette menue et ronde, enveloppée dans une robe de chambre de soie rouge qui appartenait à Ferdinand. C'était la première fois que Mina Lilienthal me rendait visite ; qu'elle remarquait même ma présence. Je me trouvais tout près de sa grande bouche qui paraissait aspirer tout le plaisir du monde ; et je compris alors l'effet mystérieux qu'elle exerçait sur les hommes. Elle s'assit au bord de mon lit, à l'endroit même qu'avait choisi Ferdinand. Elle me sourit. Elle me prit la main et la caressa tendrement. Elle me dit d'une voix douce qu'elle n'arrivait pas à dormir. Elle me confia ensuite, dans un souffle, comme si elle ne voulait pas que cela se sut — mots susurrés, mots oubliés — que Ferdinand s'était écroulé sans prendre le temps d'ôter ses bottes ; elle ne pouvait admettre pareil dédain — mépris fut le mot qu'elle employa, je crois — elle avait besoin d'un peu de tendresse avant de s'assoupir. Elle m'avoua qu'elle avait peur du noir.

Je songeais alors que la princesse Punker-Muskau ne m'avait pas tout appris ; mais Mademoiselle Mina Lilienthal aurait sans doute étonné la compagne de jeux du grand Frédéric elle-même ! Je rougis niaisement. Je balbutiai trois phrases sans lien et repoussai en tremblant la délicate main qu'elle tendait déjà vers mon torse. J'eus envie de lui murmurer qu'elle était belle, oh oui si belle, si désirable, avec ses petits seins ronds que chacun des mouvements de son corps nu sous la soie me dévoilait ; sa bouche aurait donné un appétit d'ogre au sortir d'un banquet, et ses immenses yeux noirs, suscité l'admiration éternelle pour celui, Diable ou Dieu, capable de créer pareille beauté ; mais il m'était impossible d'ébaucher le moindre geste, de concevoir la moindre pensée, de regarder même une femme qui sortait de la couche chaude encore du docteur Lassalle ; je savais cette morale bourgeoise, antisocialiste, et pour tout dire imbécile, contraire aux leçons libertines de ma bonne princesse et à la société idéale de Fourier... Je n'osai pas le moindre mot. Je demeurai hébété. Elle insista. Je sentis ma résistance fondre comme neige au soleil. Je m'emparai de sa bouche avec la délectation d'un conquérant. Je rentrai dans son corps comme dans une citadelle réputée imprenable qui s'offre soudain en « ville ouverte ». Mina se donnait sans pudeur. Elle m'encourageait, me félicitait. M'exaltait. Me murmurait à l'oreille des insanités. Je baisais une conquête du plus « bel homme de sa génération », et n'en revenais pas. Moi, Franz Rienacker, petit ouvrier du Moabit, médiocre amant de Greta et d'Alphonsine, je suppléais le vigoureux Lassalle défaillant. Le spectacle d'un Ferdinand décharné, découragé, miné par la syphilis, les habiletés de Bismarck, les accusations d'Engels et l'apathie des ouvriers, m'apparut soudain pendant que je besognais ce corps souple et agile que je n'avais même pas osé désirer. J'avais l'impression exaltante d'un changement de génération, d'un passage de témoin ; et je faisais une entrée en fanfare dans la glorieuse confrérie des salauds.

CHAPITRE XII

La nouvelle Hélène

Ferdinand Lassalle à Wilfried Wilms,
Ems, 9 juin 1864

Je ne vous écris pas pour prendre des nouvelles de l'Association. Je sais qu'elle est entre de bonnes mains : les vôtres. Ne m'en veuillez pas de m'absenter si longuement alors que notre mouvement a la fragilité d'un enfant qui vient de naître. Mais j'ai terriblement besoin de cette cure. Je suis las jusqu'à la mort, et mon tempérament a beau être solide, il commence à craquer de partout. La surexcitation nerveuse m'empêche de dormir des nuits entières. Je me tourne et me retourne, puis je me lève à l'aube, avec migraine et jambes molles. Du surmenage évident. J'ai abusé follement de ma faculté de travail. Je me ravage le cœur et l'esprit à constater l'apathie et l'indifférence de nos fédérés pris dans leur ensemble. Je n'y résisterai pas. Je fais un « métier de dupes ». Mais je ne veux pas que mon désespoir gagne votre bel enthousiasme. Je vous recommande simplement de ne pas laisser dire des mensonges à nos fondés de pouvoir. Ne les incitez plus à parler de 100 000 hommes alors que nous n'en avons peut-être pas un millier. Nous pouvons nous taire sur ce point. Mais il ne nous convient pas de mentir.

Bien à vous,

Le président de l'A.G.T.A
F. Lassalle.

Ferdinand Lassalle à Lothar Bücher,
Francfort, 3 juillet 1864

Je suis au désespoir : Mina a disparu. Sans un mot, sans une explication. Depuis Ronsdorf, je sentais bien qu'elle n'était plus la même. La fatigue, pensais-je. Je vais te faire un aveu, Lothar : nous devions nous marier. Elle le désirait ardemment. Je te prie de tout mettre en œuvre pour la retrouver. Je sais qu'elle doit elle aussi faire une cure, mais je ne sais pas où. Son « standing of life » ne lui permet pas d'être ailleurs qu'à Gastein, Ostende ou Marienbad. Je compte sur toi. Sans elle, je suis comme une âme en peine. Quand tu l'auras retrouvée, dis-lui bien que si elle ne me revient pas rapidement, je tomberai dans les bras de la première fille que je rencontrerai en Suisse. Elle en sera seule responsable.

Ferdinand.

Ferdinand Lassalle à Franz Rienacker,
Francfort, 4 juillet 1864

J'ai bien reçu copie du discours de Ronsdorf. Il me semblait que les applaudissements avaient été plus nombreux et nourris qu'indiqué sur le texte. N'oublie surtout pas d'envoyer un exemplaire à Bismarck. Ne lui envoie pas les deux copies sur simple papier, dans une enveloppe, comme une lettre, sur laquelle tu écriras : Personnel.

Lassalle.

Lothar Bücher à Hans von Bülow,
Berlin, 10 juillet 1864

J'ai reçu un appel au secours de Ferdinand. Il a perdu Mina ! Je sais que tu ne seras pas mécontent que cette jolie garce ait enfin lâché prise. Mais Ferdinand est au désespoir. Ils devaient se marier ! Je n'ai jamais compris comment un homme aussi fin que Ferdinand pouvait être aussi ingénu et niais en amour. J'ai besoin de ton aide. Si je ne la retrouve pas, Ferdinand est capable de me couvrir de télégrammes nuit et jour. Pour guider tes recherches, sache que Mademoiselle

Lilienthal est en cure. À Marienbad ou Ostende, Mademoiselle Lilienthal ne trempe pas son cul n'importe où.

Amitiés.

Lothar.

Ferdinand Lassalle à Otto Dammer,
Rigi, 15 juillet 1864

Votre ami Waltheich fait décidément tout pour me gêner. Que veut-il ? Ma place ? Je la lui laisse volontiers. Je commence à en avoir assez de devoir me battre seul contre les assauts de ce Poméranien inculte. Cette fois, il a tenté d'imposer, pour le prochain congrès de rentrée à Düsseldorf, un mode de représentation inique pour les délégations qui n'ont pas les moyens d'envoyer des délégués sur place. Je le soupçonne de vouloir jouer avec les procurations afin de se poser en rival pour la présidence. J'ai dû batailler ferme pour imposer mon point de vue. Que de temps perdu, alors que je dois travailler à l'écriture du livret du prochain opéra de Weissener ! Si le comité ne me protège pas contre les agissements de ce rustre, je quitterai simplement la présidence de l'Association et je retournerai à mon vieux rôle de champion solitaire de la classe ouvrière.

Lassalle.

Ferdinand Lassalle à Sophie von Hatzfeldt,
Rigi, 28 juillet 1864

Comment vous décrire, ma chère maman, mon enthousiasme ? J'ai retrouvé Hélène. Hélène de Dooninges. L'amie de Holthoff. Le destin nous a réunis de nouveau. Elle était à Genève en compagnie de Mademoiselle d'Arson et d'amis américains en vacances. Une excursion à cheval au sommet de Rigi me l'a amenée. Hélène savait par « papa Holthoff » que je n'étais pas loin. Elle a envoyé un gamin me chercher à cette sinistre station où je m'ennuie à périr. Je la retrouvai au plateau de Kaltbat. Nous sommes tombés dans les bras l'un de l'autre. Personne n'a osé faire les réflexions d'usage. Je ne la quitterai plus. Nous nous marierons à Chamonix Je finirai par la décider. Cette charmante enfant a encore peur du scandale que provoquerait l'enlèvement d'une jeune fille de bonne famille aristocratique par le chef des rouges ! Je veux vivre avec elle le temps qu'il me reste. Je ne désire rien plus ardemment qu'être débarrassé de toute cette politique et me retirer au sein de la science, de l'amitié et de la nature. Je suis fatigué et rassasié de la politique. Certes, je m'enflammerai pour elle aussi passionnément que tout autre si des événements sérieux se présentaient ou si j'avais le pouvoir, ou si j'apercevais au moins quelque moyen de le conquérir, un moyen qui fût digne de moi. Car sans le souverain pouvoir, on ne peut rien faire. Pour les jeux d'enfant, je suis trop vieux et trop grand. Je n'ai accepté que bien à regret la présidence de l'Association. Je n'ai cédé qu'à vos instances. Elle me pèse maintenant. Les événements, je le crains, se développeront lentement, très lentement, et mon âme ardente ne prend aucun plaisir à ces maladies d'enfant. Politique signifie action du moment, activité immédiate. La science peut régler tout le reste. Je vais tenter à Hambourg d'exercer une pression sur les événements. Mais je ne puis prédire quel effet je produirai et du reste je ne fais pas, moi, grand fond sur cette tentative.

Comprenez-moi bien, chère maman, je veux l'épouser. Je trouve Mina plus attirante physiquement qu'Hélène, mais cela montre que je ne suis pas aveuglé par le besoin physique. C'est la personnalité d'Hélène qui me complète parfaitement. Je n'ai plus vingt ans. Il est temps pour moi de faire une fin. Si mes revenus de la Compagnie du gaz se tarissent, comme Bleichröder me l'a laissé entendre, mes revenus seront en 1870 de 1 500 thalers, ou 2 500 si ma mère meurt. Je ne peux pas avoir une femme et des enfants sans faire des économies. Cela serait un gros sacrifice. Et si elle n'est pas l'âme d'élite que j'attends, cela vaut-il le sacrifice, me direz-vous ? Jusqu'en 1870, je peux vivre confortablement et être marié. Mais d'ici là j'aurais consommé sa beauté et le sacrifice commencerait alors. D'un autre côté, cela pourrait être plaisant et désirable d'être marié. Elle a un corps adorable, elle est vive et amusante. Tout à fait (pas sauvagement) amoureuse de moi. Et il est possible que je n'aie plus de revenus après 1870 et que je ne sois alors plus capable de trouver une femme.

Votre enfant qui vous aime.

Lady d'Arson au consul américain à Berne,
Rigi, 1er août 1864

Mademoiselle Dooninges s'est enfin endormie. Les adieux ont été poignants. Elle a dû abandonner ce matin son prince charmant. Et le mot me paraît tout à fait adéquat. Je vous l'avoue, ce jeune homme m'a charmée. Je m'attendais à rencontrer un rustaud goujat, un Rouge voleur de poules. J'ai découvert un homme du monde. Fort drôle de surcroît, avec ce talent de conteur propre aux gens du Sud. À aucun moment, il n'a parlé politique. Je vous le dis, un gentleman ! Je le dirai à ses parents qui s'obstinent à lui refuser la main de leur fille. Je crains que la seule vraie raison soit que ce jeune homme est juif. Mais il se dit prêt à se convertir. Après tout, Madame Dooninges n'a-t-elle pas fait de même jadis ? Ne sommes-nous pas tous des enfants de Notre Seigneur ? Ces pauvres enfants m'ont fait de la peine ce matin à la gare. Ils ont même accepté de ne pas monter dans le même train. Voilà un Rouge bien respectueux des usages du monde qu'il est censé détruire, ne trouvez-vous pas ? Mais cet homme est un chevalier à la Walter Scott, pas un rustre de notre temps. Figurez-vous que nous avons été attaqués au cours d'une de nos randonnées alpestres par des villageois mal embouchés qui voulaient nous mettre à la rançon. Ce jeune homme nous a défendus comme un lion à l'aide de sa magnifique canne et chassé les malotrus. Ah, je vous avoue que si j'avais quarante ans de moins. Mais heureusement, il n'y a que vous pour lire les confessions d'une vieille sotte qui n'a jamais connu les affres de la passion et parfois le regrette un peu.

Amitiés.

Lady Arson.

Ferdinand Lassalle à Hélène de Dooninges,
Rigi, 1er août 1864

Je m'en reviens de la gare. Seul. Désespéré. Sans mon petit renard doré. Sanatorium sinistre. Resterai toute la journée au bureau de télégraphe de l'hôtel de Kaltbad. Je t'aime de toute mon âme.

Ferdinand.

Ferdinand Lassalle à Sophie von Hatzfeldt,
Rigi, 2 août 1864

Je m'en vais la rejoindre à Genève. C'est décidé. Je l'épouse. J'ai passé trois jours de rêve. Je la poursuivais dans la chambre à quatre pattes et elle me criait : « Couché, couché. » Et je me couchais comme un chien docile. Et elle riait comme un enfant. C'est sérieux. Très sérieux. Hélène est une « nature » au sens de Goethe en dépit de tout ce qu'elle s'est assimilé de moderne et de civilisé. Et ce n'est pas un bonheur négligeable pour un homme de mon âge de posséder une femme aussi belle, aussi accomplie et aussi aimante et si entièrement prête à se plier à ma volonté. Reste son père. Je vais à Genève pour le convaincre. J'ai confiance. A-t-on déjà vu un homme résister à mes talents de persuasion ? Et puis, si les choses se compliquent encore, je suis curieux de savoir si je pourrai dénouer tout cela. C'est la même curiosité impersonnelle que si j'avais à défendre des causes. Comme si j'écrivais un roman.

Votre enfant qui vous aime.

Hélène de Dooninges à Ferdinand Lassalle,
Genève, 2 août 1864.

Mon aigle,

Je veux de toute ma volonté être votre femme. Vous m'avez dit : « Dites oui et je me charge du reste. » Je dis oui. Vous savez donc maintenant avec votre belle et magnifique intelligence, avec votre vanité grandiose mais qui me plaît, les termes de ma résolution. Je veux être votre femme et je le serai. Je veux que nous essayions tout pour atteindre notre but de manière convenable et raisonnable. Mais pour moi, il n'y a pas que mes parents. Il y a aussi Yanco. Il me faut tuer froidement un cœur fidèle qui s'est donné à moi d'un amour véritable. Il me faut anéantir, avec un égoïsme impitoyable, un beau rêve de jeunesse qui, réalisé, devait faire le bonheur, le bonheur pour la vie, d'un noble caractère.

Je vous aime.

Petite fille.

Sophie von Hatzfeldt au colonel Rustow,
Francfort, 3 août 1864.

Cher et dévoué ami,

Je reçois des nouvelles de Ferdinand fort alarmantes. Il s'est de nouveau entiché d'une donzelle qui joue aux duchesses parce que son père, qui n'est qu'un vulgaire précepteur, a été transformé en diplomate par ce fou de Louis II comme Caligula nommait ses chevaux consuls ! Ferdinand m'inquiète. Sa soif de « beau mariage » lui fait commettre beaucoup de bêtises. Il est parti pour Berne. Il demandera à son père la main d'Hélène. Je crains pour mon enfant des humiliations. Au nom de notre vieille amitié, je vous prie de l'aider. Allez à Berne et Genève. Soutenez-le de vos conseils avisés. Pour ma part, je suis encore enfermée à Francfort, mais je ne tarderai pas à vous rejoindre.

Votre amie dévouée.

Wilfried Wilms à Franz Rienacker,
Leipzig, 3 août 1864

Camarade,

Je suis très inquiet. Je n'ai aucune nouvelle du docteur Lassalle depuis plus d'un mois. Il ne répond à aucune des lettres que je lui envoie au sanatorium. Que se passe-t-il ? J'attends des instructions.

Hélène de Dooninges à Ferdinand Lassalle,
Genève, 3 août 1864

Ma camériste Thérèse te portera ce billet. J'ai toute confiance en elle. Mon père me séquestre. Je ne sais comment il a appris que tu étais là. J'ai eu la naïveté de lui dire, pour nous deux. Il n'a pas vraiment partagé mon bonheur. Mais ma résolution est inébranlable. Tu es ici, à quelques pas de moi…

Petite fille.

Lady d'Arson au consul américain à Berne,
Genève, 4 août 1864

C'est une véritable catastrophe. Ils étaient si beaux pourtant, si tremblants d'amour. Et j'étais si heureuse. J'avais tout arrangé. Le dandy rouge descendait à peine du train qu'un fiacre le conduisait à la pension Bovet où lui était réservée une chambre. Grâce à l'aide de la bonne et vieille Thérèse, nous avons pu faire échapper Hélène. Son père l'a battue et menacée de « l'abattre comme un chien enragé » si elle désobéissait. Cette petite a un admirable courage. Elle était prête à passer en France alors qu'elle s'y refusait jusque-là. Mais cette fois, c'est lui qui n'a pas voulu. « Pour qui me prennent-ils, tes orgueilleux parents ? Je leur montrerai qui je suis. C'est de leurs propres mains que je veux te tenir. Et c'est eux-mêmes qui te conduiront à l'autel. » La pauvre petite suppliait : « Ne va pas te mettre à porter l'âne maintenant. Ce n'est pas le moment. » Mais il ne l'entendait pas. Je me demande si ce n'est pas lui qui a appelé la mère d'Hélène. Il paraissait si sûr de lui. La mère d'Hélène pleurait sans cesse. Elle le priait de ne pas lui voler sa fille. Parfois, elle n'y tenait plus et hurlait grossièrement. Il se conduisit comme un gentleman. Hélène l'implorait : « Exige tout de moi sauf une chose : que je retourne auprès de ceux qui prétendent être les miens. » C'est pourtant ce qu'il a exigé d'elle. Je crains qu'il ne manque à ce jeune homme, comme à bien des génies d'ailleurs, une véritable expérience des hommes ; et ses actions reflètent une naïveté bien puérile. Son amour pour ses parents était si profond qu'il ne peut concevoir un autre genre de rapports entre parents et enfants. Alors, il ne songeait sans doute qu'au commandement de Moïse : « Vénère ton père et ta mère. »

Veuillez pardonner à votre amie le décousu de son récit. Je suis encore bouleversée et j'ai beaucoup pleuré.

À bientôt.

Lady d'Arson.

Ferdinand Lassalle à Rustow,
Genève, 4 août 1864

Rustow,

Si tu as jamais eu une étincelle d'amitié pour moi, prépare-toi à l'instant, sans même laisser partir le prochain train, et accours vers moi à Genève. Il s'agit d'un service purement personnel, mais c'est une question de vie ou de mort. Pour la première fois, j'ai besoin des autres, moi qui ai aidé tant de gens. Dieu veuille que le premier à qui je m'adresse ne me tourne pas le dos. Et dans le cas présent, le plus petit retard, c'est me tourner le dos.

Dans la plus grande hâte. À toi.

F. Lassalle.

Ferdinand Lassalle à Sophie Hatzfeldt,
Genève, 4 août 1864

Je ne puis faire autrement — bien que je lutte depuis vingt-quatre heures contre cette tentation —, je viens sangloter sur le sein de ma meilleure, de ma seule amie. Je suis si malheureux que je pleure pour la première fois depuis quinze ans. Ce qui me met plus encore au supplice, c'est ma stupidité criminelle. Comment ai-je pu être assez borné pour ne pas céder au désir d'Hélène, pour la rendre à ses parents, afin de rechercher loyalement sa main ? J'aurais dû profiter du moment où je la possédais et m'enfuir aussitôt avec elle. Maintenant le malheur est arrivé. Elle est complètement séquestrée et effroyablement maltraitée. Je ne sais encore comment je pourrai m'emparer d'elle, par ruse ou par violence. Tout me sera bon. Vous ne savez pas ce qu'elle souffre, la noble créature. Je me trouve si profondément malheureux que je me sens autorisé à vous demander de venir à l'instant même, uniquement pour me consoler. N'êtes-vous pas la seule qui puissiez comprendre où j'en suis, puisque moi, l'homme de fer, je me tords en pleurant comme un ver ?

Pourrez-vous m'aider ? Je ne le sais. Mais, du moins, vous saurez me consoler, me tranquilliser un peu. À la vérité, je ne sais pas seulement si vous me trouverez encore ici, quand même vous partiriez au moment même où vous recevrez cette lettre. Car, chaque jour, la scène peut changer. C'est-à-dire que son père peut envoyer Hélène où il voudra. Ce n'est pourtant là qu'une possibilité très lointaine. Si elle se réalisait, je suivrais aussitôt Hélène naturellement, mais alors je vous télégraphierais à l'instant, non seulement à Wilbad, mais encore à Bâle et à Berne, poste restante, pour vous apprendre ce que je suis devenu.

Ne passez pas par Zurich. Vous n'y trouveriez que Rustow, d'ailleurs. Car je lui ai écrit aujourd'hui qui l'amènera sûrement ici après-demain. Où en suis-je arrivé ? Moi, le conseiller universel, l'appui de tous, je suis sans conseils ni secours. J'ai besoin des autres. Ma stupidité me tue, le remords me dévore. Mais si je ne répare pas coûte que coûte, je raserai ma tête et je me ferai moine. Ah ! comtesse, pourquoi n'êtes-vous pas ici ?

Ferdinand.

P.-S. Ne venez pas encore. À chaque minute, le théâtre de l'action peut changer. Tenez-vous seulement prête à vous rendre, dès la première dépêche, à l'endroit que je vous indiquerai. Si je n'arrange pas cette affaire, et j'en doute fort, je suis pour toujours brisé et dégoûté de tout. Plus encore peut-être que la perte de la jeune fille, le sentiment de ma niaiserie me brise l'âme. Si je ne puis la racheter par la victoire, je me méprise pour toujours moi-même, au plus haut degré.

Ferdinand Lassalle à Holthoff,
Genève, 5 août 1864

Cher et bon ami,

Ma seule consolation est de vous écrire. Vous êtes le seul de qui j'attende encore assistance. Je ne puis vous représenter le ravage qui s'est produit en moi. Si quelqu'un m'avait dit, il y a trois jours, que j'aimais Hélène autant que je le sens maintenant, je lui aurais ri au nez. Elle est mon unique, unique pensée. La pleurer est mon seul répit. Quoique étranger ici, j'ai entouré sa maison jour et nuit d'une quintuple garde d'espions. Les rapports d'aujourd'hui disent unanimement qu'elle est encore là, qu'elle n'est pas encore partie. C'est une lueur d'espoir ; mais seulement une lueur. Pendant que M. de D… me menaçait d'expulsion — menace risible

— j'ai au contraire réussi à mettre la police en mouvement pour apprendre, à coup sûr, si Hélène est encore là. Un employé de l'État — le gouvernement ici est radical — m'a promis le renseignement pour demain. Qui sait s'il sera satisfaisant ? S'il l'est, je m'adresserai à un avocat et par lui au président du tribunal pour mettre fin à la séquestration.

Quiconque entreprendrait de décrire mes souffrances ou seulement de se les représenter serait un sot. Je ne me reconnais plus moi-même. Jamais la passion n'a si complètement vaincu ma raison. Parfois il me vient l'envie de tuer M. de D... ou d'attaquer sa maison de campagne à main armée. Ma raison domine jusqu'ici mon imagination surexcitée mais un tel état est affreux.

Si seulement Hélène est encore là, tout est bien. Je pars aussitôt. Sa réclusion prendra fin quand on me saura parti. Je la ferai enlever par d'autres et ils me l'amèneront. Mais est-elle encore là ?

Ne pouvez-vous pas m'aider, cher ami ? Ne pouvez-vous accourir ? Dites à M. de D... qu'il est dangereux de me pousser à bout. Si je suis quelque chose, je suis certes un ennemi terrible. Je jouerais ma vie en riant pour reconquérir cette femme, que j'ai perdue par ma fabuleuse légèreté. Si vous savez une seule voie assurée de salut, toute ma vie ne sera qu'un faible, faible retour pour ce service. Vous pourrez me le demander, à votre gré, le temps de dire :

Un, deux, trois. Votre Ferdinand Lassalle.

P.-S. : Par lettre, vous ne pourrez probablement rien sur le père — de vive voix peut-être ! Vous est-il possible de venir ? Il faudrait, en tout cas, m'avertir télégraphiquement et en double : d'abord ici, Genève, pension Bovet. Puis à Bâle, bureau restant.

Hélène de Dooninges à Madame d'Arson,
Genève, 6 août 1864

Ma bonne, ma bien-aimée,

Je pars — ou plutôt — on me fait partir dans quelques heures. Hélas ! Je n'ai plus la force de faire quoi que ce soit. Nous irons à Évian puis à Baix ou à Bex, je ne sais pas comment cela s'écrit. Oh ! ie souffre tellement ! Je ne sais rien de mon aigle aimé ! Je ne sais où il est... Oh ! ma chère, c'est à devenir folle ! Voilà notre note — je garde donc les trente francs de plus — et vous les retirerez des cinquante francs qui sont pour moi à la poste de Berne. Envoyez-moi seulement les bottines ; on me les donnera bien. Mais si vous écrivez, ne prononcez pas son nom, ne faites même pas une allusion à lui ! Ne me consolez pas non plus. Pour moi, il n'y a plus de consolation. Je ne sais pas ce qu'on fera de moi. Je suis enfermée depuis jeudi matin et je suis si malheureuse ! Dites toutes mes amitiés à tous mes bons amis là-bas, dites-leur de garder dans leurs nobles cœurs une bonne petite place à votre malheureuse et brisée mais toute résignée,

Hélène.

P.-S. : Ma sœur Marguerite est fiancée au comte Kaiserling.

Ferdinand Lassalle à Hélène de Dooninges,
Genève, 6 août 1864

Ce que je souffre dépasse tout ce que l'on peut imaginer. Mais j'en parlerai plus tard. Le plus important d'abord.

— On t'a dit qu'à cause de la situation politique de ton père, tu vivais sous la loi bavaroise et que, par suite, tu étais encore mineure. C'est faux. Aussi longtemps que tu seras ici, tu es majeure avec tes vingt et un ans. Chaque jour, à chaque instant, tu peux abandonner de plein droit légal la maison de ton père, dans laquelle tu es séquestrée. Le seul fait que tu ne puisses recevoir aucune lettre de moi — je t'en ai écrit cinq inutilement — implique une séquestration. Je t'ai conduite moi-même à ta mère, parce que je t'avais accordé d'épuiser tous les égards et toutes les voies de conciliation. Elles se sont épuisées sans résultat : je te somme maintenant de faire usage de ton droit et de te placer sous ma protection comme sous celle de la loi.

— Il est impossible qu'il soit vrai, comme on me l'a dit, que tu m'aies abandonné. Seule la fausse affirmation que tu es encore mineure peut t'arracher une telle concession. Il est impossible que tu aies poussé jusqu'à ce point la faiblesse. Tu n'as pas le droit de briser toutes les promesses si fermes que nous avons échangées. Tu n'as pas le droit de me compromettre, puisque tu m'as engagé de ta propre initiative dans une entreprise à laquelle je ne me prêtai qu'avec l'assurance que ta décision était ferme comme le roc.

Voudrais-tu cependant me sacrifier à ton père ? C'est bien ; mais j'exige au moins un dernier entretien avec toi pour apprendre mon sort de ta bouche. Je ne puis t'abandonner avant cela et je ne le ferai pas. Cet entretien, le dernier de notre existence, tu ne peux ni ne dois me le refuser. Tu m'as plongé dans un malheur sans nom. Je t'aime maintenant avec une ardeur auprès de laquelle tout le reste, et tout le passé, n'est qu'un prologue. Depuis mercredi soir, je t'aime jusqu'au délire.

Ferdinand.

Ferdinand Lassalle à Holthoff,
Genève, 9 août 1864

Cher ami,

Je reçois votre lettre du 7. Si je ne savais pas que votre cœur est meilleur que votre lettre, vous ne recevriez plus jamais de lettres de moi. Le seul mot raisonnable que vous écrivez, c'est qu'il est impossible de reculer. Le conseil d'éviter toute démarche précipitée que vous me dites avoir donné à Hélène, pendant son dernier séjour à Berne, est bien plus mauvais que l'avis contraire. Malheureusement, nous avons agi dans le sens que vous indiquiez : « Rien de précipité. » Le seul parti raisonnable serait donc d'agir cette fois avec précipitation. Parce que je n'ai rien précipité, parce que j'ai voulu agir en bourgeois, avec calme et respect des convenances, je briserai sur cet écueil cette vie que j'ai sauvée de tant de combats. La crainte de toute précipitation, la confiance dans le cœur de sa mère, le désir d'éviter à Hélène un grand scandale, m'ont conduit à ma perte. Le scandale s'est produit malgré tout. Tout Genève sait qu'elle est venue dans ma chambre à la pension Bovet. Non par moi, mais toute la pension l'a vue entrer, puis ressortir à mon bras. Hélène est compromise même si elle prend un autre mari. Je suis le seul homme qui puisse la relever de cette faute. Ainsi des parents égoïstes compromettent-ils leur propre enfant plutôt que de me la donner.

Le malheur me poursuit jusque dans les plus petits détails. Lady d'Arson, de Berne, qui est tout à fait de mon parti, et qui possède une grande influence, est revenue à Interlaken, près d'une amie malade. Les astres me sont contraires. L'affaire serait simple si j'avais seulement le moyen de faire parvenir une seule lettre à Hélène. Mais elle est tellement séquestrée que cela a été impossible jusqu'ici. Moi qui dans toutes les prisons, dans tous les cachots, savais bien correspondre de tous les côtés, je n'ai pas encore trouvé moyen, en huit jours, de lui faire parvenir une ligne. On la cache même aux amis de la maison. On répand le bruit qu'elle est partie. Jeudi, M. N... me donna sa parole d'honneur qu'elle était partie dans la matinée, et samedi soir, j'ai eu le bonheur de la voir de mes propres yeux, de la saluer et d'en être salué. Vous voyez, cher ami, il ne me reste plus d'autre issue que de me lancer tête en avant contre une muraille ; alors seulement la tête ou la muraille se brisera.

Un calme, une impassibilité de fer règnent dans mon âme depuis hier soir. Hier encore, j'eus un effrayant accès de larmes. Je m'affaissais comme un enfant dans la violence de mes sanglots. Aujourd'hui, je suis devenu de fer, insensible vis-à-vis de moi-même ; il ne reste en moi qu'une volonté glacée, solidifiée. Je terminerai cette partie avec le calme d'un joueur d'échecs. Je me suis donné la parole d'honneur de me tirer une balle dans la tête le jour où je devrai considérer Hélène comme perdue pour moi. J'ai annoncé bien haut ce serment à mes amis et ils sauront, comme mes amis plus lointains, que c'est là dès maintenant une chose irrévocablement décidée. C'est précisément dans cette pensée que j'ai puisé la grande et terrible impassibilité qui me possède désormais tout entier. J'ai fait l'inventaire de ma vie. Elle fut assez brave, grande, vaillante, courageuse et éclatante. L'avenir me rendra justice. Ainsi je posséderai Hélène ou je n'existerai plus et je ne souffrirai plus. Par conséquent, dans les deux cas, je n'ai rien à perdre. Voilà la consolation profonde qui me rend fort et tranquille. Je ne pourrai employer beaucoup de temps à mes tentatives pour obtenir Hélène. Je n'ai plus le désir ni la possibilité de me défendre à Berlin contre des poursuites criminelles. Je n'ai pas le temps de passer six mois en prison, car je pourrais perdre Hélène dans l'intervalle.

Laisser passer le temps et faire autre chose en attendant m'est absolument impossible. Il est donc probable qu'en octobre le dernier mot sera dit pour moi. Cela me donne une tranquillité merveilleuse. La partie sera courte et serrée. Voici tout simplement mon plan. Je sais que vous êtes incapable de me trahir. Après-demain, je vais à Karlsruhe voir mes amis et mettre en mouvement le ciel et l'enfer pour obtenir l'entremise et l'intervention du roi de Bavière auprès du père ! Vous riez de ce plan romanesque et j'en ris moi-même. Mais à défaut des voies raisonnables, il ne reste que les voies romanesques.

Pendant ce temps, je vous adresse une prière. Lorsqu'elle me fit appeler à Rigi, Hélène me raconta que Boeckh était un ancien ami de son père. Rendez-vous donc chez lui de ma part. Racontez-lui toute cette extraordinaire et tragique histoire. Priez-le donc en mon nom d'intervenir pour moi auprès de M. de D... ou tout au moins de lui écrire qui je suis et ce que je suis. En effet, le malheur est que cet homme me tient vraiment pour un « bohémien ». Il a même déclaré à Hélène que c'était ma situation personnelle et non pas ma situation politique qui l'éloignait de moi. Ses cousins et cousines de Berlin lui ont mis dans la tête des histoires épouvantables sur mon compte. Il a raconté ici au chef de la police que j'étais un « agent provocateur », et, à un de ses amis qui est maintenant lié à moi, il a dit : « Il y a eu des condamnations criminelles contre lui. » Il paraît croire que j'ai été condamné dans le procès de la cassette, où je fus acquitté. Je n'ai jamais eu d'autres condamnations que pour délit de presse et de parole.

Il continua cependant : « Il est riche, il est vrai, mais il ne veut épouser Hélène que pour se fonder, par l'entrée dans une famille honorable, une existence honnête. » Pensez donc ! Quelle idée ! Moi qui ne voudrais pas un iota de cette famille, si elle ne détenait Hélène, ce trésor ! Moi qui après mon mariage avec Hélène n'aurais pas le moindre rapport avec toute la famille, moi qui ne veux ni la voir ni en être vu, je penserais à me créer par cette famille une existence honnête !

Hélène lui a répondu par la plus grande indignation : « Il ne veut que moi ! Il ne veut pas de votre famille. Il n'y entrera jamais ! » Tout fut vain. Il me tient donc réellement pour un « bohémien », et cela seul explique sa conduite incroyablement blessante vis-à-vis de moi. Je lui ai écrit dans l'intervalle de trois jours deux lettres plus pressantes, mettant en œuvre le ciel et la terre pour obtenir non pas Hélène, mais seulement un entretien avec lui. Il ne m'a même pas répondu. Il ne sait donc vraiment pas le moins du monde à qui il a affaire. Ce que j'attends de Boeckh, c'est qu'il lui écrive, qu'il lui ouvre les yeux sur mon caractère et qu'il intervienne en ma faveur auprès de lui. Nul homme ne me connaît mieux que Boeckh. De plus, il m'aime. L'intervention de Boeckh serait très efficace et me sauverait peut-être d'un coup. Peut-être n'est-il pas à Berlin. Je suis convaincu de ma mauvaise étoile, moi qui d'ordinaire ai tant de confiance en la victoire, que je croirais volontiers qu'il est absent. S'il est parti, demandez chez lui son adresse et envoyez-lui : 1° cette lettre ; 2° l'éclaircissement nécessaire ; 3 ° la lettre qu'Hélène vous a écrite de Wabern.

Adieu. Je dois sortir.

Votre F. Lassalle.

Ferdinand Lassalle à Wilhelm Rustow,
Karlsruhe, 15 août 1864

Cher ami,

Arrivé ici hier. Pas encore de dépêche de toi. Vous ne savez donc rien de nouveau ? Hofstetten est ici. Je pars avec lui demain pour Munich. J'ai vu hier Humbert à Bâle. Hélène n'y est pas passée. Elle n'a donc pas encore quitté la Suisse. Humbert est maintenant à Berne. Envoie-le, lui ou Lombard, ou tous les deux si c'est nécessaire, sur toute la côte du lac. Il faut aussi chercher sur la rive française. Quand vous la retrouverez, si Hélène te demande une lettre, envoie aussitôt la grande, celle qui devait passer par l'intermédiaire d'Amberuy, ou la petite, celle que doit remettre Lesley, mais plutôt la première, celle d'Amberuy.

Holthoff à Ferdinand Lassalle,
Berlin, 15 août 1864

Cher ami,

J'étais parti d'ici vendredi soir pour quelques jours et je reviens à l'instant, lundi dans l'après-midi. Je trouve quatre lettres qui me préoccupent au plus haut degré. Trois sont de vous, et la dernière est datée du 11. Actuellement, je ne fais rien jusqu'à ce que j'aie d'autres instructions de vous. La quatrième lettre est sans date, mise à la poste de Bex, le 9. Elle m'annonce, dans le style d'affaires le plus sec, sans la moindre formule de politesse, qu'elle retire tout ce qu'elle m'a écrit de Berne, au commencement du mois. La lettre est visiblement composée sous l'empire de la contrainte la plus violente, avec des caractères informes qui paraissent des larmes sorties de son cœur. La pauvre enfant ! Pourquoi cette tragédie n'a-t-elle pu lui être épargnée ? Je crois qu'il vous faut attendre dans le calme, quelque impossible que cela puisse vous paraître. Avant quelques semaines, le temps viendra peut-être où vous aurez la partie entre les mains. On ne peut songer à un mariage précipité avec le Valaque. Il n'a pas la situation indépendante qu'il faudrait pour hasarder une telle démarche. Vous atteindrez le but. Votre énergie m'en est un sûr garant.

Votre Holthoff.

Sophie von Hatzfeldt à Ferdinand Lassalle,
Mayence, 16 août 1864

Cher enfant,

Je suis arrivée ici à trois heures et demie de l'après-midi. À cinq heures, je partais pour la visite projetée. Je fus aussitôt introduite et je demeurais longtemps. Je commençai par m'acquitter de votre commission, avec vos propres paroles. L'archevêque Ketteler convint que ces paroles répondaient si bien à votre tournure d'esprit, si rigoureusement logique, que vous deviez les avoir prononcées vous-même. « Je ne puis naturellement douter, continua-t-il, que ce désir de conversion ne repose que sur des projets purement matériels et extérieurs. » Et comme je lui disais la vérité, aussi bien qu'à vous, je ne le niais en aucune manière. Après qu'il m'eut demandé sous quelle forme je croyais une intervention possible, il dit : Oui, si la jeune fille est catholique, si elle demande elle-même l'appui de l'Église, afin de maintenir le caractère du Sacrement, qui réclame d'abord des âmes pour avoir son plein effet, menacée par une union forcée, alors une intervention serait peut-être justifiée. Quant à vous, continua-t-il, il est contraint de se souvenir que vous n'êtes pas encore catholique. Mgr Ketteler s'exprima cependant sur votre compte avec beaucoup d'estime et de bienveillance. S'il peut faire quelque chose, il le fera volontiers pour conserver à l'État un homme aussi indispensable. J'aurais tant aimé vous annoncer un bon résultat positif ! Mais vous le voyez, si l'accueil comme la volonté étaient favorables, la chose elle-même présentait vraiment trop de difficultés. Je pars demain de très bonne heure pour Berne, où j'arriverai le soir. J'irai aussitôt à Webern pour voir Madame d'Arson. Je recueillerai tous les renseignements nécessaires, notamment sur les lettres d'Hélène, qu'elle doit avoir reçues. J'emploierai tous les moyens pour décider Madame d'Arson à m'accompagner à Genève, afin de m'y aider à obtenir une entrevue avec Hélène. Ainsi, j'espère enfin rapporter des nouvelles certaines de cette forteresse si sévèrement close. Maintenant, portez-vous bien, mon enfant. Je suis à demi morte physiquement et moralement. Je vois sans cesse votre pâle visage tourmenté, comme je l'ai aperçu au sortir du wagon. Si vous m'avez trouvée rude en ces présentations, sachez que mon cœur a saigné plus amèrement encore que le vôtre. Je puis vous dire que j'ai vis-à-vis de vous le sentiment que vous êtes lié à mon être intime par un lien matériel ; s'il est tranché, tout mon sang s'échappera par la blessure.

Pour moi, donc, comme pour vous, repos, prudence et soin de votre santé. `

Sophie.

Ferdinand Lassalle à Holthoff,
Munich, 18 août 1864

Cher, cher ami,

Apprenez ce qui se passe. J'ai voulu parler au roi. Mais le roi n'est pas ici, il est à Hohenschwangau. Tout conspire pour m'accabler. Dois-je aller à Hohenschwangau ? Irais-je ? Cela est fort incertain. D'une part, le terrain serait brûlant sous mes pieds. D'autre part, je puis tout gâter. Car Richard Wagner, qui possède toute la faveur du roi, m'a promis de lui parler mardi prochain peut-être, mais peut-être seulement. Il ira le voir à Hohenschwangau et m'appuiera alors de tout son pouvoir. Mais il ne me l'a promis qu'avec un « peut-être ». Cela dépendra d'un certain renseignement qu'il veut se procurer. Que faire, donc ? M'en remettrais-je à Richard Wagner ? Mais s'il ne fait rien, j'aurais quitté inutilement Munich pour me transporter de nouveau en Suisse. Irais-je moi-même à Hohenschwangau ? Alors, j'enlèverais peut-être tout effet à l'intervention bien plus puissante de Wagner.

Un faible, un très faible rayon d'espoir. Je reviens à l'instant de chez le ministre des Affaires étrangères de Louis II de Bavière, le baron von Schrenk. Avec lui j'ai causé deux heures. Je lui ai soumis toute l'affaire. Il m'a donné tout à fait raison, et m'a assuré vouloir faire tout ce qui serait possible. Il semble qu'il ait beaucoup entendu parler de moi, et qu'il me porte un grand intérêt. Il m'entraîna dans une longue conversation politique sur la situation générale en Allemagne, à laquelle je dus me prêter la mort dans l'âme pour lui paraître aussi important que possible. Comme je vous l'ai dit, il fut aussi aimable qu'on peut l'être. Ainsi me déclara-t-il qu'il ne comprenait pas les parents et qu'en pareille circonstance il ne me refuserait pas la main de sa fille. Il reconnaissait pourtant qu'il n'était pas agréable d'avoir un gendre qui, en raison de sa situation politique prépondérante, pouvait être fusillé ou pendu, en cas de révolution.

Il fera certainement quelque chose, c'est décidé. Il se dit prêt en tout cas à écrire à M. de D… sur un ton conciliant et pour lui donner un conseil. Il semble ne pas l'aimer. Vraisemblablement, il pourra faire quelque chose de plus encore. Dans ces circonstances, ce serait une très bonne chose que

D... reçût en même temps une lettre de Boeckh. Ce feu de peloton et cette intervention en ma faveur de différents côtés le déconcerteraient tout au moins. Vous le comprenez, ce qui pourra être fait doit être vite fait : il faut que cela agisse concurremment avec l'intervention de Schrenk. Car différents coups qui échouent les uns après les autres ne servent à rien.

Télégraphiez-moi immédiatement ce que vous aurez fait, puis ensuite, le résultat obtenu. Ô mon ami ! Si vous pouviez seulement venir près de moi ! Je meurs, je meurs. Ma souffrance est sans nom.

Votre F. Lassalle.

Ferdinand Lassalle à Rustow,
Munich, 19 août 1864

Reçu ta lettre du 17. Je ne comprends pas que tu ne m'aies pas télégraphié le retour d'Hélène, que tu connaissais dès le 16. C'est incompréhensible car si nous n'avions pas de formule convenue pour ce cas, il allait de soi que ce fait devait être télégraphié à l'instant. Tu m'aurais épargné bien des dépêches et des souffrances indicibles. Puisque Hélène est de nouveau à Genève, tu as eu bien tort de prévenir Kayserling de ta présence. Tu t'es trahi par là et il te faudra partir de nouveau et ensuite changer de logement pour être en sûreté. Mais en ce cas, avertis-moi par télégraphe ici.

Ferdinand.

Rustow à Ferdinand Lassalle,
Munich, 19 août 1864

Cher ami,

Hier vinrent me voir Kayserling, et ensuite Arndt. Ce dernier m'informa que le vieux Dooninges serait très heureux si je lui faisais une visite.

Le vieux Dooninges me déclara qu'en aucun cas il ne pourra donner son consentement à ton mariage avec Hélène. En d'autres circonstances, il est probable, ajouta-t-il, qu'il eût simplement refusé son approbation, laissant pour le reste agir Hélène comme elle l'entendrait. Mais Hélène a été fiancée, il y a quatre ou cinq mois, à M. de Racowitza. Je demandai alors si Hélène était libre, assez libre pour que je puisse lui remettre une lettre de toi et qu'on lui permît de la lire à son aise. Il répondit que oui. Hélène fut appelée. Elle me remit d'abord cette malheureuse lettre pour toi que son père cacheta devant moi sans la lire. Je lui donnai ensuite la lettre (celle d'Amberuy), c'est-à-dire la plus longue. Elle se retira pour la lire à son aise, pendant que je restais avec le vieux. Une demi-heure après, elle revint. Je l'examinais pour découvrir une émotion en elle, un signe dans ses yeux. Je ne découvris... rien ! Seulement, avec la gêne qui était le moins qu'elle pût témoigner dans ces circonstances, elle me dit : « Rapportez à M. Lassalle que j'ai lu sa lettre mais tout est terminé, comme je le dis dans la lettre que je vous remets pour lui. » Elle se retira ensuite en s'inclinant.

Pauvre cher garçon, tes actions sont terriblement basses. Il ne te restera d'autre ressource que de chercher une nouvelle rencontre avec Hélène et alors de traiter impitoyablement « ta chose » comme telle. C'est le seul moyen. Le vieux allégua aussi ta religion, dans le courant de la conversation. Je lui dis que tu n'avais pas la moindre objection à un changement de croyance. Il répondit qu'il le savait, mais que ses convictions ne lui permettaient pas d'approuver cette conversion soudaine dans les circonstances actuelles. Aussitôt, je lui fis remarquer qu'il avait lui-même épousé une Israélite qui s'était convertie auparavant.

Un détail pourra t'intéresser. Hélène portait une chemisette rouge. Elle est belle, mais il faut s'en emparer quand on la tient et ne compter ni sur sa volonté, ni sur sa fermeté. De ta « chose » en théorie, tu devrais en faire ta « chose » en toute réalité, pour être au moins sûr de ce que tu auras obtenu.

Entre nous, et seulement pour ton usage, j'ai appris qu'on cherche à marier Hélène vers le 20 septembre. Racowitza achèterait le doctorat en droit à Heidelberg. Compte que je veille, que je travaille, et que rien ne m'arrêtera dans la recherche de nouveaux moyens. Mais tu le vois, la lettre d'Hélène avec tout ce qui s'y rapporte et tout ce que je te raconte suffirait à te rendre fou.

Je t'assure, ton affaire va mal. Veux-tu que j'essaye encore les grands moyens à ma façon et les approuveras-tu ? Je te demande simplement si tu acceptes que je fasse enlever Hélène.

C'est la seule ressource. Il n'y a certainement rien à faire par la douceur. Avoir et posséder, voilà le mot d'ordre.

Ton W. Rustow.

Hélène de Dooninges à Ferdinand Lassalle,
Genève, 18 août 1864
(lettre incluse dans la précédente)

À sa seigneurie, Monsieur Lassalle,

Après avoir exprimé du fond du cœur le plus profond repentir pour mes inconséquences, je me suis réconciliée avec mon fiancé, M.Yanco de Racowitza, et j'ai reconquis son amour et son pardon. Je l'ai annoncé à votre avocat à Berlin, M. Holthoff, avant même d'avoir reçu la lettre où il me donne d'ailleurs ce conseil. Je vous déclare donc librement et avec pleine conviction qu'il ne peut plus jamais être question d'une alliance entre nous, que je me dégage vis-à-vis de vous sous tous les rapports et que je suis fermement décidée à vouer à mon fiancé un amour et une fidélité éternels.

Hélène de Dooninges.

Ferdinand Lassalle à Rustow,
Munich, 21 août 1864.

Cher ami,

Je reçois à l'instant ta lettre du 19. J'approuve tous les moyens, pourvu qu'ils soient efficaces. Enlèvement par ruse ou par violence. Non seulement j'approuve tout moyen efficace, mais le moyen m'en est absolument indifférent.

Ferdinand.

Sophie von Hatzfeldt à Ferdinand Lassalle,
Genève, 21 août 1864

Restez à Munich jusqu'à ce que je télégraphie. Votre présence ici défavorable. Pas encore vu Hélène. J'écris.

Sophie.

Sophie von Hatzfeldt à Hélène de Dooninges,
Genève, 22 août 1864

Mademoiselle,

Je suis venue ici pour arranger autant qu'il sera possible une affaire qui, je crois, si j'avais été ici dès le début, n'aurait pas pris une tournure aussi malheureuse que peu convenable. Mon intervention s'explique et s'impose, d'un côté, par mon ancienne amitié pour M. Lassalle, et par l'entière confiance avec laquelle il a déposé ses intérêts entre mes mains dans cette affaire ; de l' autre, en ce qui vous concerne, par le contenu et la forme de la lettre que vous m'avez adressée récemment, Mademoiselle. Après tout ce qui s'est passé, je dois croire que vous vous faites des illusions complètes sur l'importance des faits précédents. De semblables procédés sont d'autant plus graves quand ils s'adressent à un homme tel que M. Lassalle. Si l'on devait continuer dans cette voie, des conséquences fort sérieuses seraient inévitables. Vous conviendrez que Lassalle s'est conduit vis-à-vis de vous de la façon la plus honorable, la plus admirable même. Vous conviendrez aussi qu'étant donné la situation politique prépondérante de M. Lassalle, on ne peut compter que ses amis et ses nombreux partisans laisseront s'accomplir un tel renversement des faits et des rôles. Après tout ce qui s'est passé, vous concevrez qu'il est de votre intérêt, plus encore que celui de M. Lassalle, que vos rapports avec lui reçoivent leur solution dans la forme la plus scrupuleusement convenable. Cela ne peut être possible que par mon entremise et je me suis décidée, par véritable amitié pour M. Lassalle, à accepter ce rôle peu agréable. Dans ce but, un entretien avec vous, Mademoiselle, m'est absolument nécessaire. Je vous propose de venir me voir aujourd'hui, ou au plus tard demain, entre deux et quatre heures, car un retard pourrait tout gâter. Il serait tout à fait au-dessous de ma dignité, Mademoiselle, d'ajouter la moindre assurance que vous ne pouvez craindre chez moi aucune mauvaise scène de roman. Je vous exprime au contraire ma conviction que la démarche que je fais doit m'attirer votre gratitude.

Sophie, comtesse von Hatzfeldt.

Hélène de Dooninges à Sophie von Hatzfeldt,
Genève, 22 août 1864

Reçu la lettre.

Hélène de Dooninges.

Sophie von Hatzfeldt à Ferdinand Lassalle,
Genève, 22 août 1864

Vous êtes dans l'erreur sur la situation. Hélène plus mauvaise, plus éhontée qu'on ne peut dire. De son propre mouvement, elle a refusé insolemment toute réponse. Il n'est pas question de contrainte. La comparution devant notaire, pour écarter la contrainte que vous supposez, ne peut conduire actuellement qu'à un « non » ouvertement déclaré. Suspendez-là donc. Le père prétexte encore sa situation diplomatique et pousse Hélène à se sacrifier pour la lui conserver. Il faut écarter le prétexte. Le principal est maintenant d'effrayer le père. L'arrivée la plus rapide de Haenle serait excellente et indispensable. Aussitôt la lettre obtenue, venir immédiatement avec Haenle.

Sophie.

Ferdinand Lassalle à Sophie von Hatzfeldt,
Munich, 22 août 1864

Dépêche magistrale. Rédaction d'une prudence incomparable. Intelligence sublime. De plus, vous m'avez retenu inutilement plus de deux jours. Mon projet n'a pas changé. Nous arrivons mercredi matin, à dix heures à Berne, à Genève, à sept heures du soir. Ne plus rien tenter avant d'en parler avec moi seul.

Ferdinand.

Sophie von Hatzfeldt à Ferdinand Lassalle,
Genève, 22 août 1864

À aucun prix, démarche devant notaire à présent. Voulez-vous entendre un « non » décisif d'Hélène elle-même au bras du Valaque ? Tout serait perdu. Tranquillité, patience. L'intimidation permet espoir de réussite. Recevez aujourd'hui une autre dépêche plus explicite. Restez là-bas.

Sophie.

Compte rendu de la rencontre avec M. Dooninges,
Genève, 26 août 1864

Suivant le vœu de M. Lassalle, les soussignés ont reproduit le sens général de la conversation qu'ils eurent, en présence de M. Dooninges, avec sa fille :

Elle nous parut jouir d'une entière indépendance et d'une pleine liberté d'esprit, et montra plutôt un froid mépris et une bonne humeur de convention que la moindre trace d'une lutte intérieure, dans le passé ou dans le présent. Le colonel Rustow lui exposa avec calme et netteté les raisons pour lesquelles M. Lassalle réclamait un entretien de deux heures au plus, avec lui seul ou en présence d'un tiers capable de satisfaire aux convenances, sans nuire à la liberté de la conversation.

Elle refusa en répondant à nos représentations :

— À quoi bon ? Je sais ce qu'il veut. J'en ai assez de cette affaire.

Comme nous lui rappelions ses serments, elle répondit d'un ton moqueur :

— Des serments ? je n'en fais jamais.

Comme nous faisions remarquer que ses réponses étaient en contradiction avec les démarches si exceptionnelles qu'elle avait accomplies en faveur de Lassalle, par exemple la visite à la pension Bovet, elle répondit :

— Oui, cela est exact mais ce fut un entraînement du premier moment.

Enfin, Rustow lui représenta qu'on pourrait conclure de l'une de ses réponses, qu'elle-même redoutait d'être ramenée à ses premiers sentiments par une conversation personnelle avec Lassalle. Elle le nia et déclara cette conversation « tout à fait inutile ».

Le docteur Haenle ayant exprimé l'opinion qu'il ne serait pas nécessaire de prolonger l'entretien pendant deux heures, car Lassalle le romprait certainement plus tôt si elle répondait de cette manière, elle dit en souriant :

— Lassalle parle volontiers et abondamment. Deux heures lui suffiront à peine.

Le colonel Rustow ajouta qu'elle convenait elle-même avoir fait tort à Lassalle et que, en conséquence, elle lui devait une satisfaction. Elle interrompit en souriant :

— À sa vanité ?

Et le colonel Rustow rectifia de la sorte :

— Non, je parle de sa conscience d'homme d'honneur.

Après que le dialogue fut terminé, le docteur Haenle lui représenta encore qu'elle devait accorder l'entretien souhaité et même le désirer elle-même, pour deux raisons. D'une part, parce qu'elle avait fait tort à M. Lassalle — et elle en convint aussitôt — et lui devait en conséquence une satisfaction ; d'autre part, parce qu'elle pourrait ainsi atténuer les suites désagréables qui la menaçaient ainsi que sa famille. Elle déclara qu'elle ne pouvait contester la justesse de ces représentations, qu'elle y réfléchirait et communiquerait sa détermination par écrit au docteur Haenle.

Colonel brigadier W. Rustow. Docteur Haenle.

Docteur Haenle à M. de Dooninges,
Genève, 26 août 1864

Monsieur le chargé d'affaires,

Le rapport que nous avons dû faire à M. Lassalle, le colonel Rustow et moi, sur la forme et le fond des déclarations de Mademoiselle votre fille Hélène, a fait sur celui-ci une impression telle que la lettre de Mademoiselle votre fille aussi bien que toute autre action administrative sont devenues superflues. Je quitte donc Genève, je prends congé de vous par ces lignes, et profite de cette occasion pour vous assurer de ma plus haute considération.

Haenle.

Ferdinand Lassalle à M. de Dooninges,
Genève, 26 août 1864

Après avoir appris par le rapport du colonel Rustow et du docteur Haenle que votre fille Hélène n'est qu'une méprisable garce et que je ne puis en conséquence conserver plus longtemps le projet de me déshonorer par un mariage avec elle, je n'ai aucune raison pour tarder davantage à exiger de vous la satisfaction que vous me devez pour vos avanies et offenses répétées que vous m'avez faites. Je vous somme donc d'entamer les pourparlers nécessaires avec les deux amis qui vous posteront cette déclaration.

Ferdinand Lassalle à Yanco de Racowitza,
Genève, 26 août 1864

Après que vous avez été instruit en partie, par le colonel Rustow, de ma liaison avec Mademoiselle Hélène de Dooninges, vous devez vous étonner que je ne sois pas venu vous trouver pour discuter avec vous du rôle curieux qu'on vous a réservé. En guise d'explication, je vous envoie copie d'une lettre que je me vois forcé d'adresser à M. de Dooninges. Vous y verrez que vous n'avez plus, en aucune façon, un rival en ma personne et que je vous abandonne volontiers sans partage un bonheur auquel je renonce pour ma part avec joie, à la suite de la conviction que j'ai acquise aujourd'hui.

Avec ma bien sincère compassion.

F. Lassalle.

Ferdinand Lassalle à Richard Wagner,
Genève, 26 août 1864

Cher ami,

Me suis moi-même retiré d'une affaire avec une personne qui n'en valait pas la peine. Merci de votre bonne volonté, mais n'engagez plus d'action.

Votre dévoué.

F. Lassalle.

CHAPITRE XIII

Les pistolets à rifling

Les grooms affairés s'empressent au milieu des colonnes de marbre de l'hôtel Victoria et du frou-frou des robes longues sur le sol aux dalles froides. Dans un murmure, je demande au concierge la chambre du docteur Lassalle. Le concierge n'entend pas. Je répète. Le concierge penche sa tête vers moi et, dans un mécanique sourire professionnel, me dit : « Le docteur Lassalle ? chambre 203, Monsieur. » Je monte quatre à quatre les hautes marches du grand escalier de fer forgé sous l'œil furibond d'un vieux monsieur à monocle, digne et courbé. La porte de la 203 est entrebâillée. J'entre en la refermant avec précaution derrière moi. Ferdinand est assis au bord du lit ; une courtepointe blanche recouvre ses jambes. Il porte sa sempiternelle robe de chambre mauve, mais entrouverte, la soie froissée, la ceinture dénouée. Il a le visage blême, le regard glacé ; ses sourcils et sa moustache tombent comme s'ils n'avaient plus la force de se tenir droit ; deux nouvelles et profondes rides lui barrent le front. D'une main faible, il se tient la gorge. Il frissonne. Il a un air las, indifférent ; et un sourire ironique, revenu de tout, rehausse une lippe amollie. Il n'est pas seul. Face à lui, debout, raides et immobiles, je découvre le colonel Rustow et un grand échalas au cheveu blond et au visage glabre, avec nez bourbonien, longue estafilade sur la joue droite et monocle à l'œil gauche, qui se fait appeler général et agrémente son allemand d'un accent pimenté, mélange inédit et hautement comique de magyar et d'italien.

Ils reviennent de la maison Vaucher. Ils n'ont pas trouvé le vieux Dooninges. Parti. Filé. Enfui. Avec femme, enfants et domesticité. Le général émaille le récit de Rustow de mises en cause de la virilité de l'ambassadeur et de son maître, Louis II de Bavière, dans un soldatesque baragouin. Ferdinand ne cille pas. Sourit mollement. Il informe à son tour les deux hommes que le comte Kayserling et le docteur Arndt sont venus le voir ce matin ; et se sont présentés comme les témoins de Yanco Racowitza qui, s'estimant offensé, demande réparation. Racowitza a choisi le pistolet. Ferdinand relate toute l'affaire d'une même voix monocorde, presque timorée. Rustow affirme, péremptoire, qu'il doit attendre la réponse du vieux Dooninges avant de donner satisfaction au Valaque. Lassalle le contredit, mais sans élever le ton. Rustow s'emporte, puis supplie ; et le général exprime une nouvelle fois ses doutes sur la virilité du vieux Dooninges. Rien n'y fait. Ferdinand veut se battre avec le Valaque. Il humiliera ainsi le père d'Hélène, dit-il, qui l'a traité de « bohémien », mais qui, au moment de l'affronter, de défendre l'honneur de sa famille « honnête », se terre derrière le suborneur stupide de sa garce de fille. Et puis, il est très bon tireur. Oui, très bon tireur. Rustow est contraint de s'incliner ; mais Lassalle a épuisé toutes ses maigres forces. Alors, quand Rustow refuse avec énergie de taire ce duel à la comtesse, Ferdinand n'insiste pas. Pourtant, hier encore, il rugissait :

— C'est avec moi, avec moi qu'on aurait joué impunément un pareil jeu ! C'est contre moi qu'on se serait permis de semblables offenses ! On aurait pu me couvrir d'un tel ridicule, me traiter avec un mépris railleur ! Je serais dédaigné et moqué par une garce pareille ! Je succomberais devant ces obstacles et ces adversaires misérables que le premier niais venu aurait écartés ! Il me faut une vengeance !

Il s'arrachait les cheveux par poignées, et se brisait les phalanges contre le mur de sa chambre ; il hurlait à la mort et courait sans relâche comme un loup blessé ; mais l'exaltation, comme un effort ultime, est depuis retombée. Lassalle creuse un peu plus son mol sourire et prie Rustow de se rendre chez l'armurier : il préfère les pistolets lisses aux armes à barillet. Les deux anciens officiers de l'armée garibaldienne sortent en silence. Je reste seul avec Ferdinand. Nous n'échangeons pas un regard, et je n'ose dire le moindre mot. J'ouvre une fenêtre, agite le drap de son lit, le borde avec soin ; je cherche fiévreusement à m'occuper. Ferdinand se lève toujours silencieux, et se dirige vers le salon de sa vaste chambre de l'hôtel Victoria. Je poursuis ma vaine agitation, et range les papiers jetés, dans un désordre inhabituel, sur son bureau. J'y découvre un permis de séjour de couleur rouge, délivré par les autorités suisses, mais je n'ose interroger le docteur Lassalle sur ses intentions. Il quitte Berlin ? Et l'Allemagne ? L'exil lui paraît préférable à la prison ? Il abandonne la politique, le parti ouvrier ? Je ravale cependant mes questions inquiètes ; et songe, pour me rassurer sans doute, que ce surprenant papier écarlate atteste que Ferdinand n'est pas vide de tout projet. Il y a une vie après le duel.

Rustow est revenu. Le souffle court. Le visage gras et luisant, il tient dans sa main droite un lourd pistolet qu'il manie avec précaution :

— C'est un Gunsmith. C'est l'arme qui a été choisie par le Valaque. C'est un pistolet lisse comme tu le désirais.

Sa voix a retrouvé une assurance et une précision toute professionnelle.

— Ferdinand, il faut que tu t'entraînes. Le duel est fixé à demain matin. Tu as tout l'après-midi. C'est plus que suffisant. J'ai repéré un endroit tranquille.

Mais Lassalle n'écoute pas. Il sourit tristement. Sans attendre la fin de la sage péroraison du colonel, il lâche dans un murmure :

— Non, Rustow. Ce n'est pas la peine. Je n'ai pas besoin de m'entraîner. Je suis un bon tireur. Un très bon tireur.

Rustow ne veut rien savoir. Il supplie au nom de « leur vieille amitié » ; puis, menace de faire appel à la comtesse ; mais Lassalle s'est déjà levé, nouant la ceinture de sa robe de chambre. Il s'applique à toiser Rustow d'un œil sombre. Un court instant, son allure se souvient de son ancienne morgue. Ferdinand joue Lassalle :

— Ce paysan valaque n'a jamais tiré que sur des poules et des porcs. Quand j'étais étudiant, j'étais réputé chez les « Raczek » pour ne jamais rater la cible. S'entraîner, c'est bon pour les maladroits ou les couards. Je ne suis ni l'un ni l'autre.

Yanco Racowitza n'aura pas, lui, semblable pudeur. De toute sa vie il n'avait tenu une arme, avant que le vieux Dooninges, tremblant de trouille, ne dépose entre ses mains inhabiles l'honneur de la famille de sa fiancée, de l'aristocratie, de la Bavière, et de la chrétienté. Toute la journée, il s'entraînera. Jusqu'à ce que son bras lui fasse mal. On dit qu'il a, ce jour-là, tiré cent cinquante fois...

Le comte Kayserling et le docteur Arndt sont annoncés. Ils réclament au nom de Monsieur Racowitza les lettres « écrites dans un moment d'égarement » par Mademoiselle Dooninges à Monsieur Lassalle. Ils sont arrogants et méprisants ; ils exigent, ils menacent. Ferdinand refuse sans un mot ; Rustow les chasse ; et le Hongrois balafré les insulte en italien. Je ris. Je ne peux m'en empêcher ; et mon rire, vaguelette timide devenue vague rugissante, ne cesse de grossir, balayant tout sur son passage. Alors, Rustow, le Hongrois, et Ferdinand rient aussi. Courte accalmie. Le commandant revient à la charge :

— Viens t'entraîner avec moi, Ferdinand, je t'en prie. Ces pistolets, je les connais bien. On n'avait que ça en Sicile. Ils ne sont pas commodes quand on n'a pas l'habitude. Ils partent tout seuls. Une heure seulement.

Lassalle ne daigne pas lui répondre. Furieux, Rustow claque la porte. Dans son dos, le Hongrois se retire aussi.

— Retournez donc en Sicile avec le vieux hibou de Garibaldi !

Je m'esclaffe de nouveau ; ultime ressac de la houle passée.

— Toi aussi, mon petit Franz, tu voudrais que j'aille m'entraîner, n'est-ce pas ?

C'est la première fois qu'il m'adresse la parole. Son ton est à la fois vindicatif et désespéré. Il ne peut transmettre ce qu'il ressent. Infirmité nouvelle.

— Tu es comme les autres, mon petit Franz. Tu ne comprends pas pourquoi j'accepte ce duel avec le Valaque. Pourquoi moi, chef du parti socialiste ouvrier, j'accepte de me soumettre à ces rites aristocratiques d'un monde révolu. Tu veux que je te dise ce que dirait Marx de cette affaire ? Oui, le grand savant Karl Marx ne peut pas ne pas avoir une idée définitive et argumentée sur la question du duel. Comme il a une opinion sur la rente chez Ricardo ou sur la question juive.

Il a pris la pose dite du « Karl Marx pensant ». Il croise ses jambes avec une savante lenteur. Il lisse une barbe imaginaire. Il force sur ses yeux de myope, et cale un poing fermé sous un menton grave et sévère. Il pèse chacun de ses mots d'un bon poids :

« Principe du duel. Nous ne pensons pas que, d'une manière générale, une affaire aussi relative qu'un duel puisse se subsumer sous les catégories de bien et de mal. Il ne fait pas de doute que le duel, en soi, est irrationnel. Il n'est pas moins vrai que c'est un reliquat d'un stade dépassé de la civilisation. Cependant, il est dans la nature de la société bourgeoise, dans sa limitation, que son droit maintienne, en contradiction avec elle-même, certaines formes féodales d'individualisme. »

Il croise et décroise les jambes. Il caresse de nouveau une barbe fantôme, et son poing fermé reprend sa place sous un menton déterminé. Son regard moqueur a retrouvé un pétillement malicieux.

« Dans le cas présent, le duel n'aurait absolument aucun autre sens que l'accomplissement d'une forme conventionnelle reconnue dans certaines classes privilégiées. Notre parti — je te signale au passage, mon petit Franz, que quand Marx dit "notre parti", il veut dire "moi, je pense que", ou au pis, "Engels, Wolff et moi, nous pensons que" —, notre parti, donc, doit faire résolument front contre ces cérémonies de classes et il doit écarter avec la plus cynique ironie la prétentieuse sommation d'avoir à s'y soumettre. Il faudrait, somme toute, se rallier à la sommation de gars qui considèrent que tout conflit avec eux devrait, selon le privilège qui leur est dû, prendre la forme d'un duel — et tous les duels « fashionable » relèvent de ce point de vue historique. Le reconnaître serait directement contre-révolutionnaire. »

« Contre-révolutionnaire, mon petit Franz, cela veut dire, dans la bouche de Marx, opposé à son opinion, qui ne peut être que la sainte parole révolutionnaire. Karl Marx sait, lui et lui seul, ce qui est révolutionnaire et contre-révolutionnaire. Comme Moïse a dit ce qui était le bien et ce qui était le mal aux enfants d'Israël. Il écrit directement sous la dictée de Dieu, Karl Marx ! D'ailleurs, il écrit une nouvelle Bible. Elle devait être prête. Mais comme Moïse, il a un peu de retard. Oh, pas grand-chose, mais suffisamment pour que l'ignominieux Lassalle en profite pour construire le veau d'or ! Et le veau d'or plaît aux peuples ! Ah le chien, le traître de Lassalle, quand Moïse redescendra sur terre, il brisera les Tables de la Loi sur la tête de ce mécréant ! »

Le sourire moqueur est devenu grimace ; l'ironie, colère ; l'imitation goguenarde, charge furieuse, emplie de haine. Ferdinand enfin s'apaise. Il bredouille quelques mots encore :

— Il peut mourir, lui, sans fouler la terre promise. Il parle pour l'éternité. Pas moi. Le pouvoir, ça se prend de son vivant...

Il se tait. De sa main droite, il masse longuement un cou douloureux. Il frissonne. Je dépose avec douceur une couverture sur ses épaules.

— Mon petit Franz, tu as connu Ludwig von Hinckeldey ?

Sa voix est adoucie, tendre, presque langoureuse.

— Non, tu n'as pas connu. Tu étais trop jeune. Ton père a dû bien le connaître. Il avait une réputation d'affreux dans le monde ouvrier. Réputation justifiée d'ailleurs. C'était le préfet de police de Berlin dans les années 50. Un homme rude qui nous a mené une guerre sans merci. Il pourchassait nos militants, les emprisonnait, surveillait étroitement leur correspondance. Je me souviens qu'à cette époque, on s'écrivait en « langage hégélien ». Les censeurs ne lisaient pas les philosophes ! Cet homme m'a refusé pendant des années l'accès à Berlin. Une fois, nous étions avec la comtesse. Je devais aller consulter un médecin pour mes yeux. Il a exigé que nous déclarions sur l'honneur que nous n'étions pas amants ! Mais Hinckeldey était aussi la cible des cercles les plus réactionnaires. Un jour, un membre d'un club de junkers le provoqua en duel. Hinckeldey accepta. Ils se battirent dans les champs de la Jungfernheide, tu sais, au-delà du pont de Moabit. Il fut tué là ; c'était en mars 56, je crois. Quelques minutes avant le duel, un de ses conseillers, Nornes, s'efforça de le retenir, de le dissuader, jugeant le duel absurde et criminel. Hinckeldey le laissa dire, et lui répondit d'un ton raide et hautain « Nornes, vous n'entendez rien à ces choses ! » Tu vois, mon petit Franz, je t'aime bien ; j'aime bien Rustow aussi, bien qu'il me déteste à cause de ma brave comtesse ; même Marx, finalement, je l'aime bien. Mais parfois, j'ai envie de vous hurler : « Nornes, vous n'entendez rien à ces choses ! »

En l'entendant, je songe à ce que m'a écrit Engels lorsque je lui ai appris que cette folle affaire amoureuse se terminait par un duel :

« J'ai toujours dit à Marx que ce type était finalement un mélange bizarre de judaïsme et de chevalerie, de frivolité et de sentimentalité, qui lui est absolument propre, mais qui le pousse à commettre de graves erreurs d'analyse politique. »

Ferdinand ne dit plus un mot. Ferdinand ne bouge plus. Les heures passent, indifférentes. Lentement la nuit descend sur Genève. C'est une douce nuit d'été qui lance ses étoiles scintillantes sur les eaux endormies du lac. Ferdinand mange peu : du beurre noir sur un quignon de pain. De longues heures durant, il demeure silencieux, le pain aux lèvres qu'il ne se décide pas à entamer, le regard perdu dans le lointain, le silence seulement rompu par le crépitement du bougeoir. Soudain, Rustow pénètre dans la pièce. Il agite ses bras en tous sens ; il a la tête rentrée dans son petit corps de marcassin prêt à charger ; et rugit des morceaux de phrases insensées. Nous parvenons enfin à comprendre que les Gunsmith sont cassés. Qu'on ne pourra pas les réparer avant l'aube ; que le duel doit être remis à plus tard ; mais Lassalle s'y refuse.

— Qu'on prenne d'autres pistolets, lâche-t-il. Rustow en reste sans voix ; le Hongrois se récrie, s'emporte ; il braille que cela « n'est pas conforme aux usages. Cela ne se fait pas. Il n'a jamais vu ça ! ». Ferdinand lui rétorque d'un air mauvais que Garibaldi n'est pas Turenne. Le Hongrois à son tour reste court, et se retire en claquant la porte. Lassalle a perdu un témoin. Rustow cependant n'a pas renoncé. Il annonce que la comtesse, prévenue par ses soins, arrivera demain matin à Genève ; et que Ferdinand ne peut prendre une décision aussi grave sans l'avoir auparavant entendue. Pour remplacer ses chers Gunsmith, il conseille plutôt des pistolets à rifling, mais il n'en a qu'un. Ferdinand, inflexible, l'envoie aussitôt chez l'armurier en retenir un autre.

— Tu n'as qu'à te débrouiller. Trouve un armurier qui ouvre la nuit !

Il est tard désormais. Ferdinand demande à Rustow de le laisser seul. Il souhaite ranger ses affaires, mettre en ordre ses papiers et ses idées, écrire son testament. Congédié comme un laquais, Rustow s'éloigne en bougonnant, de son allure pataude.

Lassalle s'assied derrière son bureau. Il prépare avec soin sa plume, ouvre son encrier. Il a des gestes calmes, placides.

Il ouvre un tiroir, en sort une liasse de billets, qu'il se met à compter méthodiquement.

— Tiens, voilà 150 thalers pour toi. Tu pourras te retourner si demain...

Je tends une main hésitante, qu'il force à se saisir des billets froissés.

— Tu les donneras à ta maman. Pour qu'elle ne garde pas un trop mauvais souvenir de celui qui lui a volé son enfant.

Deux larmes coulent sur mes joues rebondies. Une dernière fois, j'essaie de l'ébranler :

— Docteur Lassalle, croyez-vous vraiment que le chef du parti socialiste peut risquer sa vie et sa réputation dans une affaire de femmes, comme un vulgaire aristocrate décadent ?

Il égrène un rire moqueur :

— Tu seras un bon dirigeant du parti, mon petit Franz. Tu connais les arguments qui touchent. Quand Marx aura repris ce parti que j'ai créé, tu seras leur homme. À la fois un fidèle de l'ancienne équipe et loyal envers la nouvelle direction. Une grande carrière politique s'ouvre devant toi, mon petit prince. C'est Alphonsine qui sera fière...

— Attendez quelques jours seulement que votre colère soit passée. Vous vous apercevrez qu'Hélène n'était rien pour vous. Pas plus que Mina ou Flora. Votre vie est trop importante pour trop de gens, docteur Lassalle. Je vous demande juste quelques jours de répit. Le temps est le bon ange de l'homme, non ?

— Ainsi, tu connais Schiller désormais...

Il m'a gratifié d'un ultime sourire attendri. Il se retourne. Me donne le dos. Il n'écoute plus, ne dit plus un mot. On n'entend que le crissement de la plume sur le papier. Je me retire sans bruit, m'allonge sur le sofa du salon, et ferme les yeux sans dormir. J'ai gardé mes bottes aux pieds comme un soudard après une journée de pillage. Quelques heures plus tard, dans la chambre voisine, j'entends Rustow se lever. Je m'empresse aussitôt auprès de lui. Nous nous rendons chez l'armurier le plus proche de l'hôtel. Il a ouvert pour nous. Il est cinq heures. La nuit claire se dissipe lentement. Quand nous revenons avec notre précieux chargement, nous frappons d'un geste timide à la porte de Ferdinand. Nous entrons à pas comptés. Il dort paisiblement. Son réveil est aisé. Rustow lui montre non sans fierté le pistolet. Lassalle dit, sans lui jeter un regard :

— C'est exactement ce que je voulais. Allons-y.

Nous sortons dans le grand hall vide de l'hôtel. Nos pas résonnent sur le sol qui ressemble à un immense piano aux touches de marbre blanches et noires. Dehors, le disque rougeoyant a commencé sa lente montée. Les pas des chevaux sont lourds et pesants. Les rues mal éclairées sont désertes. L'air est doux, les nuages fort rares ; une belle journée d'été s'avance ; mais personne, dans notre voiture, n'admire les eaux calmes du lac s'embrasant sous les premiers rayons du soleil. Sur le chemin, le Hongrois nous a rejoints. Il a pris Ferdinand dans ses bras, l'a embrassé avec chaleur. Pas un mot n'a été échangé ; et le Hongrois a hissé sa lourde carcasse dans notre fiacre soudain bien étroit puisque Ferdinand a, la veille, sollicité la présence, comme témoin de remplacement, de son vieil ami Hofstetten. Heureusement le bois de Carrouge, où doivent se rencontrer les deux duellistes, n'est pas très éloigné de Genève. Dans la voiture, comme une maman conduisant son petit à l'école, Rustow se répand en recommandations :

— J'ai obtenu que les tireurs puissent se placer comme ils l'entendent. C'est un avantage pour toi qui as une certaine expérience des armes. Tu sauras mieux te placer. Mais je t'en prie, ne vise pas trop longtemps. C'est une mauvaise habitude que tu as prise avec tes imbéciles d'étudiants du « Raczek ». Ce n'est pas pour rire, ce n'est pas un rite cette fois, Ferdinand. Tu ne t'en sortiras pas avec une simple balafre sur la joue ! Il ne te laissera pas le temps de viser. Il tirera vite parce qu'il aura la trouille. Le corps humain est une cible plus facile qu'on ne pense. Crois-en mon expérience. J'en ai vu des camarades tomber en Sicile. Là-bas, j'ai appris qu'il n'y avait rien de plus facile que de tuer un homme. N'importe qui, même le plus maladroit, peut y arriver. Et puis, il s'est entraîné, lui !

Ferdinand fait mine de ne pas entendre l'ultime reproche. Déjà, il s'est tourné vers moi. Il parle d'une voix sans éclat, sereine :

— Si les choses tournent mal, mon petit Franz, tu remettras mon corps à la comtesse. C'est elle qui le présentera aux autorités genevoises. Compris ?

Nous pénétrons dans la forêt. Le fiacre s'immobilise près d'un branchage ployant sous les feuilles innombrables. Le soleil darde ses rayons sans chaleur sur le bois sec et friable. Ferdinand descend posément de la voiture ; son adversaire n'est pas encore arrivé. D'un air dégagé, il demande au Hongrois :

— Dis-moi, Bethlen. À droite, c'est la Suisse et à gauche la France, n'est-ce pas ? Parce que après s'être débarrassé du Valaque, il faudra régler son compte au fuyard de Dooninges.

Ferdinand tient crânement son rôle. Calme, assurance et gloriole ; mais avec moins de subtilité qu'à l'accoutumée. Néanmoins, Rustow n'a rien compris ; et les joues adipeuses, rouges de colère, il éructe :

— Tu n'es pas seul sur le terrain, tu l'oublies un peu vite, Ferdinand. Ses balles à lui aussi tuent. Toutes les balles tuent. Crois-en ma vieille expérience de duelliste, il ne faut jamais mépriser un adversaire.

Ferdinand réclame un thé. Le geste distingué et retenu, il trempe ses lèvres dans la tasse tandis qu'un fiacre entouré d'un nuage de poussière s'arrête à quelques pas de nous. Trois hommes en descendent peu après. D'abord, le comte Kayserling et le docteur Arndt, les deux témoins ; et puis un petit bonhomme ventripotent au visage avenant et sympathique, qui se présente comme le docteur Seiler, et indique aussitôt qu'il « connaît un endroit tranquille, mais il faut pour y accéder abandonner les voitures ».

Racowitza est sorti bon dernier. Son visage au teint mat est blafard ; son regard sombre, celui d'une biche apeurée ; ses jambes maigres vacillent. Il marche d'un pas lent et hésitant, et se cogne souvent contre les pierres qui parsèment le sol sablonneux. Ferdinand a pris la tête de la petite troupe d'un pas allègre. À quelques mètres de là, le Hongrois suit, dans le fiacre. Nous arrivons enfin. L'endroit est en effet tranquille. Désert. Morne. Sinistre. Les arbres eux-mêmes se sont faits petits, discrets, rabougris, les feuilles, rares. Le colonel a pris d'autorité les choses en main. Il a réuni les deux adversaires autour de lui. Il tente une rituelle et vaine réconciliation. Il ouvre le coffret en bois où ont été déposés les pistolets. Racowitza et Lassalle s'emparent de leur bien encore froid ; et sans se regarder, ils s'éloignent l'un de l'autre. Ils ont tous deux revêtu un habit sombre qui m'épouvante. D'un air pénétré, Rustow hurle les recommandations d'usage :

— Quand j'aurai dis un, vous attendrez dix secondes ; puis deux, vingt secondes. À trois, vous attendrez encore dix secondes. Alors, vous pourrez tirer. Entre les tirs, vous devrez attendre vingt secondes.

Un oiseau se pose sur une branche et se met à siffloter comme pour se moquer de Rustow. La grosse voix du colonel gronde dans la forêt indifférente.

— Un !

Un pressentiment affreux m'étreint. Je guette le « deux » qui doit suivre. Mais un coup de feu claque. Et un autre le suit aussitôt. Un cri de surprise et de douleur mêlées, et un corps qui s'effondre. Dans l'affolement, je comprends trop bien ce qui s'est passé. Racowitza, fébrile, a tiré sans attendre, sans respecter les règles d'usage. Ferdinand a aussitôt répliqué. En vain. Il a été touché. Nous nous précipitons vers lui. Le docteur Seiler nous suit. Il s'approche de Ferdinand.

— Vous êtes touché ?

Ferdinand, d'une voix faible, répond :

— Oui.

Déjà, le docteur Seiler lui a retiré à la hâte ses vêtements et découvert un ventre déchiré d'un gros trou rouge. Nous déposons Ferdinand sur un grabat que le docteur Seiler avait apporté. Nous le hissons dans le fiacre avec des gestes précautionneux. Ferdinand est toujours aussi calme, serein. Il demande :

— Vous croyez, docteur, que je me relèverai ?

Le bon visage du docteur Seiler ne sait pas mentir.

— Je sais d'expérience que la blessure est dangereuse.

Racowitza nous a abandonnés sans prendre des nouvelles de son adversaire. Nous revenons à l'hôtel. Les grooms s'empressent, les femmes défaillent, les badauds s'enquièrent. La comtesse Sophie attend dans la chambre de Ferdinand. Son cri est une longue plainte :

— Mon enfant !

Elle lui prend la main, lui caresse le front, lui murmure à l'oreille des mots tendres. Le docteur Seiler ne dispose que d'un remède utile : l'opium. Il a télégraphié dès son arrivée à l'hôtel aux plus grands médecins de Zurich et de Heidelberg. Dans les jours qui suivent, ils défilent les uns après les autres, dans un ballet bien réglé, mais inutile. La chambre de Ferdinand est devenue l'annexe de la faculté de médecine, mais l'opium du docteur Seiler reste jusqu'au bout le seul remède efficace. Ferdinand ne se plaint jamais. Il ne paraît pas trop souffrir. Il esquisse même parfois un sourire, comme un ultime cadeau à ceux qui l'aiment. Il glisse quelques mots fatigués à l'oreille de la comtesse qui ne cesse de pleurer en silence. Rencogné au fond de la chambre, je demeure prostré, incapable de bouger, de parler ou penser même, désespéré, brisé, arraché au monde des vivants.

C'est au matin du dernier jour d'août, alors que je reprenais espoir, qu'il renonça à lutter. Son grand corps eut un dernier sursaut ; sa main serra celle de la comtesse ; son regard chavira et ses lèvres murmurèrent des mots silencieux. La comtesse jeta alors son visage inondé de larmes sur le torse raide de Ferdinand, et l'étreignit dans ses bras en sanglotant, comme on console un enfant.

CHAPITRE XIV

Des bedeaux en tricorne

Son visage était aussi fripé que ses vieilles mains. Son frêle corps ratatiné semblait s'enfoncer, se dissoudre dans la terre, comme pour rejoindre plus vite son fils tant aimé. Elle songeait à son cher et vieux mari qui lui avait jadis enseigné que le pire châtiment de Dieu était d'enterrer ses enfants. Dieu l'avait épargné, lui, mais pas elle ? Pourquoi ? Qu'avait-elle fait ? Ou pas fait ? Pourquoi tant de cruauté divine envers une pauvre femme ? Pourquoi s'en était-il pris à son fils, qui n'était encore qu'un enfant ? Pourquoi ne l'avait-il pas frappée, elle, vieille femme fatiguée et inutile ? Le Dieu d'Israël, bon et miséricordieux, pouvait donc être injuste, méchant ? Jamais la vieille femme ne s'était posé de semblables questions, saugrenues et sacrilèges. Tout au long de sa vie, son mari, puis son fils avaient toujours répondu aux questions sans réponses. À côté d'elle ne demeurait désormais que sa fille. Elle avait le même visage et le même corps, un peu moins fripé, un peu moins ratatiné ; mais elle n'avait pas de réponse aux questions sans réponses.

Je leur avais envoyé un télégramme, dès notre retour à l'hôtel Victoria. La fille séjournait alors chez la mère, et elles s'étaient précipitées ensemble à Genève , mais la gangrène dans le ventre déchiqueté de Ferdinand avait couru plus vite : les routes de Silésie étaient sinueuses, et les trains majestueux qui traînaient fièrement leur blanche bannière dans la gare de Genève ne parvenaient pas encore jusqu'à Breslau. La mère avait découvert un corps raide et immobile alors que son fils était nerveux et agité ; un corps froid alors que son fils était bouillant. La mère n'avait pas reconnu son enfant. C'était un autre qui se faisait passer pour lui. Il avait les yeux déjà clos et elle songea tristement qu'elle n'avait pas fermé les yeux de son fils, ni même murmuré avec lui les mots ultimes que tout Juif doit proclamer avant de rejoindre le Très-Haut :

« Écoute Israël, L'Éternel est notre Dieu, L'Éternel est un. » Elle n'était pas morte avant son fils et n'avait pu lui fermer les yeux. Oui, Dieu lui en voulait. À son entrée dans la chambre d'hôtel, timide, craintive, elle s'était approchée du corps de Ferdinand, l'avait enveloppé dans ses bras débiles, caressé de ses maigres doigts gourds de vieille femme. Elle s'était en vain efforcée de soulever ce corps trop lourd. Elle voulait le porter et l'emporter, pour le dérober aux méchants regards qui, elle n'en doutait pas, l'avaient tué par haine et envie. Elle s'était penchée vers lui, comme si elle eût désiré le nourrir à son sein flétri, comme si elle eût l'intention de le rentrer dans son ventre, et lui redonner vie à la chaleur de ses entrailles qui, une fois déjà, avaient accompli la miraculeuse transmutation.

Pendant les heures qui suivirent, elle s'était emmurée dans sa douleur, sa surdité, et son yiddish dont elle n'osait se servir devant les fiers messieurs et les dames si élégantes qui venaient rendre visite à Ferdinand. Même mort, elle prenait garde de ne pas « faire honte » à son fils. Elle était heureuse qu'il fût mort dans cette luxueuse chambre d'hôtel genevois, et non dans la maison familiale de Breslau, où tout lui paraissait si provincial. Elle ne disait mot. Elle était un paquet qu'on dépose et dont on dispose. Elle avait laissé la comtesse commander à toutes choses et à toutes gens. N'avait-elle pas déjà fermé les yeux de son fils ? La vieille Rosalie se sentait écartée, dépossédée, vaine, si vaine. Lorsque son mari et son fils étaient encore en vie, ils étaient les porte-voix de ses pensées jamais formulées, la mise en mouvement dans le monde réel de ses espoirs, de ses rêves jamais avoués. Maintenant qu'ils l'avaient abandonnée, elle se laissait ballotter au gré du vent et de la volonté de ceux qui en avaient.

Ce matin-là aussi, recroquevillée sur son banc de bois, elle se sentait écrasée par la foule qui avait envahi la synagogue de Genève. Elle n'aimait pas cet endroit. Trop vaste, trop majestueux. Avec une rosace en bois sur le portail de la façade, des voûtes arrondies qui surplombaient les fidèles ; et le rabbi à son autel, trônant au loin. La mère avait la désagréable sensation d'être prise de haut. Elle se sentait étrangère dans cette synagogue qui ressemblait à une église, même si les vitraux multicolores y avaient été peints sans visage, ultime reliquat de l'antique loi.

La bourgeoisie juive de Genève, comme celle de Paris, de Londres et de Berlin, éblouie tout à la fois par l'or accumulé et l'enseignement des « Lumières », avait voulu exposer sa métamorphose aux yeux incrédules des chrétiens. Non, elle ne s'identifiait plus à ce peuple pouilleux, sale, inculte d'avant l'émancipation, qui invectivait, dans le bruit et le désordre, un Dieu cruel et jaloux. Oui, elle savait elle aussi écouter, sagement assise sur des bancs de bois, le sermon raisonnable et moralisateur du rabbi, isolé et engoncé dans ses habits noirs qui ressemblaient tant à ceux d'un prêtre.

Elle était débordée aujourd'hui, la bourgeoisie juive de Genève. Des milliers de personnes, braillardes et indisciplinées, avaient envahi sa synagogue. Dès qu'ils avaient appris la nouvelle de la mort de Lassalle, des cohortes d'ouvriers, venues de Francfort, de Solingen, de Düsseldorf, de toute la Rhénanie, et même de Leipzig ou de Breslau, s'étaient ébranlées vers la capitale suisse. Ils refusaient de croire à la mort du docteur Lassalle. Les journaux progressistes, une fois encore, leur mentaient. Ils en avaient l'habitude. Lassalle leur avait appris à se méfier de ces « lansquenets de la plume » ; ils avaient retenu la leçon. Il avait fui pour échapper à la justice inique de Bismarck. Il s'était réfugié en France, en Angleterre, en Amérique. Il préparait la revanche du peuple, des ouvriers, des loqueteux. Il n'était pas mort, non, dans un duel d'aristocrates, pour l'amour d'une vile catin. Il avait été empoisonné par les fourbes agents du chancelier de fer et de sang. Il avait été poignardé par des hommes de main stipendiés par Schulze. Il s'était suicidé, comme le prouvait le mot bref qu'on avait retrouvé sur sa poitrine d'agonisant.

La synagogue de Genève n'avait pu tous les accueillir. Ils s'étaient répandus dans les moindres recoins. Ils s'agglutinaient par grappes, aussi fournies au-dedans qu'au-dehors. Ils parlaient quand ils auraient dû se taire ; et restaient cois quand ils auraient dû répondre. Ils se levaient en retard et s'asseyaient à rebours dans un grand fracas. La plupart d'entre eux avaient même négligé de poser sur leur tête la petite calotte de papier que distribuaient, obligeants et guindés, de hiératiques bedeaux en uniformes et tricornes noirs. Ceux de l'extérieur poussaient, pressaient ceux de l'intérieur, comme s'ils avaient voulu eux aussi s'assurer que le corps du docteur Lassalle fût bien là, raide et immobile, au milieu des travées, en dépit des molles protestations du rabbi Joël : ils ignoraient que la loi juive interdit le dépôt des morts dans une synagogue. Mais qui s'en souciait ?

Loin du désordre de la foule, les premiers rangs étaient garnis par les importants. Ceux-ci s'asseyaient et se levaient en temps voulu. Ils échangeaient de silencieux sourires de politesse ou de commisération. Ils chuchotaient et poussaient parfois l'irrespect jusqu'au gloussement. Il n'y avait là que du beau linge révolutionnaire, gants beurre frais et idées neuves, qui vivait confortablement son existence dorée d'exilé, dans cette « Coblence de la révolution » que stigmatisait Karl Marx. Tous, ils étaient là. Il y avait Herzen. Bakounine. Les généraux de Garibaldi, aux jambes arquées des cavaliers impénitents, encadrant Rustow et Bethlen comme une garde d'honneur. Karl Liebknecht. Moses Hess. Les syndicalistes ouvriers allemands et les utopistes français, amis de Proudhon. Kossuth et les nationalistes moraves. Ceux qui ne comprenaient pas le « manque de tact » de mourir en duel pour une femme quand on est un chef socialiste ; et ceux qui voulaient « faire la peau du Valaque ». Ceux qui avaient bien connu le jeune Dooninges, insolent et rebelle, à l'université de Rutenberg ; et ceux qui pleuraient « l'ennemi de nos ennemis », récitant l'oraison funèbre d'Engels, que Liebknecht s'était empressé de colporter : « On éprouve vraiment de la peine quand on voit que l'Allemagne tue tous les hommes à peu près capables du parti extrême. Quelle ne doit pas être l'allégresse des industriels et de ces chiens de progressistes ! Lassalle était en Allemagne le seul qui leur fît peur. »

Et puis, il y avait tous ceux, parfois les mêmes, qui susurraient que Lassalle était mort à temps, que sa gloire s'étiolait et sa légende se salissait, qu'il était devenu, au cours de ces derniers mois tumultueux, un agent de Bismarck.

On échangeait à mots couverts de doctes analyses sur l'impossibilité du socialisme dans un seul pays, sur les vertus de l'internationalisme, de la fraternité universelle et, l'œil brillant, la bouche gourmande, on se donnait rendez-vous pour le grand meeting de Londres, le 28 septembre prochain, au Saint Martin's Hall. On disait que la réunion déborderait rapidement son prétexte polonais initial. L'ouvrier Tolain, l'ami de l'Empereur, serait présent. Karl Marx avait accepté d'y diriger la délégation allemande ; mais on l'avait prié de prendre également la tête du parti de Lassalle ; il n'avait rien refusé. On murmurait : « La situation du parti est changée, les syndicalistes allemands ont enfin découvert l'utilité de l'action politique. Comme si Lassalle n'était pas mort pour rien... » La comtesse von Hatzfeldt avait prié Marx de glorifier le disparu avec elle, comme « le sauveur de notre temps » ; mais l'exilé anglais avait poliment éludé. Sophie n'avait obtenu qu'un télégramme célébrant Lassalle « mort jeune, en plein triomphe, comme Achille ». Depuis que Liebknecht le lui avait remis, elle tenait dans sa main droite crispée le papier froissé. Elle ne s'était pas peint les lèvres en rouge ; ne s'était point fardée ; ses cheveux jaunes paraissaient moins criards. Elle avait le regard fixe et la démarche pesante. Elle était la veuve, la mère, et la fille, l'héritière et la régente ; Anne d'Autriche parachevant l'œuvre de Richelieu à l'encontre des intérêts de son propre pays. Elle poursuivait de sa haine froide Yanco Racowitza, sur les traces duquel elle avait lâché tous les limiers genevois. Elle ignorait encore que le Valaque, protégé par le passeport diplomatique de Dooninges, jouant à saute-mouton par-dessus les frontières, s'était enfui en toute hâte de Munich, Bucarest et Vienne, où il avait trouvé un abri précaire, se réfugiant au fond de sa Valachie natale ; où il mourrait quelques mois plus tard, au milieu des rats qui grignoteraient ses bougies et des porcs qui déchiquetteraient ses draps — de phtisie, de mélancolie peut-être aussi, la main dans la main de celle qu'il avait tant aimée toute sa courte vie, jusqu'à tuer pour elle. Comme s'il avait voulu, en disparaissant si vite, rendre un dernier service à son Hélène, la libérer de toute contrainte matrimoniale, et la ramener loin de cette terre pauvre et froide, vers les lambris et le marbre des salles de bal, dans le tourbillon des regards des hommes sur les palpitations de sa gorge dénudée. Je songeais avec effroi que Yanco, Hélène et moi avions le même âge : vingt et un ans. Un âge d'assassin. On ne remplace que ce que l'on détruit. Depuis lors, nous avons payé pour notre crime. Racowitza n'a pas tardé. Hélène est devenue une actrice minable. Dans chaque ville où elle jouait, les ouvriers lui jetaient des cailloux et la huaient. Quant à moi, je suis devenu le secrétaire général adjoint du parti de Marx et d'Engels. Une caution. Une relique. Un leurre. Rien. Ce n'est pas ce que j'ai voulu. J'ai cru bien faire. J'ai cru agir, changer le cours des choses. Mais sait-on jamais ce que l'on fait vraiment ? Oui, en ce terrible mois d'août 1864, je me suis inquiété, affolé même. Lassalle était obnubilé par cette ridicule aventure amoureuse. Je ne le voyais plus, ne l'entendais plus. Il ne m'écrivait presque plus. Je recevais seulement des nouvelles fragmentaires par la comtesse, par Lothar Bücher, par Hans Bülow. Je ne savais que faire. Le parti se délitait. Je crus de mon devoir de le sauver envers et contre tout. Waltheich voulait le transformer en syndicat ouvrier et Lothar Bücher l'apporter en dot à son nouveau seigneur et maître : le chancelier Bismarck en fera un ministre ! Et puis il y avait Ferdinand Lassalle. Notre président adoré, son talent, sa vision, son charisme, son habileté, son machiavélisme, son cynisme, son intrépidité. Son désabusement, son désespoir, ses colères, sa fureur, son ingénuité, son instinct d'autodestruction et de mort. Lassalle, ses femmes, sa syphilis, ses moments de folie, sa vie de libertin, sa comtesse, ses livres de philosophie, d'économie, ses pièces de théâtre, ses livrets d'opéra : cet éclectisme que j'avais jadis regardé comme le signe éclatant de son génie m'apparaissait désormais comme la preuve irrécusable de sa légèreté. Il me fallait protéger Lassalle contre lui-même, sauver son parti, sa mémoire, sa gloire. Quitte à pactiser avec son ennemi juré. Mais je n'ai pas trahi ; non, pas trahi. L'Histoire seule me jugera. Lassalle me l'avait dit, lorsque s'ouvrirent les négociations secrètes avec Bismarck :

— Si je donne trop, je suis un traître. Si j'obtiens ce que je veux, je suis un héros. Traître ou héros ? Héros ou traître ? Ou alors choisir de n'être rien. Mais ai-je le choix ?

Avais-je le choix ? L'Histoire seule. Bien des années plus tard, à la buvette du Landtag, Lothar Bücher me montrera un nom sur une longue liste du « fonds des reptiles » : celui de Mina Lilienthal. Lassalle n'avait rien su, rien deviné. Comme s'il avait d'avance tout accepté.

La comtesse avait réuni la gent révolutionnaire quelques heures avant la cérémonie religieuse. Comme par réflexe, un comité était aussitôt né. Au bout de deux interminables heures de discussions oiseuses, de pinaillages d'ego susceptibles, de caquetages de coquettes, le comité avait « rendu un dernier hommage à Ferdinand Lassalle, la fierté de l'Allemagne, l'espoir des républicains, chêne majestueux frappé par l'éclair, dont la racine ne périra pas tant qu'il y aura des républicains sur terre ».

La comtesse n'en avait pas eu assez. Bientôt, elle embaumerait le cher cadavre et le hisserait sur un bateau qui remonterait les eaux du Rhin. Lassalle connaîtra alors son ultime triomphe d'empereur romain. Dans chaque ville abordée, on criera son nom et couvrira son corps de fleurs. À Mayence, il y aura des grandes manifestations, des cris de révolte, des grèves même. Le pouvoir s'inquiétera. Les progressistes prendront peur. À Cologne, la police arrachera le cadavre du bateau. Alors, la mère de Ferdinand osera réclamer le corps de son fils. Elle lui destinait la terre de Breslau du modeste cimetière juif, à côté de son père. Elle y enterra son fils de nuit, entourée de gendarmes. Boeckh fera inscrire sur la pierre tombale :

« Ci-gît ce qui était mortel en Ferdinand Lassalle, le penseur et le lutteur[1]. »

Depuis le 14 septembre 1864, des socialistes, des républicains, ou des amoureux, sont venus par milliers saluer Ferdinand Lassalle. Lors de chaque meeting de notre grand parti ouvrier, nous chantons en chœur :

---

1. Les nazis détruiront plus tard cette pierre tombale. (Note de l'éditeur.)

À Breslau un cimetière,
Un mort dans la tombe,
Là où sommeille le seul,
Qui nous donna l'épée.

Ce jour-là, pourtant, le rabbi Joël, cognant les mots avec rage, mêlant dans une gerbe disgracieuse le yiddish, l'allemand et le français, nous avait décrit un Ferdinand Lassalle que l'on ne connaissait guère, et qui avait suscité les sourires entendus des révolutionnaires en gants beurre frais : un petit Juif aimant tendrement ses parents et fidèle à leur enseignement, héritier des prophètes d'Israël, voix des sans voix, promettant l'apocalypse aux méchants et le bonheur au peuple, dans un monde à venir, toujours à venir ; un Ferdinand Lassalle, clama-t-il enfin, rompu mais vigoureux encore, « qui n'a pas, il est vrai, vécu en Juif mais qui est mort avec dans le cœur "Écoute Israël, L'Éternel est notre Dieu, L'Éternel est un !" ».

Ainsi chacun avait-il son Lassalle. Il y avait le Lassalle de la comtesse, celui de sa mère, de sa sœur, de Lothar Bücher, de Hans Bülow, des femmes qui l'avaient aimé, d'Hélène qui n'avait pas su, celui de Marx et d'Engels, qui n'était pas toujours le même, celui des ouvriers qui refusaient de croire à sa mort ; et celui du rabbi Joël, pour qui il n'avait jamais cessé d'être un Juif.

Le mien aussi. Je ne savais pas qui était exactement celui que je m'obstinais à appeler docteur Lassalle.

Un jour, il m'avait dit sur un ton facétieux :

— Tiens, mon petit Franz, je vais te donner une nouvelle citation que tu pourras inscrire sur ton carnet et que tu ressortiras pour impressionner les filles.

Je protestais. Niais. Rougissais.

— Ne mens pas, mon petit Franz, c'est la Princesse qui me l'a dit.

Alors, il prit un ton soudain grave :

— La gloire ne vient que main dans la main du justicier, de l'ange de la mort.

Mais quand je réclamai de connaître l'auteur de cette formule qui me paraissait belle et plaisante parce que obscure et nébuleuse, il se fit prier, joua les coquettes, et dans un rire moqueur, me confia, avec des mines de conspirateur qui rechigne à dévoiler son secret, que c'était un brave petit gars qui notait en secret tout ce que son maître disait, afin de le répéter plus tard, pour faire le savant auprès d'une quelconque gourgandine, ou d'un bel éphèbe : un brave petit gars qui portait le curieux nom de Platon.

Table

Cet ouvrage a été composé par
Nord Compo (Villeneuve-d'Ascq)
et imprimé sur presse Cameron
par **Bussière Camedan Imprimeries**
à Saint-Amand-Montrond (Cher)
pour le compte de la Librairie Plon

Achevé d'imprimer en juin 1999.

N° d'édition : 13076. — N° d'impression : 992590/1.
Dépôt légal : juin 1999.

Imprimé en France